U0905093

四川文艺出版社

麦_洛_洛

窗上洒着白月的时候，我愿意关着灯，坐下来，沉默一些时候。

就在这沉默中，忽然像有警钟似的，来到我的心上，

“这不就是我的黄金时代吗？”

别人的黄金时代是舒展着翅膀过的，而我的黄金时代，是在笼子里过的。

——萧红

目录

相逢在黑夜的海上

文/韩松落

韩松落，当代知名作家。现居兰州。20 世纪 90 年代开始写作，作品见于《散文》《天涯》《大家》等处。个人代表作有：《我们的她们》《怒河春醒》等。

在一档电台节目里，需要回答一个问题：你生命中最难忘的年份有哪些？我慢慢回忆：1983 年，1996 年……2003 年，2009 年。

这些年份都发生过什么？它们的共同点是什么？

借助别人的提问，我发现了它们的共同点。在那些年份里，我正和一些人聚在一起，和家人在一起，和学校社团的同学在一起，和最好的朋友在一起，和家乡的四时风物在一起。

最难忘的年份，是那些相聚的年份。和家人坐在葡萄架下，聊天到深夜；和社团的同学在一起，在金灿灿的落日里架设广播线路；和朋友夜夜纵酒，在灯火辉煌的酒吧街，从东走到西；在家乡碧绿的山坡上，拍下无数照片。

那之后和那之前，也不是没有聚过，只是人再也没有那些年份那么全。人和人之间，再也没有那么默契。而我自己，也没有那些年份那么热爱相聚。后来我学会了一个词，可以解释这种现象：荼蘼效应。人生有波起浪伏，有浪尖有谷底，总会一代不如一代，一年不如一年，一聚不如一聚。江河日下，人心不古，人生纵然是一个大盛年，也得有许多小盛年成全。小盛年是怒放，其他都是荼蘼。小盛年是积蓄，其他年份都是消耗。

麦洛洛说，《孤鸟》这本书写的就是孤独。而这孤独，却是由“相聚”衬出来的。全书的前半部分，在那所名叫“理想国”的孤儿学校里，孩子们聚在那里。那是他们最不好的时光，穷，弱，无枝可依，经常要以少年之血，去换取注意，换取

友谊。那却也是他们最好的时光，穷，弱，无枝可依，所以必须互相依赖，晨昏与共，呼吸与共，深深嵌入对方的生命。

此前或之后，再也不会有那样深的契合，那样无间的嵌入，那样毫无保留的托付。而孤儿学校里，所有草木的清香、大地的芬芳，都是种种安慰。纵使天上没有夕阳，也有漫漫长夜中一缕代表温度的月光。因此，就算是洗漱间白瓷砖上的污垢、窗框上油漆的剥蚀，也在这些安慰之中，显得特别上镜。

这一切有赖于孩子们的相聚，那所学校离了他们，荒凉就变成真的荒凉，寂静就变成死寂，落拓也瞬间坐实。孩子们离了彼此，命运就变成真的命运，生命就变成人生，预兆都纷纷实现。但离别必然是要到来的，在他们相聚的当时，离别之剑就挂在他们头上。所以他们的一言一语，爱恨嗔痴，都特别扣人心弦，因为转眼就要从怒放到荼蘼。

全书后半部分，孩子们的童年转眼落花结果，离别就此到来。相聚时冰冷地取暖，像一盆熄灭的炭火，从温热渐渐冷落成彻底的孤寒。一整个孤寂青春铺在我们面前，烘托出整个时代折射在他们灵魂中的寒意。越到后面，麦洛洛的行文就越是平实，可暗藏在平实剧情里的激流却越是汹涌。仿佛黑夜暗到极致时，能在云朵里看见绽放出来的一点黎明之光。孩子们离别之时，天空“流星陨落”的暗喻，正是象征了那漫长一夜将要过尽后，即将所见的光明。

可故事的结局，却没有如我们预料的那般，能看到一丝温暖曙光。麦洛洛将故事留在了最暗的夜色里，让书中的“孤独者”万劫不复，永落深渊。书中的孤儿，一个人前来，在他生命里出现的人，又一个个逐渐消失，他最终又一个人孤独地离去。

好在故事的“终曲”能让我们在那一则童话中，在孤儿离世之际的最后一刻，回望他灿烂的童年，回到他的赤子心和本心中去。这则关于寻找亲情的童话，也许

是麦洛洛想告诉我们：童话是美的，是温暖的。但童话也是假的，不真实的。就像女孩在划亮火柴，看到幻觉的那一刻，只要有一点微弱光芒温暖她，哪怕马上就要重归黑暗，知道温暖不过只是虚假的海市蜃楼。只要曾有一束光芒温暖心灵，也能为即将面临光芒之后所见的更深黑暗，积蓄一点勇敢。

读完《孤鸟》，写得这么好，让我很意外、很意外。曾经以为麦洛洛是偶像，却没想到，他在文字的世界里不是偶像。他写得这样圆熟，这样得心应手，这样体力充沛（我始终认为写作是体力活和心力活，总之是力气活），像跑惯了马拉松的人，什么时候蓄势，什么时候加速，什么时候和别人共振，什么时候脱颖而去，都有计划。局部的雕琢刻画和整体的调遣安排，全都悠游自在。少年相处场景，让我想起苏童。以书信构架的后半段，甚至让我想起《刽子手之歌》。

我们得尽力撇开他偶像形象的干扰，去那个幽深碧绿的小王国，看看少年们怎么积蓄一段盛年，怎么储备一个账户，为将来可以预见的孤独，准备尽可能多的回忆。

有过这么一段记忆，我们就可以更好地面对孤独。正如麦洛洛所言：书写孤独，才能认清孤独，才能不再孤独。直视生命悲凉的本质，是种莫大的勇敢。

“醒时同交欢，醉后各分散。永结无情游，相期邈云汉。”又或是：“你我相逢在黑夜的海上，你有你的、我有我的方向。你记得也好，最好你忘掉，在这交会时，曾经互放的光亮。”

韩松落

2016 年 10 月

【自序】——孤独交响

我很小的时候，就学会了沉默不语。喜欢抬头凝视天空，喜欢开窗观望寂寞的大雨。就在我沉默的时候，耳中却清晰地听见了世界的声音。十多年后，一个清冷的早晨，当我坐在故乡的窗前，看到初冬雨水将窗外孤山染透，浩瀚树林苍茫，四下寂然无声。此刻，世界就在远方等我。我忽然明白，无声便是一种孤独。我看到自己的灵魂，正在离开沉默的躯壳。

我开始构思一个关于“孤独”的故事。在一个不关注作家的年代，我写了一个不讨巧的故事，关注了一个边缘的题材，完成了一个叛逆的作品。因此它注定是饕餮盛宴里一道冷僻的生鲜。但对我而言，完成它，比其他事情更为重要。

十六岁时，我患上了抑郁症。抑郁伴随失眠。二十几天我没有睡觉，强大的精神压力摧垮我的身体，最后不得不求助心理医生。吃了一段时间安眠药，抑郁症状有所缓解。在我彻底治好病症之后，心理医生告诉我，其实他给我开的药并不是安眠药物，而是有益身心的维他命。我受到极大的震撼，怎么都不明白，为什么精神疾病也会莫名自愈。

后来，我终于得到了答案。原来，抑郁与孤独只是每个人的常态，就像一个人会感到喜悦，是很自然的生理现象。人的肉体器官会得病，精神依然如此，尤其是那些天生心灵就比较敏感的人。肉体有免疫功能，而治疗心灵最好的药物，是时间。其实孤独的分量没有减少，只是随着年岁渐长、经历累积，我们对于孤独的承受能力变强了。如此而已。

这便是我要告诉你的“孤独”。

孤独不是一种负面能量，恰恰相反，我觉得孤独是一种励志。如果一个人连孤独都可以抵御的话，再大的挫败都无法击垮他的人生。人更多的是在绝望当中、在悲伤当中，勇敢地站起来。有目击悲伤的能力，这是最大的励志。

励志，可称之为一种积极的自我催眠，是在你成功的刹那，感到自己原来是没有多少志气的，所以才需要拿出更多的勇气，继续往前迈进。乐观不见得能净化人的心灵，但孤独却是净化人心的捷径。

就像我认为，悲剧和喜剧，归根结底，其实是一样的。喜剧的终极是悲伤，悲剧的终极是悲到最后有壮烈的、乐观的东西喷发出来。如同一枚钱币的两面，是物极必反的道理。

这些年，我一直保持着清洁的生活习性。不爱泡吧，拒绝夜夜笙歌。写作使我只对“人性”本身感兴趣，对环境就不太有兴趣。像那些科学家，需要将大把时间扔进一生的研究，他可能丧失了日常生活的一些快乐。写作也是这样，将时间扔进人性的黑洞。一个人若看穿人性，就看穿了孤独的质地。知道所有事物都有周期，所以对亲密关系持有警惕，所以向孤独靠近。

“孤独”的反义是“亲密”。但亲密并不是一劳永逸的。亲密的关系更不在血缘上，而在于心灵。无论世间哪种感情——亲情、友情，或是爱情，再深的情感都不足以改变什么。比如死亡。你再爱一个人，都无法改变他走向坟墓的方向。

也许，“及时行乐”是面对一切情感关系最舒服的态度。有了你就痛快地去爱，不要瞻前顾后，没有便安安静静地享受孤独。爱是一种随时出现又随时消失的过程，和厮守一生不是一回事。厮守一生的关系，其实离“爱”已然很遥远了。不是你的一腔热情，就可以使这些情感变得百依百顺。

所以在很早的时候，我就明白了命运的无常，不大追逐执着的幻觉。人们认为这是悲观。可他们忘了，这只是生命的常态。就像清水能洗去衣服上的污垢，就像眼泪能涤净心灵的污浊，悲伤是快乐最真实的对照。人若太趋向光明，太趋向温暖的东西，就会丧失看待真实的能力，岂不是活在一座无形的空中楼阁里，危险反而更大?

生命的有些真相是残酷的，是人的本能不愿去触碰的，所以才难以客观地认知一份情感，所以时时感到孤独。

书的卷首语，摘自萧红的话。她说，她在禁闭的笼中，在无尽的孤独里，度过了生命的“黄金时代”。——是那段穿行在黑暗隧道的时光，奠基了走出洞口后，抬头望见光明的刹那。

“黄金时代”并不是指一个人最丰满的人生阶段，而是当你面对失败之时，心性是否依旧灿烂，是否可以坦然接受幸福将逝。这才是对自己的生命，或是对别人生命的一首赞歌。Hymn for the lonely。

所有关于孤独的思考，已全数写进故事。我写了一群孤独的孩子，他们在各自的生命旅途中流浪，最后在一起，奏出一首孤独的交响乐。他们努力寻找光明。有人成功了，反被生活奴役，苟且回避着生命悲凉的真相；有人失败了，却奴役了生活，决绝地与命运对抗，活出最真实的自我。他们是非常有尊严的人，在守护着并不美好的岁月，却表现出最强大的战胜命运的姿态。

故事里的那些孩子，最终在我心中活成了“英灵”。或许他们依旧经历着苦修，继续上演着没有止境的悲伤。又或许，他们早已证悟了命运的困厄，降服了烦忧，心甘情愿地委身于世间的残酷，最后涅槃于无念的净土。

然而，故事结尾的那则童话，证明他们早已将他们的命运挥舞在翅膀之下。如所有正在爱的人一样，没有谁比谁的爱更温暖，只要心里曾经怀揣热望。童话是美丽的，我想给这些“失败者们”一丝安慰，以此感谢生命这样的嬗变过程。

书写孤独，以此认清孤独，最后不再孤独。直视生命悲凉的本质，是一种勇敢。

世事如海，所有文字终将归于尘埃。愿这些孩子的故事，像一阵微风，在尘埃落定前奏起音乐，使“孤独”得以欢快起舞。

麦洛洛

2016年2月28日

夜阑人静写于大理

【前奏】

梦城

一切都要从这里说起。

后来，我们的记忆已开始淡忘这里。我们记得的，只有这个带些梦幻色彩的城市——梦城。以及像梦境般断断续续、残残缺缺的梦城回忆。

回忆里，天一亮，梦城的清晨便会被一层薄雾笼罩，仿佛舞台上为了营造唯美效果而喷洒的干冰。我们拖着半夜残梦醒来，步履迟缓地走向操场。在操场东边角落，矗立着一个栏杆，也许是给以前的学生们做运动的场所。清晨的第一缕光辉总是最先洒在栏杆顶端，我和乔树噌噌噌地爬了上去，阳光照在身上暖暖的。不一会儿，西面灌木林里的植物醒了，在晨雾里抖落叶片上的露水。于是泥土也醒了。露水滴进泥土里，将地下的蚯蚓、昆虫都叫醒了，它们在地里打滚、翻转，继而一整片天地都醒了。薄雾散去，越来越多的阳光将陈旧的校园照亮，操场上回荡着我们的脚步声和口号声："一二一、一二一……"声音在空阔的校园里回荡开来——于是，我们赖以存活的理想国，终于醒了。

说起我们理想国的历史，其实荒谬得可笑。它是由一个废弃中学改建的。八年前，这所中学因一桩意外事件，蒙上了恐怖色彩：在一个异常宁静的中午，一位中学生突然从六楼坠落，脑水、血水溅了一地，死相极为恐怖。而后在这所中学寄宿的学生，总能在傍晚时分，听到摔死学生的哭泣。闹鬼的传闻愈演愈烈，随着生源流失，校园日渐荒废下来。空置了几年后，梦城的领导将这里划归成了一座孤儿院。

这就是理想国的前世今生。我们是第一批走进理想国的孤儿。来到理想国之前，我们挤在一处破陋的小窝里，睡大通铺，吃大锅饭。这个小窝显然经历过好些年头，但谁也不清楚小窝的主人是谁。小窝的环境，连蛇虫鼠蚁都嫌弃，地上散着层层叠叠的垃圾，臭气熏天。掉漆的墙面，露出可怖的红砖内里。我们缩在不足三十平方米的小窝里，排得太满，月光、日光都被我们的身体挡住了，常年阴冷。我们就像一只只白色的臭蛆，在如化粪池一般的窝里如鱼得水。夏夜，毒蚊子觅味而至，却找不到落脚之处，就勉强落在我们头顶的那面红砖墙上。我们常用巴掌去

拍，拍出小小的血泊来，才能意识到身在小窝的憋屈。地板是生水泥的，沙砾粗糙的表面，一会儿就磨秃杨妈妈一支新扎的拖把。

可想而知，当我们走进这个空旷的校园时，是多么兴奋。我们完全忽略了曾经的恐怖传说，将此视为理想的完美国度。我们不再睡大通铺，每个人都有一张小小的床，我们用破了洞的草席，盖在铺积着灰尘的床板上。推开窗户，风灌进来，把房里的臭味吹开了。窗里窗外，傍晚不白了，紫起来，又灰下去。我们全都挤在窗前，凝视绚烂的晚霞消退。我们像手提一根蘸满快乐的大羊毫，快乐的墨汁蘸得不能再饱，一触即溃溢开来，洒在我们理想国的雪白宣纸上。

而我们注定要用快乐，书画我们伤悲的青春岁月。但我们不曾伤悲。我们是一群从出生就没见过父母亲的孤独鸟，我们相依相偎，我们快乐得不知所以。而我们的快乐，在别人眼中，正是一种无可名状的伤悲。

搬进理想国的第十天，梦城的好心人给我们送来了一些床褥和一台收录机，于是我们在理想国的日子更丰富了一些。每到晚上，我们全挤在杨妈妈的寝室，听广播里传出的《梦城新闻》。广播里的女声，一口带梦城乡音的普通话，常把我们惹得哈哈大笑。但我们都听得津津有味，外面世界的多姿多彩，顺着播音员蹩脚的普通话，一次次传进我们心底，让我们升起向往。

向往，使我们看到了理想国的边界，那是四面扎着玻璃碎片的围墙，将我们与外界分隔开来。现在，我们还只能遥望窗外，好像虎狼奔走的森林里，一群劫后余生的梅花鹿，异常警觉地注意着外面的风吹草动。生怕错过一声，就不能再与外面连接，将被永远放逐在这个如荒岛一般的理想国里。

所以，我们很早就懂得了，要想逃离这个没有依靠的国度，只能激发出最原始的动物本能。在漫无边际的黑暗中，在无穷无尽的关押里，徒手挖出一条血淋淋的逃亡之路。

我亲历了这个国度隐秘的、不能与人语的沧桑痛史。我从“小兵”长成了“元老”，从受欺压的奴隶变成了欺压别人的奴隶主。在我们的理想国，学不会欺压别

人，就只能等着被别人欺压。于是我们都成了最会演戏的小丑——坚强掩饰着面具下的弱小。扭曲的生态系统，使我们早早学会了“丛林法则”，早早意识到整条生物链的残酷和丑恶。

我们的理想国，历史不明，前途暧昧，不知道是谁创立的，也不知道它最终的命运。正如我们这群生长在理想国里的孤儿，过往和梦想是不可言说的，只能当隐秘一样藏在心底。但也在几个实在伤感的夜里，我们围坐一团，相互道出一些从来不敢启齿的梦想，追怀一些令人心折的古老故事。人，各有各的快乐，痛苦却都一模一样。我们的痛苦，始于父母的遗弃，终结在未来路上的自我放逐。

因此，我羡慕那些到了年龄就能离开，或未满年龄便偷偷溜出理想国的人。我总是想逃。怎么逃、逃去哪儿，就是我年少时的所有思考。

记得我六岁时，有一个跑出理想国，在外面世界当了一段时间的乞丐，又跑回来的前辈。他回来后，我们将其团团围住。他站在人群中央，满心悲怆又一脸兴奋，带着偷溜之余的快活，而又十分感慨地说道：

“小崽子们，你们以为外面的世界很好吗？大错特错！外面的世界更残酷！等到你们飞出去的那一天，你们就会知道，外面是待不下去的。总有一天，你们还是会乖乖地飞回我们的理想国。因为，我们是一群无依无靠的孤独鸟，孤独就是我们最大的依靠。”

【奏鸣】

我们的理想国

1

我记得，那一年盛夏的天空特别蓝。好几个月都没有下雨，阳光把大地晒得龟裂，空气里浮动着一层汹涌的热浪。校园里的树木花草，大多被晒死了，只有后院草坪里，那一蓬蓬年久失修的野草，还在疯野地往院外膨胀。云层压得很低，几乎触到了我们的眉头。蓝天的一角，一团又大又红的太阳，扑哧扑哧冒着热光，仿若一个发着猩红热的大肉球，扯着血丝。空气又热又闷。很快，空旷的操场便叫这阳光晒白了，天地间只传来蝉的聒噪，又因这聒噪，周遭却更显得沉寂。

我们一个个全坐在废旧的升旗台上，汗水淌了一身。水泥地叫阳光晒得烫屁股，但丑鬼命令我们老实坐着，不能起身。丑鬼是我们理想国最老的成员，他今年十六岁了。梦城孤儿院最初建立的时候，丑鬼才四个月，跟着杨妈妈搬了一个又一个小窝，又亲手把一个又一个理想国的老成员，送进养父母家里。我们猜，丑鬼也许是因为这副丑样，才没人愿意领养的。

丑鬼着实是丑。杨妈妈说，十六年前的冬天，她在孤儿院门口发现了他。丑鬼被放在一个纸盒里，周身只盖了一条扯了丝的花毛巾，一看就是“梦城毛巾厂”的作品。毛巾盖住了丑鬼的脸，却没盖住丑鬼的哭声。等杨妈妈翻开毛巾一看，吓得差点把他摔在地上。丑鬼长得就像一个小恶魔，五官扭曲在扁平的面颊上，鼻眼口耳，全错位了，青光的头上飘着几根白色发丝，哭的时候像在笑，笑的时候却像在哭。杨妈妈怀里抱着丑鬼，放眼望去，下雪的街道空无一人，她只好把丑鬼抱回屋里。之后，杨妈妈抱着丑鬼，去过几次梦城毛巾厂，想找到他的亲生父母。但毛巾厂的人都没听说谁家养了个长着恶魔脸蛋的小婴儿。我们猜，丑鬼也是因为他这张丑脸，才被亲生父母遗弃的。

很快，理想国里三十八个大大小小的成员，全都挤到了升旗台上。汹涌的热浪里，浮沉着一颗一颗的人头，晃过来，荡过去，将升旗台挤得密密麻麻。你可以看到，在这些人头上，无不安着一双兴奋的眼睛。顺着这些兴奋过度的人头往下看，

是一颗残秃的、飘着几缕白毛的人头和另一颗乌黑毛发如狮鬣般奓立的人头。我们在台上叽叽喳喳，交头接耳地传递着什么。内容让我们感到惊讶。统领了十六年理想国的丑鬼，头一回遇到了挑战对手，还是个刚满十二岁的少年郎。理想国能不能分成两派，待会儿就要看这个少年郎的本事了。

因为关乎我们理想国的改朝换代，所以我们全都屏气凝神，大气不敢出。据说这个敢于挑战丑鬼权威的人叫乔树，是前不久才进孤儿院的。他来的那天，我们全部挤在他的寝室门口瞧热闹，因为我们都是几人同住一间，他却可以享受一个人单独住一间房的特殊待遇。我们聚在他房门的玻璃窗前朝里望，他十二岁的年纪，个子很高，模样长得可俊秀了，让刚刚有了青春萌动的倩倩，忍不住发出惊叹。乔树做事的姿势也帅气，他正在组装一辆玩具坦克。在我身边的老鼠说："上次杨妈妈带我们去友谊商场，我看见了那辆坦克车！要二十块呢！"

我们无不发出惊叹，闪着欲念的眼睛，像夜猫的瞳孔，射出羡慕的目光。喃喃的、沙沙的、吱吱的低语和猜测在我们中间蔓延开来。但无论我们闹出多大声响，乔树只是专注在那辆坦克车上，不搭理我们。他倔强的脸上没有一点笑容，在我们这群嬉皮笑脸的小油条中间，显得格格不入。

就在我们起劲议论乔树的时候，丑鬼来了。他扒开我们，又用歪了的眼睛，往里瞧上一眼。他握起拳头，砰砰砰，敲了三下窗玻璃。屋里的乔树抬头往外看了一眼，很不屑地又低头弄自己的事了。这可惹恼了丑鬼，他一脚踹开乔树的房门，耀武扬威地走到乔树跟前，叉着腰问："你，什么意思？！"我们都跟在丑鬼后面看热闹，只见乔树默不作声，噘着嘴，依旧组装玩具坦克。丑鬼又冲乔树吼道，"你想死吗？"说完便将乔树手里的坦克车夺了过来，用力摔在地上。马上就要组装好的坦克车，就这样又摔散成一堆零件。

空气静了好几秒，乔树接下来的动作，让我们都吃了一惊。经过漫长的蓄力，他突然挥起拳头，照着丑鬼的脸就是一拳。血顺着丑鬼歪扭的鼻孔流出来。这个动作肯定把丑鬼也吓着了，因为从来没人敢在他面前放肆。丑鬼愣在原地，忘了还

手。我们一个个捂着嘴偷笑，笑声中，乔树用一种近乎尖锐的眼神，挨个把我们扫视了一遍，然后说："你们，都滚！"

丑鬼这才想起还手，一拳一脚落在乔树的脸上、身上。很快，在这间空旷得响彻着回音的寝室，丑鬼和乔树扭打在一起。我们在旁边添油加醋地鼓劲，也不知是为谁。因为理想国在丑鬼的统治下，常年波澜不惊，这突然乍现的热闹，使我们每个人都异常兴奋。只见丑鬼把乔树压在身下，一拳一拳地揍着。乔树咧着嘴反抗，一口大白牙从猩红的牙龈上猛凸出来，无比狰狞。忽然，乔树平地一声吼，鼓足力量挣脱了丑鬼的钳制。战况扭转了，他扯住丑鬼脑袋上的几缕白发，用手掌的力量将丑鬼推出危险距离，使他无法近身，而后又用脚一下下踹着丑鬼的肚子。丑鬼反抗不得，被乔树踹得呕出了中午的西红柿菜汤。等把菜汤呕完，又呕出了辛辣的胃液。到胃液都呕完了，我们一个个全吓得脸色惨白，方才的兴奋消失殆尽。只见丑鬼呕出了一摊殷红的血，两眼一闭，晕死过去。

这下，稍微勇敢一点的男孩都上前拉架，女孩们则缩在一边放声大哭。只有水滴这个未满十岁的女孩，跑上前扶起丑鬼，然后用班长式的口吻，冲乔树喊："你下手那么狠！要把他杀死了！"还拼命想挣脱男孩臂弯的乔树，听水滴这样一喊，竟安静了下来。水滴还是用班长式的口吻，指挥、命令着比她年纪大的孩子，"倩倩，你快去找杨妈妈！老鼠、三娃，你们把丑鬼扶回寝室。你，杜浩天——"

"我？我干什么？"我问水滴。

"你平常最爱偷奸耍滑，所以留下来看住乔树！"

聚集在乔树屋里的孤儿都散去了，空气静得诡异。窗台上落着这天的夕阳，温暖的光束将生着斑斑铁锈的老课桌照得分外醒目。我坐在乔树对面，眼睁睁地看他把散落在地上的玩具零件捡起，一股脑儿扔在发着潮味的床褥上。我拧着身子，动也不敢动。我们理想国的孤儿们，学会的人生第一课，就是"识好歹"，知道什么样的人可以去惹，什么样的人绝对要避而远之。就像水滴，虽然她比我还小几个月，但她的命令我不敢不听。如果水滴在一个正常的班级环境，一定是老师最合适

的班长人选，有些女孩的口气，天生就带着一股不可忤逆的强硬。

这时，乔树明显被七零八落的零件惹恼了，组装了一半的玩具坦克又被他狠狠摔在床褥上。斜阳打在他的脸上，我看见他脸颊边毛茸茸闪着金光的一道弧形。我想，如果乔树生活在一个健全家庭的话，一定会是父母的掌心宝。不知不觉，我看呆了。我幻想过每一个在理想国的孩子，如果走进正常家庭会是什么样子，但我唯独没有想过自己。在这个把乔树看呆的时分，我心里第一次有了这样一个热望：如果我是在一个健全的家庭，那会是什么样子呢？

然后乔树就回头看了我一眼。他侧着脸，夕阳在他脸上照出一派辉煌。

我着实被吓了一跳。虽然乔树这一眼很快就闪了过去，但我还是被我们相互间的这次眼神触电给吓到了。偶尔地，我有那种感受：我和一个生灵，或一只潜行在夜里的野猫，或一条在垃圾堆里翻食的脏狗，或一只失足落在脚边的松鼠，我们突然间不期而遇，目光碰在一起。这一刻，我们内心的某种锋芒对上了，都感到一阵微微的战栗，既是莫名的恐怖，又能从恐怖里体验到莫名的新奇。我几乎能证实，眼神与眼神间这一刻的碰触，其实就是两个灵魂跨过了漫长等待后的邂逅一刻。超越了类属的照镜，在这不期然的邂逅中，达到了全然的理解和懂得。

那一瞥目光，蘸满了夕阳的辉煌，使我相信在这个世上，真的存在一个既互相排斥又彼此对应的磁场。这磁场存在于久别岁月，最终一刻重逢的形骸里。

现在，我便是那只不期然间坠落在他脚边的松鼠，僵着身子，梗着脖子，动也不动地望向他，望向那即将围捕我整个青春岁月的狩猎人。

乔树笑一下，对我说：“杜浩天，来，帮我装坦克。”

“啊？”

“过来帮我装坦克。”乔树又说了一次。他的声音也是天生带命令音色的那种。我只好走过去，站在他身边。他问我，“你怕我吗？”我点点头。他笑了笑，马上又变得非常沉默。

差不多就在我们快装好坦克的时候，水滴和杨妈妈走了进来。想必杨妈妈的

姗姗来迟，是去处理丑鬼的伤了。看样子丑鬼伤得不轻，杨妈妈都没来得及梳头，乱蓬蓬的卷发上天入地，波浪上还落着一个个七彩卷发筒。杨妈妈进门后，先是抬起乔树的脸，查看他眼角边被揍出的瘀青，随后在瘀青上涂了一点紫药水。乔树坐在床上，眼角轻微抽搐，表明了他心底天大的挣扭。给乔树处理好伤口，杨妈妈坐下来，开始对乔树讲道理。乔树低着头，一言不发，忍受着杨妈妈的喋喋不休。时间大概过了很久，杨妈妈的话在我们耳中变成了含混不清的咒语，让我们直发困。乔树终于受不了杨妈妈的唠叨了，用低哑的嗓音回了一嘴说："闭嘴吧。"

杨妈妈的话中断在乔树的抗议里。她愣了一下，替自己打圆场："那就吃饭去吧。"

我和水滴还有乔树，三个人并肩往食堂走去。要说食堂，其实就是一间小灶房。红砖上架着铁锅和水壶，柴火把锅底烧黑了，屋子里全是炒菜之后留下的呛人油烟。橱柜里放着八只碗，除去杨妈妈单独用一只，剩下七只碗就是我们三十八个孤儿吃饭的工具。如果谁去晚了，就只能用别人用过的碗。如果孤儿们一齐到了，用碗的顺序就按尊卑排序。还好，杨妈妈给我们三个留了饭菜，一盘黑乎乎的野菜伴三个粗面馒头。

等我们快吃完的时候，丑鬼和杨妈妈姗姗地走进食堂。我眼睛最尖，第一眼就看到了杨妈妈手里握着一个鸡蛋。居然是一个蛋！杨妈妈给失败者丑鬼开小灶，我的口水都要流出来了！我觍着脸冲乔树说："你把我也打昏吧！"乔树没说话。倒是水滴跳起来，拍了一下我的脑袋，骂道："没出息！"

那一天，梦城孤儿院里三十八个孤儿，都闻到了从食堂飘出来的鸡蛋香。我们刚用野菜和粗面馒头喂饱的肚皮，又开始咕噜咕噜叫了起来。丑鬼心满意足地吃着炒鸡蛋，这盘菜又重新确立了他的统领地位。等杨妈妈走出食堂去忙别的事后，丑鬼将我们都叫到他身边。他说："你们喊我一声'大王'，我就给你们吃鸡蛋。"霎时间，食堂里充满此起彼伏的"大王"，我也凑到丑鬼身边喊他。人群里，只有水滴和乔树不屑丑鬼的蛋。很快，一盘炒蛋被我们瓜分得一干二净，连盘底的油都被

一条条流着涎水的舌头舔干净了。水滴在门口气得跳脚，刚想和乔树离开，却被丑鬼叫住。丑鬼冲着乔树的背影喊：“喂！等我伤好了，我们到操场上决一死战，敢不敢？”

乔树转过身，立定站好，用粗硬的嗓子吐出两个字：“随便。”

丑鬼和乔树的死战，定在七天之后。那一天真热，因为关乎理想国的改朝换代，所以我们早早地就坐到了升旗台上。丑鬼和乔树的约定是，如果谁赢了这场决战，谁就是理想国新的统领。战争开始了，比乔树高一个头的丑鬼，率先发动攻击。他朝乔树跑过去，一拳打在乔树的肚子上。乔树倒在滚热的水泥操场上，丑鬼得意扬扬地继续挑衅乔树：“来呀，动手呀！”乔树站起来，并不还手。丑鬼以为这是乔树的计谋，所以几个回合之后，丑鬼也不敢再轻举妄动，一直站在离乔树几步远的距离外，举着拳，跳着脚，并不发动攻击。烈日下，乔树冲丑鬼伸出手臂，勾勾手指说：“来啊。”丑鬼被激怒了，快步冲上去。只见乔树随即蹲下身，一记扫堂腿，将丑鬼扫翻在地。

升旗台上，看热闹不嫌事大的我们，爆发出一阵叫好声。丑鬼脸上布满愠色，他哇啦啦地叫喊着，冲乔树跑去。乔树握着丑鬼的手臂，一个后摔，将丑鬼摔在地上。人群又是一阵叫好。看来乔树是不愿再耽误时间了，他三下两下，干净利落地揍着丑鬼，让丑鬼找不到起身的空隙。打到最后，我们怕丑鬼又要被乔树揍晕，连忙冲丑鬼喊：“丑鬼丑鬼，你快投降吧！乔树以前练过跆拳道的！”丑鬼不服气地“啊”了一声，终于瘫软在地上，不动弹了。

照规矩，乔树是我们理想国新的统领。我们全都跑下升旗台，围在他身边。丑鬼垂丧着头，也站进队伍里。我们像一群等待长官检阅的小兵，在乔树跟前一字排开。可乔树顿了顿，却说：“我对当老大没兴趣，还是丑鬼来当吧。”丑鬼的牙齿咯噔咯噔地咬出声响，眼睛里喷出愤怒的火焰。乔树又接着说，“我只要两个人跟我……”听乔树这么一说，我们全都伸长脖子，打量着彼此。之后，乔树背着手走过队伍，在我面前停下说，“你，杜浩天。”又走到水滴面前说，“还有你，水滴。”

很奇怪，我并没有感到被新统领选中的得意，只有无尽的惧怕在心里蔓延。那一刻，他跟我离得这样近，他十二岁的面孔和我十岁的面孔，容纳在同一个半尺之内。我吓得不轻。后来水滴说我小脸惨白。回到那个夕阳时分，松鼠与猎人的邂逅。猎人伸手捕起松鼠，于是什么都毁了。

2

我们的寝室，在校园的西南角，一栋岌岌可危的砖泥房。房子只有一层，淡灰色的墙面铺了一层小尖石，摸上去痒人手心。楼道里悬着一根根生锈的铁丝，肯定是以前学生们晾衣服的所在，如今上面飘吊着破败的蜘蛛网，网丝上结着一圈黑色泥垢，显得萧条。楼道尽头是盥洗室，形同虚设，水管早就干涸了，水龙头也生了很厚一层铁锈，转动它，只有咯吱咯吱空响。每到晚上尿急，我们嫌厕所离得太远，要穿过操场到后院去，所以干脆就在盥洗室解决，铺着白瓷砖的洗漱台，早就变得污黄，散发着一股尿臊味。杨妈妈单独住在楼道右边的尽头，因为靠近校门，方便听到动静。迎着校门的那面墙，爬满了绿色的爬山虎，杨妈妈带我们拔除过，但无论我们怎么弄，爬山虎不出几天就又会占满墙面，后来索性任它疯长，不再管它。

我住在顺数第三间寝室，隔壁是女孩寝室。乔树的寝室在最左边的尽头，靠着一个大斜坡，往斜坡上去，就是理想国的围墙。围墙边种着一排香樟树，树荫外是一座不高的山，山腰上孤零零地坐落着一座农人的草屋，旁边开垦出一块田地，埋着三座土坟，我们总能在起风的晚上，听到大风将木制坟牌吹得哗啦作响。而透过我的寝室后窗，正好能看见三座坟。我总是想，为什么从前建这所学校的人，不把围墙再建高一点儿呢？如果再建高一点儿，我就看不到坟墓了，虽然它还是立在我的床前，使我无数个夜晚被它吓得尿裤子，但起码看不见了，也能化解一些我内心的恐惧吧。

除了乔树单独的寝室，是杨妈妈特别安排的之外，其余男孩的寝室，都是丑鬼做主分配的。每一个被坟墓吓得不敢去屙尿的夜晚，我总是很羡慕被分派到其他寝室的男生，他们总是三五成群，结伴去盥洗室屙尿。但我不敢让和我同寝室的人陪我去，他们都是理想国生物链上的塔尖人物，以“大统领”丑鬼为首，然后是“二

统领”阿春、“三统领”刘源，如果因为我尿急把他们吵醒的话，那我肯定没好日子过了。

但纵使我不吵醒他们，我的日子也不好过。当初丑鬼就是看中我的懦弱，才将我分配到他的寝室，做跑腿小弟。每天早上，我还来不及处理自己前夜尿床的床褥，就得帮他们去食堂打早饭。等到统领们一个个都睡醒饭饱，准备去教室上画画课时，我才能拖着破了洞的草席，拿到井边刷洗。

这口井，我也是怕的。我不知道井里的水从哪里来，无论我们用铁桶打了多少水，井水还是满满当当的，从来不见减少。从我们搬进校园，这口井就一直存在。它坐落在操场的角落，以前被一块可以弯折、打开的大木板盖住半边。后来，这块木板被丑鬼撬了去，当“席梦思”垫在床上了。我们才得以看见完整的井底世界。这口井可真深，暗幽幽的，里面游动着像水鬼一样的黑色鲤鱼。井口是长方形的，旁边固定了几个铁梯子，可以下到井底。但纵然是丑鬼，也没胆量爬到井底一探究竟。

据说这口井以前淹死过人。我是从丑鬼嘴里听说的，也许他是吓唬我的也说不定。每当三位统领去教室，路过在井边刷草席的我，总要嘲笑几句：“哎呀！小崽子又尿床啦？”又总要唬我几句，“小心哦，一会儿有水鬼要上来捉你的！”这时我的手总是不听使唤，加快刷草席的动作，然后匆匆把湿了的草席挂在井边晾晒。身后传来几位统领的哈哈大笑，我委屈得想掉泪，但在我们的理想国，眼泪是最没用的东西，它只会让你的软弱展露无遗，只会让别人更加肆无忌惮地欺压你。

乔树赢了丑鬼的那天晚上，我像个喽啰般跟在丑鬼后面回到寝室。因为被乔树当众点了名，我知道自己的末日来了。果然不出所料，丑鬼、阿春还有刘源，三位统领将我逼到墙角，命令我脱掉衣服，我瘦溜溜、干巴巴的身躯，是他们最好的发泄工具。他们弯起腿，将乔树踹在丑鬼身上的射门，一一回报在我肚子上。我想用手捂住肚子，害怕内脏被他们踹碎，但我首先摸到的，是裤裆上一片潮湿的尿渍。我吓得尿裤子了。

丑鬼、阿春还有刘源，在我面前捧腹大笑，丑鬼走近我，扯住我的头发，迫使我逼近他歪曲的五官。他说："你这个小崽子，是什么时候和乔树搭上伙儿的？"我急忙辩解，但还没等我把话说完，阿春又在我裤裆上狠踹了一脚。我痛得冷汗直流，捂着裤裆，蹲在地上。突如其来的剧痛使我耳鸣，他们还在骂着什么，但我一句也听不见。然后，丑鬼一声令下，阿春和刘源的拳头、飞踹，便依次在我的骨肉上着陆。我的意识模糊了。迷蒙中，门外是白的，门内是黑的，阿春和刘源跨越的动作就成了两个偌大的黑色剪影，在月光的白底版上，黑与白简化了我与周边事物的关系，这一发发不计死活的射门，被月光进一步简化。是这样的符号——霸权，欺凌。他们的腿轻盈迅捷，一条腿刚在我尿湿的裤裆前画出抛物线，另一条腿便紧接着跟上来，两条腿一放一收，拉成一张满弓。我至今还能想起，这个仿佛灵魂出窍般的刹那，我的灵魂在白月光的凄烈中，观望着庞大的黑色剪影的进逼。然后，我就昏死了过去。

我是被冷醒的。醒来时，周边一片寂静，我的听觉和感觉都恢复了，但我的视觉还很有限。慢慢地，我的视觉也恢复过来。我吓得直打寒战。我发现自己被丑鬼他们扔到了那口恐怖的深井旁，衣服被溢出来的井水洇湿了。

不远处是暮夏的晚夜，热度、湿度薄薄的。我抱着双臂，两腿发抖走在月光中。诡异的校园只能听见夏虫的喧嚣，我不知道自己该去哪里。十岁的我，觉得自己失败极了，这张天天在井口边飘飞的尿床草席，就是我失败的证明。那一刻，恐惧反而使我胆大了起来，我认为自己该把一切失败清算。于是，我闯进了乔树的寝室，想找他报仇，要不是他今天当众点了我的名，我怎么会被丑鬼算计？

乔树还没睡，屋里点了一支蜡烛，他坐在蜡烛前，还在组装那辆玩具坦克。我把门撞开。他被蜡烛投在墙上的巨大黑影，狰狞地望向我。

"你干什么？"乔树问。

"没……没事……"我说。我浑身都在抖。那一刻，我承认自己又软弱了。

他见我湿漉漉的，赶紧将我拽进屋里，从包袱里拿出一套衣服给我换上。我从

来没穿过质料这么好的衣裤，纯棉的，穿在身上暖极了。我禁不住疑问起来，他那么有钱的孩子，怎么会沦落到我们的理想国呢？

我坐在他对面，这张床只铺了一块光秃秃的木板。他问我怎么了，我摇摇头。但很快，我的落魄就在他眼里现了形。他厉声问我："是不是丑鬼他们欺负你？"

我点点头。他又说："今晚你和我睡吧，明天我给你报仇！"

我赶忙拉住他，请他千万别冲动，我是无所谓了，早习惯了被丑鬼他们欺负，就让今天的事过去吧，如果乔树再帮我报仇，往后我的日子肯定更不好过。

乔树说："那你搬到我屋里来。"

"要不要问问丑鬼……"

乔树不管我了，他摇摇头，似乎对我的软弱感到很失望。他又坐回蜡烛前，继续组装玩具坦克。我怯弱地问他："需要帮忙吗？"只听他说："奇怪了，自从我爸妈走后，这辆坦克怎么也装不上了……"

那一晚，我和乔树挤在一张床上，怎么也不敢睡，我怕自己一睡着，会把乔树的床尿湿。他也没睡，和我有一搭没一搭地说话。他问我："有没有爬到操场的栏杆上去过？"我说："我害怕。"他说："杜浩天，你怎么那样胆小呀？"我像只老鼠，咯咯咯地伏在被窝里笑。他说，"那明天早上，我们一起去爬栏杆吧。"我说："好。"

立在操场边的栏杆，有一层楼那么高，像一架巨大的爬梯，矗立在操场的水泥地上。栏杆的顶端，可以让孩子把腿伸进去，胸前挡了一根铁杆，屁股坐上一根铁杆，很安全。坐在顶上，可以俯瞰整个校园，据说还能看见理想国外面的世界。我从来没有上去过，因为只有丑鬼、阿春还有刘源，才有资格坐在上面，代表了理想国的绝对权威。

这一天，夜还没有完全消退，乔树就带我来到了栏杆下面。他像一只敏捷的豹子，一下就爬到了顶上。他在上面招呼我："杜浩天，别怕！快上来！"我抬起头，在下面朝他傻笑，却始终不敢往上爬。乔树又噌噌噌地爬下来，对我说，"你再不上去，我就不准你睡在我屋里了！你等着被丑鬼他们揍吧！"听他这样一说，我只

好壮胆往上爬。乔树在旁边保护我，教我怎样把腿伸进去，转个身，再把另一条腿也伸进去。我第一次坐在栏杆上，眼底的世界让我无比震惊。我看见逐渐醒来的梦城，自行车如潮水般涌入街道。太阳钻出了云层，第一缕光辉洒在我和乔树身上。我兴奋地大叫，乔树在一边看着我，笑骂道："傻蛋！"

我奇怪为什么乔树不高兴，他总是愁眉苦脸望着外面。空气慢慢热起来了，梦城醒了，校园醒了，只有其他三十六名孤儿还在熟睡。乔树忽然叹息一声，问我："杜浩天，你想长大吗？"

我说："想啊！你看丑鬼他们长大之后多威风！"

"可是长大以后，要经历很多不高兴的事呢！"

"怎么会？长大以后，我们就能做自己想做的事了。"

"你想做什么？"他问我。

"嗯……不知道……"我冲他傻笑。

"杜浩天，你整天被欺负，怎么还那么高兴？"

我一时答不上来。太阳终于升上天空了，香樟树上落着一片金灿灿的光辉，特别美丽。也许就是这简单的美丽，使我高兴。

乔树那句"你整天被欺负"提醒了我。我说我怕高，要下去了。其实我对栏杆顶端恋恋不舍，这个代表了理想国生物链的塔尖，让我内心澎湃。可我更怕丑鬼他们的拳头。

我敏捷地爬下栏杆。

我并没有告诉乔树，其实，"怕高"是我装出来的，"傻蛋"也是我装出来的。因为，我无法相信乔树。我不相信在我们的理想国，有"朋友"这一说。在理想国残酷的生物系统里，谁都必须以牺牲别人来保全自己。我害怕乔树日后出卖我，我不要做那个牺牲品。

3

我相信这个世界上有好人存在，虽然我们的理想国充满了恶。但我相信，这个世上，还是好人多过恶人，起码杨妈妈是这样教导我们的。我想，教我们画画的魏老师，应该就是个好人。据说她是梦城美院毕业的。虽然十岁的我，并不知道“美术学院”是什么概念。我只知道，魏老师能把一朵花、一片云、一棵草……像印刷一样，惟妙惟肖地画在纸上。基于这一点，我很佩服她。因为我的梦想，是当一名画家。

魏老师还有一个让我佩服的地方，就是她每周六都会到梦城孤儿院义务教我们画画，风雨无阻。她也是我们理想国里，唯一不嫌丑鬼丑的人。她爱笑，对丑鬼，对我，对我们理想国的三十八个孤儿，都是一样的笑靥如花。

我们的教学楼，建在寝室旁边，不过比寝室楼高多了，一共六层。坐在操场的栏杆上看教学楼和寝室楼，就像一个高大的父亲牵着他的小儿子。魏老师喜欢在向阳的教室教我们画画。我特别爱上魏老师的课，她对每个人都很有耐心，无论我们怎样吵她，她依旧笑眯眯地为我们讲解光影的变化。记得有一回上素描课，她在一个涂着灰漆的木桩上，放了一个苹果。我们三十八个孩子，围着苹果坐一圈儿。她依次走到我们身边，不厌其烦地为我们讲解，这只苹果在阳光的折射下，所呈现的不同角度和阴影。她垂下的波浪卷发，仿佛一团波光粼粼的水藻，飘摇，闪动，摄人心魄。魏老师讲课的样子很认真，使我忍不住偷笑。魏老师看见我笑，也跟着我一起笑，她问我：“浩天同学，你为什么笑呀？”我没说话。我笑，是因为看出正在魏老师身边画画的老鼠的鬼心思。我肯定老鼠已经被木桩上的苹果馋坏了，从他嘴唇的凹槽里，流出一道白晶晶的口水。他完全将魏老师声情并茂的讲课置之度外。而我们都没有认真听魏老师讲课，都被木桩上那个通红的苹果，惹得口水直流。

我喜欢画画，每当丑鬼他们不在寝室的时候，我总是偷偷拿出画板，画寝室窗外的那座小山，有时画一棵树，有时画一片草地，更多的时候，我画天上飞过的鸟

儿。我舍不得用魏老师买给我的铅笔和颜料，总悄悄偷用丑鬼的，用完之后，再把画圆了的铅笔削尖，放回丑鬼的文具盒里。

那年七月的第二个星期六，放学时，魏老师给我们布置了一篇画图作业。她说，我们的课程进度已经可以画人像了，在她下次来上课时，每个人都得交给她一幅同学的人物肖像，男生必须画女生，女生必须画男生，画得最好的同学，会奖励一个红苹果。听老师这么一说，我们都羞红了脸，“男女有别”是我们那个年代的禁忌，更何况在我们的理想国，用“画画”如此公开的形式，表达对别人的感情，是最羞人的。魏老师布置完作业，我们都在台下交头接耳地问：“你要画谁？”“那你要画谁？”“不告诉你！”“我也不告诉你！”……魏老师这个行为，无疑要将我们的秘密摆上台面，更加激起我们窥探别人隐私的热情。那一个星期，我们都躲着人走，把画纸藏得严严实实，生怕被看见，引起所有孤儿的嘲笑。

丑鬼画的是倩倩，我们都猜到了，他对倩倩的喜欢早是半公开的。没有人关心我要画谁，因为我是理想国生物链底端的人，根本不足以激起任何人窥探的热情。大家都在热烈地猜测乔树要画谁。我也对乔树要画的对象好奇。谁叫他在那次打架中出尽了风头呢。我们理想国的女生，都希望乔树画自己，她们巴结乔树的神情，让我感到嫉妒而气愤。

这一个星期过得特别快，周五的下午，杨妈妈带我们在操场上做游戏，因为明天就要交作业了，可我的画还没有完成。游戏做到一半，我举手说：“我要上厕所！”说完我就跑回了寝室。寝室很安静，是画画的最佳环境。于是，我从床板下抽出画板，又把丑鬼的铅笔从文具盒里偷出来，开始画她。

她。我尽情幻想着她。几十年后的今天，发达的网络上出现了一个词，真是再恰当不过地诠释了我当时的心态：意淫。

十岁的我并不知道，此刻我画着她时，从心底蹿出的那一阵仿佛做贼般的侥幸，正是属于少年的意淫。

画着画着，我就忘了时间，她的样子在白纸上渐渐浮现。她可真好看，比她最初走进孤儿院的时候还好看。那时的她，还是一个五岁的小女孩，身体轮廓还未塑形。她被杨妈妈牵着，走进我们肮脏拥挤的小窝。一群男孩正在玩打仗游戏。丑鬼和刘源扮大王，杨妈妈新扎的竹笤帚是兵器。我这个五岁的小喽啰只能当马，被丑鬼骑在背上。就在打仗最激烈的时候，杨妈妈和她推门而入。她穿着一条用医务室的白窗帘做成的短裙，两根吊带吊在肩上，白短裙简洁得可怕，将女孩最后一点廉耻也简洁掉了。随着她的闯入，游戏顿止了一刹，接着窝里又继续奏响打仗的快乐。不断挥舞的笤帚竹屑，落在我十天没洗的脏头上。那一刻，我觉得自己在女孩眼中，简直惨到家了。我把头低下去，生怕她看见我这副窝囊样子。我委屈地哭了，眼里蒙着一层潮湿。透过雾蒙蒙的眼，我看见女孩走近的脚步。她在我面前停下了！她一定要取笑我了！可我突然听见，她用严厉的口吻对丑鬼说："下来！"游戏再次停止，所有人都瞪着眼看她，丑鬼嘚瑟地揪住我的耳朵说："这是我的马，我就不下来！"女孩被激怒了，在我低下去的视线里，我看见她的双掌逐渐拢成两只拳头，还没等我反应过来，女孩便把丑鬼从我背上推了下去。我和丑鬼一个踉跄，迎面朝她，倒在地上。

所有人都捂着嘴，发出"哇"的惊讶声。他们是惊讶女孩的胆大妄为，而我却是惊讶女孩的乖俏模样。她扎了一个马尾辫，头发湿漉漉地披在后背上。屋外是晚春的大雨，冷雨哗哗地吹进屋里，将她的小白裙浇得透湿，我看见雨水将白布黏在她身上，隐隐约约映出她的皮肤和身材。她小小的，像只麻雀，却是一只把自己伪装成老鹰的勇敢的麻雀。

这一幕我记得很清楚，往后我老是留心她，所以她的模样，也早已印括在了我心里。

我画画的思绪越来越明朗，笔锋越来越顺畅，以至于我都没留心丑鬼进了屋。他一进门，就看见了床上散落的铅笔、橡皮、卷笔刀，他终于知道是谁在偷用他的画具了。丑鬼怒气冲冲地抢走画板，本来准备揍我，但他突然看见了那幅画，以及

画中的女孩。他脸上的暴怒变成了嬉笑，冲我大喊：“原来你画的是她呀！”

我赶紧举起手，想从他手里抢回画板，但无奈我的身高不够。他笑嘻嘻地把画板举过头顶，一溜烟跑出了寝室。

我跑在丑鬼身后，气得牙痒痒。他一边挥舞着我的画板，一边大喊：“快来看呀，快来看杜浩天的画呀！”很快，操场上做游戏的人都飞快跑向我们。大家围着丑鬼，急于解开理想国的第一个隐秘。我站在人群边沿，挤不进去，他们叽叽喳喳吵着要看，丑鬼却不急着解密，把画板藏进怀里。等他把大家的热情烘到了沸点，才从画板上扯下我心爱的女孩，冲大家喊：“杜浩天画的是水滴呀！”

大家齐刷刷地扭头看向我。时光仿佛又回到了我五岁时，第一次遇见水滴的那一刻。我深深地低下头，生怕她看见我的狼狈，生怕她也取笑我的狼狈。

我立在原地，像一只煮熟的虾，背弯驼，脸通红，眼泪吧嗒吧嗒地往下掉。大家围着我，欣赏着我的狼狈，让我的狼狈变成他们的笑料。

“哟，杜浩天哭啦？”

“不是啦，杜浩天是害羞了！”

“原来他喜欢水滴哦！”

“好不要脸呢！”

“……”

我一点都不敢抬头，我怕抬起头，这辈子就真的没脸见水滴了。

过了一会儿，人群突然静下来，我又看见自己熟悉的那双小脚丫，走近我，走近我……她从丑鬼手里抢过那幅画，又牵起我的手，将那幅画交回我手中。

我低声说：“水滴……对不起……”

她用班长式的口吻，命令我：“抬起头！”

我依旧没脸面对她。

她又说：“不用对不起，我认为你画得很好！魏老师的苹果肯定要奖励给你的。”

我惊讶地抬起头。这一刻，我几乎要感谢丑鬼。原来心里没有负担是这样轻松的感受。喜欢水滴，一直是我的负担。我这么窝囊的人，怎么配喜欢水滴呢？

然后乔树也走过来，他推开围堵的人群，先是冲丑鬼说：“你再敢欺负杜浩天，我就揍死你！”然后又对大家宣布，“从今往后，杜浩天搬到我屋里睡！我罩着他！”

那一天晚上，我正式搬进了乔树的寝室。我睡不着，我很兴奋，我想第二天，魏老师的苹果肯定是我的了。如果我得到了那个苹果，一定会送给水滴吃。我满心欢喜地等待上课。但第二天，魏老师并没有把苹果奖励给我，我失落极了。她把苹果奖励给了乔树。我心里不服，因为乔树根本没有听老师的话，他画的不是班里的女同学，而是一位中年妇女。不过乔树画得挺好的。画中，妇女坐在某处窗前，是一个脊背微驼的背影。妇女一只手拿笔写字，另一只手杵着下巴，进入到一种安宁的沉思中。窗外的温暖春色、被柔风吹起的窗帘，更加烘托了她的安宁。虽然乔树画得不错，但我还是不服。为着水滴，我有点讨厌乔树，因为他把本该属于我的风头全抢了。

下课后，我和乔树走回寝室，他将苹果劈成两半，递一半给我。我本想把这半个苹果给水滴吃，但碍于乔树的面子，我只好自己吃掉它。乔树一边啃着苹果，一边拿着那幅画端详，入神极了。我问他：“乔树，画上的人是谁？”他默不作声，却突然对着那幅画，伤心地大哭起来。

4

妈妈！

我猛然惊坐起来，听见乔树在黑暗里大喊。半夜三更，窗外的小山诡秘极了，月光在山坡上遁了一路银灰，星光装点着飘拂的香樟叶影。房中潮湿闷热，我额上的汗水一条条流下来，好像许多毛毛虫，痒痒麻麻地滚过皮肤。月光把寝室照得亮堂堂，我使劲憋着尿，肚子胀成了一个大皮球。虽然乔树对我很好，从他来到我们理想国就没有欺负过我，但我依然不敢喊他陪我上厕所。我憋得汗流浃背，他的这声叫喊，把我吓得差点喷出尿来。我在暗中定睛一看，只见他微弯着上半身，从床上坐起，一语不发，一动不动，头发蓬乱如狮鬣，显得整颗头颅硕大无比。可就是那样一颗硕大的头，却被一副干瘪的身骨承接着，好像承受不住负荷的重量，轻飘飘要往一边倒下去。他的身子晃啊晃，在我以为他就要重新睡下的时候，乔树却猛不丁地下床了。

我轻声喊他："乔树？乔树？"

他不搭理我，只是不停地在房里绕圈，倏尔又七拐八拐地沿着房间走着一条路线。我在被子里吓得不敢动弹，房里仿佛地狱幽冥，静得人惴惴不安。突然，乔树向窗边跑去，仿佛要抓住什么似的，将绷直的手臂伸出窗外。接着，一连串接续的力量顺着手臂肌肉，传送到他的指尖。我看见他的五个手爪，在斜下来的月光里，变成鬼魅的利爪——像一个静谧的舞台，周边全是暗的，只有一束凄惨追光打下来，从这束追光里，猛然伸出一只鬼魅般的爪子——而后，他的爪子慢慢放松下来，他仿佛很伤心似的，踉踉跄跄地走进追光里。他坐在窗户前，良久没有动作。然后我就听到从可怕的黑暗里，传来一阵剐磨金属的噪声。我偷偷把头伸出床沿看了一眼，只见乔树闭着眼，反复地用指甲在铁桌上划着痕路。划完之后，还嘿嘿笑了两声。做完这一系列动作后，他才趿拉着拖鞋，回到床上睡下了。

乔树怎么会有这样可怕的行为？我想叫醒他，可他小兽般的鼻鼾，又在暗中响起来。

天大概还没亮，我好不容易才忍住憋尿的痛苦，轻睡过去，迷迷糊糊却听见乔树的呼唤。“杜浩天，快起来……”我揉揉惺忪的睡眼，与乔树四目相对。他说：“走，我们去栏杆上看日出！”我说我不想去。他说：“如果你不去，我就把你扔回丑鬼的寝室！”我只好爬起来，整晚的失眠让我头痛欲裂。我们踏着泛蓝的晨光走到操场，在升旗台下，我解开裤子，把憋了一晚的尿痛痛快快地撒了出来。乔树早已爬到了栏杆顶上，他用双手垫住下巴，扒在栏杆上看我走近。我边走边想，到底要不要把他昨晚的可怕行为告诉他？后来决定算了，我想也许是他昨晚做了什么噩梦，也许以后不会了。

梦城开始苏醒，一群不知名的褐色大鸟带着一夜沉睡的残梦扑向尚未醒来的太阳。朝霞是天空打的哈欠，露水的味道顺风钻进鼻孔。远远地，在这将醒未醒的世界，走来水滴的身影。她每天都是第一个到达操场，等我们拽着没睡醒的步子，陆陆续续地起床晨练。虽然杨妈妈并没有指明水滴的班长职务，但我们在心里都认定了她的班长地位。她看见我和乔树坐在栏杆顶端，微微诧异了一下，我赶忙溜下栏杆，有点害羞地和她打招呼：“水滴，早上好！”她领导似的冲我说：“杜浩天，你表现不错嘛，从前你都是最晚起的，今天倒来得早！”我说：“我决定改变自己了！”她说：“那乔树的功劳不小。”我愤懑地想，关乔树什么事啊？

水滴跟我擦身而过，径直走到栏杆下面。乔树坐在高处，望着校外的街景，对水滴不理不睬。我巴巴地跟在水滴身后，抬起头和她一起仰望乔树，金色曙光沿着乔树的身子，勾出一道灿耀的轮廓，仿佛神话里的雕塑。水滴扯着嗓子喊：“乔树，你看什么呢？”乔树很不屑地搭腔道：“没什么。”我也想加入他们的交谈，但水滴还没容我想起要搭一句什么腔，就母豹似的爬上栏杆，坐在了乔树身边。

我说：“水滴，小心哦。”然后我也爬上去，坐在了水滴身边。

“你想出去吗？”水滴问乔树。

“不。”乔树还是盯着院外，目不转睛。

“你在我们这里不开心。”水滴煞有介事地说。

“唉……”

我不知道乔树哪来这么多叹息，他的眼睛好像两个深渊，我不知道深渊的底下藏着什么，从他脸上偶尔浮出来的笑意，也很快被深渊吞噬。我不想让水滴和乔树将谈话进行下去，只好安慰乔树说：“乔树，你要开心点嘛。”

其实，我心里很不高兴，因为在我们的理想国，没人会在意我这个身在生物链底端的人是否开心，凭什么乔树会得到那么多人的在乎？其他人在乎也就罢了，可我不想让水滴也在乎，而为了水滴的在乎，我又必须在乎。

但乔树一点也不在乎我的在乎，他转过脸，冲我低吼道：“干你屁事！”

我们三个都不说话了，外面的世界已经彻底沸腾开来，远远传来早摊贩子的叫卖声，声音在风里打飘，惊飞了树丫上的鸟儿。我们坐在栏杆上，各怀各的心事，各有各的鬼心思。这一刻，栏杆顶端的人物关系，忽然发生了微妙的裂变。从前只有我和乔树排排坐，如今水滴的加入，明显让乔树不自在。他好像挺不喜欢水滴的，对她老是爱答不理，这让我非常窝火。

我们的腿晃在空中，被我们坐暖的栏杆，切割了这三双腿和上身的联系。微妙的人物关系，使我们都有些尴尬，但谁都不愿打破这尴尬，只好依靠腿的晃动，尽量减少心底的不自在。虽然我们都不出声，但心里都明白，有一种什么正在我们三个之间发生联系，将我们串成一根绳上的蚂蚱。不久，理想国的孤儿们都陆陆续续走向了操场，杨妈妈也包着她的塑料卷发筒走了过来。我们三个听到耳畔的风，被一声尖厉的叫卖扯散了，方才我们享受到的宁静，于是也散了。

我很快发现，乔树在夜晚的魔障，并不是偶发性行为。这天晚上，我又被尿憋得失眠，还是一样的时间点，乔树从床上猛地坐起，绕圈圈，走路线，伸出手爪，傻笑，用指甲在桌上刻痕……但今晚的乔树更可怕，做完这一系列规律动作后，他突然走到了我的床前，闭着眼睛直视我——我知道他在看我，他用他着了魔的灵魂

看我——我吓得瑟瑟发抖，大概静了几分钟，他又走向墙角，蹲在地上，用指甲在墙上刻痕，墙灰簌簌地飘到地上。乔树接下来的举动才真的把我吓坏了，他开始用额头一下一下地撞击着墙面，咚、咚、咚……闷重的声响在静夜里格外瘆人。

我不得不跑出寝室求援，我在脑中搜索了可以求援的人：绝不能求助丑鬼，否则他一定会揍扁我。杨妈妈的寝室在过道另一个尽头，要跑一段不短的路，我怕黑，只好放弃向杨妈妈求援。最好就是去找水滴，一来可以借机增加我们的往来；二来乔树的样子一定会吓坏她，我无形中就为自己铲除了一个情敌；三来她的寝室就在隔壁，距离最近。确定好求援方案后，我赶忙来到水滴的寝室，轻轻地敲了两下玻璃窗，小声喊道："水滴，水滴，你快开门。"房里亮起一盏小光晕，朦胧的窗帘里映着一个走近的朦胧少女。水滴打开门，我二话没说，拉着她的手就往寝室走。

乔树的模样把水滴吓得不轻，惨白的月光中，乔树用额头规律地砸着墙。但水滴很快镇定下来，她走近乔树，我缩在她身后走近乔树。我轻声问她："水滴，乔树怎么了？"她说不知道。我说："乔树会死吗？"她说你瞎说什么啊。我死死拽着她的裙角，由于裙子太短，她的白色棉布三角裤从裙角下面露出了一块。水滴扭过身子，打了一下我的头，骂道："你胆子怎么这么小！"我害臊地松开她的棉裙，心里却有一种说不上来的得逞的快意。

乔树的额头被撞得发青，水滴叫我赶快把枕头拿来垫在墙上，她问我："乔树怪异的行为，是从什么时候开始的？"我说我昨晚搬进来的时候，乔树还只是在房里乱转，并不会用头砸墙。水滴露出小大人的模样，一手撑着枕头，一手轻轻拍着乔树的肩膀。也许是感觉到有人在碰自己，乔树停止了撞墙，却还是蹲在墙角不起身。忽然，乔树的肩膀微微抖起来，他居然哭了！虽然他抽泣的声音特别小，可还是被黑夜的寂静放得很大。热辣的眼泪滚在脸颊上，被月光反射着，然后我就看见水滴抱住了乔树。

她在他耳边轻声喊道："乔树，乔树，你怎么了？"

我想尽快让水滴放开乔树，所以也跟着水滴一起喊："乔树，乔树，你快

醒醒！”

乔树微微睁开眼，似乎还没明白怎么了。他怔怔地望着我和水滴，说：“我怎么了？”

水滴把刚才发生的事讲给了乔树听。

被乔树这样一闹，我们三个都没了睡意，坐在床上也不知说什么。我找了些杨妈妈留在寝室的紫药水，涂在乔树额上。乔树抬起眼睛，对我说：“杜浩天，吓着你了吧？”他的声音轻柔得可怕，此刻让我感觉他不是他，而是另一个人附在了那个霸道而倔强的小男孩的体内。他对水滴也变温柔了，眼里不再是那种抵触的嫌恶，连水滴伸手替他擦掉脸上没干的泪痕也没躲。

屋外的天开始白了，天际线上晕着一层疏浅的淡蓝。不知道过了多久，乔树哑着嗓子说：“走，我们到栏杆上去吧。”于是我们漫步去操场，没有什么人，紫白色的阳光，一路静悄悄地热起来，我们的脚步踩在齐脚高的野草上。总算从南面刮来一阵凉风，把我们湿热的 T 恤吹得扬起来。我们借着清晨第一缕曙光，爬上了栏杆顶端，水滴坐中间，我与乔树坐两边，六条腿晃在空中。乔树望向远方，忽而喃喃说道：“杜浩天，你知道我为什么要保护你吗？”

“为什么？”

“因为我在你身上，看到了曾经的自己。从前，我像你一样胆小……”

我心中所有有关乔树的好奇，都在他接下来要讲的故事中，一一得到了解答。

5

穿过梦城最繁华的大街，顺着友谊商场左边的巷口，绕进第三条巷子，一排二十世纪五六十年代建造的红砖房，就是乔树出生、长大的地方。八栋红砖房排在巷子里，是乔树父母上班的银行职工家属区。护城河环在家属区旁边，河堤高高筑起，构成了乔树童年时代的游乐场。乔树的家在六楼，厨房正对着河岸。每天到吃晚饭的时候，乔树的妈妈总是站在厨房里，拉开纱窗，喊在河堤边与小伙伴玩耍的乔树回家吃饭。

七岁的乔树正玩在兴头上，百般不愿地告别小伙伴。他刚走到路口，张叔叔就叫住了他。张叔叔是个满脸皱纹的老汉，他的实际年龄与乔树的爸爸差不多，但看上去却比乔树爸爸年长。他在银行当了几十年保安，常年熬夜，蜡黄的皮肤上长满黑斑，又加上驼背，所以整个人看上去惨不忍睹。

张叔叔的家也惨不忍睹。房子坐落在河边，是一栋用木板搭成的平房。总有人顺手把垃圾扔在旁边，苍蝇、蚊子到处飞，简直是高大洋气的职工宿舍楼前一块难看的、必须被揭去的疮疤。发黑的木门前面有一个用砖块砌成的炉灶，一口黑锅架在上头，燃烧的柴火呛鼻的青烟熏得乔树直咳嗽。张叔叔从青烟后面探出脑袋，冲乔树喊道："小树，你等一下。"

乔树停下步子问："干吗？"

木门嘎吱一响，张叔叔走了出来，更为惨不忍睹的房间，直接撞入了乔树的视野：屋里阴暗潮湿，挂着一个昏黄的、起不到任何照明作用的灯泡，木板墙四面透风，夕阳的光辉照进房来，像一颗颗子弹，将房子打成漏光的糠筛。墙面常年经受油烟煤灰的熏染，灰扑扑的，沾着泥垢，就好像张叔叔的牙齿，大白牙被熏成了黑的。

张叔叔从锅里端出一碗粉蒸肉，拿给乔树。粉蒸肉的样子实在难看，油腻腻、黑乎乎的，看上去难以下咽。

乔树噘着嘴，冲他说：“好脏呀！”

张叔叔笑得合不拢嘴，嘴里的烟臭直往外喷，他说：“好吃哩！拿着嘛，你爸爸妈妈最爱吃了。”

乔树说：“我爸妈才不爱吃。”

“胡讲！昨天你妈妈才让我去买肉，给你做粉蒸肉！”

“那我一会儿让妈妈把肉票拿下来还你。”

“哎呀，不用不用，你们拿去吃嘛。不过小树可别浪费呀，这两斤肉是叔叔攒了两个月的肉票省下的哩！”

乔树只好接过来，转过背正要上楼，张叔叔又冲乔树的背影喊：“小树，告诉你爸一声，一会儿吃了饭，叔叔来你家下棋啊！”乔树一脸嫌弃，他实在不懂爸爸为什么要找这么个人当朋友。乔树嗫嚅着答了一句：“哎，知道了。”

乔树连跑带蹦地进了单元楼，楼道里乌漆抹黑，夹缝里生着青苔，去年冬天烧剩的蜂窝煤，搁在楼层过道之间，用一块霉斑点点的木板盖住。墙面旧得发污，因为年代久远，统统破烂了，像一张张褴褛的蛛网，朝房檐上方危险地裂开。但这算是梦城最好的家属区了，不像别的单位的房子，一层楼里住了十多户，厨房、厕所公用，楼层里每天充满了邻居们家长里短的争吵，不过为着一根葱或几滴醋。乔树的家就好太多了，门对门，一层两户，安安静静。

乔树家的格局，也比其他职工宿舍好很多，五十几平方米的地块，划出两室一厅，外加一厨一卫一阳台，正对着大门的墙上，迎面挂了一块蓝色的大玻璃镜子，上面印有竹子和松柏。这种玻璃镜，在当时可不是一般人家能装配的，是乔树当副行长的爸爸托人从广东地区运来的。客厅里摆着一台刷上绿漆的蜂窝煤炉，让梦城的冬天不再寒冷。妈妈的缝纫机摆在阳台上，黑色自行车摆在缝纫机旁边。收录机搁在客厅柜子上，天线长长的，像要升到天上去。妈妈正在厨房忙碌，乔树把张叔叔给的粉蒸肉拿给妈妈，妈妈说：“你张叔叔做的粉蒸肉最好吃了！”乔树生气地说：“我不吃！”妈妈一向知道儿子嫌弃张家的寒酸，教育乔树说：“这么小的孩子

就嫌贫爱富！你知道张叔叔在‘文革’的时候，救了你爸爸一命吗？”

乔树才不管什么“文革”旧事，他上前抱着妈妈的腰，把脸贴在妈妈的背上。从妈妈身上传来的雪花膏气味，让乔树觉得十分好闻。妈妈肥嘟嘟的腰很舒服，小时候乔树怕鬼，晚上总要把妈妈从卧室里喊来陪自己睡，后来他便养成一个习惯，得抱着妈妈的腰才能安心入梦。

过了会儿，乔树的爸爸也回来了，解放牌大黄靴在楼道里踩出雷一样的声响。乔树冲到门口，给爸爸递了双塑料拖鞋，顺便抢走了爸爸手里的《梦城晚报》。他每天最幸福的时刻，就是爸爸把晚报带回家，他摊开四开的报纸，将其裁成很多小方张，折成纸飞机，从厨房的窗子掷飞出去。印满字的纸飞机，在空中打几个旋儿，便悠悠地飞进了护城河，那些没有飞进护城河的飞机，就被楼下哄闹的小孩捡走了。

爸爸在厨房里一边帮妈妈收拾台面，一边说着今天发生的事，夫妻俩细密的语言，让乔树觉得幸福。家里一下子就成了最普通、最幸福的烟火人家。有时候夫妻俩也会拌拌嘴，但都不当架吵，末了总是爸爸先向妈妈低头，从兜里掏出几颗大白兔奶糖，全中国驰名的兔子在奶白色的糖纸上微笑。乔树爱吃糖绝对是遗传自妈妈，不论爸妈闹得多脸红，妈妈总能被一颗糖逗笑，天大的不顺心也顺心了。

吃完晚饭，张叔叔带着棋盘上楼找乔树爸爸。妈妈提议到屋顶上乘凉去，乔树爸爸从家里扯了一根电线，顶端接了一颗电灯泡，他把灯泡顺着家里扯上屋顶，挂在铁丝上。妈妈则拿了两张吊床，一床薄被。夏日的梦城，满天星辰，爸爸和张叔叔坐在一边下棋，蚊子围着光源嗡嗡乱飞，妈妈和乔树则把吊床系在屋顶铁杆之间，拍着蒲扇，说着故事。

隔了一会儿，张叔叔的儿子张小泉端了一杯茶，上到了屋顶。张叔叔把茶杯递给乔树爸爸说：“老乔，你先喝。”乔树爸爸正专心看棋，一手自然地接过搪瓷茶杯。张小泉不干了，嘟囔了一嘴：“这是我给我爸倒的！”他的这声嘟囔被张叔叔听见了，他忍着没说话，就在乔树爸爸正准备端起茶喝的时候，张小泉又说：“都说了

是给我爸倒的！”乔树爸爸抬起头，很不好意思地把茶杯递回给老张。忽然，老张将一枚棋子狠狠地拍在棋盘上，站起来教训道：“怎么这么没礼貌？！”张叔叔的声音洪亮，弄醒了迷迷糊糊就要睡着的乔树。

乔树走过去，看见灯光下张小泉的蓝白校服晃得眨眼。去年张小泉读小学，乔树见张小泉的校服还是松松垮垮的，但十岁的男孩子，身体一夜能长一寸似的，才过去没多久，宽松的校服就把张小泉的身骨包得有棱有角了。张小泉很喜欢他的校服，每天都要洗一道水，颜色洗淡了，在微弱的电灯泡下，变成一种大言不惭的假和劣。乔树想，对张叔叔没来由的仇恨，也许和张小泉有关。他嫉妒张小泉，嫉妒他穿着漂亮的校服走在上学路上时，那不可一世的、昂首挺胸的神气。这种神气搁在张小泉宽阔的额头、粗大的眉毛、凌厉的单眼皮上，让人无端生厌。此刻，他的这种神气又出现了，在灯光下构成了誓死捍卫爸爸财产的大英雄。

乔树怒火中烧，冲张小泉骂道：“你以为你谁啊？我爸爸喝你们的茶，是看得起你们！”

“谁稀罕你喝！”张小泉不甘示弱地回嘴道。

“你以为你家是什么高级茶叶？我爸爸喝的茶，全是托人从杭州带来的！”

两位父亲眼见着孩子们就要打起架来，连忙分别拽住儿子。张小泉在爸爸的臂弯里挣扎，骂骂咧咧地说：“你以为我不知道你家的茶叶怎么来的？受贿来的！”

“你再讲一遍试试！”生气的泪水在乔树眼里不停打转。

“我就讲，你们一家全是吸人民群众血的牛鬼蛇神！”“牛鬼蛇神”这个词是“文革”留下的产物，是那个时代最恶毒的骂人词汇。

“我打死你！”泪水终于滚出了乔树的眼眶，他啊啊大叫，挣脱了爸爸的钳制，冲上前和比自己高一个头的张小泉决一死战。两个人打成一团，突然，乔树摸到了搁在棋盘上的搪瓷茶杯，他对准张小泉的脸，将一整杯滚烫的茶水泼在了他的脸上。

只听见张小泉大叫一声，乔树傻了，在场的大人们也都傻了。愣怔中，乔树听见滚烫茶水泼在张小泉脸上，发出类似于冷水泼在热钢板上，“哧”的一声恐怖声

响。张小泉捂着脸蹲在地上，嗷嗷大叫。乔树的手狂抖，心也狂抖。张叔叔傻在一边，乔树爸爸急切地说："还愣着干什么？赶紧送医院！"张叔叔这才反应过来，抱起张小泉就跑。在张叔叔垂下身抱住儿子的那一刻，乔树看见了张叔叔投来的一瞥仇恨。他奇怪极了，这种恶毒的眼神，怎么会从如此老实的男人眼里射出来？乔树躲进爸爸怀里，他流着泪，嘴唇吓得惨白。他看着张小泉的脸，那些发了黄的茶叶底下，是张小泉通红的皮肤，还有皮肤上皱起的水泡。乔树走近两步，流着泪，声音颤抖地说："对，对不起……"张叔叔悄悄推了他一把。那是压抑了无数愤怒的一推，所有愤怒的力量被最后一丝理智压住，才得以抑制。

然后，张叔叔抱起张小泉奔向医院的背影，就渐渐消失在了静谧的夜色中。

6

风似乎是一夜间凉下来。入秋了，香樟树的叶子围着孤儿院的墙，黄灿灿开了个遍。入秋以来的第一个周六，魏老师领着我们三十八名孤儿，到梦城公园去写生，我们分坐在公园雕花的铁椅上，描绘着秋天的梦城和梦城公园里嬉戏的人群。

魏老师此行有三个目的。一是锻炼我们的绘画能力。二是锻炼我们的社交能力。常年封闭在孤儿院里，我们像一群关在笼子里的鸟，与外界断开了联系。还有就是杨妈妈对魏老师说，政府和好心人近几年给孤儿院的资助少了，我们已经开始入不敷出。魏老师让我们给行人画肖像，一张肖像收两角钱，自己养活自己。

我们像去春游的小学生一样，两人一排，手拉手走进公园。阳光顺着高大的树木间隙洒下来，阴影投在地上斑斑驳驳。公园里的人不少，有悄悄谈情说爱的青年男女，还有在湖边练太极拳的老头老太。倩倩最先开张。丑鬼用他那张可怕的脸，威逼了一个带女儿来公园玩耍的女人，让倩倩画她。倩倩画得不错，越来越多的人围在我们周围，魏老师向人群介绍，说我们是孤儿院的孩子，活下来不容易，请他们伸出援手，帮帮我们。然后我们都陆陆续续地开张了。后来，每个周六我们都在魏老师的带领下，去公园给行人画画。

两个月之后，《梦城日报》报道了有关我们的新闻，于是我们的生意做得更红火了，我们每画一幅画，都上交给杨妈妈一角钱，另一角钱自己留着。结束写生后，魏老师会带我们去商店买些零食和画纸。就是那一天，倩倩在商场里看中了一条公主裙。那是一条天蓝色的蕾丝裙，胸襟的位置缀满了小亮片。听老板讲，裙子是上海走私货，全中国款式最新、质量最好。一翻价格牌，我们都吓到了，这条洋裙子要二十元钱，是我们在公园里画半个月的总收入。倩倩赖在裙子前不肯走，哭闹着死活要买，她说她身上的棉布裙子早就像抹布一样又脏又破，还有两个月就是她的生日了，她从来没过过生日。她就想穿着这条漂亮的裙子过一回生日。

在我们理想国，知道自己生日的人屈指可数，我们都是孤儿，也许是不配过生日的。像我，我甚至连自己为何走进孤儿院都不知道，更不知道自己的生日是哪一天。像我一样不知道自己来历的野孩子，在我们理想国是多数。如倩倩一般知道自己生日的人，还记得父母长相的孩子，少之又少。从这一点来说，倩倩比我幸运多了，她还能把“过生日”当成任性的理由，可我是没有资格任性的。这样的任性，会提醒我作为野孩子的身份，揭开结在我心上的疤。我真想让倩倩停止哭闹，她的哭闹让我们一群连生日都不知是哪天的野孩子，感到心酸和心痛。

倩倩被魏老师好说歹说哄走了，之后的一周，我们画完画后，照例去商店买画纸，倩倩却无论如何也不进商店了，她背坐在店门口，嘟着嘴抽噎。丑鬼用五分钱买了一包“无花果干”送给倩倩吃。他的丑脸上堆满了笑，表情却像在哭，他说：“倩倩乖，倩倩乖，听丑哥的话，别伤心了，你看丑哥都买无花果给你吃啦！”但无论丑鬼怎样安慰倩倩，她还是不肯笑。丑鬼围着倩倩，急得团团转，我们在商店里看到丑鬼手足无措的样子，都哈哈地嘲笑他。

那一天晚上，我从寝室出来，提着桶去井边打水冲澡。我刚把身子伏在井边准备打水，丑鬼和刘源就截住了我。他们把我的头死死地按在井口边，冰冷的井水贴着我的左边脸颊，让我感到一阵钻心的寒冷和恐怖。丑鬼说：“小崽子，这几个月画画赚了不少钱吧？”我咕哝道：“没，没多少……”刘源对丑鬼说：“别和他废话了，让他赶紧把钱交出来！”我说我的钱在寝室里。丑鬼命令我快点去拿，并威胁我，不准我把抢劫的事告诉乔树，不然他一定会把我扔进井里喂水鬼。

为了让我感到具体的害怕，丑鬼把我的头按进了井里，寒冷刺骨的水瞬间包裹了我的头，窒息中，恐怖荡激了我的心灵，我看到洁白的月光落在水里，照亮井底的世界。一条黑色鲤鱼从我眼前快速游过，我吓得手足无措，乞求丑鬼放了我。我提着桶踉踉跄跄地跑回宿舍，把仅有的五块钱全部交给丑鬼。丑鬼说：“奶奶的，这么少！”我说我算赚得多了。丑鬼说：“以后你每个星期去公园赚的钱，都必须交给我！还有，你把乔树的钱给我偷来！”

我纠结了很久，我不知道自己该不该偷乔树的钱，但如果我不去偷钱，丑鬼就会把我扔进井里，我深知丑鬼干得出来。我也深知我不能跟乔树说我被抢劫的事，因为我无法保证乔树会一辈子和我做朋友。

于是，为了保住小命，我决定去偷乔树的钱。我知道他的钱放在哪儿。他有一个铁制奶糖盒，全国驰名的大白兔在生了锈的铁盒上，笑嘻嘻地露出两颗大白牙。我从来没有打开过这个盒子，但我知道，乔树的钱就装在里面，因为他装钱的时候从来不背着我。我问过他为什么不背着我装钱，他的答案曾经令我感动了很久。他说他把我当朋友。他说他相信我。

但我就要辜负他的信任了。那天晚上，我憋着尿，在床上等了他很久，但乔树就是不肯去睡觉，一直借着月光拼组他的玩具坦克车。自从乔树知道自己有梦游症之后，每天晚上都要等我睡着之后，才爬上床睡觉。他说他怕吓着我。久而久之，我对他的梦游症却免疫了，反而有几个极偶尔的晚上，乔树在床上睡得深沉，没有梦游才让我害怕。大概到了两点多，我实在熬不住了，轻轻睡过去。迷糊中，我听见乔树蹑手蹑脚地爬上床，拉开被子，很快响起了鼾声。

我是突然惊醒的，紧张使我背上出了一层冷汗。我翻开被子，寒冷的秋风把身上的鸡皮疙瘩吹得鼓鼓的。我光脚走到桌子前，轻轻拉开抽屉。寂静里，铁桌发出一声刺耳的噪声，像一把寒刀，冷冰冰地割开裂帛，让我的心提到嗓子眼。我从抽屉深处掏出奶糖铁盒，翻开一看，震惊了，铁盒里装着五颗奶糖，一沓厚厚的钱压在奶糖下面。我一把将钱抽出来，突然听见身后的乔树翻了个身，下床了。

我静立在原地，一动不动，我知道乔树又梦游了。他朝我走过来，脚步声越来越近，我轻轻关上抽屉，踮着脚爬回床铺。就在我闭眼准备睡觉，以为自己的偷盗计划得逞时，乔树站到床前，轻声对我说：“杜浩天，你干什么呢？”

我吓得睁开眼，此刻他就站在我面前，仰视的角度将他变得很高很大，像个神武的巨人。乔树炯炯的双眼瞪着我，逼问我，像是在说：我这么相信你，你就是这样回报我的吗？

我不去理会乔树眼神的逼问，想用装睡蒙混过关。黑暗中，乔树又说："我是醒的。"

我只好迎上他逼问的目光，像个犯错的孩子，慢慢从床上爬起。他稍一侧身，意思是让我站到他面前来接受审讯。我照做了，我曲着膝、驼着背，一副任宰的模样。他说："杜浩天，你拿了什么？"

我把紧紧攥在手心里的钱，摊在月光里。那是三张十元面额的钞票，在当时是最大面额的钱。他并不急着拿走本属于他的钱，只是问我："你要那么多钱干什么？"我的脑筋飞速运转，我想我肯定不能说出丑鬼抢劫我的事，不然我一定会被扔进井里。我再一次辜负了乔树的信任，向他撒了个谎，说："我想买一盒骆驼牌的颜料……"

如果我可以过生日的话，我一定会努力攒钱，买下那盒骆驼牌的颜料送给自己。那是我梦寐以求的一盒颜料，足足有三十二种颜色！如果说我还能拥有梦想的话，那只能是画画。在笔尖流窜的线条中，我可以随心所欲、大起胆子。只有在画画时，我才没有尿胀的痛苦感受，换句话说，就是没有懦弱和恐惧。我曾悄悄去过几次商店，站在橱柜前盯着那盒颜料，但颜料前面用红笔印刷的"三十元"价格牌，远远地拉开了我与梦想的距离。每次我都是乘兴而去、败兴而归，如今连我辛辛苦苦攒的五元钱，也给丑鬼抢走了。我心痛地哭起来，一边哭，一边感到裤裆里湿答答地往下滴着尿。我不清楚是因为恐惧，还是由于心痛，才让我第一次在乔树面前尿了裤子。

我感到一阵失败至极的、可耻的羞辱，变成魔鬼的尖牙利爪，慢慢攻上心头。我不能呼吸。我哭得越来越厉害。

乔树的脸在皎洁的月光里十分温柔，我抖抖索索地走向他，翻开他的手心，将那三十元搁上去。我觉得我太不是人了。此刻，我倒希望乔树狠狠地骂我一顿，揍我一顿也行！就是别那样一直沉默。是这种沉默，让我更加崩溃。

然后乔树说："钱我不要了，你拿去买颜料吧。"

说完，他又走到铁桌前，将盒子里剩余的零票都拿出来，拍在我手上。他说：

“杜浩天，你画画是有天赋的，我支持你买颜料！”

我几乎就要脱口而出偷钱的真实理由了！但懦弱再次让我却步。丑鬼的脸在我面前唰地闪过；井里那条可怕的黑鱼在我面前唰地闪过。我默默地接过乔树的钱，对他说：“我一定会还给你的……”

天泛白了，乔树扔给我一条干净的棉裤子，让我换下被懦弱尿湿的裤子。此时此刻，他对我越好，我就越感羞愧。我越看不起自己，就越讨厌乔树那张善意的嘴脸。

曙光爬上了山尖，把初秋的霜叶染得更加血红。我在心里对自己说：杜浩天啊，你怎么是个这样的人？！

7

我和丑鬼约在第二天晚上七点在井边把钱上供给他。等丑鬼的时候，我一直在想，为什么乔树要对我这么好呢？也许与他故事里那个叫“张小泉”的人断不开干系。

在乔树用一杯滚烫的茶水，毁了张小泉容貌的第二天下午。乔树和爸爸一起，到梦城人民医院看望张小泉。

破旧的医院天台上，生锈的铁杆架着一个红色十字架，异常醒目。踏上住院部发霉的台阶，楼道里静得瘆人，刷了淡绿色油漆的墙面，挂了一幅又一幅“消灭四害”之类的标语牌。乔树走在寂静里，感到自己就像是标语牌上的“四害”，害了张叔叔一家，也害了自己的家。他心中不由得升起一股恐怖，战战兢兢地拉住爸爸的衣角，走向楼道尽头的病房——走向他的判决。

乔树对我说，在那一刻，他仿佛理解了罪犯的心理。在那个冷酷的“严打”时代，他见过太多罪犯。印象最深的一次，是乔树不足一岁时，爸爸将他抱在怀里，挤进人潮汹涌的梦城大街，围观一个偷手表的贼人游街。那个贼人身上挂满手表，低着头，站在一辆巨大的卡车棚顶里，一脸灰败，对围观人群的骂骂咧咧不甚在意。那一刻，乔树就知道，如果一个人意识到自己死到临头，反而是不会伤心的。溃败的人性，只有在裁决时，才能获得空前的安宁。

来医院看望张小泉之前，乔树就像那个偷表的贼人一样，默默等待着末日审判的来临。一家人头一回吃饭吃得那样安静，静到诡异，连咀嚼白菜的脆响，仿佛也振聋发聩。这时如果有人打破这恐怖的寂静，则会显得鬼祟。七岁的乔树，要被这股静逼疯了。他对爸爸说：“爸爸，我们下午去看看张小泉吧。”

“好，去看看也好。”爸爸从紧张的咀嚼里抬起头，语气发抖，却故作镇定。

“那我们给他买点营养品好吗？就是上回你给张叔叔买的那种。”乔树说。

张叔叔的肺不好，上回乔树爸爸到上海出差，花了一个月的工资，给老张买了两大提外国营养药。为此事，乔树和爸爸闹了半个月，因为这笔钱原本是爸爸答应给乔树买一辆玩具坦克车的。

爸爸给乔树夹了一筷子昨晚剩下的粉蒸肉——张叔叔特意做给乔树的粉蒸肉。他突然不知道该怎么回答儿子，他只能用夹菜的动作，以延缓思考的时间。到最后他也没给儿子一个肯定或否定的答复，只能嗫嚅道："唔，好的……"

乔树嚼着粉蒸肉，忽然间哭了，滴着油的肉块从嘴里喷出来。从昨晚到此刻，他老在想张小泉被热茶泼脸时发出的那声尖叫。乔树说："爸爸，我怕……"

爸爸轻叹一声，说："小树，你总得为自己的行为承担责任。"

可是，"责任"二字，原是这般恐怖，恐怖得让乔树觉得，这条长长的医院走廊，仿佛走不到尽头。

来到病房门口，爸爸将身子略微站定，将左手的营养品掂一下，用右手牵起跟在身后的儿子。乔树感觉爸爸粗糙手掌上的汗气，似乎温暖了他冰凉的双手。他抬眼看见，爸爸正透过房门上的玻璃小窗往里看，双眼迷离。乔树也想跳起来看看，但爸爸已然松开了握住他的手，敲响了房门——敲响了判决的警钟。

门很快开了，门缝里探出张叔叔蜡黄的脸。爸爸冲他谄媚而尴尬地一笑，柔声问道："小泉怎么样了？"张叔叔打开门，阳光顺着迎面敞开的大窗，射进乔树的眼睛里。窗外的香樟树上，落着一只喧嚣的蝉，有一瞬间，乔树觉得自己丧失了视觉和听觉。他一点也不想让自己的视觉恢复，他迟迟不敢扭过头去看躺在病床上的张小泉。

爸爸的手又拉起了他，捏一下他的手掌，轻而狠。他被爸爸牵着，一步步走向张小泉——走向判决席。他的眼泪不断往下掉，因为恐惧，也因为后怕。他努力不去看张小泉，就像那些准备吞子弹的死刑犯，努力使自己的意识飘离，不去在意这注定的一声枪响和注定的死亡。

但枪声一定会响，正如乔树一定会看到张小泉包裹着白纱布的头脸。张小泉的

五官被纱布厚厚地缠着，只露出黑森森的两只眼睛和鼻孔，像四潭深水，哗一下，将乔树心里最后一道防线冲垮。

爸爸将一个信封递给张叔叔，里面装的钱不少，可张叔叔决绝地退掉了。他绝不要这种不明不白的结果。

"老张……我代我儿子向你们全家道歉。"爸爸向张叔叔深深地鞠了一躬。

张叔叔不屑地、意味深长地说："小泉是毁了……"

爸爸刚想说句什么，门被推开了，一个护士托着瓷盘而入。盘子里装了一大瓶消炎药粉，还有一卷长到可以把人缠成木乃伊的白纱布。护士说："来，家属把病人扶起来，该换药了啊。"原来这才是终极审判。护士解开缠在张小泉脸上的纱布，一层一层，仿佛剥一只带血的洋葱。剥到最后一层，张小泉发出痛苦的大叫，血肉和纱布粘在了一起，护士用力一扯，将张小泉的皮肤扯出轻微的变形。乔树差点呕吐出来，张小泉脸上的皮肤，被热茶完全腐蚀了，成了一团绛红色的肉块。"四害"之一的苍蝇，嗅味而至，匍匐在脏污的床柜上，伺机而发。乔树觉得恶心，他要窒息了，他站在张小泉床边，不住地说道："对不起对不起对不起……"但脸上的痛苦，让张小泉无法发声，他的脸一下下痉挛着，好像在一迭声地骂着：你滚你滚你滚……

张叔叔躲去一边抹泪，乔树爸爸的眼眶也湿润了。雪白的纱布又重新缠满张小泉的脸，血红的纱布被顺手扔进垃圾桶。苍蝇终于找准机会，偷偷爬上那一条刚被解下的、沾满了血的红纱布。

爸爸走过去，轻轻地拍了拍张叔叔的肩，又像不知如何解释一样，伸手握住了张叔叔的手。他说："老张，求你给孩子一个认错、知错、改错的机会吧。"

"那谁能给小泉机会呢？"张叔叔轻声答道。

乔树的爸爸无语凝噎。他走到张小泉床前，亲手调好一杯营养品，递给痛苦不已的张小泉，说："小泉，来把这个喝了。"

张小泉突然转过脸，两只深不见底的眼洞，将乔树的爸爸钉死在"代子受罚"的耻辱柱上。张小泉很轻却极用力地说："我、恨、你、们！"

回到家，张小泉那张惊慌、痛苦的脸，一直烙印在乔树的脑海里，挥之不去。那张脸是一道下了诅咒的符，具有某种虚幻的能量，日日夜夜让乔树感到恐怖。乔树将卧室里的窗帘全部拉起来，黑暗使他感觉安全一些。他把卧室门也锁住了，不吃不喝不睡了两天。在把自己成功熬成一个被符咒追杀的鬼怪后，乔树失语了，不管爸妈如何安慰他，同他说话，他就是一言不发，抱着膝盖，呆滞地窝在沙发上。

七天后，张叔叔敲开了乔家的门。妈妈赶了出来，身上系着绣花台布改制的围裙，担心的神情掖进一脸故作的喜悦里。她叫着："老张来啦？等着，我给你开门。"门刚打开，张叔叔的一条腿就跨进来，连鞋都懒得换——声讨，问责，侵入。张叔叔的腿落地无声，符号道出大于语言的信息。乔树至今还记得，张叔叔用腿营造出来的符号，那丰富而莫测的暗示性。紧接着，他的另一条腿也跨进来，妈妈赶紧说着，"老张，当心！我给你开灯！"

灯就亮了。照出乔树一脸的惨淡，让他的恐惧无处遁形。

张叔叔瞥了乔树一眼，面对着这个战战兢兢的孩子，这位威武的、前来声讨的汉子，同所有成年人一样，脸上出现刹那的屈就和低声下气。不管怎么说，他是喜欢这个孩子的。那一年乔树才三岁，什么都不懂，刚好有个流氓来银行门口找碴儿，就要动手揍老张了，路过的人都是匆匆看一眼，又装作没看见地走掉，只有小乔树突然从他爸怀里跳下来，叉着腰站到流氓面前。他小鸡般冲流氓叫嚣道："不准欺负张叔叔！"老张在一旁哭笑不得，他很感动。就是在这一回之后，他就把乔树看作了另一个儿子：只有小子才肯保护老子。

现在，张叔叔的两只大巴掌按在乔树肩上，却什么话都说不出来，亲儿子的痛又让他恨起这个干儿子来。

刚巧，乔树的爸爸下班了，看见老张，愣了一下，脸上浮出了和妻子一样的虚情假意。"老张来啦？吃过饭了吗？"妻子赶紧配合道："是呀，在家吃饭吧，菜都做好了。"于是四个人围在冰冷的火炉桌上吃饭，却个个吃出冬天烤火时的大汗淋漓。爸妈一直在没话找话，你一言我一语，巧妙避开张家的声讨。屋里很暗，乔树

却毫不费力地就看穿了爸妈营造的开怀，用“紧张和尴尬”形容这些开怀，是十分十分将就的。屋子里根本没有一个人真正在笑。

乔树随便扒了两口饭，就又缩回到沙发上。现在，他的视角刚好能看见藏在桌子底下的，那些局促不安的大人的手。笑声从妈妈那里传出来时，她那只小巧而洁白的手，突然死死掐进另一只手的掌心。那只手在指甲的扼掐中，不断地紧张挣扭。

爸爸的手夹在两腿的缝隙里，掌心对掌心，他的两条腿一刻不停地颤动，试图用颠晃擦出温暖，让两只冰冷的手背好受一些。乔树发现，只要爸爸的双腿猛然停在一个不舒适的僵滞上，必定是他正用哈哈大笑，掩过张叔叔话语里有意无意的中伤。

偶然地，在爸爸笑得不恰当的当口上，妈妈的尖指甲就会迅猛地穿过炉壁，在爸爸颠晃的双腿上掐一下。那只秀雅的白手如此识途。爸爸那无逻辑、缺上下文的笑声，便会在挨这一掐时小小冒个调儿。

在此刻乔树的感官中，手与手之间的互动，将一桌人的紧张和警惕都漫画化了。在这个逐渐冷却的暮夏黄昏，手与手的漫画演绎，是独立于舞台之下的存在，是对桌面上那个理性舞台的背叛。

很快，桌面上的理性又回归了。乔树的爸爸转换了一个调门儿，对张叔叔轻言说道：“老张，我知道你今天来是做什么……你就直说吧！”

张叔叔沉默良久。

爸爸的语气变成了请求、恳求，甚至哀求。妈妈也在向张叔叔求救。一家人都在求这位好心的保安大叔，能够大人不记小儿过。他们把乔树的罪责，全部推给了“不懂事”，他们愿意为了年幼儿子的不懂事，付出所有。

张叔叔清一清疲累的嗓子，正色道：“老乔，你知道的，我是一个‘就这样了’的人，没什么希望了。我把所有的希望都寄托在小泉身上。如今，小泉废了。我今天来，是希望你能帮我一个忙……”

“你说！上刀山下火海，我一定办到！”

“请你帮我申请一套单位住房。”

爸爸面露难色：“可……这是违规的……”

“我相信你的能力。老乔，我从来就没求过你……”

乔树的爸爸沉思许久，终于吐出一个字：“好。”

但就是这个简简单单的“好”字，为乔树的人生，埋下了漫漫长长的伏笔。这一刻，乔树根本没想到，他的一生，就要被这个“好”字改写了。

8

把乔树的钱上供给丑鬼后的那段日子，我的失眠症更厉害了。一到半夜，肚子高高鼓起，尿胀得我异常难受。深秋夜半的梦城，飓风像一只大手，使劲地扇着世界的耳光，将窗外小山坡上的花草树木，还有那三座可怕的坟包，扇得天旋地转。乔树的梦游症倒是好了些，隔三岔五才发作一次。在十一月的某个晚上，我实在憋不住马上要尿出来了，决定鼓起勇气，自己摸黑走去盥洗室解决。我披上乔树的毛线外衣，急匆匆地潜入盥洗室里。但诡异的事情发生了，我发现我根本撒不出一滴尿来，可肚子却依然痛得厉害。由于怕黑，我想还是先回寝室为好，我刚踏出盥洗室，就见黑暗里浮动着几个鬼祟的人影，定睛一看，是我们理想国的三大统领：丑鬼、阿春、刘源，带着三娃和另外几个男孩子。丑鬼手里提着杨妈妈寝室里的大收录机，在一众孩子的掩护下，向校园后方操场的厕所潜身走去。

我考虑了半天，到底要不要跟上他们。最终，强大的好奇心战胜了恐惧，我踏着一路星光，迎着兜头大风，跟在他们身后。我看见他们进了厕所。原来，在我们的理想国，还有这样一个不为人知的地下世界。后院操场上的草已被大风吹得奄奄一息，我钻进及腰高的枯草丛里，匍匐在离他们十步远的距离之外。等他们都走进厕所之后，我又悄悄地扒着厕所的通风口往里窥。厕所里三三两两的全是青少年的头颅，他们身上穿着大红大绿，聚在一堆，并成了一朵朵暗夜里的向日葵。里头光线昏暗，乳白的气雾浮荡着，冷气里飘满辛辣的烟味。丑鬼不知道从哪里得了一包香烟，抽出三支，一支叼在自己嘴里，其余两支分给阿春和刘源。其余的小喽啰们，只能捡统领们的烟屁股抽。很快，厕所里的冷气就被青蓝色的烟气占据了，他们抽得很享受，一个个眯起眼睛，仿佛再也找不到比这更快活的事。抽完第一支，丑鬼又叼起一根烟，然后顺手按下了那架大收录机的开关键，里面的磁带咯吱咯吱转了起来。过了十多秒钟，一个极柔美的女人歌声，从机器里幽幽传送出来。

我被这歌声迷醉了，脸上不自觉地浮出了和丑鬼脸上一模一样的陶醉神情。继

而，一整个理想国的地下世界，都在这歌声中迷醉开来。他们晃动着腰肢，随着歌声僵硬地摇摆。

甜蜜蜜——你笑得甜蜜蜜——好像花儿开在春风里——

我觑了半晌，扒在厕所通风口上的双臂，终于撑不住了，扑通一声摔在地上。厕所里的歌声戛然而止，在丑鬼的带领下，理想国地下世界的子民，纷纷冲了出来，将我围剿。

“是你这个兔崽子啊！”

丑鬼叼着烟，烟气熏得他乜斜着眼，他一把抓起我的头发，迫使我凑近他可怕的面孔。我像一只被扼住脖颈的大鹅，头颅往前伸得老长，就那样停在一个鱼死网破的姿态上。我恐慌地求他饶命，嘴里一连串的解释缺乏逻辑和说服力。丑鬼逼问道：“你刚刚看见什么了？”

我说：“没、没什么呀。”

“你敢跟踪老子？”丑鬼挥起手，拳头就要落在我的眼睛上，却被阿春及时拉住。

“别急着揍！丑哥，干脆让这小子给我们望风吧。”

刘源也凑过来，笑着说：“这是个好主意，杜浩天这小子怯得很，望风最合适了。”

我心里闪过一阵狐疑，听歌抽烟又不是天大的犯罪，为什么害怕让杨妈妈知道呢？

不过，丑鬼总算肯给我一个机会，他松开我的头发，破天荒地从烟盒里抽出一支烟，扔给我。居然是三个5香烟！我们去商店买画纸的时候，看到外贸品货柜里摆着几包这种烟，绝对不是尔等人能抽得起的。丑鬼用我从乔树那里偷来的钱，来了一回高等的感官享受。

我被烟呛得猛咳嗽，苦涩的烟吸进肺里，原来不是那么好受的。屋外冷，丑鬼

把我架进厕所，先是用烟利诱我，而后又用拳头威逼我，使我不得不成为他统领下的、理想国地下世界的望风兵。等到那甜美的歌声又响起，我斗着胆子说："丑哥，这人唱得可真好听！"

丑鬼随着歌声扭着腰胯，对我的崇拜感到非常满足，而后又很不屑地看了我一眼："你懂什么？这可是台湾来的带子！"

"哇！台湾的啊？！"我惊讶地喊道。那个"哇"字被我喊得很大声，"台湾"二字又像得了某个重要机密似的，突然把叫声压得很低、很轻。

"是那个靡靡之音吗？"我的眼里简直要喷出羡慕的火焰了！

"对，就是邓丽君！"

"哇！丑哥，你太伟大了！你居然能搞到邓丽君的带子！"丑鬼在我的追捧下，满意地兜起嘴。

在我们的年代，邓丽君是个神秘的女人，我们从未见过她的样子，从未听过她的歌声。但我们都在那些隐秘的、仿佛守护着某个重要机密的人的嘴里，听说过邓丽君漂亮的长相和甜美的歌声。他们说，邓丽君是毒草，是靡靡之音，但就是这种仿佛鸦片烟一样的毒，让多少男女曾达到最高等的感官享受。原来，这才是我们理想国地下世界的终极隐秘。前不久，《梦城日报》刊登了一篇名为"'靡靡之音'荼毒青年，少男少女私开派对被捕"的新闻。今天，我们就在理想国的厕所里狂欢了一夜，像那些偷偷躲在家里，开交谊舞会的哥哥姐姐们，藏匿的快感、被禁止的叛逆，远比歌曲本身带来的感官享受更极致。

我们一直玩到天快亮了才回去，装在收录机里的一号电池都没电了，小红灯不停发出警报。我潜回寝室，发现乔树已经醒来，正在穿衣服。他见我进门，问道："你上哪儿去了？"我支支吾吾半天，说上厕所了。他扔给我一件毛线衣，说："把这件也加上。"

紧接着，乔树又说："走，我们上操场锻炼去！"

"我想睡一会儿。"一夜没睡，我开始犯困。

“别睡了。走吧。水滴也要去哟！”乔树冲我诡秘地一笑。

我只好跟乔树来到操场。我实在太累了，就坐在升旗台上，看乔树一个人跑步。我不懂他哪里来的毅力，天天坚持跑步，不管刮风还是下雨，从未间断一天。他说他锻炼是为了让身体更强壮，只有身体强壮，他才能去做那件他准备了很久的“大事”。

管他娘的什么大事。现在，睡觉就是我的头等大事。我杵着下巴，眯着眼，就要在冷风里睡着了。过一会儿，水滴终于来到了操场，她扎了两只高高翘翘的麻花辫，脸上两团红晕使她在深秋的清晨里显得十分娇羞，正如邓丽君歌中所唱的那样：甜蜜蜜，你笑得甜蜜蜜……

水滴一定要我一起来跑步。我们三个人围着操场跑了三圈之后，纷纷爬上栏杆。深秋的太阳总是起得晚，又被一层雾盖住，于是整个理想国的地下世界，顿时隐去了行踪，昨晚在后操场厕所里举办的派对，也一并消失得无影无踪。

吃完早饭，我回到寝室，睡到了中午。我晕晕乎乎地起来，发现身上出了一股热汗，脑袋滚烫。我想我是发烧了。上次发烧还是在四岁的时候，丑鬼欺负我，在寒冬腊月将一盆凉水泼到我身上，拿我取乐。我在床上睡了五天。但这之后，我对发烧就不恐惧了。在我们理想国，生病和孤单一样，都要靠自己挨过去，不会有人关心你的死活。到后来，生病亦和孤单一样，身体会对它免疫。乔树吃完午饭回到寝室，看见我要死不活的样子，问我：“你怎么了？”

“没事，就是发烧了。可能早上冻着了。”

“看你那副瘦巴巴的身骨，还老是不注意。”

乔树从隔壁把水滴叫了过来，让她快去找杨妈妈拿药。水滴服侍我吃完药，打了一盆井水来，帮我敷额头。她半认真半戏谑地说：“敢情我们的小喽啰也当了一回皇上呀。”我苦嘴冲她一笑，说：“水滴，你想听邓丽君吗？”

乔树坐在窗前，又把那辆玩具坦克车拿出来鼓捣，问我：“谁是邓丽君？”

水滴说：“你这个落伍的人，连邓丽君都不知道。她在台湾可是最红火的女明星！”

“我又不是台湾特务，肯定不知道谁是邓丽君嘛。”乔树说。

我故意压低声音，怕乔树听见，在水滴耳边问：“水滴，你想听邓丽君吗？”

水滴瞪大了眼睛，问我：“你听过邓丽君？！”

“当然啰。”

“我一直想听呢……”

“那我过两天帮你弄来邓丽君的带子好不好？”

“你真的能弄来？”

“肯定呀！”

“想不到平时你弱得要命，关键时候胆子还挺大。”

我被水滴夸得很不好意思，心里油然升起一股自得。我说：“嘘，你别告诉乔树，我只给你一个人听哟。”

“好。”水滴和我埋着脸，咯咯咯地笑着。我心里的如意算盘早打好了，如果丑鬼不愿意借出邓丽君的磁带，那我就到杨妈妈那里去告状。虽然我知道，威胁丑鬼只有死路一条，但为了水滴，即使丑鬼要把我扔进井里喂水鬼，我也在所不惜。

9

丑鬼他们还没来。厕所里黑黢黢的，电灯坏了，照明只有靠通风口那里透进来的朦胧月光。小精灵们在我们理想国的暗夜里苏醒了，指甲盖那么大的蜘蛛，在墙壁的夹角里扯着丝，粘在蛛网上的蚊虫被吃得差不多了，只剩下几具蚊虫的干尸，蜘蛛为过冬储备粮食。老鼠跑来跑去，魅影一样闪进月光里，而后又飞速窜入黑暗之中。

与丑鬼约定的派对时间是三点，我提前了半小时。这是我第一次单独来厕所。我发现，为了水滴的快乐，我好像变得勇敢了，但肚子里憋胀的尿意，却还是提醒了此刻我的懦弱和恐惧。我解开裤子，想把尿撒出来，但结果还是一样，无论我怎么使劲，还是没能痛痛快快地撒完一泡尿。

丑鬼一行人迟了十分钟，他们让我站在厕所门口望风，如果有人走过，要立刻通报他们。我认认真真地坚守着岗位，他们则在里面听歌跳舞抽烟。我如此尽责，就是为了待会儿向丑鬼借“邓丽君”时更有底气。邓丽君的歌声可真好听呀，难怪那么多的人，宁愿冒着被“毒”死的危险，也要偷偷听。当我听得正得劲时，丑鬼忽然把歌断掉了，他提着大收录机，往厕所里面走了几步，又返身对我们说：“我要‘解决’一下。”

厕所里的男女界限，是由一堵矮墙隔开的，丑鬼独自走进女厕所。很快，女厕里便传出邓丽君甜美的歌声，我们一众人站在风口，冻得瑟瑟发抖。

二统领阿春解开裤子，蹲在坑上拉屎，他大声喊我：“杜浩天，你去帮我找丑鬼要根烟！”我脚步轻轻地走进女厕，看到大收录机被丑鬼搁在臭烘烘的地面上，他对着墙，裤子褪了一半，露出半边白花花的屁股蛋，我不知道他在做什么，只见他身体猛烈颤抖，嘴里不时呻吟着。我冲着他的背影喊：“丑哥，阿春管你要根烟。”

丑鬼猛地回头，凶狠的目光盯着我，他说：“滚出去！”我莫名其妙地说：“是阿春叫我来要烟的。”甜柔的靡靡之音在空气里蔓延，丑鬼不耐烦极了，微微侧些

身子，从裤兜里把烟掏出来。这时，我看见在凄迷的月光里，丑鬼那根直挺挺的生殖器。我吓得往后倒退一步，又不敢问他怎么了。丑鬼把烟扔给我，我赶忙跑了出去，理想国地下世界的子民都在冲我笑。我顿时明白了，他们都知道丑鬼所谓的“解决”是什么意思。

大概过了五分钟，丑鬼走了出来，像什么事都没发生一样，又按响了靡靡之音。我们的派对又开始了。差不多玩到五点，丑鬼才说要回寝室睡觉。于是我们又伏进月色里，潜回寝室。其他人都陆续回了寝室。丑鬼刚要开门进去，我就窜到他身边，拉住他的袖子说：“丑哥，你等下。”

“有屁快放。”

“丑哥，我想请你帮个忙。”

他上下打量了我一下，仿佛很不可置信。他说：“说吧。”

“我想管你借邓丽君的带子……”

“不行！”丑鬼想都没想，断然拒绝了我。

“求求你了，只要你肯借给我，往后我给你当奴隶！”

“我不借给你，你也得给我当奴隶。”

“是是是——”我连忙迭声应道。

丑鬼的眼睛骨碌转了一下，警觉道：“你要邓丽君的带子做什么？”

我很不好意思，垂着头小声说：“我想放给水滴听……”

“嗬，看不出来，你屁大点儿的娃娃，还晓得泡女人。”

我笑眯眯地和丑鬼讨价还价：“带子就借一天，如果一天不行，一小时也可以。”

但丑鬼还是说：“不行！水滴那小婊子是乔树那边的。”

不知道是我贱巴巴的态度让自己恼火，还是丑鬼骂水滴的话惹恼了我，那个瞬间，我的头脑一片空白，我都料不到自己居然敢威胁丑鬼。

“如果你不借给我，我就把你偷听邓丽君的事告诉杨妈妈！”

丑鬼惊讶极了，他肯定没想到，理想国最懦弱的小喽啰，居然敢在大统领面前

胆大妄为。他眯起原本就细小的眼睛，盯着我，将我盯得毛骨悚然。过了一会儿，他说："你想死吗？"他挥起拳头，准备开揍，但我又一次让他震惊了。我不但没躲，还昂着头，一副"你揍死我吧"的样子。他把僵在半空的拳头放下来，绝没想到，最懦弱的小喽啰，居然可以为了"爱情"英勇就义。

"怎么样？行不行？"我开始咄咄逼人。

他说："滚！不然我真揍你了。"

"我就借一小时！"

"滚！"

"好，你给我等着！"我气得都要哭了，如果没给水滴听到邓丽君，她一定会对我很失望的。

"好，我等着！"说完，丑鬼就闪进了寝室。

之后几天，我一直在挣扎中度过，一方面我要躲着水滴，另一方面我还要继续向丑鬼借邓丽君的带子。我想尽了办法，甚至把我最心爱的一张贺卡，都送给了丑鬼。那张贺卡是魏老师送给我的礼物，是她画笔下的梦城清晨。就像每次我和水滴还有乔树，爬上栏杆顶上看到的梦城晨光。我十分珍惜这张贺卡，因为我第一次在孤儿院获得奖励，就是这张贺卡。魏老师把它奖励给我时，对我说："浩天同学，你可以把这张贺卡寄给最思念的人噢。"我想了半天，也没想到谁是我最思念的人，因为我根本无人可念。但我并不感觉孤单，我仍旧快乐地接受了这张贺卡。

可我实在没想到，丑鬼居然将这张贺卡送给了倩倩。

大寒这一天，倩倩过十二岁生日。杨妈妈把我们全部聚在美术教室，为倩倩布置过生日的场地。魏老师买了很多气球，还有五颜六色的纸带，我们把教室布置得像过年一样喜庆。我们很认真地为倩倩准备生日，因为给她过生日，就相当于给我们这些连自己生日是哪天都不知道的人过生日一样。我们借着别人的狂欢而留欢，借着别人的祝福而幸福。魏老师甚至还带来一个蛋糕，上面抹着一层好厚好厚的奶油。

教室差不多布置好，我们去食堂吃晚饭，梦城孤儿院的三十八个孤儿，头一回坐在同一张桌子上。倩倩戴着魏老师给她制作的纸王冠，幸福地坐在杨妈妈身边。此刻，她是大人怀中的乖女儿，受尽了大人的疼爱，我们其余的孤儿，只能眼巴巴地羡慕着、嫉妒着。也许那些知道生日是哪天的人，还能像倩倩一样，有个期待生日到来的盼头。但如我一般从来没资格过生日的人，只能在心中暗暗失落。

饭吃完，我们排队站好、手拉手，一齐走回教室。庆生派对开始了，我们在房间里点满蜡烛，团团围坐成一个圈儿，将中间的空地围成舞台。准备了节目的孩子，就在台上表演，但我们无心观看表演，都希望节目快一点演完，那样我们就能吃蛋糕了。

整间教室，只有乔树对难得一遇的生日会不感兴趣。他插着手，抖着腿，后背软在凳子上，一副事不关己的样子。林美和小青正在台上演唱“世上只有妈妈好，有妈的孩子像块宝”，我小声问乔树：“你怎么了？”他摇摇头，说节目好无聊啊。但他并不知道，这首歌是我们学会的第一首歌。当年还在破烂小窝里蜗居的我们，有一年冬天都快被饿死了，是杨妈妈教会了我们唱这首歌，去梦城大街一边唱歌一边乞讨，才躲过饥饿的灾难。那时，我真希望有个“好妈妈”。不过，所幸我现在可以住在温暖的理想国，不用受冻，不用挨饿，有没有妈妈就无所谓了。

生日派对终于进行到高潮，节目演完了，魏老师将点亮了蜡烛的蛋糕端上台来。我们一个个望着油乎乎的奶油，垂涎欲滴，像一群急不可耐的小狼。倩倩蹲在蛋糕前面，将双手交叉置于额前，闭上眼睛许愿。她的愿望好长好长啊，蜡烛都要烧到奶油上了！倩倩睁开眼的一刹那，我们都欢呼起来，将准备好的礼物送给倩倩。我准备的是一个用狗尾巴草编织的草环，乔树送了一颗大白兔奶糖，水滴的礼物是一串塑料珠子手链。三娃在一旁起哄，说不知丑鬼送给倩倩的礼物是什么。我们都知道丑鬼喜欢倩倩，自然对他的礼物格外期待。

被人群簇拥到倩倩身旁的丑鬼，啪啪打了两个响指，教室的门打开了，阿春和刘源手中端着一个巨大的礼品盒，款款走进。我们看呆了，羡慕极了，对于蛋糕的

注意力，都转移到了这份神秘的礼物上。

阿春、刘源将礼品盒递给丑鬼。丑鬼微笑着，像一个英国绅士，滑稽地躬起腰，慢慢打开礼品盒。昏暗的烛光下，我们首先看到一道亮闪闪的蓝光闪过，继而一条漂亮的、缀满亮片的蕾丝裙子，就在我们眼前展开了羽翼。

裙子上面放着魏老师送给我的贺卡。

“丑鬼送的礼物，居然是那条裙子！”人群都在七嘴八舌地议论，“他哪里来的钱哦？”

倩倩一脸震惊地呆在原地，仿佛做梦一样，不能相信这是真的。丑鬼咧着嘴，走近倩倩，将一个极丑的笑容尽情绽放。他问她：“喜欢吗？”

倩倩不住地点头。人群中交头接耳的议论，变成了公然的嫉妒。小美努着嘴，不屑地问：“丑鬼，你哪来的钱？”

丑鬼得意地回道：“我自有办法。”

只有我知道丑鬼买裙子的钱是从哪里来的。当然是乔树的钱。我做贼心虚地站在原地一动也不敢动，寒冬腊月我却汗如雨下。我悄悄低下头，瞄了一眼乔树，只见他脸色铁青，眼珠子鼓得好大。此刻丑鬼有多得意，乔树就有多气愤。这一切一定瞒不过乔树的火眼金睛。果然，乔树走向我，用力捏起我的手腕，像扯着一条鱼尾，将我扯出人群。他低沉着嗓子，问我：“你的骆驼牌颜料呢？”我支支吾吾地回答他：“在、在寝室啊……”

“你马上给我拿来！不然我打死你！”

我入定一样赖着步子，死活不肯动。乔树怒火冲天，抓起我的手腕，用尽全力将我往外拖。我被吓哭了，感到肚子里一阵猛烈的憋胀。我小声说：“求求你，求求你乔树，放开我吧，我快尿裤子了……”

我自以为这句话只有乔树听见了。突然，在我和乔树旁边看热闹的老鼠，爆发出一阵夸张的大笑。他冲所有理想国的孤儿们高声喊道：“哈哈哈，杜浩天说他要尿裤子啦！”

于是所有人都哄堂大笑。

然后我就真的尿裤子了。

倩倩开心的生日，就这样被我和乔树毁了。原本，倩倩该是今晚最受瞩目的人，但现在人群都在关注我和乔树。倩倩生气地坐在凳子上，把脸伏在漂亮的蕾丝裙里，哇哇大哭起来。

丑鬼见倩倩哭了，一记巴掌打在我脸上："你想死啊！毁了倩倩的生日！"

我的眼泪决堤了，和尿液一起汹涌地滴下来。我蹲在地上，求乔树放开我的手。但他如一头发怒的狮子，白眼球变得血红。乔树怒气冲冲，一脚踹在丑鬼的肚子上。

"是不是你抢了杜浩天的钱？"

丑鬼捂着肚子，挥起拳头，冲乔树脸上揍去。但乔树的身手明显比丑鬼敏捷，他侧身一闪，拳头反倒落在丑鬼脸上。

"我问你，是不是你抢了杜浩天的钱？"

丑鬼的鼻子被揍出了血，杨妈妈和魏老师赶忙跑上前拉住丑鬼，让这场一触即发的恶战到此为止。

丑鬼在杨妈妈和魏老师的控制下，不断摆动身体，冲乔树叫嚣："是又怎样？你管得着吗？"

这句话彻底激怒了乔树，他举起铁板凳，朝丑鬼冲去。杨妈妈见势不好，大吼一声："乔树！"

乔树的手僵在了半空。我们在一旁都看傻了。教室里突然变得很安静。倩倩哭哭啼啼地跑了出去。那个漂亮的奶油蛋糕，在这场混战里摔成了稀泥。

10

我尿裤子的事，不仅成了男生之间公开的秘密，在倩倩的生日会过后，这个秘密在女生中间也不再是秘密。那一天晚上，我被乔树拽回寝室，他将我往床上一扔，坚硬的木板撞到了手肘上的麻经，让我顿时尖叫出来。我几乎用一种乞怜的口吻，向乔树求得原谅。他站在月光里，听我静静地把丑鬼抢钱的全过程说完，眼中是兄长特有的“恨铁不成钢”。我说我太害怕了，怕那三座坟，怕那口井，怕井里的黑色水鬼。当然我也怕丑鬼，怕乔树，甚至一点儿不像个男子汉，还怕黑——像我这种从小没谁可以依靠的孤儿，心底里装的全是恐惧。

乔树说：“我要帮你报仇！”

说完，他就要冲出寝室。我赶忙从床上爬下来，跌倒在地上，拉住他的裤脚。我说，求求你乔树，如果你找丑鬼报仇，我一定会被他扔进井里。你没法保护我一辈子、帮我一辈子！但这三十块钱，我可以用一辈子还给你。

乔树冷静地听我说完，眼中的怒火渐渐平息。他摇着头，一定失望于我的懦弱。从他嘴里叹出的那口气真长啊，晕散在寒冬腊月的冷空气里，变成雾，消失不见。我赶忙跌跌撞撞地拉开抽屉，从一只破烂的纸盒里，将所有家当全部掏出来。我捧着仅剩的两角五分钱，以一个卑微的姿态，趴在此刻乔树伟岸的、不可一世的身影前。

“先还给你这些。”

他一脚踢开我，从月光中走出去，坐到床上。我惊讶地发现，乔树居然流泪了，豆大的泪珠从他眼眶中滚下来，浸染了洁白的月色。他小声嘟囔了一句：“杜浩天，从我给你这三十块钱起，我就没打算让你还……但是，你不知道这些钱，对我的意义是什么……”

我说：“钱不就是钱吗？我会还给你的。真的！”

猛然间，他抬起脑袋，双眼瞪着我，而后眼里的狠辣，渐渐变成颓败。他说：

“这些钱，是我爸爸临死之前留给我的……”

我没有接过乔树的话，就听他一个人在黑暗里私语。他说完自己的故事，就睡下了，留我独自在被窝里悲泣。听完他的故事，我终于理解了他。夜深人静，我感觉泪水已将我的眼睛洗得苦涩。

我不知自己是什么时候睡着的。非常奇怪，那一晚我睡得十分香甜，一个梦都没做，自然不知道乔树去找丑鬼报仇的事。后来，我是被乔树弄醒的，他坐在我的床边，使劲望着我。人在熟睡时，如果有人望你，是会有感觉的。我睁开眼，看到凌晨五点的天上没有一颗星星，只有乔树两只如星辰般的泪眼，在黑暗里闪闪发光。我的肚子突然涌起那股久违的尿胀，问他：“乔树，你怎么了？”

“我去找丑鬼报仇了……”

报仇的事，是老鼠后来告诉我的。当月亮藏进云层里，乔树光着臂膀，从盥洗室拔下一根朽蚀的铁水管。他气汹汹地敲开丑鬼的寝室，迎面扑来一股邋遢的恶臭。十二岁的小孩，不知哪来的力气，将身材健硕的丑鬼一把从床上拎起。还在瞌睡的丑鬼，迷迷糊糊地不知道发生了什么事。等到他清醒过来，乔树已经用铁管在他背上狠狠地抽打着。月光把他们俩的影子投在墙上，两个巨大的黑影你躲我攻、你进我退，像一只猫飞扑着嘴边的老鼠，并不急着让它死，先玩一场杀戮游戏。寝室里的人见状，都上来拉乔树。他们着急地说：“再打下去，要出人命了！”但乔树已经“杀”红了眼，他不断挥舞着手里的铁管，冲丑鬼发出恶魔一样的嘶吼。丑鬼光着身子，开门逃之夭夭。巨大的动静将寝室楼的人全吵醒了，他们围在门口看热闹，等丑鬼在校园里逃得不见人影，阿春和刘源才敢放开乔树。乔树重重地咳了一声，围观的人群自动给这个小痞子让出一条“红地毯”。乔树脚步沉重地走上去，走到倩倩身边时，他又停下来，吓得倩倩浑身发抖。他说：“把杜浩天的贺卡还给我。”

“啊？”

“贺卡！”

我十分奇怪，为什么常年憋尿而失眠的我，唯独在今天睡得香甜？是不是我已经战胜了恐惧和懦弱？我不得而知。现在，乔树扔给我一件毛线外衫，把我从床上拖起来。我和他走上操场，迎着冷风，爬到栏杆顶上。冬天的梦城像一幅画卷，在我们眼里徐徐展开。突然，乔树从怀里变出那张魏老师给我的贺卡，他说：“喏，拿着吧。往后这么重要的东西，可别随便让人抢走了。”我惊讶地张大嘴巴，乔树居然半夜洗劫女生寝室，从倩倩那里把我的贺卡抢了回来。他又说，“杜浩天，你要学会强大起来啊……”口气完全是兄长式的。似乎为了刺激我，他又特意补充一句道，“水滴对你很失望呢。”

完了。贺卡失而复得的喜悦，被乔树的这句话瞬间吹散。我突然对乔树生出一股仇恨。在倩倩的生日会上，我被他当众吓得尿了裤子。全班的哄堂大笑里，只有水滴默默站在一边，对我的懦弱表现出极度的厌恶。我哭着求乔树放开我时，偷偷往水滴那儿瞥了一眼。我看见她白眼之中的不屑，那样子仿佛在说：杜浩天，你好恶心！

我眼前的这个人，明明是可恶的魔鬼，此刻却扮演着一个救赎者的圣人形象。想到这里，我多么想把乔树推下栏杆，让他摔死！但我必须装作很开心的样子，至少乔树不再追究那三十块钱的事了。

吃过早饭，我想回寝室睡觉，却看见丑鬼迎面走来。他被乔树揍烂的脸，青一块紫一块的，原本丑陋的五官被乔树这样一揍，倒显得好看许多。他恶狠狠地走过我和乔树，我转身看了他一眼，正好和他的眼神相互撞上。他对我眨了一下眼，下巴往操场厕所方向一努，意思是叫我甩开乔树，跟他去后操场碰面。

那么小年纪的我，却参透了丑鬼这个眼神的含义。这眼神是一个密谋，是丑鬼对我的利用和拉拢，是我对乔树的欺骗和背叛，但我不敢不去。回到寝室，我故意捂住肚子，对乔树说：“肚子疼，我去上厕所了。”

乔树没搭理我，拿出散架的坦克玩具车，坐在窗前拼装。坦克车已经被他玩得太旧了，零件撞在一起，发出刺耳的动静。我跑去后操场，看来丑鬼、阿春、刘源

已经等待我多时了，一个个的脸被冻得青紫。我怯怯地走近他们，害怕他们在我身上实施报复。但丑鬼似乎没想揍我，他咧着一张血盆大口，冲我十分诡异地笑着。我从兜里拿出一瓶紫药水，说："丑哥，擦点药……"丑鬼却把紫药水一扔，胳膊揽住我的后脖子，凑近耳边说："杜浩天，你还想借邓丽君的带子吗？"

我连忙说："当然想啊！"

我的确非常想借邓丽君的带子，因为当乔树当着所有孤儿的面，把我吓得尿裤子之后，我一直在想，需要通过怎样的手段，才能重新博得水滴的欢心。水滴的那记白眼，不停地在我脑中闪过，每次闪过，都会让我对乔树多一分仇恨。但丑鬼的"大方"绝对不是免费的。果然，他说："想借带子可以，但我有一个要求。"

我想，无论什么要求我都答应，只要能让水滴重新喜欢我。

他说："你做我的特务，帮我整整乔树。"

我说过的，丑鬼那一眼，是我对乔树的欺骗和背叛。

可我真的不愿这样。乔树对我挺好的，可以说，整个理想国除了水滴之外，就是乔树对我最好。但他阴晴不定的性格、喜怒无常的行为，都让我感到恐惧和仇恨。如果说，我对丑鬼的恐惧，是来自于肉体的（怕他揍我，或者让我去死），那我对乔树的恐惧，却是来自于心灵。他是我心中的一座大山，我只能活在他笼罩的阴影里。心灵的恐惧远比肉体的恐惧更可怕，就像肉体的痛感远比心灵的痛感轻许多。揍和死，都可以躲。但无形的阴影，躲不掉。

"怎么样？"丑鬼问我。

我心一横，说："成交！"

在和丑鬼一起回寝室拿带子的路上，我把乔树的梦游症讲给了丑鬼听。丑鬼命令我，如果乔树哪一天又犯了梦游，一定要第一时间去寝室喊他。我感到一阵罪恶的满足：小小的报复，原来可以收获天大的满足。

我如愿拿到了邓丽君的带子，丑鬼今晚还会把杨妈妈的大收录机也偷来，并承诺我，今晚后操场的厕所就是我和水滴单独约会的空间。果然，黄昏时丑鬼把大收

录机给我送来了，我将它藏在后操场的蒿草丛里，用砖块垒起屏障，好不让别人发现。然后，我就回到寝室喊水滴。她刚洗了头，湿漉漉的头上冒着热气。她说："怎么啦？"

我把她悄悄拉到一边，压抑着兴奋说道："邓丽君的带子搞到了！"

水滴侧着头，正在梳理那头漆黑的长发，眼睛一乜，似乎不相信我。我说："今晚我来叫你。"

"去哪儿？"

"我们去后操场的厕所。邓丽君得躲着听！"

"你上哪儿弄的带子啊？"

"这个你就别管了！"

她点点头，十分随意地回答我："好嘛，那晚上你来叫我。"

水滴的态度让我费解，难道她不该抱着我，狠狠夸我一番吗？我为了满足她的心愿，不惜做了两面派、墙头草。

我再一次仇恨起乔树，要不是他让我丢尽面子，水滴的态度一定不会这样。

但我依然很高兴，至少我有了和水滴单独约会的机会。我告别水滴，独自走上操场。火红的夕阳，照得我眼睛都睁不开了，我感到浑身的血液倏地冲进脑门，头涨得生疼，太阳穴迸跳起来，耳朵不停地嗡嗡发响。我看见自己的影子，在夕阳里投出一个欢快的、跳跃着的细长剪影。又变成一个小黑点，消失在太阳的另一端。操场上空荡荡的，那盒邓丽君的带子就握在我手中，趁着无人，我把带子看了又看。太阳犹自发着红光，寝室的电灯倏忽间亮了起来，好像一条黄彩带，从这头次第亮到那头。我回过头去，看见操场栏杆那边的天空，一抹淡月已经升上中天，好像一个高耸入云的彩色微笑。

这一刻，我对乔树的仇恨几乎没有了。我忽地想起他的好，但已经来不及了。我为了自己，背叛了那个曾经说过"我相信你"的好朋友。

11

夜幕终于落下来，是雾气很稠的一夜，没有月亮。雾从夜幕的破洞里涌出来、盖下去，将后操场上的蒿草盖了厚厚一层。

水滴轻轻出门来，我早已等在门口，只要水滴的开门声一起，就偷偷溜出去。还好乔树并没有破坏我的约会，早睡下了。我和水滴在寝室门口顺利会师。她穿了一件夹棉睡衣，头发顺下来，盖住侧脸，使小脸蛋儿显得更小。向厕所走去的路上，水滴迫不及待地要看邓丽君的带子。我从怀里掏出来给她，带子上一个关于“邓丽君”的字样都没有。水滴质疑地问我：“真是邓丽君吗？你别耍我呀。”

我说：“当然是，不过原版带子肯定弄不到，这是翻录的。”

“噢，好吧。”水滴边走边把头发拨到耳后。她微微低下头，手指冻得通红。

“你冷吗？”我问道。

“当然冷。”

“那我牵住你的手好了。”

“不要！”水滴大叫一声，把我也吓了一跳，伸出去的手赶忙缩回来。

眼见着就要到后操场了，水滴才醒悟似的问我：“哎呀，光有带子也没用呀。”我神秘地笑笑，钻进被雾盖住的草地。及腰高的野草被雾一盖，像是模糊了边界，显得浩渺、深邃，如同茫茫荒野。不一会儿，我像一只小浣熊，从荒野里探出脑袋，将收录机提起来，冲水滴招招手道：“快来吧。”

今晚的一切条件都很好，月色朦胧，雾气就像舞台上的干冰，制造了浪漫的戏剧效果。我和水滴躲进厕所，听邓丽君在大收录机里唱着“靡靡之音”。轻缓的音乐，让水滴陷入一种沉醉。水滴的沉醉，让我也沉醉。我说：“水滴，你会跳舞吗？”

“不会，你会吗？”

我差点就要说，我见过丑鬼他们跳，自然会跳啦。但还好我及时将话语悬崖勒

马，不然就要在水滴面前暴露了。水滴一向讨厌丑鬼，如果被她知道邓丽君的带子是我用乔树的秘密换来的，她一定会恨死我。

我点点头，说："我教你跳。"

于是，在朦胧的月光中，我轻轻揽住水滴的腰。她的腰可真软，仿似一朵天上的云，软绵绵飘进手心里。我能抚摩到她睡衣底下的体温，在我手心留下一股不能言说的悸动。我的右手与她的左手相握在一起，脸与脸之间贴得很近，似乎再近一些，两人的呼吸就要触到一起，变成一道有着同样频率的波音。我们在恶臭四起的厕所，模仿着大人的舞步，用舞步把肮脏的厕所变成一个浪漫的舞台。她紧紧抿着嘴唇，冬季的干燥让唇变得那样火红。一团冰凉的焰火。她散落的头发盖下来，黑夜又将她的脸藏进发中，致使我无法看清她的五官。但我能在舞步翩跹中，瞧见她亮闪闪的、泛着月亮波粼的眼睛，分明有种说不清的羞怯含在其中。我忍不住在心中感叹：水滴，你怎么那么美啊。

如果仔细听，翻录的邓丽君的歌声，其实有一点失真，效果不是特别好，但这丝毫没有影响水滴的听觉享受。如果仔细体会，我们笨拙的舞步其实有一点慌乱急促，但这也丝毫没有影响到我的感官享受。这一夜，就像此刻水滴印在我心中的样子，美成了仙灵。

她抬起头，望向我，似乎也感到尴尬和局促。她说："杜浩天，以后我还能听吗？"

我毫不犹豫地说："当然可以。"但过了一会，我就开始紧张了，这盒带子是丑鬼的，我又怎么能给水滴"以后"的诺言？

在我们的理想国，"以后"是不存在的，因为我们的"过去"就是不存在的。我们不知道自己的来历，不清楚自己的身份，更不会知晓自己未来的路途。现在，我们就像一群在窝巢里忍冻挨饿的鸟儿，没有足够的能力起飞，只能靠"本能"驱使，试着与世间的残酷磨合。我们哪里有以后啊。以后在哪里，我们也不知道。"一步步来"是我们践行的生存法则。诺言，在虚无的"以后"里，显得那样冷酷而无情。

所以水滴诧异地望着我，眼中一丁点希望的火苗，又被现实无情扑灭。她多愁善感地问我："杜浩天，你以后想做什么呢？"

我想了想，说："画画吧。"

水滴笑了笑说："很好的。"

我又反问她："那你呢？"

"我要当明星。像邓丽君一样的明星。"

我们相视一笑，都当对方的话是玩笑。谁叫我们奢谈"以后"呢。

现在，听歌好像不是这一夜的主要活动了。我们在歌声里，谈了很多以后。"以后"自然会扯出"以前"。在这一夜，水滴把她的"以前"讲给了我听。天微微亮起来，雾气退了，我们把收录机藏好，返回寝室。

走到寝室门口，一群人围在那里，动静很大。我和水滴紧跑两步，看见刘源和阿春如卫士一样，把守在我的寝室门口。他们见我和水滴走近，讪讪笑了一下。我颤抖着嗓子问他们："怎么了？"

"喏，进去吧。"刘源说。

一进门，我吓坏了，乔树光着身子被绑在椅子上，旁边站着丑鬼。丑鬼递给我一个塑料水瓶，吩咐我："杜浩天，你去井里打瓶水。"

我站在原地，不动。

丑鬼怒了，将细长的眼睛瞪得浑圆，冲我骂道："借完带子，就不认账了？"

水滴莫名其妙地望着我，而后眼里的怒火越烧越旺。她说："杜浩天，怎么回事？"见我不答话，她又转脸冲丑鬼喊，"把乔树放开！"

乔树闭着眼，在椅子上冻得瑟瑟发抖。丑鬼没有搭理水滴，一个劲地冲人群喊："快来看啊！乔树梦游了哟！"

我如遭晴天霹雳，脑子里轰地炸响一个雷。我说："丑哥，放开他吧。"

"快去接水！"丑鬼照着我的脸，劈头就是一耳光。

还没等我来得及去井边，老鼠就已把一瓶冰冷刺骨的井水打了来。丑鬼将井水

递给我，命令说："泼上去！"我一直用眼神向水滴求救，她想上前抢走那瓶水，但被丑鬼躲开了。丑鬼对阿春和刘源使了个眼色，他们很快将水滴控制起来，一人架着一边胳膊，将她钳制在寝室门口。

此时，乔树睁开了眼睛，愤恨地看着我。丑鬼在我的屁股上踹了一脚，巨大的推力使我猛地跌在乔树脚边。他没说话，就以那样一种誓死不屈的眼神盯着我，眯着眼，如同盯着一个罪不可恕的叛徒。我跪在他的脚边，脸颊火辣。我不敢迎上他质问的神色，这一记戳破竟使我无颜以对——我以为我有足够的理由仇恨乔树，有足够的理由直面自己对于乔树的背叛。但这一刻，我惊讶地发现，这一记戳破，并不是戳破了我仇恨乔树的真相，而是戳破了在我自以为仇恨乔树的真相背后，那一份深刻的友情——是从什么时候开始，我将乔树当作了"朋友"。我万万没想到，在我孤独的心肠背后，居然期望一份友情的降临。

丑鬼把瓶盖拧开，一滴又一滴冰冷的水，滴在我的头顶上。他说："你不泼乔树，可别怪我泼你了！"

那一滴又一滴冰冷的水，像一记又一记火辣的耳光，将我扇得抬不起头。

我终于从人群零散的话语中，拼凑出这一晚的完整情形。

就在我和水滴听着邓丽君、牵着手跳舞时。丑鬼一行人悄悄潜进了我的寝室。他们本想搞点破坏，计划是偷走乔树的钱，然后再把他的衣服拿去操场烧掉。正当他们翻翻找找时，有个小喽啰突然发现乔树"醒了"。他们赶忙撤到门口，却又发现乔树并没有追来，只是穿着单薄的睡衣，在房中走来走去。丑鬼意识到乔树的梦游症发作了，大着胆子，试探着拍了一下他的肩。乔树没有反应，丑鬼十分惊喜，把一整个孤儿院的人都叫到门前，观看乔树诡异的行为。众目睽睽之下，乔树走来走去，不时碰到头，脚步踉跄，人群便发出哈哈大笑。丑鬼灵机一动，叫老鼠找来女生们跳皮筋的麻绳，他们合力将乔树绑在凳子上。安静下来的乔树又陷入睡眠，等他被人群的喧闹惊醒，才发现自己已被扒得精光，绑在了冰冷的铁凳上。

丑鬼当然不会为我保密。我们的理想国，突然变成了原始的野蛮部落，乔树像

一个被恶魔附身的妖人，被放在理想国的祭台之上。

丑鬼手中的水瓶就像火把，高高举起，冲子民们喊：“你们知道梦游有多可怕吗？我听说梦游的人，杀人都不犯法的。难怪杨妈妈把他单独放在一间寝室里，他好可怕啊！”

众子民呼应：“好可怕！好可怕……”

“还好我派了杜浩天当卧底，发现了这个可怕的秘密。”

祭品沉默着。我这个背叛祭品的人瑟瑟发抖着。四面火光腾起，原始人在森林里鬼哭狼嚎。这一切，像是个梦。

“泼上去！”众子民呐喊道。

水滴在阿春和刘源的钳制里，跳着脚喊：“没事的！没事的！”但她的声音，在众人的欢呼里，显得如此软绵无力。

阿春诡秘一笑，冲丑鬼说：“丑哥，刚刚杜浩天上哪儿去了？”

丑鬼说：“他和水滴去厕所听靡靡之音了啊！”

众子民哗然，目光齐刷刷地扫过来了。

水滴一听，在阿春和刘源的臂膀下，停止了挣扎。她仇恨地瞪着我，两眼鼓得老大，泪珠从她眼里落下来。

我说：“你撒谎！”

“搜他！”

老鼠冲上前，从我怀里掏出那盒邓丽君的带子，展示在大家面前。他又厉声问我：“杨妈妈的收录机呢？”

我顿时语无伦次，垂着头，一副完败的样子。万万没想到，这是丑鬼一箭双雕的陷阱。

我说：“在……在后操场……”

有人早跑了去，将收录机抱回来。

丑鬼重新把装满井水的瓶子递给我，他说：“泼他！泼了我就饶过你。”

我看看水滴，又看看乔树，再看看投在地上的我的影子。我低下头，感到肚子

里又涌起那股久违的尿胀。然后，我就把一瓶刺骨的井水，泼在了乔树光洁的身体上。

只听见乔树发出一句微弱呻吟。倒不像是冷水泼在身上，让他难受的刺骨的呻吟，更像是我的泼水行为，让他感到锥心无比，而发出了一句痛苦的呻吟。

空瓶落在地上，砰的一声巨响，仿佛一个惊叹，将今夜画上完美的休止。

老鼠上前劝阻丑鬼："到此为止吧，别弄醒了杨妈妈。"丑鬼得意扬扬地走到乔树面前，轻声说："和我斗？……"

乔树面如死灰。我不住地在心中唤道：原谅我，原谅我……

安静了。太安静了。整间寝室只剩下我、乔树，还有水滴。我想去解开捆在乔树身上的绳子，但被水滴推开了。"别假惺惺的！"水滴骂我。乔树独自沉默着，眼泪汪上来。

水滴似乎还没骂够，又冲我高声喊道："杜浩天，你这个叛徒！"撕破喉咙的呐喊，让整栋寝室楼都震耳欲聋。

乔树穿好衣服，被水滴搀扶着到床上躺下。我还是瘫软地跪在地上，一动未动。水滴哭得很厉害。我疯狂颤抖起来。那些冰冷的井水，绝不是泼在了乔树身上，而是泼在了我心上，唤醒我这颗冰冷的、曾对友情绝望的心，让我第一次对"友情"，有了如火的具体的痛楚。

完了，完了。一切都完了。

一声鸟叫划破寂静。晨曦在天空中铺展开来。今天注定是个明媚的冬日，云朵缓缓流在空中。慢慢稠起来的阳光是太阳的微笑。太阳即便在忧愁的时候，也要披上光明的衣裳。

忽然，我从被寂静淹没的黑夜里探出头来，拼命呼吸。你以为，天空以它的无垠在主宰流光吗？错了。光才是主体，它承载着多么无垠、寂静的天空。尽管它无形，它被淹没。

12

我和乔树之间，算是彻底崩了。

我们不再相约一起去操场的栏杆上看日出，也不再一起吃饭画画。他脸上冰冷的神情，让我觉得可怖极了。每天早上，他还没醒，我便拖着一夜失眠的困倦，独自走上操场。太阳落山后，我在理想国的围墙边游走，像一只失了体魄的孤魂。等到终于看见寝室的灯光熄灭，才敢进屋睡觉，却怎样也睡不着。

我和乔树彼此心照不宣地玩着捉迷藏的游戏，为了不使彼此尴尬，有他在的地方就绝不能有我，反之亦然。只有在晚上睡觉时，我们才能隔着黑暗碰面，用沉默交流，以无视对视。乔树的梦游症又恶化了，他每天都会用脑袋撞墙，将屋檐上的灰尘撞得簌簌掉落。我怕乔树把脑子撞坏，拿起枕头垫在墙上。等他撞够了，天就亮了。为了不吵醒他，我早早就出门去，在校园里乱逛。我想，这大概是我唯一能向他赔罪的方式了。

冬天的清晨，浓雾笼罩，风像刀子割在脸上。铁栏杆结了霜，薄薄一层晶莹，在晚起的阳光里融化。大家在被窝里睡得深沉，不会有人来的，我只管大胆爬到栏杆顶上。栏杆上的薄霜将手心的皮肉粘住，猛力一扯，剧痛无比，好像连带着要把我整个的皮囊也扯下来。我不知怎么就流泪了，坐在栏杆顶上，望着灰扑扑的梦城清晨。我突然意识到，有乔树在身边，其实是件很开心的事。

可我没有勇气向乔树求得原谅。我背叛了曾经给过我“永远”的希望的好朋友。如今，我又怎么可以再次向他奢求“永远”的希望?

我呆呆地望着梦城，这个偌大的城市被雾笼罩，望不到边际。可他却从边际里走了来。

乔树远远地走来了，身体像一片树叶，被风刮得摇摇摆摆。他看见我，似乎也愣了一下。为了不让彼此尴尬，我装作没看见他。然后他就转身朝寝室走了回去。我盯着他的背影，心里有那么多纠结无处释放。我害怕看到他那双眼睛，他那双眼

睛好像一径在向我要什么东西，要得那样凶猛，那样痛苦。

就像张小泉曾经面对他时，眼中那凶猛的痛苦。

乔树向我讲述他的故事时，用了很长很长的篇幅，来描述张小泉的眼睛。

乔树说，那是张小泉被毁容之后的第一百天。他站在厨房窗边，看见张叔叔牵着张小泉走回家里。因为距离太远，他看不清张小泉的脸变成了什么样子。张小泉步履沉重，那张被热茶摧残的脸，使一种痛楚向他全身扩展。他颓丧绝望的身体便处处都是痛苦的感知，处处都在细微地颤抖。乔树连忙跑下楼，在不远处跟随。他想把自己新买的玩具送给张小泉，但张小泉这带着痛苦的步态，是他见过的最绝望的形象，更是他这个年纪不能理解的。张小泉的每一步，都是对绝望的诠释，每一步都在申诉着、呐喊着残废了的自然。

乔树一直跟着张小泉走回河边窝穴般的木屋。很奇怪，原来让他看不起的破屋，此刻在他眼中竟出奇地可爱起来。他最终没有勇气把手上的玩具送给张小泉。之前，他天天都在窗边期望着张小泉的身影，演练了无数遍向张小泉乞谅的画面。但到了实际操作，他却退缩了。他突然从张小泉的痛苦里，看到了自己的残忍。

七岁的乔树，第一次仇恨起自己。他巴不得现实反转过来，让张小泉毁了他的脸。至少他心里是坦荡荡的，不用装着一份对张小泉的歉疚和对自己的厌恶。乔树厌恶地打了一个冷战。他来乞求张小泉的原谅，绝不是让这股厌恶持续滋生的。他恰是来斩除这股厌恶的。厌恶别人是件简单的事，厌恶自己才难受，像有一团乱线缠在身上，怎么解也解不开。

乔树还注意到一个事情：为了方便包扎，张小泉剃了光头。从乔树的视角看过去，硬扎扎的发茬，从张小泉掉疤后狰狞成一团的肉疙瘩里长出来。张小泉的青头皮从未像此刻这样引起乔树的怵然。这恐怖的光头之于乔树，是一具赎罪的刑架。之于张小泉，却是受难和毁灭。

入夜后，乔树沿着那栋脏兮兮的木屋转悠。窗口里冒出呛人的烟子和惹人垂

涎的菜香。想来是张叔叔为了庆祝张小泉出院，特意烧了一桌美味。乔树特别想看看窗里的景象，他意识不到，其实这种偷窥欲，是恐惧和歉疚在作祟。一个人越恐惧，好奇心便越强，总以为如果亲眼见到了恐惧的根源，内心的恐惧便会化为乌有。乔树真想看看张小泉的脸，那张脸上写满他所有的罪恶。他真想知道自己给这罪恶交出了一份怎样的成绩单。

远处只有河岸的一棵树供他搭脚。他蹬开腿，一脚踩着树杈间隙，一脚踏在树干上面，向窗里攀望。树身柔软，越向树梢处越软，他脚踩上去，树梢便向一边谦让，不知失败了多少次。乔树不清楚自己到底想要什么。他急于弄清窗里的张小泉是否处于彻底的毁灭中。可窗里很安静，冒出的火光让他什么也看不见。只有踩在木板上咚咚的脚步声，像沙场战鼓一般奏响起来。

后来，窗里的火光熄了。借着微弱的灯光，张小泉那尚未蜕去狰狞的面孔，渐渐在乔树的眼中复苏。一开始，张小泉是背着窗坐。然后，他起身要去拿什么。原来是要拿一面镜子。原来他也未曾亲眼目睹自己被毁掉的容貌。这时，树上的乔树稳住了身体，微弓双腿，扭住树梢。他手心的力道越来越紧，心也越来越紧。他看见，窗里的张叔叔大概想夺走张小泉手中的镜子，但张小泉表现得很坚决，他一定要看看乔树的杰作。他仍是背窗而坐，这可让窗外的乔树急坏了，他利用树梢的反弹，让双脚如踩弹簧一样，一点一点，一蹦一蹦，向最好的视野逼近。耳畔除了风声，就是树枝颤抖的吱吱声。在这藏满秘密的窗外，乔树经历着一次次危险的起飞。

就在树梢把乔树送到最佳视点时，张小泉的脸出现在了背反的镜面中。如此，除了张小泉那光溜溜的后脑勺，乔树已把他完整的头颅看清。

他吃了一惊。张小泉的脸被镜子的塑料包边掩埋了一大半。但根本用不着看完那一大半，光凭镜子里露出的一小半，就能让这一大半的毁灭一目了然。那是一张恶魔的脸：肉疙瘩纷纷挤在皮肤上，像嶙峋的山脉，凹凸不平又起伏连绵。粉色的血丝便是这山脉上的植物。他的眼睛也变形了，皱起的肉疙瘩将眼眶不断往下拉

扯，迫使眼球鼓凸出来。

乔树尖叫一声，猛地从树上摔落下来。

窗里响起一串急促的脚步声。当他找到张小泉的眼睛时，张小泉的眼睛早已等着他了。他们的眼睛在月光里相逢，如猎人与野兽的相逢。相较于他，他反倒没有半点吃惊，仿佛只是树梢上降临了一只小松鼠。

（乔树说，这就是他要保护我的原因。他与张小泉眼睛的相遇，像极了我与乔树的情形：猎人伸手捕起松鼠，于是什么都毁了。）

乔树万万没想到是这样。张小泉的脸，在剥离了皮肤之后，显得特别细腻。肉疙瘩中密布的血丝，使这层细腻更加不可思议。从张小泉眼中涌出的情绪，并没有乔树预期的愤怒——有的全是接纳，像天空接纳云朵，像大海接纳流沙。此时此刻，张小泉的眼是无形的，像云融在空中，像沙化进海里。

他以为该有愤怒，该有怨怼的痕迹。而他看到的却只有接纳。他惊讶地发现，原来他是希望张小泉恨自己的，不带恨的沉默，原比仇恨更可怕。

乔树很想对张小泉说些什么。他能听到上下牙床互相磕碰的战栗。他只是轻轻喊了一声："小泉哥哥……"张小泉的眼睛一眨不眨地看着他，瞪得老大。突然，他用尽全身力气，将手上的镜子摔在地上，粉碎成一小片一小片的透明。他的脸被嵌入这无数的透明之中，支离破碎。

乔树尖叫一声，跌跌撞撞跑进了黑暗。

那一晚之后，乔树和张小泉都疯了。

乔树把自己关在家里，拉紧窗帘，用被子捂着身体。但张小泉却相反，他似乎以吓人为乐，常常躲在某个拐角，等到有人走过，便突然窜出来，用那张毁容的脸吓唬别人。张叔叔只好把张小泉反锁在家。整个家属区的人，都能在大白天里听到张小泉瘆人的傻笑。伴着他的傻笑，是张叔叔的啜泣。他嘴里叼着烟，守在门口，一边吞云吐雾，一边抹泪。

张叔叔一夜间老了五十岁，头发全白了。发展到最后，张小泉想要跑出门，只

好用身体一下下撞着木门。张叔叔用一捆绳子绑住儿子，将张小泉搁在木床上。张小泉蜷着腿，以一种向天地乞怜的跪姿，一下又一下，用头撞着墙壁。和乔树梦游时撞墙的姿势一模一样。

都说张小泉疯了。

后来不知是哪个人，率先捅破了这层纸，对张叔叔提出把张小泉送进精神病院的建议。然后就是整个家属区的人，都要求张叔叔把张小泉送进精神病院。

那一天，梦城下起大雪。家属区的职工将河边这栋孤零零的小木屋围了起来，他们声讨着张叔叔，说如若再不将张小泉送进精神病院，他们就只好请这对父子滚出家属区。人群把小木屋围得水泄不通。乔树的爸爸是主持这次声讨大会的领导。他慷慨激昂地发表演说道：

“我承认，是我家乔树把张小泉的脸毁了！但是我们钱也赔了，礼也送了，甚至花光了家里的积蓄，给老张买了一套房，还要怎样呢？张小泉把我家乔树吓得都不敢出门，天天躲在家里哭！”然后他话锋一转，又说，“老张啊，房子过几天就能腾出来，但你总不能天天拿着旧事，一步步逼我们走进犯罪的深渊吧？你要管好张小泉呀！脸坏了是小事，心坏了才是大事！我家乔树现在就是心坏了！”

张叔叔被乔树的爸爸堵得一句话也说不出来，他蹲在地上不停抽烟。他想对老乔说些什么，但最终沉默了下去。其实无须说出口，大家也都明白他要说的：难道转眼间，乔树毁了小泉的容，就沦为了一场旧事吗？难道脸坏了不是大事吗？难道小泉的心没有坏吗？……这无数无数的“难道”，让这个老实巴交的人心里，第一次充满仇恨。他死死地盯着老乔，盯着这个他曾救过一命的朋友。

他轻轻喊出了朋友的名字：“老乔……”

老乔愣了一下。他在老张蓄满泪水的眼睛里，看到了恶毒的自己。

“我也不是要赶你走……我只是想……毁了一个孩子，就别把另一个孩子也搭上……”

“嗯……”老张答应着。

“房子给你准备好了。”

“嗯，谢谢……”

“那就赶紧把小泉送进精神病院吧。我都计划好了，那里有专业的医生，可以给小泉最好的治疗……钱，你不管，我来出。”

“嗯，好嘛……”

说完，张叔叔返身走回了木屋。

13

立春已到，而梦城还没有复苏的迹象，但阳光真的不一样了。阳光里像是装满养料，把大地照得丰饶肥沃，扫尽了冬天的凄惶。角落里，小虫的喧嚣、花草的破土、空气的流动，似乎都蓬勃着一种生命力。每当我坐在理想国的栏杆顶上，观望春天的一切，我就特别想哭。

一年又过去了。在已经过去的那个冬天，我学会了一件事：沉默。我沉默地背着画板，坐在严酷的冬风里，书画着我们理想国的沉默，书画着整个梦城的沉默。冬天时，万物陪我一道沉默，可立春一到，我就特别想哭，因为沉默一去不返了。春天万物的动静，让我感到惶恐。

算一算日子，我大概有半个月没有说过一句话。在我们理想国，你一定不能成为众矢之的，不然残酷的生存法则，会逼迫你适应沉默。不知道你有没有过这种感觉：当你被同伴排挤，起初特别不适应，你觉得不与人说话简直会死。但后来，你逐渐习惯了沉默，习惯了自言自语，习惯了与没有生命的物体对话。我就是这样。我觉得自己像一只皮球，先是被丑鬼踢走，然后又被乔树踢走。到最后，我被孤零零地弃在角落里，再也没有任何人愿意踢起我。

我仇恨乔树。虽然他因为梦游，也被理想国的孤儿们排挤，但至少他还有水滴的陪伴。每一天，我跟在乔树和水滴身后，看他们俩一起去食堂吃饭，饭后一起到操场散步。魏老师带我们去公园画画时，他们也永远坐在一张铁椅上。我想，等我攒够了三十元钱，也许就能重新和乔树搭上话了。我不知道要怎么他才肯原谅我。其实我也没有奢望他的原谅。我是谁都没有了。

与乔树决裂之初，我妄想再次加入丑鬼的阵营。我觍着脸、垂着头，恳请丑鬼收留我。他说：“好啊，你帮我把鞋洗干净嘛。”我拿起他的鞋，脚臭熏得我想吐。他的那双回力球鞋脏透了，我在井边洗了三遍，才把这双白色球鞋由黑色洗成黄

色。丑鬼看了看，表示很满意，但他却迟迟不答应我搬回他的寝室。

因为沉默，我变成了我们理想国最受欺负的孤儿。连那个比我还弱的老鼠，都敢欺负我。我沦为整个理想国的洗衣工。是丑鬼率先把他的脏衣服扔在我床上的。为了搬回他的寝室，我用力把脏衣服搓得焕然一新。后来，越来越多的人把脏衣服甩在了我床上，我甚至都无法分清这些衣服是谁的。无数的衣服，在我的床上堆成一座山，汗臭熏天，让我根本没法睡觉。

我几乎一天都在井边洗衣服。寒冬腊月，冰冷的井水让我手上长满冻疮。冻疮破了，流了血，甚至都没有感觉。每当这时，我就期待乔树能再次为我挺身而出。但他好几回看见我在井边洗衣的身影，只是擦肩而过，并不发一言。他冰冷的眼神，让我特别想哭。

我也试着抵抗过。我抱着老鼠的脏衣服，扔回给他说："你自己洗！"他却贼眉鼠眼地笑一下，威胁我道："哎哟，杜浩天，你好大的胆子哟。如果你不帮我洗衣服，我就把你和水滴听邓丽君的事告诉杨妈妈！"我气得一句话都说不出，却又拿他没办法。那一刻，我也特别想哭，但我还是忍住了。为了水滴，我甚至可以克服对丑鬼的恐惧，难道还不能克服这些脏衣服吗？

为了让自己不孤独，我只能默默忍耐。纵然我没有意识到，我所处的理想国，正是一个孤独的大杂烩。

事情终于在春天快要过完的时候，彻底爆发了。

我记得这一年春天，花开得特别漂亮。桃花沿着我们理想国的围墙，轰轰烈烈地开了又败，掉落一地粉红。在经过了冬春两季漫长的失眠后，我终于熬不住了。我还在井边洗着刘源的衣服，阿春又抱来一大堆衣服扔给我。我突然崩溃地痛哭起来，我把他的衣服扔进井里，吼道："你他妈不会自己洗吗？"阿春愣了一下，随后一脚就踹了过来。我都不知道自己为什么会忍不住，也许是长久的失眠让我头脑昏沉，我的精神悬于一线之间，阿春的挑衅使这根绷紧的线轰地断裂。我和他在井边打作一团。我记得自己被他打出了鼻血，但我仍旧不肯示弱，继续用毫无力量的

拳头攻击他。显然我不是阿春的对手，他一脚一脚，将我踹向那口让我无比恐惧的深井。我的脚掌悬在井口边，上身趔趄地寻找平衡。但最终我还是没控制住，在那个桃花飘零的春日，我跌进了井里。

咕咚！

出乎我的意料，井水并没有我预感的那样寒冷。我反而感到一股久违的沉默，正在包围过来。我睁开眼，看见从井口的上方，射进一道无比耀眼的阳光，那样温暖。阳光里飘着几瓣粉桃花，随着水波一荡一荡。我拼命挥舞着手臂，打出巨大的水花。然后我又看见，在飘摇的水波里，探入无数颗小脑袋。他们都吓得捂住嘴，却没有一个人愿意下来救我。我觉得自己肯定要死了。以前我想，比起孤独，我更愿意死去。如果死亡能解脱所有孤独，那么死亡就是美丽的。

有一些片刻，我是孤独的。大部分片刻，我都是孤独的。只是以前我把所有孤独，都习惯抛在不加理喻的感觉里。我的两个人格，就这样分裂开，又这样合拢一处。比如，我可以为了报复乔树，当丑鬼的间谍。我也可以因为害怕孤独，又妄图乔树的原谅。

在我摔下井里的那一刻，我终于理解了孤独。因为理解，所以接受。我发现这个世界上，除了自己能够救自己，再没有人会来救你。在我生命的最后几分钟，我把一切都看明白了。井边的脑袋们，看我一点点丧失知觉，缓缓闭上眼睛，双臂放弃挣扎。

孤独如同这口黑暗深井。

还有沉默，在孤独里。阳光和花瓣重重击在我的灵魂上。

乔树一头柔软的黑发，水草一样，在光和花的飘摇之中挺住。他两眼泛蓝，冲破那道阳光，打破那堆花瓣，向我游来。这一刻，乔树简直就是活着的、行动的希望。这种希望是被赋予的、未经提炼的、生的莽撞。我感到他慢慢游向下沉的我，憋气使他的脸轻微肿胀。他一把捞起我，像猎人捕获松鼠，像蟒蛇活吞羚羊。

我记得自己在昏死之前，冲乔树弯起了嘴角。

我是被腋下冰凉的体温计弄醒的。

已是晚上，杨妈妈坐在床边。她抽出体温计，借着灯光读数。她说："浩天，我们得去医院。"

我松了一口气。我还是睡在自己的床上，睡在乔树的寝室里。原来，我长久地失眠只是害怕一件事：我怕一觉醒来，连乔树也不要我了。我迷迷糊糊记得，是乔树把我从井里救起来的，可我没想到，当我醒来时，落井已经是两天前的事了。

"来，浩天，我们去医院。"

"妈妈，我只想睡觉。"

"你发烧四十摄氏度，我们先去医院好吗？"

我摇摇头说："不要，我不去医院。猫猫就是在医院死掉的。"

杨妈妈把脸转向窗外，我的话勾起了她的伤心事。猫猫曾是我们理想国最漂亮的女孩，也是杨妈妈最宠爱的孩子。几年前的冬天，猫猫发高烧，刚被推进急救室就死掉了。当时我陪在杨妈妈身边，急救室的铁门开了一道小缝，我看见医生举着除颤仪，在猫猫的心脏上电击了一下，又一下……伴随着除颤仪恐怖的闷响，猫猫的身体便一下又一下地挺起、下落。整个过程不到五分钟，但那个五分钟好漫长，像过了一个轮回枯荣。当医生把盖着白布的猫猫推出来，我听见杨妈妈小声嘟囔了一句：早知道就让猫猫死在家里了……

我想，如果上天要我死掉，我也一定要死在家里，所以我无论如何都不要去医院。我只想睡觉。我太久太久没好好睡过一觉了。

我将沉重的脑袋抬起，想看看乔树在哪里。如果有他陪我，我想我会好受一点。

乔树端了一碗白粥进门。白粥冒着滚烫的热气，但他一直捧着碗沿，用手心的温度使白粥的热烫变得适宜。杨妈妈说："太烫了，快放下吧。"

在和乔树决裂了四个月之后，我终于又听到了他的声音。他小声却执拗地说："没事，我这么捧着，白粥就能保持最舒服的温度。我妈妈教我的。"

"多烫啊！快放下。"

可乔树没听杨妈妈的话，他还是那样，不顾烫伤的危险，执意把粥端到我面前。他问："浩天醒了吗？"

"刚醒了一下，好像又睡了。"

乔树沉默了一会儿。面对昏迷的我，好像终于不用怕彼此会尴尬似的，推推我的肩膀说："杜浩天，杜浩天！快起来把粥喝了，你两天没吃东西。吃完我们去医院。"

我微微睁开眼，想看看他。但我突然什么都看不清，眼中一片水雾。泪水淌进我的嘴里。我尝到了苦涩的快乐。

我说："乔树，原谅我……"

他的眼睛往一旁躲。我分不清他脸上是喜悦还是伤感。

他什么话也没说，只是扶起我，让我的脑袋靠在他的肩膀上。我感到白粥一点点温润着我的胃。我与乔树的重归于好，一点点温润着我的心。

吃完白粥，乔树和杨妈妈将我送到梦城人民医院。第二天早上醒来，我看见乔树用手杵着脑袋，睡在我床边的阳光中。我的眼泪居然不受控制地哗哗淌了下来。奇怪，在我体验孤独的时候，我反而能忍住不哭。为什么当我不再孤独之后，我却忍不住眼泪了呢？我回过头去，看见窗外那片天空，阳光灿烂，希望在生长。医院的窗外之春，树木繁茂，百花斗艳，好像一座充满希望的彩色森林。

14

乔树知道我怕黑，在医院里陪我住了半个多月。我的肺部积了水，高烧渐渐转变成肺炎。杨妈妈为了我的病，差不多把钱都花光了。医生进病房催了几次缴款，生病的难受和没钱的难过，让我想要出院，但都被乔树摁了下来。他叫我不要担心钱的事，他会想办法解决。他叫我更不要害怕生病，他会在医院里陪我。

那天，乔树回了一趟孤儿院，我不知道他要做什么。后来我才从水滴口中知道了原委。乔树回去后，把理想国的孤儿们都召集在操场的升旗台下。他想号召大家给我捐款。其实也不能算“捐”，因为乔树把每个人上缴的“份子钱”都记在了本子上，承诺以后一定奉还。现在孤儿院的男孩，还因为乔树的梦游症而孤立着他，女孩也因为水滴和我偷听邓丽君的事，而孤立我们两人。

乔树是个多要脸的男子汉，他怎么能为了我，不顾脸面向大家借钱啊。他甚至还想让水滴陪他一起号召募捐。可那时水滴还在憎恨我的背叛。于是在暑热弥漫梦城的初夏，乔树独自站在升旗台上，冲底下乌泱泱的一片小脑袋说：“杜浩天得了肺炎，现在住在医院……”

碎语闲言在脑袋间传开。

“他不是和杜浩天闹掰了吗？”

“是呀，杜浩天受欺负的时候，他到哪里去了？现在逞什么英雄？”

“……”

乔树清清嗓子，对台下的碎语一一做出解释，但越来越多的人发表抗议，有人就说：“凭什么我们要出钱救他呢？”

“大家都是一起长大的，求你们救救他！钱我会还的。”乔树低着嗓子说。他似乎也意识到，在我们的理想国，谈借钱、还钱，是多么不靠谱的一件事。

站在不远处的水滴，叉着手，冷眼看着一切。她不明白，为什么一个被朋友背叛的人，还能为了背叛者，舍掉自己最后一点自尊。明明“背叛”就发生在不久之

前，明明“背叛”之后就是整个孤儿院的群起攻之。难道他忘了这是一个怎样凄惨的冬天吗？

她还记得，自己是怎样被理想国的孩子们对待的。她恨这个使他们被孤立的背叛者。如果说男生间的孤立，只是不与其发生交流，那么女生间的孤立更可怕，她们会想尽招数迫害被孤立者。她们在寝室的木门上放一盆凉水，等水滴推门而入时被淋成落汤鸡。她们会在水滴熟睡时，突然拽起她的头发，将她拽下床，用恶毒的语言轮番攻击她，用暴力逼她求饶。

但这些水滴谁也没说，甚至连乔树也没有告诉。她想乔树的日子也一定不好过，她不想再在他被“背叛者”伤透的心上，再添一道新伤。可现在倒好，“被背叛者”居然为了“背叛者”，把最后一点做人的自尊都出卖了。

她感到一阵莫名的心疼。十一岁的女孩，还不能解释这股心疼到底意味着什么。她两眼汪泪，悄悄走出操场。

其实，乔树这么做也没有用。从我们的理想国创办以来，真正的统领一直是丑鬼。虽然一年前，乔树在升旗台上把丑鬼打败了，但我们早已习惯丑鬼统领下的理想状态。只要丑鬼不发话，就绝没人敢把钱无偿捐给我治病。丑鬼代表了群体，脱离他，就是脱离群体。我们生而为孤，最怕的事就是被群体抛弃。我和乔树，还有水滴，就是最好的例子。

对于这一点，乔树似乎也明白。台下的脑袋们作鸟兽散。募捐无果后，那晚他去了丑鬼的寝室。

第二天，乔树带着募捐来的三十元钱，帮我缴清了药费。医生给我开了一支青霉素，要打在屁股上。我最怕打屁股针，所以一定要乔树在旁边陪我。我坐在用铁管搭成的座架上，把屁股对着医生。戴着厚棉布口罩的医生，从泡着酒精的白瓷盘里拿出一根针。我都要吓哭了，乔树却冲我哧哧地笑。医生说：“你们兄弟俩的感情真好。”乔树冲我做了个鬼脸，仿佛不知如何面对医生脱口而出的这句话，将我们瞬间拉向亲密关系。他只好用鬼脸回避我们之前彻底的绝交和如今彻底的修好。

我也冲他做了个龇牙咧嘴的表情，乔树说："杜浩天，少装啦，针还没扎进你屁股里啊。"我冲他吐吐舌头，突然特别感动，曾经我是那样不相信友情。我固执地认为，在我们的理想国，每个人都是孤独的。

也许，享受孤独的原因，只是害怕感情一旦深厚，便无法割舍。而如我们这般的孤儿，人生学会的第一课，便是离别。

打完青霉素，我睡了一觉，感觉烧退了。醒来时，窗外是梦城的初夏黄昏，香樟树和法国梧桐的叶子，被夕阳染得姜黄。乔树陪我到医院外的空地上走走，我问他："看病的钱是怎么来的？"他不作声，只是问我要不要吃冰糖葫芦。我和他分吃了一串。我又问他："以后我们一直做好朋友好吗？"他说他正是这么想的。我请求他帮我去向水滴说和，他答应了。

第二天，我回到孤儿院，肺炎还没彻底好，需要卧床休养。杨妈妈单独给我开了小灶，我把鸡蛋汤分了半碗给乔树。吃完饭，我催他快点去找水滴。乔树敲开了隔壁寝室的门，把水滴约去操场。

我跟在他们身后，想听听水滴的反应。大家都在睡午觉，午间的操场格外宁静，有蝉开始粘在树上鸣了。他们站在升旗台的墙边，我则躲在墙的拐角后面。

水滴似乎还在生气什么，不肯理乔树。两个人沉默地站了一会儿，然后我听见乔树率先开口说道："浩天的病，好多了……"

没等乔树的话音收尾，水滴就冲乔树咆哮道："他是个叛徒！"

"他也是迫不得已，你知道杜浩天的胆子。"

"我不管，反正我是不会原谅他的。我们受欺负的时候，他在哪里？他还在给丑鬼洗衣服！他活该掉进井里。"水滴的声量越来越大，我感觉她说出口的每个字，都像一把刀，把我的心扎成漏筛。

"他是为了让你听邓丽君，才背叛我们的。"

"如果我知道带子是丑鬼的，那我宁愿不听。你居然还为了给他缴药费，被丑鬼他们揍了一顿！"

“水滴！别说了……”

我心一沉。为了我，乔树被揍了一顿？

“你知道我有多心疼吗？”十一岁的女孩，还不知道雄性世界的残酷，她的声音开始发飘、打战。我们的理想国，就是一座荆棘森林，注定一山容不了二虎，从乔树公然挑衅丑鬼的权威之时，就注定了这份残酷的开始。十三岁的男孩的心智，怎么斗得过马上要成年的孤儿统领？

我大概从水滴的话里，摸清了来龙去脉。乔树为了我，向理想国的孤儿们募捐，但没人肯买他的账。于是那天晚上，他去了丑鬼的寝室。他第一次喊丑鬼为“丑哥”，不过神情还是英勇的小壮士。他说：“丑哥，求你帮我！”

丑鬼吸着用乔树父母留下的钱买来的555香烟，说：“好啊。”

“什么条件？”

“聪明。”丑鬼对着乔树的脸，喷出一口烟气。青烟在乔树脸上铺成一个“○”，倏忽又散开。乔树嫌恶地闭起眼睛。丑鬼说：“条件就是，你要吃我们每个人一拳‘小笼包’。”

所谓的“小笼包”，就是所有男生站成一排，让他们每人轮番在心脏上打一拳。它是我们理想国最具侮辱性的刑罚，一般只有像我这种最底层的人，才有权享用。此刻门外围满了看热闹的孩子，乔树就在所有孤儿期盼的眼神里，答应了丑鬼的条件。

男生们排着队，不放过这次难得的羞辱人的机会。一拳拳挨过之后，乔树被打得面色青白。他捂着心脏，经受不住拳头的重击，一次次卧在地上，又一次次决然站起。门外的水滴被女生们挟持着、哭喊着，她们第一次听见水滴发出这种非人的呐喊。如果可以，水滴一定会冲过去抱住乔树，护住他。他的这种舍生取义，让她的心太疼太疼……

在这个初夏午后寂寥的操场，乔树还在为我恳请水滴的原谅。

他说他知道被一个人恨，是如何痛苦的感觉。“被恨”最可怕的，并不是承受那个人的恨意，而是你必须承受自己对自己的恨意。恨，只是一种单向情绪。可

“悔恨悔恨”，恨中一定有悔。悔，便把单向的恨，变成了双向的谴责。最后，你不仅要承受别人的恨，还要承受自我的悔。所以最可怕的并不是“被恨”，而是“自悔”。

乔树还在急切地向水滴解释着“悔与恨”的关系。突然间，水滴把那晚未完成的拥抱续上了。她一把抱住乔树猛颤的身体，将乔树激动的话语，堵进思绪的空白中。水滴伏在他的胸膛里，轻声说：“我喜欢你……”

“你干什么？”乔树把水滴推开。

难道他还不知道发生了什么吗？从乔树梦游时，她把枕头垫在墙上开始；从乔树为了我扔掉尊严，她哭喊着心疼的时候；从一个“被背叛者”为了“背叛者”求和，她不肯原谅背叛者之后……我就明白了。原来所有事情，在一早就有了端倪。水滴怎么可能为了给我面子，而愿意站在乔树那边。原来她所做的一切，都是针对乔树的。

这一切被我看得清清楚楚。我的心一下子碎成了好几瓣。有一瓣是水滴的，有一瓣是乔树的。有一瓣是悔，有一瓣是恨。

我这颗装满仇恨的心，被乔树拯救之后，就这样又被水滴推向万劫不复的深渊。乔树说得对极了，原来“被恨”并不可怕。可怕的是：被自己恨。

我忽然觉得我对水滴的“喜欢”，那样肤浅。我知道在她第一次为我出头时，我就喜欢上她，我希望永远占有这份她对我的专一的守护。但水滴对乔树的喜欢，却是出自一种心疼的保护。喜欢是折断一枝花，爱是守护这枝花。喜欢是想去占有，而爱是想去保护。

我心碎地向寝室跑去。

可我不会再为了肤浅的“喜欢”，而背叛朋友。即使我知道，世上一切的感情，终会沦为离别。

我们生而为孤。

这一刻，我明白了水滴。她曾经在栏杆上，向我和乔树道出自己的故事。当时我还不懂她的心。但这一刻，我明白了她所害怕的“离别”。

15

落叶了，秋天来了。

满天里亮晶晶的星星，一颗颗的，随着落叶一道，埋没在理想国的土壤里。天气开始转凉，我们三个人把短袖换了下来，穿上长衣服，恢复了清晨去操场跑步的惯例。在我们理想国游弋的生灵们，一个踏着一个的影子，绕在操场疯长的野草堆里，久久流连不去。黎明中这里穿梭一条蛇的长影，那里飞舞一群瓢虫的翅羽，急切地，探索地，穿过来，飞过去，一直到最后一双充满欲望的眼睛，消失在幽冥的草林中，我们便踏着淡雾和薄月，坐上了操场的栏杆顶上，等待日出。

太阳在天边崭露头角，铺一层雅致的红光。水滴向太阳的远方指去，对我们说："看见了吗？那一排排挤挤挨挨的房子……"我们顺着水滴手指的方向望去，密密麻麻的房子在薄雾中，浓缩成一个个黑点，在我们的视野里变成星星。于是，整个梦城就变成了我们视野里的天空。

在那天际的远方，就是水滴曾经的家。

梦城解放街两边，都是卖肉的小贩。每天早上，肉贩子推着一车刚屠宰出来的肉，占据着解放街两侧的道口。稀烂浓酽的肉，东一块西一块，软乎乎地摔在案板上，招来许多嗡嗡的苍蝇。肉在太阳下晒久了，冒出一股发了酵的糜烂馊气。

水滴曾经的家，就在解放街那排贫民窟的尽头。十几排盖着黑瓦的房子，墙壁上泼满畜生的血。走到最里，最矮的那栋房子便是寄居着水滴一家人的蜗壳。房子灰黍黍的，像一座残破的祠堂。进大门左边角落有一个木板楼梯，直往看不清的幽暗里伸去。摸黑爬到二楼，一栋房里不知住了多少户人家，像鸽子笼一样，墙贴着墙，人只能缩在逼仄的空间里。房中阴森，没有窗户，只有墙上一个个梅花黑洞，透进锋利的光，也透进凛冷的风。一股防空洞潮湿的霉味和动物的血腥糅在一起，成了一种说不清的奇怪味道。

水滴的家在第三间鸽子笼。家徒四壁，只有东墙上挂着的一张黑白全家福，用木框裱起来，成了唯一的装饰。满脸横肉、表相凶残的肉贩爸爸站在相片右边，跟前站着水滴十二岁的哥哥。清瘦多病的妈妈坐在凳子上，怀里抱着刚满月的小水滴。

这张全家福，后来被五岁的水滴带进了孤儿院。

四岁的水滴咚咚咚地跑进黑暗里，隔壁的李奶奶坐在门口，拄着拐杖在打盹儿。水滴的脚步声吵醒了李奶奶，她揉揉眼边污黄的眼屎，招呼水滴道："乖囡囡，小心点别摔着！"

"奶奶，给你。"水滴跑到李奶奶面前，从怀里掏出一只梨。梨是生的，泛着酸苦的青色。

"谁给你摘的呀？"李奶奶抚着水滴乌黑的发辫，嘎声问道。

水滴可以算是这个贫民窟最讨人喜欢的姑娘，长得漂亮，心地也善良。水滴讨人喜爱的功劳，该归功给水滴的妈妈。她从小就疼爱小水滴，每天帮她梳头发、做衣裳，把水滴教得乖巧又可爱。都说像水滴妈这种人，不该生在贫民窟，她该是某个富家子弟的老婆，身上那种既清冷又温和的气质，像位大小姐，所以教出来的女儿也是个小小姐。

"哥哥帮我摘的。"小小姐水滴说。

哥哥的脚步声便也在黑暗里咚咚咚地响起来了，他喊道："调皮精，慢一点。"楼道空寂，回声先于喊声落进水滴耳朵里。

"知道啦！"水滴回头冲哥哥撒娇。

"快把梨拿给妈呀。"哥哥说。

水滴看看李奶奶，又看看家里，再看看手中的梨，不知该把梨拿给谁。她觉得应该听妈妈的话，要尊老爱幼，所以她把梨递向李奶奶："喏，给你吃吧。"

"好孩子，拿给妈妈吃。妈妈病了。"李奶奶笑呵呵，露出一嘴黑齿。

"那我明天再让哥哥摘一个，拿给奶奶您吃。"

水滴穿过一道砖砌的巷堂，巷堂到底那间房门上，垂着一张酱黄的布帘。水滴捞开帘子，深黑的屋里便是她的家了。里面什么也瞧不见，随着布帘被撩开，射进一道惨兮兮的日光。又闷又热，迎面扑来一阵腥膻恶臭，简直比爸爸杀猪时的腐臭更秽气。

“妈。”水滴叫了一声。

水滴伫立片刻，等眼睛渐渐习惯房中的幽暗，才模糊看到房中那张挂着蚊帐的床，床上隆起一道椭圆的小坡，映着妈妈的病体。水滴把蚊帐拉开坐在床边，像妈妈以前突然用一颗奶糖给水滴惊喜一样。水滴把生梨举在妈妈眼前，晃了晃，说道：“妈妈，你看！”又捂着嘴咯咯笑起来，故意说，“想吃吗？”

床上的女人听到女儿的笑声，原本背着睡的身体，慢悠悠转过来。她满脸蜡黄，头发干成枯枝，在脑袋上盘根错节着，变成一个鸟窝。她的两腮深深凹陷下去，大眼睛却暴突出来，眼球上布满血丝，嘴唇发紫。妈妈很吃力地对水滴说：“乖囡，帮妈妈把帘子扯开……”

她的声音颤抖、疲惫、有气无力，随着帘帐被水滴拉开，梅花形的空心墙砖将阳光投在墙上，像冬天枯枝上落满梅花。妈妈把一双瘦得脱了形的手伸出被褥，撑着床，艰难地坐起来。浓浓夏日，她身上裹着一件黑色毛衣，毛衣底下的肉色单衣被睡成一饼一饼的布疙瘩。她的头深陷在枕头里，又因为突然的咳嗽而乍起。水滴赶紧把放在枕边粗黄的卫生纸递给妈妈，女人的两只手紧紧抓拢，像一对蜷起的鸡爪。随后一泡黄痰吐在纸上，恶臭弥漫。她整个人看上去就像一具瘪缩了的干尸。她举起鸡爪，接过水滴削好的青梨，慢慢啃起来。梨的酸涩让她皱起眉头，太阳穴两边的血管猛地突起。

水滴问妈妈：“好吃吗？”

女人微笑着点点头。水滴又说：“是哥哥帮妈妈摘的。”

“以后叫你哥别爬树了，太危险……”

“没事的妈妈，你喜欢吃，我明天再去摘。”水滴的哥哥在后面轻声说道。

这是这个家里难得的安宁。爸爸还在街口摆肉摊，要到很晚才回来。总是这样

的，当月亮都升得老高，爸爸的肉贩车才会在楼下咿咿呀呀地叫响。卖肉的钱总是不会剩余，都被爸爸喝酒喝光了。

没过一会儿，妈妈对儿子说：“你出去一下，我要……”

她让水滴把床下的痰盂递给她。水滴一手撑着妈妈的脊梁，一只手去拿卫生纸。被窝里传出尿液打在痰盂上的滴答声。待妈妈尿完，水滴把卫生纸拿给妈妈揩干净。如果外人这时进来，一定会闻到呛鼻的尿臭，这尿臭里还积淀着腥膻的中药味。但水滴早已习惯了，闻不见了。她把装了半盆屎尿的痰盂，端到屋外倒掉。回屋后，妈妈又嵌进被褥里睡了，喘着重重的粗气。

水滴把蚊帐重新放下来，走到外面。哥哥在抽烟，烟是用报纸和土烟丝卷成的，青烟不一会儿就灌满狭窄的楼道。水滴大惊小怪地说：“哎呀，哥哥你怎么会抽烟啦？”

“等你长大，也可以抽。”

“可是你才刚满十六岁。”

“你好烦啊。”哥哥俯下身去掐水滴的小脸蛋，“你简直比我之前的班长还烦人！”

“只许抽一支哦。我去菜市场了。”水滴说。

“我和你一起。”哥哥从角落里捡起结满泥垢的竹篮。他们走到菜场时，天已经晚了，朝霞五颜六色，晕染白云，像天空打翻了颜料盘。菜场人很稀少，烂泥路上坑坑洼洼，布满污水蜿蜒的泥潭。泥潭上飘着腐败的绿菜叶子，水滴随手挑了两片，又轻车熟路地带哥哥去到菜场的垃圾站。

所有垃圾都堆在一口大铁缸里，喷着恶臭。水滴捡了很多菜叶，还捡到一个碎掉的鸡蛋。菜篮子很快堆满了，水滴兴高采烈地说：“今晚我和妈妈有好吃的了。”

哥哥听了这话，心里涌起苦涩。他说：“要不我给爸爸说，让你们一起吃饭吧。”

“不要！哥哥要是说了，我肯定又会被爸爸打一顿的。”

“那我陪着你和妈妈一起吃。”

“不行！爸爸说你正在长身体，要吃肉的。”

水滴的哥哥一脚踩进坑洼里，溅起一片泥浆，把爸爸给他新买的球鞋踩脏了。他恨恨地跺着脚，双拳握得铁紧，似乎在用这种方式，报复爸爸对他的偏心和对妹妹与妈妈的狠心。

本来，水滴该是一个在平凡人家长大的女孩。本来，她就不该被生下来。本来，爸爸和妈妈都是梦城被单厂的职工。但水滴的意外降临，把一切“本来”都变为了泡影。妈妈执意违背“计划生育”，一定要生下孩子。于是，这个家在一夜间变了：爸爸妈妈被厂里开除，家里所剩无多的钱，也全部缴了罚款。一夜间，厂里分配的房子被收回了。一夜间，爸爸变成了酒鬼，变成了这个平凡之家的恶魔。爸爸下岗后，托一个朋友的关系，成了一个肉贩。妈妈却因为生水滴时大出血，患病在床。在这个家里，没人能看到希望。日子一天天败下去，爸爸把所有的罪孽都归咎在水滴身上。

都说水滴的爸爸猪狗不如，他把水滴和妻子赶下饭桌，让她们自食其力、自生自灭。水滴每天等到菜市场关门，便去捡些菜叶子，趁着爸爸还没回家，做饭给妈妈吃。有时，半夜三更，爸爸醉醺醺地回家来，想起心里的不平衡，拖起水滴就是一顿毒打。好几回，贫民窟的邻居都看不下去，在背地里偷偷救济水滴母女，但水滴的爸爸知道后，跑到那人家里大吵大闹。邻居们都喜欢水滴，觉得她太可怜了，小小的女囡被爸爸虐待，非但不哭，还总是笑盈盈地过活。他们更恨苍天无眼，那么善良的水滴妈妈，年纪轻轻就躺在床上等死。

水滴和哥哥从菜场回到家，爸爸已经回来了，他炒了一盘肉，照旧没有水滴和妈妈的份儿。水滴坐在妈妈床边，尽量忍着嘴馋，时不时往哥哥盘里瞟一眼。满脸横肉的爸爸呷着酒，炒花生米飘着香味。水滴的肚子饿得咕咕叫，又不敢去厨房做饭。房里很静，只有爸爸和哥哥的咀嚼声，猛不迭从静里冒出来，勾引着水滴的食欲。哥哥说：“水滴来吃点吧。”

“你不想吃就滚出去。”爸爸语气冷淡，头都不抬。

“家里明明有吃不完的肉！你为什么要这么对妹妹和妈妈？你看妈妈都病成什

么样子了！”

“你这个没良心的狗崽子！”爸爸这时抬起眼，瞪着这个没良心的毛小子。水滴看见哥哥把筷子一摔，从马扎上站起，霍地挺起一米七五的身体，常年被肉喂壮的身体，简直就是爸爸的缩小版。他用力把桌子一掀，白酒、花生米、猪肉……落了一地油腥。他咆哮道：“你不让她们吃，我也不吃！”

爸爸睁着迷醉的眼，怒火不打一处来。他抬起沾满肉腥的手，给了儿子一记震天动地的耳光。

水滴吓坏了，妈妈缩在被褥里偷偷啜泣。哥哥捂着脸，愣了半天，以前爸爸再怎么生气，都是拿妹妹撒气，从来不打他。自从妹妹满三岁以后，身上便再没一好地儿。每当屋子里传出妹妹的哭号，他就觉得好心疼。他十二岁以前，家里的气氛是那样温馨，与现在的情形相比，简直是美梦。

他再也不要待在这个家了，如果再待下去，他也会变成像爸爸一样的疯子。

哥哥撒腿跑进夜色，迎面扑来晚夏的热风。他一直往远跑，跑啊跑啊，身后妹妹被揍的哭号，渐渐听不见了。

自此，水滴开始学会接受“离别”。

她每天都等在街口，却还是不见哥哥回家的身影。

直等到落叶了，秋天来了。

16

魏老师考上了英国的留学生，再过半年，她就要去英国。据说魏老师的爸爸就是第一批去英国学美术的留学生。魏老师将原本每周六的画画课，增加到一周两次，我们都很珍惜与魏老师相处的最后时光。我舍不得她走，因为她走后，我便再也学不了画画了。魏老师说我是班里画得最好的，以后可以去考美术学院，我也正是朝着这个理想而努力的。

不知道从什么时候开始，梦城公园围聚了越来越多的情侣。他们烫着时下最流行的爆炸头，穿着牛仔喇叭裤，不再避讳地牵着手，在铺满落叶的梦城公园轧马路。有一次，我们甚至还看到一对男女，躲在小树林里偷偷拥抱、接吻。我们理想国的孤儿都窃窃笑着，幻想等我们长大以后，也可以这样光明正大地谈恋爱。

丑鬼最喜欢偷看情侣们热吻了。他每次都装作若无其事的样子，围着公园打转转，寻觅偷窥目标。还差两个月，丑鬼就要满十八岁，杨妈妈说要带他去派出所办身份证。我们都很羡慕他，有了身份证，就意味着拥有谈恋爱的身份了。

几个月前，丑鬼丑陋的脸上爆满了青春痘，这也是可以谈恋爱的象征。一颗颗粉刺泛着油渍，在丑鬼脸上爆成天边的北斗七星。他用脏手去挤，把粉刺挤得越发肿胀，脸上永远是红通通一片。痘痘最旺的时候，他不用化装就能去演《西游记》里的猪八戒。那一段时间，街上到处都在放新出的电视剧《西游记》，我们总是打着“写生”的幌子，簇在有黑白电视机的商家门前看孙猴子。

这一年，邓丽君也不再是忌讳。于是丑鬼一夜夜去后操场的厕所，“解决”得更勤了。他不再让我们这帮喽啰跟着，每次都是独自闪进夜色，又独自闪出曙光。他去后操场厕所“解决”的事，在我们理想国的男生群落里，再也不是什么特殊的秘密，因为有几个比他年纪只小三四岁的男孩，也要开始“解决”了。

那一个星期六，我们见到了魏老师的男朋友，段哥。用我们的话说，段哥在我

们眼中的首次出场，特别“拉风”。当时我们坐在公园铁椅上画画，先是听见一串巨大的马达轰鸣从梦城大街传来。紧接着，轰鸣后的“嘟嘟嘟”的尾音消失在公园的安宁里。段哥居然骑了一辆哈雷摩托！他炫酷地摘下安全帽，染黄的卷发朝后一甩，冲魏老师打了个口哨。

段哥没有穿喇叭牛仔裤，而是穿了一条黑皮裤，长筒靴显得他特别高大，上身的皮夹克又将他的身材束缚得特别魁梧。我们都觉得，像魏老师这样安静的女孩子，就该配这种酷酷的男生。我们的眼睛在他们之间来回扫荡，将魏老师看得脸庞通红。

只见魏老师向段哥紧走两步，长长的太阳在他们之间摆荡，如一根红绳，慢慢将他们往一起拉扯。我们大概明白怎么回事了，纷纷冲魏老师打哨。魏老师娇嗔着对我们说：“别打岔，专心画画。”阳光将他们拉到一起，段哥用右手搂着巨大的安全帽，左手去勾攀魏老师的肩。但魏老师微微一闪，躲掉了。

丑鬼告诉我们，段哥还没有把魏老师彻底追到手。他所说的“彻底”，是指段哥还没有亲到魏老师。

段哥的出现，让我们理想国的男生女生心里，第一次有了“成熟男性”的概念。当我们还在讨论段哥的打扮和他炫酷的哈雷摩托时，魏老师不见了。

丑鬼和阿春在一旁窃窃私语，不知又要谋划什么见不得人的事。果然，丑鬼带着他膨胀的、压抑已久的欲念，闪进树林。不出一会儿，他兴冲冲地跑了出来，对我们手舞足蹈地说：“魏老师和段哥在树林里接吻呀！”

我们扔下画板，潜进树林。稀疏的树影下，魏老师靠在一棵高耸入云的香樟树上，段哥的脸离她的脸甚至不到十厘米。段哥勾着长腿，右手搂住魏老师纤细的腰，一个绵长的、温柔又爆裂的吻展开了，安静的林中只能听见落叶飘到地上的声音，纷纷扬扬的落叶和影影绰绰的阳光，围裹着他们的身影，让这一幕变得分外唯美，就像一个老电影画面。

丑鬼组织我们悄悄撤退，别惊扰了魏老师和段哥幽会。我们的心怦怦直跳，原来爱情就是这个样子的啊。

也许这一刻，我们都把自己幻想成了段哥，把心中喜欢的女孩幻想成了魏老

师。我偷偷扭过脸，向身旁的水滴看去。她同样被魏老师和段哥的爱情吸引了，那样投入，又在投入之余，如我看她一般看向乔树。她往乔树的身边挤了挤，如此一来，就挤开了我和她之间更远的距离。我低下头，有些沮丧。其实我很明白，如果我是女孩，也一定会喜欢像乔树那样勇敢无畏的男孩。那张日日飞扬在井边的尿床的床席，便是对我的懦弱的反讽。后来大家似乎都接受了我的懦弱，因为见惯了我尿床，所以久而久之便不再嘲笑。只是，井边的床席还在飞扬一天，我就永远没有抬头的那一天。

魏老师送我们回孤儿院后，坐在段哥的摩托车后座上，扬长而去。我们扒在校园的铁门上，脑袋使劲往外挤，视线跟随他们一路远去，似乎不想让这个关于爱情的梦，如此快地醒来。

回到寝室，我正在整理今天画的画，乔树坐在窗前拼装玩具坦克。水滴来敲门，手里拿了一个橘子。她对乔树说："一会再拼吧，先把橘子吃了。"

我问："我的呢？"

"你又不爱吃橘子。"

我说："我爱吃。"

"那这个你吃吧。"乔树说。

"我不吃别人不要的。"我噘着嘴，生一肚子气。

没想到更气人的还在后面。水滴对乔树说："你来一下嘛。"

"去哪儿？"乔树头也不抬，水滴已经把橘子剥好，一瓣一瓣喂给他吃。

"操场。我有事跟你说。"

乔树看看我，又看看水滴，说："我们三个一起去吧。"

"叛徒去干什么！"水滴说。

我被骂得一声不吭，乔树帮我打圆场，说道："你不是都原谅他了吗，我们说好不提那件事了。"

"哼！"水滴把乔树的玩具坦克扒拢到一旁，"走了。"

“一起去吧。”乔树说。

我远远地跟在乔树和水滴身后，他们靠得那么近，我几步追上去，却被水滴凶狠的眼神赶开。她说：“杜浩天，你没事当什么电灯泡啊？”

我说：“你和乔树又没好。”

“不关你的事。”水滴说。

“好了，别吵啦。”乔树说，“我们永远是好朋友。”

我说：“好啊。”

水滴却不答话。她往背后交叉着手，反过身子倒着走，抿抿嘴唇问我们：“你们说，接吻是什么感觉？”

我说：“不知道。”

“你当然不知道，你才十二岁，知道什么呀？”

我说：“你还不是只有十几岁吗？”

水滴白了我一眼，恨我将她的年纪说小了。她转过头又对乔树说：“乔树啊，你亲过女孩吗？”

乔树摇摇头。

水滴的脸突然红了：“那你亲我一下嘛。”

我说：“真恶心。”

“你懂什么？你走啦，你快走啦！”水滴恨了我一眼。

“别闹了。”乔树说。

“开玩笑的嘛。”水滴在我的胳膊上使劲掐了一下。

我心里涌起特别不爽的感觉。我诧然意识到，无论我多么努力地改变自己，也不能在水滴心里变回曾经的我了。虽然我和乔树还有水滴，名义上已经和好，但感觉上已大不相同。他们把我抛在了界外，有一堵无形的墙，横亘在我与他们中间。但我不能再失去他们了。孤身一人的滋味，我已经深深刻刻体会过了。此刻，我的肚子里涌起一阵难言的酸楚。尿胀的感觉回来了，懦弱又回来了。

我们不知不觉走到后操场。我说我要去上个厕所。在朝厕所走去的路上，我不

敢回头，我怕自己一回头，就会看见乔树和水滴吻在一起的画面。水滴存心揭我短。女孩的冷血，我算是领教了。秋日午后的天空，被灰蒙蒙的阴云遮盖，云里滚着闷雷，马上有一场暴雨将至。尿胀的感觉越发明显，我在枯草堆里快跑两步，刚跑到厕所门口，就听见里面传出邓丽君的歌声。

我放慢步子，将头悄悄伸进厕所的通风口偷觑。

是丑鬼和倩倩。丑鬼用摩丝将一头枯白的头发，梳成《上海滩》中许文强的发型，他穿了一件黑色长袖衫，我知道那是他唯一一件没有补丁的衣服。秋天都到了，倩倩却还穿着去年丑鬼送给她的蓝色蕾丝裙，大腿光溜溜地暴露在外，被冷风冻起一层鸡皮疙瘩。虽然"邓丽君"已经没有去年管得严，但他们大白天就在厕所里听"靡靡之音"，还是让我大吃一惊。歌声轻轻在空中流散，他们交织着手，在轻缓的歌中起舞，特别享受。从通风口照进的那道光束里的尘埃，是他们忠诚的观众。倩倩的蓝色蕾丝裙洇了一片汗渍，动作随着歌声更加流畅，光束里所有死的、活的、动作的、静止的尘埃，此刻都通了人性，与他们共舞。

通风口射进厕所的那道光，渐渐变为红色。是夕阳。

然后，就在这束透不过气来的红光里，丑鬼恶心的唇吻上了倩倩的唇。同样如火般红艳的两根舌头，晕开在平板的红光中，缠成一摊。

倩倩似乎并没有要躲的意思，她的手扯住裙摆下面的蓝色蕾丝。手静止了，蕾丝却不肯静止。她的舌头完全迎上丑鬼的舌头，蓝色蕾丝在夕阳里膨胀开来，使她整个人显得圆熟、欲滴，像一颗熟透的果实。倩倩饱满的胸脯整个张开来朝向丑鬼。

我看见倩倩的眼睛微微睁开了一刹。当时我还不懂这个刹那的重要性：倩倩从一个浑顽的女孩变成了一个女人，就是这个刹那间发生的事。她在邓丽君的歌声中，在丑鬼的眼前，完成了女孩最后的成长。她身上的蓝色蕾丝裙，就是每个女孩都梦想着的，灰姑娘变成公主的华丽礼服。

我赶忙跑开了。在乔树和水滴面前，我故作镇定，当作什么也没发生。我以为我将永远守住理想国的这个惊天秘密。但四个月后，在丑鬼十八岁的生日会上，我们理想国的所有孤儿，都知道了这一天发生的事。

17

水滴妈妈死去的那个深秋的天气，就好像爸爸阴晴不定的脾气，晴一阵雨一阵。晚风似乎一夜间湿凉起来，原是今年的第一场雪落下了。哥哥离家出走后，妈妈的病一天重似一天，到初雪落下的日子，几乎整天都得躺在床上，不能下地。她的嗓子嘶哑了，只能费力说些单字。往往是水滴给妈妈做好菜粥，端到床边说道："吃饭了妈妈。"她答应一句："好……"粥只喝了两口，她就摇一摇鸡爪般的手说："不……"水滴就把剩下的粥全部喝掉。

爸爸回家的时间越来越晚。落初雪的那晚，他整夜都没回来。水滴循着雪迹，在解放街道口上，发现了酩酊大醉、不省人事的爸爸。她也不知道自己哪来的力气，把重达一百八十多斤的爸爸搀回了家。爸爸摔在床上，和妈妈一起陷入污浊枕头的柔软中。爸爸的脸通红，与身边妈妈那张凄白的脸，形成一种生与死的对比。

白雪将梦城照亮成诡秘的白昼，漆黑的破屋里，满地银闪闪的光。爸爸在白光中睁大双眼，伸出手，在满是油腻的衣兜里掏出两块钱。他把水滴叫到身边，说："明天给你妈买点冬枣，她爱吃……"

从小就不懂哭泣的水滴，突然感到眼眶一热，她接过那张皱巴巴的两元钱，仔细捋平、折好。

第二天清早，梦城刮起暴风雪，风势一阵比一阵猛烈。百货公司两旁高大的香樟树，被风刮得枝叶剥离，巴掌大的树叶被雪压弯了，又被风折在地上，萧萧瑟瑟地翻滚着。百货公司的大招牌，倒成四十五度角，在暴风来袭的清晨摇摇欲坠，咿呀、咿呀，拉着胡琴调子。马路上的人都给吹得摇摇晃晃，一个女人的塑料雨伞哗一下给风倒掀过来，像脱了线的风筝，在风雪里载浮载沉。百货公司旁边的小巷里，流出一条小溪，是居民把烧过的洗脸水泼在雪中，热水而后又迅速冷却，冻成浊浊的小溪。横在居民楼阳台外面晾衣服的铁杆，给风鞭笞得惊慌失措，一齐哐啷哐啷抖响。终于有一家人的铁杆，承受不住风的暴力，砸在雪地上，发出尖锐的声

音。水滴顶着暴雪，穿行到百货公司，可是百货公司却没开门，她又兀自走向菜市场。水滴手心里的两元钱，被她捏握出微微的汗潮。

几个卖水果的摊贩正弯下身收拾东西，准备提早回家。冬枣摊是一个裹着头巾的农妇在主事，摊在一块塑料遮雨布上的枣子，被风吹得东滚西落，农妇正艰难地捡拾着。她瘦弱的身躯敌不过猛劲的大风，给逼得往旁一连踉跄，脚下一松，竟一下跌坐到地上去。水滴提着竹篮，赶忙跑到她身前，帮着一起拾捡。有些枣子滚到雪泥里，农妇痛惜地说道："哎呀！怎么办？"

水滴笑一笑说："阿姨噢，你把这些枣子便宜卖给我吧。我妈妈病了，她最喜欢吃冬枣的。"

农妇抓起一大捧，扔在水滴的竹篮里，说："乖囡，拿去吃吧。反正今天也卖不出去了。"

水滴用衣角揩了揩冬枣上的泥渍，大口吃起来。冬枣清脆，凉沁如蜜。农妇一边捡，一边也拿起一个枣子，跟水滴在风中一同吃着。水滴看见农妇三十七八岁的样子，想来和妈妈年纪差不多，她的眼睫毛上沾着雪，暴风雪刚用过劲，青白面庞上泛着两坨红晕。她从容地注视着水滴，笑道："囡囡，很甜吧？"

"是呢！"水滴又拿出一颗枣子，冻得发抖的手捂住嘴，将枣子囫囵咬进嘴里。

"哎哟，慢点吃嘛。"

水滴有太多年没吃过这种甜如蜜糖的冬枣了。她记得，还是在自己两岁那年，妈妈买回一筐枣子。她先放进嘴里将枣肉嚼成粉渣，再吐入手心喂给水滴吃，一边喂一边自嘲着说："哎呀，等我们小水滴能自己吃枣了，就不用让妈妈喂了。"不知怎的，水滴对这一幕的印象非常深刻，或许是冬枣甜丝丝的味道钻进了心里，又或许是妈妈温柔的话语，使她久久无法忘怀。这一幕发生不久后，爸爸就变成了那个整日酗酒、满嘴丑话的爸爸了。妈妈那次深深的亲昵，便使她感到受宠若惊，甚至惶惑不解。她一直是在爸爸的咒骂和施暴中生活的。这一刻，她竟然不能想象，如果妈妈就这么死了，她往后的生活该怎么办。

水滴把竹篮搁在农妇的秤上。农妇说："二斤八两。就算你一元五角钱吧。"

“谢谢阿姨。”水滴把昨夜爸爸给她的两元钱递给农妇。

水滴将找回的五角钱揣进兜里，临走前，农妇又抓了一把枣扔进竹篮。她说：“乖囡囡，祝你妈妈早日康复。”

水滴道了谢，顶着风往家走去。到达解放街尽头那栋碉堡似的阴暗楼房里，来开门的，竟是消失了四个月的哥哥。

“你去哪里了？哥哥！”水滴一把抱住哥哥的腰，竹篮里的冬枣险些滚落出来。

哥哥没说话，他明显哭过，眼圈红红的。水滴感到一阵不祥的预感，问道：“怎么了？”

四个月不见，哥哥的下巴上长了一圈毛茸茸的胡须。他的脸脏兮兮的，头发乱成一蓬。他朝屋里一摆脑袋，让水滴自己去看。

掀开那张酱黄的布帘，先于景象出现的是邻居们的哭声。屋子里很黑，却又被屋外的白雪反光照得特别亮堂。水滴看见爸爸坐在角落里，一口口地抽着烟。隔壁的李奶奶、杨奶奶、朱大嫂……都围在妈妈的病床边。看见水滴来了，自动让出一条路来。水滴静静地走过去，妈妈微张着眼陷入棉絮中，嘴角朝她无力地弯出一道笑容来。水滴一下就明白了，她抱住妈妈，将脸埋在被褥里，哭喊着说：“妈妈，妈妈……”

“快给你妈妈说些话吧……”李奶奶说。

“妈，我给你买了枣……”水滴越哭越凶猛，她自己都不知道自己在语无伦次些什么。

女人用尽最后一丝力气，将手抬起来，轻轻抚摩着水滴的头发。她嚅动嘴唇，想对女儿说些遗言。李奶奶拍拍趴在妈妈身上哭泣的水滴，说道：“乖囡，你妈妈要和你说话。”

水滴的耳朵凑近妈妈嘴边。妈妈气若游丝地说：“囡囡，喂妈妈……吃……枣……”

“好！好！”水滴哭着答应着，从竹篮里拿出一颗枣，像儿时妈妈咬碎枣肉，

喂进她嘴里一样，她狠狠咬了一大口，在嘴里用力地咀嚼着。她听到自己的上下牙齿发出一阵恐怖的战栗，仿佛死亡的鼓，在这间黑暗而狭窄的屋里播响。

她将嚼碎的枣肉喂给妈妈吃。女人微笑着，放在水滴头上的手松软下来。她嘴中的枣肉，还来不及吞下肚子。

水滴发出一声哭号，站在床边的妇女随之嘤嘤哭起来。哥哥也趴了过来，抱住妈妈的遗体，悲声痛哭。李奶奶抹着泪，对他们说："乖仔们，不要把眼泪滴到你们妈妈身上，不然她投不了胎的……"

水滴和哥哥只管哭着。李奶奶又说："也许对你们妈妈来说，倒是件好事。至少她不用再受苦了……"

屋外的暴风雪，顺着空心梅花砖，哗啦啦吹进来，在床边落下一地银白。李奶奶把那张被污渍染黄的白被褥，轻轻覆盖在女人头上。

在一边久未说话的水滴爸爸，脚步滞重，走去里间。他抱出一瓶烈酒，猛地灌进肚子。他把床边的妇女们都拨开了，跪在地上，默默流泪。水滴似乎还不相信妈妈已死的事实，抓起竹篮里的冬枣，想继续喂给妈妈吃。水滴爸爸狠狠地瞪了她一眼，一把夺下她手中的枣，将酒瓶砸了过去。

他咆哮着："都是你！都是你这个畜生！"酒瓶砸在水滴的额头上，一道鲜红的血，汩汩流过她的眼睛、鼻子，又混着眼泪流进嘴里。原来离别的滋味，竟是血之腥味和泪之苦涩的总和。

男人踉踉跄跄地走过床尾，抓起水滴的辫子。两记响亮的耳光，重重地甩在水滴脸上。在一旁的妇女和哥哥都惊住了，绵延的哭声顿止在耳光的炸裂中。然后男人又一脚将水滴飞踹到布帘下面，沾满淤泥的鞋底，不断踩踏在水滴的肚子上。水滴吐出一口刺鼻的胃液。

这时，旁边的人才想起要拉住水滴爸爸。可喝了酒的男人力大无穷，在众人的拉扯下，他又在水滴的脸上补了两脚。幼小的水滴躺在地上，忘了哭，只是傻愣愣地看着渐渐高大起来的爸爸。她迭声说："爸爸，对不起，对不起……"就像曾经

当爸爸心情不好，拿她发泄时一样，她妄想用道歉止住爸爸的暴力。虽然她并不知道自己错在哪里。

水滴蜷着膝盖，坐在角落里发抖。无论那些妇女怎样劝说，水滴的爸爸就是不肯收手。妇女们冲男人喊：“她妈妈还在床上看着呐！你叫她怎么安心啊！”男人回戗道：“我就是要给她报仇！如果不是这个讨债鬼，她也不会得病！都是因为她——”男人的手猛地指向水滴，“如果没有她！我们何至于落到这个境地！”

眼见着妇女们拉不住了，水滴的哥哥几步挡在男人面前，一拳揍在他脸上。

“我杀了你！”哥哥呐喊道。

男人疯狂的暴力，愣在那一句重捶之下。他愣愣地看着儿子，安静下来，仿佛母语制止了孩子的莽撞。母语铿锵而忧悒，哑然中含着深而宽的吐纳。

“好、好、好……你要杀你老子！”男人心痛地说。

一屋子人都沉默了，只有水滴被压抑的哭声，在沉默里不时冒个泡儿。

男人拖着沉重的脚步走出屋子，半分钟后，沉重的脚步又朝黑洞洞的屋里靠近。

一个高大的父亲形象，影印在阻隔着里外屋的那道布帘上。他在布帘前略停了几秒，白雪反着光，让屋里的人都看见布帘上，男人举起屠刀的右臂。

他撩开布帘，杀猪的屠刀在白光中，凛出一道尖利的光芒。他冲儿子喊道：“你要杀我！好！我先把这个讨债鬼杀了！”

他朝水滴步步靠近，所有妇女都让在一边，不敢贸然上前。水滴哇哇大哭起来。哥哥跑过去，抱住男人的腰。挣扭中，屠刀哐当一声落在地上。水滴的哥哥趁势将刀捡起，胡乱中疯狂砍起来。伴着刀光，一股股冒着肉腥味的鲜血喷洒出来，在妈妈污黄的病床上，在这个黑漆漆的、看不见光明的房子里，洒出条条血红的梅花印。

高大的父亲形象，轰然倒地。一屋子的人都乱了，沾满了血的屠刀落在水滴脚边。爸爸的血。

她和哥哥抱在一起，两个人的身体疯狂颤抖。屋外的暴风雪还在呼啦呼啦地吹

着。飘进屋里的雪，落在渐渐干涸的血上，又把血化成一道腥膻的溪流。

哥哥“啊——啊——”的叫喊，是暴雪的伴奏。

午夜，梦城历年来最强的一次暴风雪稍稍平息下来。那些被埋在雪里的罪证，正往外喷吐着一蓬蓬呛鼻的辛辣。风暴过境后的天空，明亮得仿若幻术，月亮却在骤亮的夜空中暗淡下去，如同快要烧成灰烬的蜂窝煤，独自忽闪着晕红的余晖。周遭安寂，只有哥哥小声的啜泣，仿佛平静湖面上一个不平静的旋涡。嘤、嘤、嘤……一声又一声孤独的哭音，恐惧、战栗，渐渐散在黑暗里。蓦然间，低沉的哭音又冒出个高调儿，越来越响，越来越急。水滴把家里酱黄的布帘扯了下来，盖在断了气的爸爸身上。她也不知道自己哪来的勇气。反正从这一夜后，她长大了。

警察来了，他们把一屋子的死人处理掉，把哥哥带回派出所。案件特别清晰，根本无须多审。水滴也被带回去做笔录，一个满脸胡茬的警察，坐在惨烈的白炽灯下，问她：“小姑娘，你家还有别的亲戚吗？”

水滴摇摇头。

“那你以后去哪里呢？”

水滴又摇摇头。

警察掏出一张卫生纸，在面前的茶缸里沾了些水，将水滴脸上的血痕擦净。水滴低着头，两只眼睛慢慢蓄满泪水。陡然间，两滴浑圆的泪珠落下来，砸在她沾满鲜血的棉裤上。

警察听见面前的小姑娘，用极弱极弱的声音哀求道：“叔叔，我能见我哥哥一面吗？”

“不行哦。你的哥哥是犯罪嫌疑人……”警察似乎也不忍戳破真相，所以他的语气听上去就成了拒绝长蛀牙的女儿想要吃糖果的请求。

“可是……”水滴抬起泪眼，说道，“如果我现在不能见哥哥，是不是以后就再也见不到了？”

警察背过身子，悄悄咳嗽一声，止住从胸腔里冒出的酸楚。他家里也有一个女

儿，如此的画面令他不忍。

“求求你了，叔叔……就让我和哥哥说句话吧。”

入夜了，水滴跟在警察叔叔身后，走过一条长长的、空寂的走廊，一扇架着锁头的铁门轰地拉开，然后又是一条长长的、空寂的走廊。他们的脚步停在顺数第三间房的门口。警察违背了规定，却顺从了道德，带这个可怜的小囡囡来见她的哥哥最后一面。屋子里黑压压的，只有一盏强烈的白灯搁在桌上，将哥哥巨大的黑影投在墙上。他的双手被反铐在椅背后面，也许手铐是顶多余的东西，因为通过这个少年的神情判断，他根本没有要逃的想法。他像个钟摆，在椅子上左右摇晃，自己同自己游戏似的。墙上那巨大的黑影，于是穿过来、穿过去，嶙峋、突兀，从墙的这一边蹭蹬到那一边，无休止地徘徊、踟蹰。直到水滴来到白灯的那一边，与他颤抖的身影打个照面，他才倏然停止因恐惧而发生的摆动。他一双钉耙似的眼，扣在妹妹的脸上，炯炯的眼神逼视她，如同乱葬岗上两团发着蓝光的鬼火。

“你怎么来了？”

“是警察叔叔带我来的。”

“哦……”

然后是漫长的沉默。

水滴略微欠起身，趴在桌上。铁桌很冰，让她打了一个寒战。她的手慢慢伸向哥哥，最终停在他低垂的脸颊边。

她摸到哥哥脸上的热潮。她听见他说：“阿妹，你不要讨厌我……”

他觉得还差几个月就满六岁的妹妹，一定明白命运翻天覆地的变化。他不想躲。

然后他越来越猛地哭起来，整个翻天覆地中，他的哭泣却很静。水滴本来想跟哥哥说些话：你一定要坚强。我们都想开点。或者，我等你回来，你要好好活下去……反正是这类无用的话吧。但五岁的水滴根本无法组织这样丰富的安慰，她只得把脸凑近哥哥往一旁闪躲的脸，轻声喊道：“哥哥……”泪水流出眼眶。

哥哥点点头，明白了那个单调的“哥哥……”中，暗藏着的丰富的安慰。

水滴对他笑一下。哥哥这才把一直躲闪的脸摆正，与她四目相对。仿佛那一句“哥哥”和那抹宽慰的笑，成了一把打开手铐的钥匙，心灵上的解脱，精神上的释放。从他入魔的那刻开始，他就进入一种奇怪的懵懂。他的神智和感知在杀死爸爸后，都是封闭的。没人能进去，没人知道那里面的刑审和处罚是怎样的。但那一句“哥哥”和那抹宽慰的笑，却是一种突至的释然，解救了来自他精神世界的自戕。形骸的囚禁在开始前夕，那个给自己封闭的精神，就此解脱出来。行凶、折磨、拷问，从此都由别人去做。他只需要对付别人，而无须对付自己。

这一刻，他发现被人惩罚轻松多了。之前，在警察和他漫长的谈话中，他可以暂时忘掉昨夜恐怖的画面，可以暂停自我灵魂对良知与孝道的拷问。如此一来，在往后漫长的牢狱生涯中，他就可以将妹妹临别的宽慰，放在心中温吞。让自我的灵魂获得哪怕一瞬间的无罪释放。

时间到了，好心的警察牵着水滴离开了。他没有回头看妹妹的背影，但妹妹一直在看他。“离别”就此开始。

几个月后，他的审判结果下来了：死刑。

又是一年夏来到。

哥哥带着妹妹施予的无罪释放，走进了坟墓。

妹妹被杨妈妈带领着，走进了我们的理想国。

18

梦城下雪了。

雪是从昨晚开始下的，不一会儿就把梦城变成白茫茫的雪原。早上醒来，一股刺骨的寒意顺着被窝钻进来，阳光还没升起，但我已看到窗外那座小山，变得通体银白，连带着使山上那三座坟冢也可爱起来。我披着被子，兴高采烈地跳下床，蹦到乔树床上，摇摇他的肩膀，将沉睡的他从梦里唤醒。我说："乔树，快起来啊，下雪了！下雪了！"

我特别喜欢下雪。在乔树还没有走进我们的理想国时，我没有朋友，孤独的我只能与自己堆的雪人做朋友。我在操场上堆了好多好多雪人，像一排为我站岗的士兵。在白雪的王国里，我是孤独的国王。

乔树将他的毛衣借给我穿，说："走，我们去操场玩雪去。"

校园里静悄悄的，理想国的生灵们都被大雪压在地表下面，让出一块块黄土的浅滩，浅滩上大大小小星列着一些白色鹅卵石。角落里，一片疯长的狗尾巴草仍在雪中傲然挺立，吐着大蓬的絮子，迎风摇曳，在白雪的围拢中亮得发光。我和乔树站在栏杆底下，冰凉的铁杆让我们都没有勇气向上爬。

"皮会粘在栏杆上吧？"我问乔树。

他笑了笑说："笨蛋，才不会呢，你的手掌有温度嘛。"

我不信。自从我与乔树和好之后，他就越来越喜欢整我。上次他请我吃了根冰棍，让我用舌头去舔，结果我的舌头就贴在了冰棍上，他捂着肚子笑得岔气。可我几乎没见乔树这样笑过，在我的印象里，他一直是个不苟言笑的"老爷爷"，那副充满心事的神情，与他脸上的稚气如此互不搭调。

也只有像乔树这种很大年龄才进我们理想国的孩子，才拥有那种满腹心事的表情。像我们这些老早就不记得父母是谁的人，逼自己快乐，是我们唯一的选择。

现在，站在我身边的乔树笑了笑，骂我一句："胆小鬼。"

我不服地说道：“你胆子大，你上呀。”

他说：“如果我上去了，有什么好处？”

“你要什么好处？”

“帮我画张像，你的画画技术最好了。”

“没问题！”

我等着看乔树出糗，他的手一定会粘在铁杆上的，但他突然从兜里变出一双手套，冲我晃晃，嘚瑟地说：“有人要输咯。”

“你耍赖！”

“喂，又没说不准戴手套。”

我嘟着嘴不高兴了。我都不知道，原来乔树还是一个有手套的孩子，居然还是那种可以套进五个手指的手套。那时候，如果谁有一双手套，一定会被抢走。梦城的冬天太冷了，那种湿冷砭得骨头生疼。

他说：“好啦，你不愿意画就算了。”

我说：“不是我不愿意画，是你耍赖。”

他大方地将右手手套递给我，说：“喏，送给你。你的手比我的金贵，你将来可是要画画的。”

“把另一只也送给我。”我笑嘻嘻地说。

“想得美！”他戴上左边手套，说，“我们俩一人一只，就像这双手套，永远都是好朋友。”

我们戴着同一双手套，爬上了栏杆顶端。下雪的梦城可真美，一望无际的白色圣洁，好像穿着白衣的天使。天空中“嘎——嘎——”飞过几只鸟，倏尔又下降在掉光了叶子的人树上，枝丫上的冰棱簌簌抖下来，在雪地上砸出一朵朵鲜白的花。

不一会儿，太阳升起来了，阳光在雪原里投下一摊浅红。我仿佛似曾相识这道红光。想起几个月前，丑鬼和倩倩在厕所里接吻时，就是这样一道红光，让世界显得特别美丽。我问乔树：“你和水滴接过吻吗？”

他转过头，一愣，说：“你这小子的脑袋里都想些什么？”

我也觉得这句话问得有些突兀，摸摸头笑道：“没事。”

乔树冲我眨巴眼，一副幸灾乐祸的样子：“我看是你想和水滴接吻吧。”

“不是。”我神秘地在乔树耳边说，“你别给别人讲啊，我告诉你……”

我把丑鬼和倩倩接吻的事，讲给了乔树听。乔树咒骂道：“那个臭不要脸的丑鬼，凭他那长相，还有女孩喜欢？”

我说：“难道你看见魏老师和段哥接吻的时候，没想过和哪个女孩接吻吗？”

他说：“没有。我以后不会结婚的。”

“为什么？”

“如果还有结婚的机会，那就结吧。”他说得很勉强。

“怎么了？”

“我有件大事要做，但我现在不能告诉你，等我做完你就知道了。”乔树的语气突然变得悠远起来。我想，深深印刻在乔树脸上的少年老成，应该与他所说的“大事”脱不了干系。

乔树转移话题，问我说：“丑鬼的生日就这两天了吧？”

“对啊。他要满十八岁了呢。这还是我们孤儿院第一次有人过十八岁的生日。”

乔树用冷酷的眼睛逼视我，问道：“丑鬼没逼你要礼物吧？”

我笑答：“有你罩着我，他敢吗？”

“你现在倒是胆子大了。不过也是哦，你尿床的毛病是好了不少。”

真是哪壶不开提哪壶，我做了个掐他脖子的动作。寒风似乎随着梦城的苏醒也苏醒了，呼呼地将雪尘吹撒开来。我说：“下去吧，好冷。”

在食堂喝完一碗稀得找不见米粒的白粥，我和乔树回到寝室。他换上一件蓝色高领毛衣，上面的织花繁复漂亮，一看就是出自织毛衣的高人之手。乔树说这件毛衣是妈妈给他织的。妈妈消失后，他一直舍不得穿，也就是今天我为他画肖像，他才肯从箱底拿出这件宝贝。他端端正正地坐在窗户前，抿着嘴，一脸倔强地问我：“这个姿势怎么样？”

“太僵了，你笑笑嘛。”我削着铅笔冲他说。

他的嘴角略弯了一下，微笑绽开，但又不过五秒钟，他的嘴角又耷了下来，咄咄逼人的样子。他问我：“背景是不是有点单调？”

我说：“那怎么办呢？”

他灵机一动，将抽屉里的玩具坦克车捧在手里：“这样会好一点吧？”

我嫌弃地说：“你怎么总是捧着它啊？”

他不搭我的话，只说：“我决定了，就这个姿势！我是顾客，你一个画画的，不准废话。”

两小时后，乔树的肖像画完了。我甚是满意这张画，竟有些舍不得送给他。我纠结了很久，说：“要不我再画一张给你好了，我喜欢这一张吔。”

他劈头给了我一掌：“你还要让我坐两个小时？我都快冻死了。”

乔树用胶布将那张画贴在墙上，冲我得意地说：“这样不就好了？”

他用倔强的表情，在墙上盯着我。无论我怎样转移角度，他的眼睛却始终不肯放开我。那时，我还不知道这张画的作用，以为它只是一张再普通不过的肖像画。但我没想到，多年后，这张画居然成了我怀念乔树的唯一证物。

19

大雪接连下了两天，一直下到丑鬼十八岁生日会那天才停下。杨妈妈用私房钱替丑鬼买了一个生日蛋糕，蛋糕上用红酱写着“十八岁快乐”的字样。本来我和乔树是不打算去的，但架不住杨妈妈的劝解，只好走进教室。我和乔树迟了二十分钟，进去的时候，教室里已经关上灯，所有孤儿围坐在一起。闪着烛光的生日蛋糕放在人群中间，丑鬼头上戴着阿春为他制作的红纸皇冠，枯白的头发梳得油光发亮，脸上得意的表情与教室里的喜乐洋洋交相辉映。

杨妈妈站在中间，声情并茂地对丑鬼说：“孩子，你今天满十八岁了……记得我第一次见到你，你还是那么小的婴儿，被冻在雪里。时间一晃就过了十八年，杨妈妈老了……希望你将来做个对社会有用的人，帮助更多的孤儿……”

丑鬼一副满不在乎的样子，他一直在冲倩倩傻笑。倩倩被他看得怪不好意思，扭扭捏捏，坐立不安。杨妈妈继续演说道：“你十八岁了，可以自己做主了，但你永远都是我的孩子。”她猛地拔高一个调门，姿态像极了一个唱歌剧的女演员，双臂举起、身体环绕着，冲大家说，“你们大家也都是我的孩子！”

人群的掌声稀稀拉拉，有气无力。唱完生日歌，有人提醒丑鬼快些许愿，我们都迫不及待地想吃蛋糕。

毋庸置疑，我们是羡慕着丑鬼的。他是我们理想国第一个满十八岁的人，从今往后，他就是大人了，不用再像我们一样，被无形的少儿规矩所束缚。他可以随便做自己想做的事，而不需要向杨妈妈说明。丑鬼真是一副长大的样子，映在微弱烛光中的脸，有棱有角的轮廓伸出来。他闭起眼睛，双手抱握，在烛光下许愿。阿春和刘源在一旁起哄道：“丑哥丑哥，你许的什么愿？”

丑鬼神秘地一笑，并不答话，那双含笑的眼睛始终未曾离开倩倩。继而，整个理想国的孩子都追问着丑鬼的愿望。因为我们冥冥中都有感觉，他的愿望一定与倩倩有关。

吃完蛋糕，阿春和刘源故意将杨妈妈支出教室，说就让我们一群孩子在教室里玩吧。杨妈妈说："好嘛好嘛，你们玩，但不许打蛋糕仗。"她走时，将大收录机留了下来。丑鬼再也不用命令老鼠半夜三更去偷杨妈妈的收录机。他十八岁了，一切大人应享的权利，他都可以享有了。

很快我们发现，阿春和刘源将杨妈妈支开，一定是丑鬼指使的。杨妈妈走后，丑鬼拿出一盘"迪斯科"磁带，将灯光开得暗暗的。我们羡慕地望着他，想大人的世界真是我们不能懂的，不知丑鬼又是怎么把最时髦的"迪斯科"弄到了手。三娃问他。丑鬼笑笑，说他在理想国外面有一帮好兄弟。和我们这种小孩子的聚会，他老早就烦了。外面的世界是怎样的啊？当然是穿着喇叭裤，烫着波浪卷，男男女女混在一起跳迪斯科嘛！那你还喜欢听邓丽君吗？老早就不听了！这种音乐才带劲呀。

我们把凳子移到一边，狭窄的教室变成了偌大的舞池。我们模仿丑鬼的舞步，在舞池里尽情嬉闹。说实话，丑鬼的舞步可真难看，像一只肥硕的白蛆在粪池里钻来钻去。

等大家玩到大汗淋漓，灯光突然暗下来，阿春和刘源又把蜡烛点上了，他们招呼着我们说："快散开，快散开！"

我们纷纷退到教室两边，将丑鬼让到中间，不知道他要做什么。紧接着，阿春和刘源从角落里变出一捧花。花是用一张脏兮兮的报纸包装的，是一捧五颜六色的、蔫死掉的野菊。昏沉的烛光里，丑鬼抱着这束花，慢悠悠地朝倩倩走去。陪在倩倩身边的女孩，识相地走开来。于是，整个生日会的焦点，霎时都浓聚在他们身上。倩倩左顾右盼。我们不知此刻出现在她脸上的红晕是因为紧张，还是因为方才跳舞时余下的热潮。她往后倒退两步，发现退无可退，大风吹得窗玻璃哗啦作响。她冲丑鬼大喝一声："你干什么？！"

丑鬼愣住了，一副不可置信的样子。只有我知道，丑鬼的愣怔是因为什么：明明几个月前，在后操场的厕所里，他们还是唇对唇，忘情地吻着。倩倩这句尖厉的

“你干什么”，像一个拒绝的先声，逼令丑鬼止步。

但丑鬼不肯停下脚步，愣了半晌后，他又向倩倩走近。气氛开始凝固，其实大家都明白，接下来会发生怎样的一幕，但我们还是屏气凝神，期待着看到这幕想象变成现实。

果然，丑鬼的右膝“扑通”一声，跪在了倩倩面前。倩倩吓得面无血色，嘴唇颤抖，双眼里全是惊恐。虽然我们都知道这一幕一定会发生，但想象变成现实之后，我们才恍悟到，原来在我们的理想国，一旦说出被禁忌的“表白”，效果还是出乎意料的吓人。

丑鬼将死去的野菊，高高举在倩倩面前。他那张天生丑陋的脸，也随着菊花一起，猛地伸向倩倩，像一切恐怖片里刻意营造的恐怖，虽然知道是假的，但心里还是会捧场地“咯噔！”一下。

丑鬼大声喊道：“倩倩，嫁给我吧！”

气氛异常冰冷。冷到诡异。鸦雀无声。

本来，阿春和刘源想用欢呼冲破这层滞重的冰冷，但见势头不对，又都安静下来。

倩倩的身体，猛烈颤抖起来，仿佛被一个恶鬼逼进绝路，无处可退，用惊恐的神情在求饶：放过我，放过我……

丑鬼将花束向倩倩微微伸去，提醒她赶快回答。

回过神来的倩倩冲丑鬼大骂一声：“你有病啊！”

丑鬼真的愣住了，手缓缓垂了下来，枯萎的菊花跌在地上，散一地焦干的瓣和蕊。厕所里那个忘情的吻，难道她忘了吗？

倩倩见傻在地上的丑鬼没了反应，想趁机逃走。她的脚才刚刚踏出，身体却被忽然乍立的丑鬼一把搂住。不久后，我们才意识到，丑鬼的疯癫正是从这一刻开始的。

他用尽蛮力，将倩倩箍死在臂弯里，像鬼魂想要附在人身上，像贝壳想要死死护住蚌中珍珠。

“你给我个机会吧，让我照顾你！”

丑鬼在黑暗中向倩倩幽幽地乞求道。当着所有人的面，他说：“难道你忘了那一天我们的吻吗？我知道你是喜欢我的呀——”他开始语无伦次，手臂使劲摇晃，将倩倩的辫子摇散下来，乱发在微妙的波动中飞扬。我第一次看见，丑鬼有那样一双可怜的眼睛，一双期待的眼睛，一双痛得在跳的眼睛。他伸出那双瘦嶙嶙的大手，在倩倩脸上不停揉搓。倩倩掉进了丑鬼爱的流沙之中，无法自救，连同她的眼泪、绝望，一起给拖入泥淖。两个人揪着扯着，慢慢沉沦下去，最后只剩四只手，伸在流沙外拼命呼救。丑鬼那两只钉耙似的手臂，压在倩倩的心口上，那样重，在流沙里不断沦陷。此刻，他还想用“吻”来唤醒几个月前那个忘情的吻。他死死地抓着倩倩，丑陋的嘴唇在她脸上来回摸索。疯狂中，我们听见倩倩撕心裂肺的呐喊：

“你疯了！你也不看看自己是什么样子？！”

“我是什么样子？啊！你说我是什么样子！”丑鬼将那张恐怖的脸逼近倩倩，让受惊的倩倩看个够，看到作呕。

“你就是个丑八怪！我怎么可能喜欢你？！”

流沙里拼命呼救的手，忽然放弃了挣扎。丑鬼就像一团软泥，从骄傲的墙头狠狠摔落下来。

泪水从他歪曲的眼里流下来，他喃喃自语道：“我真的很丑吗？……我真的很丑吗？……”

几个月前，在厕所里发生那个吻时，为什么倩倩丝毫未提他的丑陋？他绝望地瘫软在地上。倩倩趁势逃离了现场，逃离了夕阳中那个忘情的吻。

第二天，我们发现寝室楼盥洗室里的镜子都被人砸碎了。碎片铺了满满一地。不用猜都知道，一定是丑鬼干的。后来听阿春和刘源说，发了疯的丑鬼在枕头底下，偷偷藏了一块碎镜子。在深冬的夜晚，丑鬼拿出这块碎镜子，对着月光照看自己的脸。他一边看，一边用镜子锋利的边角，在脸上划着、划着……直到他认为，原来那张丑陋的脸，被划烂了，被一道道稠浓的血痕挡住，再也看不见了，他才满

足地笑出声音。那笑声真瘆人，吓得阿春和刘源在夜里不敢动弹。

乔树说，丑鬼疯了，应该被送去精神病院，不然会惹出大麻烦的。

但杨妈妈并没有听进乔树的建议，她只是把疯了的丑鬼单独关进一间房，上了锁。事实证明，乔树说得没错。后来，等理想国最可怕的一桩案子发生之后，我才顿然醒悟，原来乔树的预言并不是信口雌黄。因为他曾经的家，就是被那个叫张小泉的疯子拆散的。

20

这一年，乔树的心智和身高一齐疯长，他一下蹿高了十厘米，不用再踮起脚才能在厨房窗边俯视河岸上那一栋孤零零的木屋和木屋里孤零零的老人。

张小泉是在清晨被送进精神病院的。准确地说，他是被乔树的爸爸伙同几个银行保安“押”进孤儿院的。张叔叔迟缓的脚步追不上他们，于是，在乔树的眼中，这一幕就成了老狗放牧山羊的画面——爸爸、张叔叔、张小泉，站在他们各自的角度，都是一样的弱势群体。

一开始，张小泉被保安围在中间，安静地走着。刚走出几米，他崩溃的精神世界，像是感到了某种不祥，突然拼命撞开人墙，呐喊着往回跑。人墙团结紧密，三两下便将张小泉变成被押送的犯人。双臂被钳制，走一步踉跄一步。张叔叔抹着泪，在后面颤巍巍地乞求道：“轻点嘛，轻点嘛……他知道痛咧！”

乔树看见爸爸抬起头，向高处的他投来胜利的一瞥。那一瞥眼神中的得意、包庇、纵容，深深刺痛着他。挣扭中，他见张小泉身上穿着的翻领衬衣，纽扣全脱落了，衣角在齐腰处被全部扯烂，褴褛垂耷着。他胸膛袒露，胸口隐隐透出被绳索勒紧的血痕。他一头又黑又长又脏的头发，大卷大卷，狮鬣般怒蓬起来，将额头遮去大半。一双眉眼剑拔弩张，眉心却连成一片，像年画里的关公。犀利的眼，兀地往眼眶里深陷，躲在那双飞扬的眉毛下，仿佛一只待宰的狗，祈求着命运垂怜。

这一刻，乔树感到残酷命运的“不公”。这世上有许多“不公”：地位不公，财富不公，受伤程度不公，幸福指数不公……但一个人只有站在权力的最高位，才能控制一切不公。他似乎明白了爸爸那一瞥胜利眼神的内涵：一切不公，都可以用“条件”变为公平。

张小泉被押进精神病院的第二天，爸爸将新房的钥匙，交给了张叔叔。

我和乔树坐在栏杆顶上，是和张小泉离开那天一样的清晨。梦城醒了，乔树注

视良久。他那头柔丝般的黑发，在初升的曙光下，颤颤地闪着光。

“杜浩天，你知道吗，张小泉离开以后，我突然信命了。你永远不知道自己的未来会变成什么样子……”

乔树那嘶哑、颤抖的声音，突然变得哀戚起来，在浓雾退散的清晨，开始缓缓地流着……

张叔叔的新家，就在我家后面那一栋。他搬新家的那天，爸爸带着我还有妈妈，一齐去他家，庆贺乔迁。妈妈买了一套崭新的不锈钢厨具，作为礼物送给张叔叔。她还未进门，就扯着尖厉的嗓子喊：老张啊！给你买了套新厨具，还切了两斤肉，你给我们做粉蒸肉吃嘛！

张叔叔拿了一根老大的烟斗，从阳台上匆匆跑出来，笑嘻嘻地回说：好咧好咧，快进门，这是拖鞋。

哟，老张还备了拖鞋呢，爱干净了。妈妈开玩笑地招呼道。

爸爸和张叔叔在厨房里忙了一上午，做了一桌丰盛的午餐。大理石的餐桌上，摆满了五颜六色的菜，我却一点食欲都没有。张叔叔新家的家具，全是我爸爸托关系从广东运回来的，一水儿的新家具散发着呛鼻气味。这股气味好像无时无刻不在提醒着，张叔叔应该把这份“不公”，强掰成“公平’。聚餐气氛很好，爸爸妈妈不断往张叔叔碗里夹菜。爸爸让我坐到张叔叔身边去，我紧张得全身发抖，觉得爸爸就像一个猎人，将我当作诱饵，推进豺狼的窝穴，然后他端着枪，在穴旁等待豺狼落网。张叔叔搂着我，说起我三岁时帮他喝退流氓的往事。他说：哎呀，小树从小就护着我的……

妈妈趁势说：小树往后就是你的亲儿子！

张叔叔苦笑一下，随后把绷紧的笑容绽放开来，语重心长地说：我一看见小树，就想起我家小泉，也不知道他过得好不好……

爸爸说：肯定过得好，我前两天还去看了他，医生都说他恢复得很好，按时吃药，按时睡觉，说没见过像他那样配合治疗的病人！

爸爸把这段话说得像个大喜事，可我的心在痛。我悄悄地往张叔叔那边看了一眼，他继续在用苦笑回复爸爸，被烟熏黑的牙齿，吃力地咬着青菜。爸爸和妈妈都没注意到这个细节：从张小泉去了精神病院后，张叔叔肯定抽了很多烟，他只能借烟，将心里深厚的悲苦叹息出来，以至于他原本就发黄的牙齿，变黑了，像一块块结了痂的疮疤。

在饭桌上，“张小泉”这个名字，被猛地提起，又被猛地摁下。那一天，我也很给爸妈和张叔叔捧场，吃了很多粉蒸肉。但我一想到张小泉在精神病院里没肉吃，就忍不住想哭。所以我只能用更凶的吃饭动作，克制心里要哭的冲动。张叔叔忽然伸出他的大手掌，在我的脑袋上抚了一下。我像一只正在躲猫的老鼠，吓得脑袋一弹。我能感觉到，张叔叔的手在我脑袋的弹跳中，亦忽地弹开。他给自己打圆场，说道：小树这孩子，越来越懂事了……

我觉得他所说的每句话，都在狠狠地挖着我的心，让我不得不想起泼在张小泉脸上的那杯热茶，让我不得不想起张小泉那张被毁容的脸。

吃完饭，张叔叔对爸爸说：老乔，来，下盘棋！

这句话同样像个闷雷，将那可怕的一夜，轰然打响。我扯扯妈妈的衣角，惊恐的双眼望向她，意思是我想赶快逃离这是非之地。但妈妈无情地将我的手打掉，回瞪我一眼，意思是：你以为我想在这儿吗？你这个不懂事的孩子，以为我们真是来庆贺乔迁之喜的？我们的目的，远不止这些。我们是来给他下马威的！提醒他现在这么好的生活，都是用张小泉的未来等价交换的！

于是，我只好在一边静静地看着爸爸和张叔叔下棋。那盘棋下得并不凶险，却又将他们之间日趋凶险的关系，通过走棋的战术，一一表露出来。才不过五分钟，爸爸就将上了张叔叔的军。张叔叔说：哎呀哎呀，输了，我输了。

爸爸说：老张啊，以前都是你把我杀得措手不及呀！

张叔叔说：你这盘棋下得好嘛！

爸爸说：你下得也不赖。

张叔叔说：还得老乔你教我。

爸爸说：怎么敢当？你是我的象棋老师！

张叔叔笑了一下，问道：你就要升正行长了吧？

妈妈在一旁不断用眼神提醒爸爸这盘棋和这段话里暗藏的凶险，可爸爸并没领悟。

爸爸说：还有两个月，等老邓退休。

张叔叔意味深长地说：噢，两个月……

两个月后，我才知道张叔叔这句话是什么意思。旁观者清，原来妈妈早就看穿了这盘棋的凶险。

“那一顿饭后，我以为张小泉会永远消失在我的世界里。”

但在“两个月”期限将满之前，某个周日，张叔叔敲开了我家的门。那天是我的生日。我穿着新衣服，向妈妈吵闹着要上街买早就看好的生日礼物，就是那辆坦克玩具车。

可张叔叔突然造访，打断了原本的行程。他手里提着几个大袋子，里面装了几件换洗衣服和张小泉的中学课本。他说：老乔啊，我们一起去看看小泉。

爸爸满口答应：好啊，好啊。

把小树也带上。张叔叔说。

他就不去了吧。

张叔叔笑眯眯地说：哎哟，这有什么关系，以前小树和小泉玩得多好啊。

妈妈说：那好吧……

我嘟着嘴，生气地说：说好要上街买坦克的！

妈妈瞪我一眼，在我脸上狠狠扇了一巴掌，说：怎么有你这么不懂事的孩子！

我默默流着泪，不敢在张叔叔面前哭出声音。自从张小泉进了精神病院，我就特别害怕张叔叔。

张叔叔一脸慈祥的责备，对妈妈说：怎么打孩子呢？以前我老是打小泉，现在想爱他都来不及了。

妈妈苦哈哈地点头应道：是啊，是啊。

张叔叔俯下身，对我说：今天是小树的生日噢？叔叔也没买礼物……你不是想要那辆坦克车吗，叔叔给你买！

我瞬间不想哭了。并不是因为他要给我买坦克车，高兴才不哭的。而是因为，恐惧。

妈妈说：老张，你这是干什么？

张叔叔说：没关系，我现在有钱嘛。

妈妈尴尬地笑了一下。

张叔叔果然给我买了那辆玩具坦克车，我不知道他哪里来的钱。后来，当我爸爸的贪腐案被彻查之后，我才知道，那段时间爸爸一直在用钱封张叔叔的口。但爸爸没想到，封得越多，他贪腐的罪证便越多。

先顺着往下说吧。

精神病院在梦城的郊区，你应该听说过。以前我们孩子之间，最难听的骂人话就是："谁谁谁"是从那个精神病院里出来的。对，就是梦城精神病院。它不仅代表"有病"，更象征了一种深深的侮辱。我永远忘不了那样阴森的一栋楼，浓密的爬山虎爬了满墙，楼角里堆满空掉的药瓶，无人来收，渐渐堆得像山那么高。病人们被关在房间里，按病症轻重划分。那些病得轻的还好些，可以在寝室里自由活动。病重的人就惨了，身上绑着绳子，在床上像僵尸一样直挺挺地望着天，身体抽筋似的，冷不丁抽一下，又抽一下。

张小泉正是被关在这样的房间里。医生带我们进去时，房里的病人纷纷将头抬起来，如看怪物一样看我们。而在我的眼中，他们才是真正的怪物。我看见张小泉那张被我毁掉的、怪物的脸，眼睛直瞪瞪地盯着我，让我感到一股寒意猛地攫住心脏。我不知道是病房的阴冷让我恐惧，还是张小泉陌生的神态让我恐惧，那一刻我走向他，我不敢看他的脸，只能用双手牢牢地拽住玩具坦克车的包装提绳。我刚想逃，张叔叔却笑盈盈地走了上来，搂住我的肩膀。一个轻微的带动，他将我推向这

个由我一手制造的怪物。

他说：小泉，你看，小树来看你了。

张小泉的眼里涌起泪花。他一声不吭。但我知道，此刻他所有暴怒的呐喊，都藏在了胸腔动荡的起伏里。

很长、很久的静默。

张叔叔牵起我的手，将玩具坦克车一并提起来，冲哑然的张小泉说：今天是小树的生日，小泉送这个玩具车给小树，好吗？

“啊——啊——”

忽然，被绑在床上的张小泉，大幅度地挣扎起来。他说不出话，胸腔里所有暴怒的起伏，都随着一声声“啊，啊！”的大叫呐喊出来。他的手上青筋暴起，试图拼尽全力，挣脱绳索的束缚。病房里顿时乱作一团，爸爸妈妈赶紧过来拉我，可张小泉死死抓着玩具坦克车的包装不让我走。他的脸变得扭曲、恐怖。在拉扯中，玩具坦克车“啪”的一声摔在地上，碎成零件。

我和爸妈将张叔叔抛在身后，匆匆逃离了精神病院。直到很晚很晚，我才在家里的厨房窗边，看见张叔叔拖着疲惫的脚步回到了家。

几天后，一份举报我爸爸贪腐的大字报，贴在了家属区最显眼的板报上。大字报一共五张。规整的毛笔字，将我爸爸贪腐的罪证，一一罗列。小到他收受了某个人的高级白酒，大到几十万的受贿赃款。这其中自然包括我爸爸动用关系，替张叔叔申请的那套住房，还有每一笔他送给张叔叔的“封口费”。

我爸爸不仅被“双开”了，他当夜就被带走调查。我们家昔日的辉煌，一夜梦碎。这就是梦城历年来最大、最惊人的贪腐案。你那时才三岁，也许没有听说过。

这还不是最可怕的。最可怕的是接下来一系列的连锁反应。不断有人控诉我爸爸的贪腐，那些埋在土里的根，被不断挖出来。梦城人们的呼声越发高涨，一开始我爸爸被判无期。后来在张叔叔坚持不懈地煽动下，我爸爸的案子被重新定罪：死刑，立即执行。

我甚至没来得及看爸爸最后一眼，他就死了。

妈妈下岗了，家里的积蓄都赔光了，房子也被没收了。我和妈妈变成了梦城的过街老鼠，张叔叔则被群众表彰成“梦城反贪第一勇士”。每当我和妈妈上街，张叔叔身边就会围着一帮人，朝我们吐口水。张叔叔得意扬扬地说：如果没地方住，就住我家嘛！

我和妈妈真的被迫住进了张叔叔曾经住过的破木屋。后来，妈妈就消失了。听说她去了北方。

她是在我九岁那年的冬天消失的。

某天早上，我在破木屋里醒来，发现屋里空无一人。桌上搁了三十元钱，下面压着一张字条。妈妈说她走了，她实在受不了这样的生活了。她叫我原谅她。可我真的不怪妈妈，我清楚罪魁祸首是谁！

我搬去奶奶家里。我的爷爷在“文革”时死了，奶奶也落下一身病，加上白发人送黑发人，她的身体很快垮了。

几年前，我奶奶死在大年初一，家里再没有亲戚愿意收留我。过年本来是团圆的日子，但我却失去了最后一位亲人。我记得奶奶咽气前，不停地摸着我的头，对我说：小树啊，可怜的孩子啊……去吧，去吧……

我不知道奶奶所说的“去吧”，是什么意思。我最后要去哪儿，我还能去哪儿，我根本不知道——

猎猎寒风中，我抱紧乔树，想给予他一丝安慰。但我很清楚，“安慰”其实是世上最没用的东西。在我们的理想国，每个人都生而为孤，每个人都需要安慰。

听完乔树的故事，我大概有些猜到，他那件酝酿已久的“大事”是什么了。

21

走廊尽头的房里，收录机没关。除了一整天都在放着的“靡靡之音”从房中飘出之外，再有就是丑鬼粗重的喘息。渐渐地，我们都习惯了丑鬼时不时的疯癫，不再像最初那样，每当一声声惨烈的叫喊划破理想国层层的寂静时，挤到丑鬼的窗前，探出脑袋，将他当作怪物观赏。后来杨妈妈发现，只要听到邓丽君的歌声，丑鬼就能安静下来。于是，大收录机成了丑鬼的专享。飘着音乐的收录机放在桌子上，他蜷着膝，蹲在地上，身体跟随音乐的律动而呆呆摆动，仿佛化进了邓丽君的歌声中，时不时傻笑一下，一脸心酸的甜蜜。

丑鬼脸上那些被碎镜子划破的伤口，结痂了，像一条条褐色蜈蚣，正往他的灵魂深处注毒。

来年开春，被关了近半年的丑鬼，脸上终于有了除“傻笑”之外的表情。

是阿春和刘源看见的。那一天，他们像往常一样，去给丑鬼送饭。窗外围墙上，两只野猫正在发情，如泣如诉地呻吟，给这间孤冷的寝室，带去一缕生气。阿春、刘源端着饭盘，让丑鬼赶快来吃饭。可丑鬼只是坐在窗边，视线凝固在围墙上的野猫身上。母猫和公猫正蹦蹦跳跳地调着情，在“靡靡之音”里，母猫一脸迷醉，丑鬼亦是一脸迷醉。只见公猫忽而骑上母猫，呻吟霎时盖过邓丽君的歌声。丑鬼忽然拍着巴掌，冲阿春和刘源喊：“快看啊，快看啊！两只野猫结婚了！”他咧开嘴大笑，脸上头一回出现正常人的表情。阿春和刘源吓得赶紧冲进杨妈妈的房间，胡乱说了一通。杨妈妈别的没听清，只听见一句：“丑鬼开口说话啦！……”

杨妈妈握住阿春的手臂，欣喜地问：“真的吗？”

“真的。”

“太好了，太好了……”杨妈妈放下碗筷，跑到丑鬼的寝室门口向里张望。野猫早已不见踪迹，丑鬼的笑容却还挂在脸上。

第二天，杨妈妈牵着丑鬼出来晒太阳。那时我们正在上画画课，坐在窗边的老

鼠突然喊了一句："丑鬼出来啦！"一瞬间，教室乱作一团，我们都无心上课了，纷纷跑到窗边看。操场上的两个人影，在午后的阳光中化作两颗黑点。他们一圈圈地围着操场逛，丑鬼的手脚像是被拷上了一副无形枷锁，步子极慢，头却昂得高高的，视线未曾离开围墙。阿春和刘源捧腹大笑，冲大家说："哈哈哈，他还在看围墙上结婚的野猫啊？"

我们哄堂大笑。

倩倩坐在椅子上，一言不发。几个女生挑衅地说："倩倩，来看看你的老情人嘛。"

倩倩忽地抬起头，恨恨地瞪着她们。女生们嘲笑道："怎么？敢做还不敢认呀？"

倩倩如泄气的皮球，将满腔气愤深深叹息出来。她的眼泪吧嗒吧嗒落下，在那件蓝色的蕾丝裙子上，洇出一小片水摊。

丑鬼疯了之后，倩倩的日子不好过。她每天形单影只地在理想国出没，被所有人排挤。她也曾经为了融入集体努力过，她将亲手编的花环送给每一个女生。她编得手上全是荆棘划破的伤痕，却没有任何一个人愿意领情。她们将倩倩送的花环全部扔在地上，用脚踩踏，那一个个花环于是融成了一片花的海洋，喷出刺鼻的香味。倩倩哭着说："你们别踩了，我编了三个晚上啊！"

"我们才不要小贱人的礼物呢！"女生们叽叽喳喳地说。

"不是我愿意的，是丑鬼逼我的！"倩倩哭得很伤心。那一段时间，她总是哭，眼泪流干了，就抽噎。一屋子女生冷笑着，没人愿意再理她。倩倩放弃了解释，她默默地将花瓣扫净，孤身遁入夜色。深冬的理想国，孤冷得可怕。

我能理解倩倩的感受，因为我也曾被理想国的子民排挤过，我明白那种刻骨的孤独。在我们的理想国，无处不是孤独，所以我们只能依靠集体的温暖，以让孤独的心灵好受一些。我们拼命讨好集体，虽然并不能找到"集体"的原形。但一群人孤独，总是要比独自孤独好受一些。

倩倩最终放弃了与集体和解的机会。

立春将至的一天，倩倩吃完早饭准备回寝室。路过井边，她看见了那张飘荡的床单。井边那根绑在两棵树之间的铁丝，曾经是我杜浩天展示懦弱的地方，如今却变成了倩倩受辱的祭台。那张床单上沾着血，是她来晚的初潮之血。刺目的一团红，在洗得发白的床单上凝固，浅红化为深红，那样刺眼夺目。和倩倩同寝室的女生，生怕别人不知道这沁了肮脏之血的床单是倩倩的，所以特意用红笔，沿着那团初潮画了一个圈，标记好箭头，写道：这是刘倩倩的床单！

倩倩路过那张床单时，我们理想国的子民，早已聚在床单前嘿嘿窃笑。那几个红色大字，仿若几块石头被扔进海里，却激起千波万浪。倩倩红着脸，慢慢走进我们。她不经意间触到了某人的手臂，那人忽地弹开，故作神经地说："哎呀！好脏啊！"倩倩盯着他，眼中的愤怒渐渐变得疲沓，用那样一种悠远的悲苦向"集体"求饶。她想悄悄混进我们，可我们却自动让开一条路，不给她混迹。

我听见倩倩小声地叹气："唉……"

她兀自走向那张带血的床单。清晨的白雾最掩不住红色。床单被风鼓起，帆一样张满力，似要带着她的耻辱远航。她用力将床单扯下，胡乱揉作一团。在我们突然爆发的嘲笑中，匆匆藏好耻辱，跑回寝室。

从此之后，丑鬼和倩倩这一对昔日的恋人，变成了两个截然不同的反面。一个整天痴笑，一个脸上再也没有笑容。我们似乎把捉弄倩倩，当成了孤独理想国的调剂，无论捉弄她的手段有多乏味，我们依旧每次都很捧场。有时我们会在倩倩熟睡之后，用剪刀将她垂下床沿的长发剪掉。第二天早上，倩倩捧着那头不男不女的发型尖叫，我们都躲在门口哈哈大笑。有时我们把倩倩的衣服全部扔进垃圾堆，让她不得不穿着发出臭味的衣服出门。有时我们会在操场上掏一个蚁穴，扔在倩倩床上，让她睡觉的时候浑身爬满蚂蚁……那一段时间，我们像疯了一样，每天想出各种各样捉弄倩倩的招数。理想国好久没这么热闹了，我们可不能将她轻易放过。

与此同时，丑鬼出门的时间越来越长，他似乎真的好多了。我们不知道他崩溃的精神世界，是否知道倩倩的遭遇。但他早已不是我们理想国的大统领，我们不用再害怕一个傻子。

我记得，那是春天快过完的一天。花儿蔫了，绿草萎了，整个理想国的植物，在春与夏的过渡里，出现了短暂的秋景。或许是我的记忆出现了偏差，也许是因为倩倩的“彻底放弃”，让我觉得天地也一同萧瑟起来。或许那仍是一个燕舞莺歌的春日，或许一切都还来得及。那么，就让那个残酷的春日，在我们心里保留住最后一点美好吧。

在那个美好的春日里，倩倩走向丑鬼的寝室。她的脸刚出现在窗前，屋里的“靡靡之音”忽然停了。丑鬼的目光在第一时间锁定她，锁定那个令他魂牵梦萦的美丽姑娘。美丽姑娘倩倩，冲着窗里的丑鬼一笑。如此灿烂的笑容，就像这个绝好春日的阳光，温暖人心。她撒娇地冲丑鬼喊：“开门嘛。”

丑鬼居然真的打开了门。倩倩闪进屋里，两个在悬崖边相依为命的少年，因孤独，终于走到一起，绝处逢生。

她伸手触向他脸上的疤痕。他微微一躲。她说：“别怕，我看看。”他又将头抬起。那一条条蜈蚣，忽然停止了蠕动，变得舒展而愉快。她说：“对不起。”

他倒有点不好意思了。有时，两个人的相依相偎，真的无须真情。我们理想国有许多危险和不幸，寂寞将一个个心死的男女绑在一起，比真情牢靠多了。也许倩倩此刻的举动，真的不是“爱上”了丑鬼，而是他招惹危险和制造不幸的禀赋吸引了她。她在隐隐约约的危机感中，生发了她那少女的戏剧性的同情。同情渐而转为激情。在一夜夜的寂寞中，现实反倒成了假设，虚幻映画某种真实。她的行为于是被放在舞台式的表演中，臆想的迫害和追杀，小丑式的悲剧感。她觉出人与人之间的关系、真情与假意之间的关系，有了一个悲剧的命题。她正是怀着对悲剧的怜悯，走向丑鬼。

她说：“我嫁给你。”

你看，她根本没有提到“爱”，就像丑鬼在他十八岁的生日会上，向倩倩表白

时那样，并没有提到“爱”。

在我们那个年代，“爱”是无法轻易说出口的。何况两个少年之间，哪里懂得什么“爱”啊。那就是一种被寂寞催发的依偎。依偎并不等于爱。

丑鬼嘿嘿地笑着，嘴边流出涎水。他指向窗外的围墙，说：“野猫也结婚了……野猫也结婚了……”

她接受了他，就像围墙上的两只野猫，在岌岌可危的悬崖边缘偷欢。他思想的勇敢、行为的悲剧，都将她过剩的悲悯激发出来。似乎在我们的理想国，人们总缺乏快乐，而恰是不快乐唤起悲悯。这一刻，在她那戏剧性的假设中，她觉得自己是个救死扶伤的天使，以她单薄的灵肉抗衡无形而庞大的悲剧势力。于是她感到自我“放弃”的动作，有了某种实质的深度。就这样，一个自我感觉神圣的女人，在一个需要被拯救的罪人面前、在墙外无数虔诚的子民眼中，脱下了衣服。

我们在窗外屏息凝神。这一刻，倩倩身上那种被放大的悲悯，让我们再也找不到一点捉弄的乐趣。很多女孩都哭了，她们向窗里的倩倩呐喊道：“倩倩，别做傻事啊！别做傻事啊……”

我们发现，少女的身体真好看。

细细的腰、耷耷的肩膀、嫩嫩的皮肤、汪汪的私处……阳光让她的身体周全起来。那份周全，迫使我们领情于她的牺牲和放弃。

在倩倩的“彻底放弃”中，他们变成那两只围墙上的野猫。

屋外的我们哭着、喊着。屋里的他们笑着、受着。两个寂寞少年的相依相偎，成了我们一辈子挥之不去的噩梦。

丑鬼是立夏那天清醒的。原来我的记忆并没有出现偏差，在春与夏过渡的最后一天，天地真的出现了短暂的萧瑟。第二天，夏雨开始落个不停，将井水打出一个个好看的涟漪。那条黑鲤鱼悠游在涟漪中，倏尔又欢快地蹿出水面。所有理想国的孤儿，都心照不宣地将昨日之事按住不提。但清醒过来的丑鬼，还是把一切都想起

来了。他走出寝室，在井边默默蹲了一下午。雨水将他浇得透湿。悔恨将他浇得透湿。他悔恨自己，毁了一个少女的未来。

决绝就是他的道歉。

没有一句道别。在那场接连下了五天的夏雨停歇之后，我们在井里找到了丑鬼的尸体。

22

大雨过后，梦城本该来临的暑热，被雨冲走了，蚊子也被冲走了，灰蒙蒙的阴云里全是水分。月亮像被洗过一样，惨白地挂在天上。深井边那一排香樟树，树大招风，被风雨吹得狼狈不堪，乱糟糟的枝干纠缠在一起，露出残秃的枝顶。满地枯枝败叶被理想国的生灵们踩烂了，腐进泥土。整个理想国如历大劫一般，满目疮痍。

杨妈妈和一群警察正站在井边说着什么。五天前，丑鬼离奇失踪，我们找遍了校园的每个角落，依旧没有发现他的身影。我们都以为他翻墙跑了出去，想通之后就会回来的。

半小时前，这场缠绵了五天五夜的夏雨刚刚停息，老鼠提着塑料桶，准备去井边冲澡。他刚把头发打上肥皂，丑鬼发胀的尸体便从井底悠悠浮了上来，吓得老鼠顶着一头肥皂沫，在校园里狂奔呼喊。

十分钟前，警察光临了我们的理想国，将丑鬼打捞上来，我们全都跑去看热闹。我们惊讶地发现，原本丑鬼那张畸形的脸，被井水一泡，像是白馒头，皮肤呈现出一种晶莹的光泽。脸上深深浅浅的凹坑，被井水填满了——丑鬼死的样子居然比活着时好看。

阿春和刘源架着痛哭失声的杨妈妈，理想国里出乎意料地寂静，只有杨妈妈冲天的哭号，时不时在寂静里作祟。她好几次晕厥过去，又生怕错过见到丑鬼最后一面，赶快醒了过来。警察让阿春和刘源将杨妈妈拉回寝室，又派来几个小警察将丑鬼的尸体拖走。

这就是我们见到的丑鬼的最后一面：被平放在担架上，白布裹着头脸，模模糊糊印出一具人体的轮廓。他被抬上救护车，那两扇敞开的车门，最终接纳了他的肉身，成了最后的家门。

但他的灵魂和故事，依旧在我们理想国的上空飘扬。我们理想国剩下的三十七

名孤儿，在杨妈妈的寝室门口，排着队，等待接受警察的询问。最先进去的是发现尸体的老鼠，他嘴唇哆嗦着走进去，出来后，仿佛比之前更加惊魂未定。我们围着他，叽叽喳喳地问警察说了什么。老鼠不吭声，随着更多人走进审讯室，丑鬼昔日所做的一切都被掘地三尺，挖了出来。就要轮到我了，我感到暌违了许久的尿胀感，再一次袭上肚子。我害怕地拽住乔树的衣袖，说："我想尿尿。"

"我陪你去。"

我们走在阴云笼罩的恐怖校园，一句话都没有。丑鬼的死，就像一颗深水炸弹，冲击波所产生的旋涡和陷阱，远远没有散去。海啸就要来了。

我问乔树："我要说些什么？"

他说："警察会问你的。"

我点点头，暗示自己放宽心。很快，我和乔树走到了后操场的厕所。那仿佛还是昨天的事，我帮着听"靡靡之音"的丑鬼放风。而命运就是这样，常常会把一瞬间变为沧海桑田。如今有关丑鬼的故事，就要在一瞬间里沦为回忆。

我知道肚里的这股憋胀是懦弱在作祟。我肯定撒不出尿来。我脱下裤子，等了好久好久，憋胀感却始终没有减轻。乔树在厕所门口催促道："快走了！警察和杨妈妈还在等我们呢。"

我只好带着这股沉重的憋胀，走进杨妈妈的寝室。

不知道是不是我出现了幻觉。我看到杨妈妈的寝室，真的变成了审讯室。房间的空地上摆了一张铁桌子，桌子两边放着藤椅。于是，一个对立的审讯氛围，突然凸显了出来。满脸胡茬的中年警察，坐在杨妈妈旁边，桌上白刷刷地亮着一盏灯，刺眼的光束将他们的脸部轮廓照得十分冷峻。一个被迫服从的指令，在我懦弱的心灵上打下烙印。

我还注意到一个细节：桌子上放了一只闹钟。闹钟的走针"嘀嗒嘀嗒"，贯彻在这间阒寂的屋子里，是增加紧迫还是形同虚设，我并不清楚。沉默了很久，那个警察向我投来善意的一眼。我打了个冷战，慌忙低下头。于是我这个低头的动作，

就把自己彻底变成反面人物。

我局促不安地把手放在椅子扶手上。那上面有一道道凹凸的划痕——是之前那些和我一样局促不安的手干的。孤立无援的指甲，在椅子上刻画，同时使狡辩和谎言不得自圆其说。尿胀感越来越强，房中越来越静，我沿着那些划痕，将指甲狠掐进去。警察的询问融进了闹钟的走针，嗡嗡的，遥远得像是山边传来的风声。

“浩天……浩天……”杨妈妈呼唤我。

“啊？”我猛地抬起头。

“浩天，你别怕，回答警察叔叔的话。”杨妈妈说。

“你叫杜浩天？”警察叔叔用一种善意的口气，道出一句不容置喙的逼问。

“……”

“回答我。”

“嗯……”

“你可以叫我雷叔叔。”

“雷叔叔好……”

“杜浩天，你能告诉我，你在怕什么吗？”

“啊？……”

“你怕什么？”

“不，不知道……”

“你能讲讲，杨小明死之前，发生过什么吗？”杨小明是丑鬼的真名。杨妈妈给他取的名字。

“他……”雷叔叔用含笑的眼睛，示意我勇敢说下去。“他是我们的统领。他以前常常叫我帮他洗衣服、洗鞋子。他要我当他的奴隶，不然就把我扔进井里喂水鬼……他在厕所里听邓丽君，我给他放风。他还在厕所里手淫……”

“接着说。”

“我们每周六到梦城公园画画，他喜欢躲在树林里看别人接吻。魏老师和段哥也在树林里接吻——”

雷叔叔打断我："段哥是谁？"

"是……是……"我忽然觉得自己说得太多了，我看向杨妈妈，用眼光问询她是否可以继续说下去。她点了点头。

"段哥是魏老师的男朋友……那一天他们在树林里接吻，被丑鬼看到了。他回来之后，就躲在厕所里和倩倩接吻。那时候我正好去上厕所，扒在通风口上看见了……"

"还有吗？"

"我以为他们在谈恋爱。丑哥说——噢不——是杨小明说，他在外面认识了一帮二流子，他们经常和女孩一起玩。他说他早就不喜欢和我们这群小孩子玩了。十八岁生日的时候，他让倩倩嫁给他。倩倩骂他丑。没过几天，杨小明就疯了，被关在寝室里面……"

"嗯？"

"之后，倩倩就一直被我们孤立。都是他们弄的！我，我不敢……"

"你们怎么欺负倩倩？"

"剪她的头发，还有……"

"还有什么？"

"扒光她的衣服……"

杨妈妈瞪大了眼睛，仿佛料不到在我们的理想国，还有如此"地下"的一面。

雷叔叔低着头，在纸上笔锋如飞："继续说。"

"那一天晚上，倩倩跑到了丑鬼的寝室里……脱光了衣服……"

"他们干什么？"

"他们、他们抱在了一起。"

"仅仅是抱在一起吗？"

"他们……结婚了……"

杨妈妈突然流出眼泪。她说："你们怎么不拦着？"

"我们拦了，但倩倩不听……"

“你们是凶手！凶手！”杨妈妈猛地站起，将身后的椅子撞倒了，发出霹雷般的声响。她妄想冲破铁桌的阻隔，丰腴的胸脯搁在桌面上，将闹钟和台灯统统扫到一边。光束乱晃。此刻，她把我归纳成整个理想国的凶手的总和，要狠狠给我一巴掌，顺带着给所有孤儿一巴掌。但由于铁桌的阻绊，她踉跄了一下，巴掌轻轻飞过，只有她那锋利的指甲，在我脸上留下五道红红的爪印。

我吓得哭起来，从椅子上站起。我感到腔内那一股疯猛的憋胀，就要顶穿肚皮了。杨妈妈还在发疯似的朝我声声指控：“鬼！一群鬼！”

雷叔叔反捉着她的手臂，说：“你先走。”

我颤抖着两条腿，迈不开步子。我边哭边喊：“乔树……乔树……”

乔树冲了进来：“杜浩天，你怎么了？”

我咕哝咕哝，连自己都不知道说了些什么。乔树拍拍我的背，安慰我道：“好了好了，没事了。”

然后，我就在所有人的面前，尿湿了裤子。

我被乔树背回寝室，换了一条干净的裤子之后，睡着了。醒来时，正好是晚饭时间，寝室里不见乔树。夕阳退完了，屋外浓烈的紫气顺着窗户落进来。我刚准备去食堂吃饭，警察雷叔叔就端了两盘饭菜，在我的寝室窗前露出头。

他笑了笑说：“杜浩天，你醒了？”

我愣愣地看着他。

“下午把你吓坏了吧？来，吃饭。”

他一脚跨进寝室，顺手拉开了门边的电灯。投射在墙上的他的身影，将我笼罩。雷叔叔把菜盘搁在桌子上，今晚除了豆腐乳和馒头这两例惯常菜之外，还多加了一份韭菜炒笋尖。这道菜可是我们过年才能吃到的。雷叔叔笑眯眯地对我说：“杨妈妈单独给你做的！”

我放松下来，突然觉得冷酷无比的警察叔叔，竟也是平易近人的。我们一边吃着饭，一边聊天。他问我：“浩天，你见过你的爸爸妈妈吗？”

我摇摇头说："没有。"

"真可怜……"他叹了一口气，温柔的大手向我靠近，落在头顶。他摸了摸我的头发说，"这么可爱的孩子，居然也有狠心的父母舍得抛弃！雷叔叔我是想要孩子却没有……"

"为什么？"

"你阿姨生不出来。"他笑笑，笑得那么勉强。

我吃着饭，不知如何安慰这个沮丧的男人。他从他的盘子里夹出一大筷子韭菜，放进我盘中。"多吃点！才能像雷叔叔一样壮实！"他拍拍他的胸脯，举起手臂，冲我炫耀他的大块头。我忽然觉得，平常人家的父子，应该就是这样说话的吧。

"嘿嘿。"我冲他笑了笑，也举起手臂。

雷叔叔掐掐我的手臂说："还要加强锻炼！"

我十分愿意陪他一起，将这场父子戏演下去。因为我也想有个爱我的"爸爸"。

那天晚上，我躺在床上问乔树，他的爸爸是一个怎样的人。他说："天下的爸爸都一样嘛，吓人得很。"

我问他怎么吓人。

他说："不知道，反正就是很怕他。"

我说："那你想你爸吗？"

他说："肯定嘛。虽然怕他，但他还是我爸呀。"

乔树说着说着，语气有些不对劲了，我发现他在强压着哽咽。我急忙安慰他道："乔树啊，你比我幸运多了。至少你还知道自己的爸妈是谁，我从出生就没见过爸妈。我被一个护士阿姨养到三岁，就进了孤儿院。"

"我倒觉得你比我幸运。"他说。

"怎么呢？"

“有过爸妈的孤儿，比没有爸妈的孤儿，背负的东西要多……我倒宁愿像你一样，从来没见过爸妈，便对他们没有念想……有时候，我想他们都想得喘不上气。我宁愿我从出生起就是孤儿。”

“你是身在福中不知福。”我说。

“你才是。”

我突然对乔树曾经的家充满好奇，我说：“乔树，明天我们翻墙出去吧。”

“干吗？”

“你带我去看看你家。”

乔树沉默良久，我以为他睡着了。忽然，他在暗中叹息一声，说道：“好吧，我也很久没有回去了……”

23

很早就听阿春和刘源说过，在我们理想国的后操场边，有一个三十厘米宽的狗洞。早些年全城打狗，常有野狗钻进来躲灾。在阿春、刘源还是小孩子时，他们要想出去就钻狗洞。一大早，我将乔树从酣睡中叫醒，两人扒开后操场蓬勃的野草，找到了狗洞。乔树身手敏捷，三两下便翻过围墙。我却不敢，徘徊了老半天，最后只好从狗洞里钻出去，惹得乔树笑了我一路。

夏天可算来了，还没到九点，暑热就沿着柏油马路铺了厚厚一层，阳光强烈，人像浮沉在热浪里。乔树带着我抄近路去他家，他腆着个大肚子，向我介绍童年的回忆。路过一棵很大的桑树，他说，小时候妈妈给他买了几条白蚕，他就是在这里摘桑叶的。走进家属区的大门，他说，小时候他每天都在这家早餐店吃面。路边这排小树，是爸爸组织家属区的小朋友栽的，如今都成荫了。躲在绿色深处的这栋红漆房子，是乔树就读的幼儿园，里面有一架石头做的滑梯。

再往里走，一幢幢二十世纪五六十年代建设的楼房映入眼帘，从编号六十九栋一直排到七十五栋。乔树的家在七十一栋，紧邻河边的那个单元。太久没有回来，乔树童年的游乐场已变得面目全非。河坡成了居民倒垃圾的所在，河水被污染了，垃圾沉淀在河底，河面飘着红、白色的塑料袋。张叔叔曾经蜗居的破烂木屋也早已不复存在，只有几块没来得及被捡走当柴火的木板在土里露出半截，静静地记着家属区昔日的容貌。走过的居民，大多不认识乔树了。这几年他的变化很大，离开时还是小男孩，如今却变成了一个将要成年的小大人。

不过，乔树还是能够将此刻擦过他身边的人记起。爸爸被带走之前，家属区里几乎所有人都倾巢而出，甚至连那些走在下班路上的人，听见消息，都纷纷赶来围观。人潮将乔树爸爸围在中间。张叔叔带头指控他，声情并茂地细数着老乔的罪证。指控像火势一般，凶猛蔓延，越来越多的人加入了这场讨伐。声浪一波盖过一波，到最后不得不出动警力，才将乔树的爸爸带走。这一切，都被站在厨房窗边的

小乔树尽收眼底，他记住了每一个人的脸，记住他们昔日对爸爸的巴结和讨好，记住此刻他们对爸爸的辱骂和践踏。

爸爸被带走后，整个家属区陷入诡异的寂静。乔树捂着耳朵，蹲在沙发上。他觉得好吵，耳朵里嗡嗡发痛，简直使他不能忍受。接下来，他被赶出家门，被迫搬到张叔叔的木屋里。那一天人潮讨伐的声浪，如波涛一般，在他耳中久久荡漾。他发誓，一定要把那些人杀死——只有将他们扑灭在波涛里，汹涌的声浪才会止息。这个强烈的愿望，简直成了他幼小心灵的唯一的支撑。

现在，乔树站在家属区楼下，望向那一个废弃的窗口，望向昔日的家。我顺着他的视野看去，黑漆白底画在墙上的“71 栋”，已经斑驳褪色。乔树记得他离开时，家属区还没有这样旧。如今，却破旧得仿佛前世尘缘。

他将拳头握得紧紧的，两行眼泪顺着抬高的脸庞滑进耳朵。也许是眼泪的清凉触醒了他，他慌忙低下头，用袖子抹去泪水。走过的居民大概都忘了，曾经门牌号为“602”的那户人家的故事。也许“602”的故事，也曾被当作饭后谈资，狠狠嚼过一阵。但在风起云涌的家属区，故事也终于沦为往事。谁都不知道，这个故事主角的儿子，在若干年后会带着报仇的大愿，重新回到这里。那时，家属区的人才会重新记起这个故事。无论是故事中的正方、反方，都逃不过命运的摆布。

乔树想，在他的那件“大事”还没有展开行动之前，就先让故事的“正方”多活几年吧。他带着我，走到了七十二栋楼下。那个飘着碎花帘子的窗口，就是故事里的正方家。这个家如今的幸福，却是用爸爸的不幸换来的；就像曾经所有的“公平”，都是由“不公”孕育而出。乔树的拳头舒展开来，变成一个完整的手印盖在嘴上。从指缝间轻描淡写飘出了一句恶毒誓言，令我无比震惊。

乔树说：“我要杀了他……”

我怕了。我想，如果乔树用一种“必须达成”的口吻发出这句誓言，我反倒不会害怕。正是他这种轻描淡写的口吻，才让我懦弱的心灵，蒙上一层惊惧。他的双脚死死嵌在水泥地上，无论我怎么使劲将他拽走，双脚却仍旧丝毫未动。于是，一个抬起头望向太阳、威武不屈的小男人形象，便化成了雕塑，永远扎根在毒辣的誓言里。

走回孤儿院的路上，乔树的心情仍未平复，他一句话都不说，我也只能陪他一起沉默。路过市场，我买了一串冰糖葫芦和乔树分吃。还不是吃糖葫芦的季节，甜丝包裹下的酸葫芦，酸得我狂叫。乔树笑了笑，看样子他的心情好多了。

我说："乔树，我们偷偷溜出来的事，不会被杨妈妈知道吧？"

他说："杨妈妈还在处理丑鬼的事，不会注意我们的。"

一串糖葫芦很快就被我们瓜分掉了，我问乔树还想不想吃。其实是我还想吃。他说："你想吃就买嘛。"

我翻了翻口袋，兜里只剩下两角钱，买一串糖葫芦要五角钱。我说："算了，不吃了。"

乔树从兜里找出三角钱，拍在我手上说："去买吧。"

等我买来，乔树却说酸得很，不吃了。其实我知道，他是怕我吃不够，所以将这串糖葫芦让给我一个人吃。我硬要他吃三颗，他不肯，我们吵着闹着，便走到了常常买画具的商店门口。我说我要进去看看。其实我是去垂涎梦寐以求的"骆驼牌"颜料的。

乔树知道我的心思，故意逗我说："喂，杜浩天，你还欠我三十块钱呢，多久还？"

我怕别人听见，赶忙冲他"嘘嘘"。他白了我一眼，说："还挺要面子。"

拥有三十二种颜色的"骆驼牌"颜料，摆在玻璃柜最显眼的位置。颜料管很长，容量很大，我几乎都在心里悄悄盘算了这盒颜料的使用寿命。我禁不住恨起丑鬼，如果不是他抢走我的钱，这盒颜料早就是我的了。我心想：他该死！他该死！又害怕他真的变成鬼来找我，赶紧对着空气念叨一句：阿弥陀佛。乔树听见了，捧着肚子哈哈大笑，说："你在骂丑鬼吧？"

"嘘！你小点声！"

"敢骂还不敢认哪。怕他变鬼来找你？"有时候，乔树的嘴巴真的很讨厌。他明明最了解我，却偏要把我的心里话公之于众，惹得店员也捂着嘴呵呵偷笑。

我恼羞地冲出商店，他追在我后面说："好了好了，不笑你了，大不了那三十

块钱不要你还了。”

“谁要欠你的钱！不然又要被你说‘敢做不敢当’。”我故意模仿他嘲笑我的语气，真讨厌！

走过梦城公园，还有一小段路就回孤儿院了。乔树突然停住脚步，喊了我一声：“杜浩天……”

“嗯？”

他方才嬉皮笑脸的劲儿全不见了。他忽然说：“我是说真的。”

“什么啊？”

“我说我要杀掉张叔叔。是真的。”

我不知道该怎么回答他。

“杜浩天，你要学会自己保护自己。我可以和你做一辈子兄弟，但我不可能一辈子保护你。”

我快要哭了。

乔树叹了一口气，接着说：“今天，我很开心……”

我低下头，点一点头。

“那盒颜料，我以后送给你。”

我看住他，突如其来的煽情让我不知所措。是啊，我们理想国的每一个人，生而为孤，没有谁会一辈子陪着谁。有朝一日，当我们的翅膀硬了，就会离开这里。飞离我们的巢穴，飞离家园。

这是提早的告别吗？我默默往前走着，走一步，掉一滴泪。我听见乔树在身后粗粗地叹了一声。

也许我不该让乔树带我去看他曾经的家，我不该让他再次想起与父母的离别……

我们再也无话，回到孤儿院的围墙边，看见警车又停在门口。我们匆匆翻过围墙。潜回寝室的路上，水滴将我们拦截了。她着急地说：“你们去哪儿了？”她又

看向我，说，“警察到处找你。”

我惊讶地问：“找我干吗？”

“不知道，你赶快回寝室吧。”

推开寝室门，我发现雷叔叔正坐在我的床上，腿上架着我的画板。看见我回来，他把视线从画上挪开，笑嘻嘻的。

“你这小子干什么去了？”

我支支吾吾想了半天，说：“去玩了呀。”

“找遍了都没找到你。”

我没接他的话，只是将画板从他腿上抽走。他呵呵说道：“看不出来呀，你还是个小画家。”紧接着，他又补充一句，“喜欢尿裤子的小画家。”

“干吗偷翻我的东西？”我生气地说。

“欣赏一下。”

我把画板重新放回桌上，雷叔叔走到我身边，说：“抽空给叔叔也画一张嘛。”

乔树在旁边起哄道：“杜浩天帮人家画画，是要好处的。”

“要什么好处？”

“十串糖葫芦。”我用手指比了个“十”。

雷叔叔掐掐我的脸，说：“不怕酸掉牙？”

“不怕！”

“成交！”雷叔叔伸出小拇哥，“拉钩！”

我勾住雷叔叔的小指，特别高兴。从来没有大人这样对我说过话。也许，乔树的爸爸曾经就是这么和他逗趣的吧。

吃完午饭，我和乔树被雷叔叔带出孤儿院。雷叔叔问我：“浩天，你知道哪里有卖糖葫芦吗？”

我说：“当然知道。”

“小人精，你整天闷在学校里，还知道哪里有卖糖葫芦呢。”

我和乔树不约而同地笑出声来，早上我们还吃了糖葫芦，所以当然知道。我带

着雷叔叔来到市场，他给我和乔树一人买了一串。

雷叔叔说：“其余八串慢慢补给你。你现在要保护牙齿，吃多了甜的东西容易得蛀牙。”

我说：“雷叔叔，你怎么那么明白？你又没小孩。”

他摸着圆鼓鼓的啤酒肚，说：“我哥和我妹的孩子，都是我带大的。”

乔树问：“叔叔你为啥不自己生一个孩子呢？”

我小声在乔树耳边说：“他老婆生不出来。”

乔树赶紧住了嘴。雷叔叔却接过乔树的话头，说：“我是想要一个啊。浩天，你给我当儿子好不好？”

我说：“才不要！”

“为什么？”雷叔叔忽然止住步子，问道。

我舔着糖葫芦，咕哝道：“以前我们孤儿院的小青就被人领养了，那家人对她可凶啦，老是打她。后来她又偷偷跑了回来。”

“那如果雷叔叔对你很好呢，你愿意给叔叔当儿子吗？”

他俯下身，两个长满老茧的巴掌，搭在我的肩膀上。他急速下降的眼睛逼住我，使我浑身扭捏不安。乔树在一旁不说话了。我冥冥中感到，雷叔叔的话不像开玩笑。

我们之间的气氛，突然出现了一个尴尬的停顿。雷叔叔见我不语，冷峻的嘴角向上一撇，连带着使鼻翼微微抖动。他满心期待我的回答，我却吓傻在原地。

他那双粗糙的手，失望地离开了我的肩膀。

他说：“快吃！吃完雷叔叔再给你买。”

“不要了，吃多了牙齿要掉的。”乔树说。

我赶忙接了一句：“是啊，雷叔叔，我们吃够了，该回去了。”

夕阳落下。雷叔叔高大的身影，像要高到太阳里去。我们三个人的影子，斜斜地伸在地上，好像幸福的一家人。我转头瞄了雷叔叔一眼，他发现我在偷偷看他，也看向我，冲我露出笑容。温暖的夕阳将他下巴上硬撅撅的胡茬勾出一道毛茸茸的金边。这一刻，我觉得，如果雷叔叔真的是我爸爸，其实也是件挺不错的事。

24

“浩天。”

“嗯？”我刚睡着，杨妈妈又把我叫醒了。

“你来。”她凑近我，脸上的皱纹舒展开来。丑鬼自杀以后，她仿佛一夜间老了许多，两鬓生出了白发。我穿好衣服，跟着她去寝室。屋中亮了一盏小电灯，她让我在椅子上坐下。

“浩天……”她搓搓手，一副不知如何开口的样子。

我说：“杨妈妈，怎么了？”

“对不起，妈妈那天太伤心了，吓到你了。”

我挤出个笑，在外面玩了一天，我非常累，直打哈欠。

“妈妈有件事想和你商量一下。”

“什么事？”

“嗯——你喜欢雷叔叔吗？”

“喜欢啊，他今天还给我买了糖葫芦吃。”我揉揉眼睛。

“雷叔叔没有孩子……”

我心一沉，大概猜到了她要对我说什么。果然，她说：“你想去雷叔叔的家里生活吗？”

她用的措辞不是“你愿意给雷叔叔当儿子吗？”或“雷叔叔想让你做他的儿子”。她用了“生活”二字，一下子将我内心的期许戳破了。

“可是……小青她……”

“你放心，雷叔叔绝对不会这么对你的。”看来雷叔叔已经向杨妈妈表明了心意，他肯定也和杨妈妈长谈了许久，关于领养的问题。

“但是我没见过雷叔叔的老婆，她会不会不喜欢我？”

杨妈妈被我问到了，他们把所有领养之后可能会发生的问题都想到了，唯独没

有想到这一点。她支支吾吾了半天，含糊地说："应该不会吧。"她用了"应该"二字，我的心一下又提起来。

曾经，小青被一对夫妻领养后，离开了孤儿院一段时间。后来，我们都不清楚，她为何又悄悄跑回了孤儿院。谣言在理想国里四起，有说小青的继母虐待她，也有说那对夫妻让她扮乞丐，在街上讨钱。对此小青却不肯说出真相，她只说："还是我们的理想国好……"

我对杨妈妈说："我要想一想。"

她点点头。在我准备回寝室之前，她又补充道："雷叔叔真的很喜欢你呢。"

我跑回寝室，心里像有一万只松鼠上蹿下跳，久久不能平静。我想问问乔树的意见，但我很快止住了这个念头。如果我真的决定去雷叔叔家里生活，在我们这个孤独的理想国，乔树又该怎么办？我非常纠结，在床上思来想去、辗转反侧。说实话，我羡慕我们理想国里，任何一个曾经拥有"父母"的孤儿。我常常在他们的行为和语言中寻找父母给予孩子的爱的痕迹。那种爱，是不是像昨天下午，雷叔叔将一串糖葫芦拿给我时，那种溺爱的眼神和语气？如果真是那样，拥有父母的孩子，一定是特别幸福的吧。

我渴望有一个爱我的爸爸，哪怕我们身上没有流着相同的血液。我想我也会用尽全部的爱来爱他，因为我已经孤独了十二年。我们理想国的孤儿，对孤独的惧怕有多深，对亲情的渴望就有多深。但乔树怎么办，如果我走了，他会不会很伤心呢？

稀薄晨光里，他在床上窸窸窣窣踢着被子，睡姿像只张牙舞爪的螃蟹。他努努嘴巴，不知在说些什么梦话。他的梦也是有关爸爸妈妈的吗？可我从未梦见过爸妈，因为我压根儿不知道他们长什么样子。

乔树醒来后，我们像往常一样，爬到操场的栏杆上。他问我："杜浩天，你怎么老塌着脸？"

"没事。"我遥望远方。

他伸了个懒腰，满足地呻吟道："啊——真舒服。"

我说："你知道吗，你昨晚说了梦话。"

"说的什么？"

"没听清。"

"对啦，乔树我问你，如果我要离开孤儿院，你怎么办？"

"还能怎么办，把你绑着，不让你走。"

"如果我非要走呢？"

"那我就把你的腿打断！"

"不用这么狠吧？"

"当然要，我就你一个朋友了。"

我又问他："乔树，你爸爸长什么样子哦？"

他转过脸，盯着我，一副将我看透的样子。他说："你最近怎么对我家那么感兴趣？"

"随便问问嘛。"

"如果你要离开孤儿院，随便好了。但我告诉你，在别人家里待不下去了，你可别回来。"他一骨碌翻下栏杆，留下一句恶狠狠的诅咒。

我知道他什么都明白了，但他不说破。他等待我的决定。也许他也猜到了我的决定。如果我决心留在理想国，就根本不会问那一句"如果我离开，你怎么办？"乔树恶狠狠的态度，让我非常难过。可是，我真的很想知道，被爸妈爱着是种什么感觉。

我知道，我与乔树不得不分别了。

十天后，雷叔叔带着我，离开了理想国。

在这十天里，我与乔树像是棋盘上的黑白棋子，围城使我们陷入交流的僵局。离别的时限越来越短，想说的叮咛却越积越厚，到最后，一肚子嘱咐和煽情便干脆消化了，多说一句都是一种点破。这种对于离别的点破，是我们这两个十多岁的孩子根本无力接受的。要走的前一天晚上，我在寝室里收拾包袱，其实也没什么可收

拾的，几件破烂衣服而已，反复折叠、摊平。乔树坐着组装玩具坦克，也闹出很大动静。我看见他几次想转身对我说话，又几次将微微抬起的屁股放回凳子上。寝室里太静了，收拾包袱和组装玩具车的动静，根本没能化解安静，只是平添了更多的尴尬。终于，他捋捋前额刘海，转头对我说："雷叔叔会给你买衣服吗？"

"啊？不，不知道……"

"那你把我的毛衣带上嘛。万一他不给你买衣服，你就穿我的。"

"好。"

"还缺什么吗？"

"不缺了。"

"要不你把另一只手套也带走。"他说的是象征我们友情的那双手套，他一只，我一只。

"不是说好一人一只嘛。"

"你都要走了，我还留着干吗？还不知道以后能不能见你呢。"

"怎么不能？"

"我听说那些后爸后妈，都不喜欢孩子记着孤儿院。"这时，他走到床边，将整整齐齐叠在床边的衣服扯散。扔给我几件毛衣，又将那只左手手套放在毛衣上。

"乔树……我们还是好朋友。"

"不是了。"他噘着嘴，声音颤抖，努力将脸别进黑暗，不让我看见。长发将他的脸遮掉大半边，我握住他的手臂，迫使他看见我。

我抱住他拔节的身体。他比我高出一个头。我在他的背上轻轻拍了两下，说："乔树，无论我走到哪儿，你都是我兄弟。"

他哭了，突然泣不成声。眼泪从发丝里淌下来，沾湿了我的衣袖。当时我并不能理解他的感受，我不知道"离别"于他，竟是如此难以接受。他短短的十几年的生命，经历过太多生离死别。每一场离别，都是尖刀挖在心口上。父亲、母亲、奶奶、朋友……所有对于人类重要的感情。相反，虽然我从出生起就被父母抛弃，但我早已不记得离别的画面。

我不知道自己是什么时候睡着的，也不知道乔树一夜没睡。我动了一下，盖在身上的薄毯子向下滑一点，他走过来，将被子又轻轻搭在我身上。然后他坐回床上，一动不动，呆看着我。晨光在天边探出半颗脑袋，而后又扒着云彩，悄然将一整个太阳的温情都奉献出来。我眯眯眼，装作没有醒来，其实我早就透过一层眼屎，看见了乔树的不舍。他为“离别”所受的痛苦、委屈，和他早熟的少年心，我都懂得、都怜惜。就像当初他刚来我们的理想国时，因为这所有的情绪，而对懦弱的我产生同情。

我伸了一个懒腰，乔树迅速躺下，也伸个懒腰。他装作刚刚醒来，对我说：“杜浩天，你醒没？”

“醒了。”我说。

“那我们去操场吧，反正雷叔叔得八点才来接你。”

“好。”

我们坐在早晨的清凉中，随着阳光越浓，离别的时限越近。太阳露出个边，我在几厘米之外回头，看见他蓬松的脑袋瓜与地平线形成折角。在理想国里孤苦的流放生活，使他眉宇间孕出一种洒脱。离别带来的，都断在其中了。

我从兜里掏出那双手套，揣在身上一夜，此刻手套发出淡淡的温热。我将左手手套递还给他，说：“你拿着。”

他拽着手套柔软的底部，在我头顶打了一下。“你小子，长大了啊。”他说。

这句话里蕴藏着多少情感啊。不舍到极致的无可奈何。他是唯一把我的全部看透的人。他看着我从最初爱尿床的小子，突然一天长成少年。看着我瘦瘦的手臂上，有一天耸起两弯小坡。看着我在理想国受尽欺负，心里从此有了点儿阴暗。他这才说“你长大了”，那意思是我不用再靠他了，我完全可以自己做主，连“离别”这样痛彻心扉的事，都能坦然接受。

他咳嗽了一声，发觉这话蛮好笑的。笑着，却又落泪。他给我看他长大成人的眼里，所涌起的不舍的泪。离别后，他在这个世上便再没有亲人。这个叫杜浩天的小子，一向都在他的保护圈里。他身体里潜伏着一个赎罪者，对张小泉赎罪，对父

母赎罪。但他已没有机会，所以只能把赎罪的果实，让杜浩天那小子吞下。可现在，他要走了，他一肚子的赎罪和仇恨，该找谁呢？

我也哭了。他却问我：“你怎么了？”声音很体己的。

我摇摇头说：“乔树，我舍不得你……”

“你看嘛，你还是个小子。”他又笑道。

他把手伸过来，捏住我的肩膀，长辈对晚辈式地拍拍。还能说什么？他的这句话是暗语，把我们俩从小到大的友情，都一并囊括和总结了。然后，他还愿一样垂下手，说道：“雷叔叔来喽。”

远远地，雷叔叔推着一辆自行车，后座上贴心地放了软垫。他走来，冲我挥手。我垂着头，跟随乔树爬下栏杆。我忽然觉得，雷叔叔来得太早了，早到我们理想国的一草一木，都要在这个瞬间沦为回忆了。雷叔叔接住我，递给我和乔树一人一个烧饼。我嚼着烧饼，太硬了，一点味道也没有。

“好难吃啊。”我哭着说。

“会吗？明明很甜啊。”雷叔叔接过烧饼，咬了一口。

他根本就不懂，烧饼是甜的，可我的味蕾是苦的。

乔树跑回寝室，将他糖盒里仅有的三颗大白兔奶糖统统拿给我，那只大白兔在他的指缝间微笑。乔树脸上一夜无眠的暗淡，在微笑中倏然褪去。他看着我剥开一颗糖，放进嘴里嚼着。他看着好朋友吃，自己却不吃。

“好了，我们走吧。”雷叔叔说。

“慢一点骑，他害怕的。”乔树对雷叔叔说。

理想国的孤儿们和杨妈妈都出来送我，却独独不见了乔树的身影。我坐在软乎乎的单车后座上，雷叔叔推着我，走出了理想国的大门。

路边的绿色叶影，是蝉声刺耳的闷热里，唯一令我快乐的东西。

25

我以为，我会永远离开理想国。但只有两年，我又回来了。

我想起我六岁时，那个跑出理想国当了乞丐之后，又跑回来的前辈。他站在人群中央，对我们说：

“小崽子们，你们以为外面的世界很好吗？大错特错！外面的世界更残酷！……总有一天，你们还是会乖乖地飞回我们的理想国。因为，我们是一群无依无靠的孤独鸟，孤独就是我们最大的依靠。”我们生而为孤。

两年后，我带着一个黑暗的世界，重新踏上了我们的国土。

回到孤儿院的那天，是和我离开时一样的夏日，风声掠过，蝉声刺耳。我背着画板，挎着那几件破烂衣裳，推开理想国的门。乔树在门边等着我，可是我已经看不见他。我瞎了。

他扶住我。不经意间，我摸到他脸上的泪，但他的声音仍是高兴的，他说：“欢迎回家！”

我笑了笑。

他又说：“欢迎回家！”他张开手臂，在我面前刮起一阵小型旋风。

“不开心吗？”

我摇摇头。

“那就是不想理我喽？”

我又摇摇头。

很快乔树就发现，我不仅眼睛瞎了，也不会开口说话了。杨妈妈带着我去医院检查声道，医生说：“一切正常。”乔树咆哮道：“那他怎么说不了话？！”

医生说：“转去精神科吧。”

精神科医生给我们的答案是：精神受到强烈刺激后，引发失语。

那一刻，我听到乔树再也憋不住的哭声。他狠狠捏着我的肩膀，说：“杜浩天，

你到底怎么了……”

我只能用沉默回应他。

两年前，离开孤儿院的那一刻，我根本没有想到，那将是我一段噩梦的开始。

和我一起走进雷叔叔家的，是两年前的夏日热风。那是梦城再普通不过的一栋警察宿舍，楼道的墙面被刷成绿漆，护栏是深红的。楼房一共三层，每层十户人家，木门上用白漆写着门牌，家家户户的笤帚、拖把、煤炉、垃圾……都堆在门边。

“凹”字形大院里，用青砖围出一片竹林，绿油油的竹子冲破楼层的高度，耸入云天。蚊虫围着竹林飞舞，绿荫下是小卖部，一个戴眼镜的老爷爷坐在里头看报，橱柜上摆着植物油、酱油、白醋……都是些很家常的东西。公用电话架在橱窗前的木板上，电话铃一响，老爷爷便扯着嗓子冲宿舍楼喊：××号的老张或老谢来接电话咯！如果等了许久都没人来接，这时在竹林里疯玩的孩子，便做起狗腿子，噔噔噔跑上楼，叉着腰，在楼道口大喊：接电话啦！正在公用厨房炒菜的姑子，将油手在围裙上擦擦，快步匆匆下楼。她们总要捂着听筒，像特务传递消息一样，怕小卖部里的老爷子将秘密听了去。我坐在雷叔叔的单车上，走进宿舍楼，小孩子们都围过来看热闹。有个小孩指着我问：“雷叔叔，他是谁？”

雷叔叔说：“我儿子嘛。”

那孩子捂着嘴，向身边的孩子偷笑说：“我妈妈不是讲，谢阿姨生不出孩子吗？”

“那就是垃圾堆里捡的吧……”

“去去去！”雷叔叔赶猴子一样，将围观的小孩驱散。他将我抱下来，把单车锁好。他问我，“害怕吗？”我摇摇头。他又将我的衣角扯一扯平，牵住我的手，走向一楼正中的那个房门。

门开了。这就是我第一次看见的谢阿姨，她没有像其他家庭妇女那样，系着脏兮兮的围裙挤在厨房。她烫了一头卷发，脸上一丝皱纹也没有，穿着件桃红的短袖

衣、牛仔喇叭裤。她先是对雷叔叔说："回来啦？"又将眼睛低下来，看着我。我忽然觉得，在她漂亮面容下藏着的神情特别可怕，仿佛母狼披上了外婆的衣服。她抖抖下巴，语气冰冷问道："会叫妈吗？"

"孩子才刚来，别急嘛。"

"如果不会叫妈，我养他做什么？"

我往雷叔叔背后躲去。孩子们、还有一些大人们，都在不远处指指点点。雷叔叔对霸占着家门的妻子说："先进屋吧。"

屋里很干净，三十来平方米的房子隔成两处，主屋兼备了客厅、饭厅和主卧的功用，其次还有一个如鸽子笼般狭小的房间，当作储物室。主屋里，靠墙摆着沙发，走几步是一张双人床。阳光透过窗帘，斑斑驳驳洒在水泥地上。花瓶里插着一束假百合，夫妻俩的结婚照，摆在百合花下。

我们在沙发上坐下，谢阿姨捧着她专用的茶杯，隔着茶雾，乜我一眼。她说："老雷，还不去做饭？"雷叔叔答应着，从门后挂钩上扯下围裙，他回身说道："浩天，你陪阿姨说说话，饭一会儿就好。"

整间屋子的气氛瞬间凝固了，我掏出乔树给我的大白兔奶糖，放在谢阿姨桌前，想借此贿赂她。我战战兢兢地说："阿姨，吃糖……"

她理都不理，依旧跷着腿、捧着茶、乜着眼，问我："你姓杜？"

我点点头。

"为什么啊？"

"我刚出生，爸妈就把我丢在医院了。一个姓杜的护士阿姨，把我养到四岁。这个名字是她取的……"

"噢——"她长长地"噢"了一声，随后又简明扼要地说，"那你以后要改姓雷。"

"不改可以吗？"

"由不得你。你不是进了我雷家的门嘛。"

我不再说话，名字对我来说并不重要。重要的是，我往后就是一个有爸妈的孩

子了。

房里太热了，在我脑袋顶上悠悠旋转的吊扇咿呀咿呀，起不到任何纳凉效果，倒更像一首催眠曲。谢阿姨起身说："你来。"

我跟着她熟悉了整个家的环境。她说："往后啊，等你爸爸上班之后，你就把家里打扫一遍。喏，扫帚在这儿，拖把在这儿，抹布呢？……噢，这儿呢。反正以后我要是看到家里有一点灰尘，你不要想吃饭。知道吗？"

"好。"我答应着。我应该明白，于她而言，我是个意外的闯入者，还是个戳痛她"不能生育"的伤疤的闯入者。现在我特想逆反她一下，我说："雷叔叔还不是我爸。"

谢阿姨的反应，让我大吃一惊，我以为她会大发雷霆，可她非但没生气，还冷笑一声说："明白就好。想当我谢清的儿子，还得看你表现。都说你们这种在孤儿院长大的孤儿，心理最变态了。"

我刚要驳嘴，雷叔叔就端着几盘菜进门了，我赶忙当作什么也没发生。

"聊得好吗？"他问谢阿姨。

"还行。"

雷叔叔把菜放在桌子上，笑嘻嘻地说："开饭了！"

"喂，你先去洗手，别把孤儿院里的坏习惯带回家里。"谢阿姨说。

饭后，雷叔叔从柜子里拿出一床被褥，铺在储物室的地上。他说："浩天，你先将就着打地铺，过两天你的床就打好了。"我走进储物室，没有窗，没有门，一幅淡蓝色的布帘将主外屋隔断开来。小屋里尘土飞扬，下午等雷叔叔上班后，我将小屋清扫干净了。这样，我在雷叔叔家里，就算正式住了下来。

从此以后，我便做了雷叔叔和谢阿姨的儿子。早上起来，天还没亮，谢阿姨让我去外面买早餐。她怕我藏钱，特意只给我刚够买早餐的钱。等雷叔叔去上班，我便陪着她买菜。回家之后，我扫地、拖地、洗衣服、做饭……反正我在理想国的时候，也是这样给丑鬼当用人的，早就习惯了。如果说，一开始我是抱着与他们好好

当“一家人”的态度离开孤儿院，那么现在，我最大的梦想，就是能更长久地待在这个家。我不要我的梦这么快破碎。

既然离开了理想国，我便没打算回去。总有一天，我会获得谢阿姨的认可。所以我更加努力地做事，争取让她喜欢我。哪怕是我做错事时，谢阿姨用她尖长的指甲掐我，我也默默忍受。等雷叔叔回家，我依旧表现出高兴的样子，纵然不久前，我刚刚躲在被子里哭过——也许这就是最普通的家常生活吧。乔树之前不是说过吗，他的爸爸也会打他、教育他。我以为，谢阿姨打我，也是一个母亲对孩子的教育。

可有一天，我发现身上的瘀青越积越多，左边胳膊几乎成了一条紫色的茄子。被打的事，我从没对乔树提过。不提，也许是因为那时我根本不知道，这原来就是所谓的“虐待”。后来我养成了一个习惯：自己与自己说话的习惯。只要我看见谢阿姨在家发疯，我便悄悄潜回房间。等她心情平静后，再拿着工具，将乱糟糟的家里打扫干净。她满头汗水，声音在咆哮之后变得嘶哑。我不敢靠近她，更不敢安慰，之前好多次我试图安慰她，她就从扫把上抽出一把竹条，在我身上抽打。她边抽边喊：“你要是敢多嘴，我就打死你！”她从来不打我的脸，因为她害怕雷叔叔发现，在她那美丽的容貌之下，原来藏着一个如此可怕的灵魂。

我很孤独，比在理想国时更孤独。大院里没有一个孩子愿意和我做朋友，起初我想融入他们，但后来就算了。他们远远看见我，便呼啦一下冲过来，骂我是从垃圾堆里捡来的。虽然我把自己的名字告诉了他们，但他们依旧乐意叫我：垃圾。往往这时，我特别想念乔树。我想念我们踏着清晨的薄雾，爬到操场的栏杆上看日出。我想念我们翻过墙，去市场上买糖葫芦吃。我想念我们做好朋友的那些年。可那些年，再也不返。

我想，只要我咬咬牙、挺一挺，谢阿姨和小伙伴一定会接受我的。很奇怪，纵然他们对我不好，但我从未想过离开。甚至他们对我越不好，我就越想留在这里。我总是怀揣着一个梦，一个所有孤儿都怀揣的梦——一个幸福家庭的梦。

两年后，当这个梦终于破碎，我回到了理想国。我忽然明白了理想国那位前辈的话。“孤独是我们最大的依靠。”我将自己囿在孤独的王国里，在这个国度，我是唯一的国王，也是唯一的子民。那段被领养的两年，那段被养父母两次遗弃的历史，教会我的是：只有自己才能给予自己最踏实的安全感。

26

一入秋，孤儿院便会发出一种萧条的气味。曾经，我以为这是梦城的大雾导致的。自从我被谢阿姨再次遗弃之后，我突然懂得，这股气味其实是秋天万物凋敝时，它们的哭泣。风声是天空在哭，落叶是大树在哭，枯草是土壤在哭……眼睛看不见之后，我用听觉和感觉，懂得了万物的哭泣。现在我想，视觉给人的感受往往并不准确。以前我不懂魏老师说，用“心”感受是什么意思。当我的眼中只有黑暗，我才彻底明白，“心”是什么。

我在被窝里躺了很久，从夏天一直躺到秋天。反正我醒着，也等于是睡着；活着，相当于是死了。可当我放弃自己后，乔树却没有放弃我。他依旧每天早上将我推醒，即使我根本一夜无眠。他轻声在我耳边说：“浩天浩天，我们去操场吧。”

我转过身，以黑暗给他回应，然后我又将被子一卷，沉入孤独的世界。我听见乔树轻轻地走开了。有时，他也会在忍受不住之后，念叨我几句：“又不是什么大事！不就是回到孤儿院了吗，值得让你十五岁就躺在床上等死？”

其实我想对他说：我的眼睛瞎了，我的画家梦想破灭了，我的未来没有了……但我又会觉得索然无味，即使解释，又能怎样呢？乔树对我再好，也不可能让我重见光明。表明我的放弃，只会让他徒增烦扰。我已经不想再去烦扰别人了，我的存在就是多余。如果给我再一次选择的机会，两年前我一定会留在孤儿院，哪怕我心里对父母之爱的饥渴，比现在还要强烈一万倍。

这个秋天真冷，冷到了骨髓里。让我心里对“父母之爱”的热望，也彻底变为寒冰。

我以为在我日夜的无言中，乔树也要放弃我了，但他仍旧不厌其烦，每天喊我去操场。乔树啊，我的朋友！你忘了我已经无法陪你看日出了吗……一想到这里，我就想哭。他将我面向墙壁的身子扭过来，轻轻为我擦掉泪迹。然后，他又将我从

床上拽下来，温柔的，又是不可违逆的坚决。我形如傀儡，任他摆布。我发现腿上的肌肉已经不听使唤，一着地就软。他背着我走出寝室，秋风瑟瑟，砸向身上每一个毛细孔。我用手推了一下他的背，让他放下我。虽然我看不见，但我仍能感到他脸上的笑容。他说："你终于肯理我了。"我沉默不语。他又没话找话地说，"浩天，你知道吗，水滴前两天参加了市里的歌唱比赛，得了一等奖。"我的嘴角微微一撇。他捕捉到了。他兴高采烈地说，"你也为她高兴，是吗？"

我笑了吗？乔树的话让我非常惊讶。我以为我这一辈子都不可能再笑了。

我们没有像往常那样爬上栏杆，乔树怕我摔下来。于是我们坐在栏杆底下的草地上，硬撅撅的枯草，挠得屁股蛋儿痒痒的。我感到第一缕阳光洒在身上，乔树说："浩天，我真高兴。"

我转向他，用神情摆出个"为什么？"

他说："你终于肯振作起来了。"

啊，阳光真温暖，一点点挤走灵魂里的寒冷。乔树拽起我的手，说："浩天，以后我就是你的眼睛，好吗？"

我捂着嘴，笑了起来。他说："你别不信，以后你继续拿笔画画，我就是你的眼睛。"

我又笑一笑，快乐的泪水却从眼里流下来。

他赶紧伸出手，擦去我的眼泪，说："对嘛，要笑一笑。前段时间，你真让我担心。"

太阳已完全升了起来，秋天的萧瑟被阳光一扫而空。万物止住了哭泣。我又看见一个新天新地。忽然，乔树拉起我的手说："我们跑步吧！"

他一直护在我的身后，两条胳膊从我的腰后伸出来，用手肘架住我的胳肢窝。起初我们跑得很慢，后来我们的步子越来越快、越来越快……突然间，他撒开手，让我的腿在惯性的驱使下继续奔跑。他冲着我大声喊："浩天，你可以的！"

我跑了很久，感觉风在唱歌。跑完步，我们坐在地上呼哧喘气。乔树搂着我的肩问："开心吗？"我点点头。乔树又故作惊讶地说，"浩天，这里有一朵野花！你

看——”他意识到自己说错了话，未完的言语噎进喉口。

忽然，他抓起我的手，将我的手掌包裹在他的手掌下面。我们合拢在一起的手掌，在空中划出一道微风的曲线，逐渐向那朵美丽的野花靠拢。他说，“来，我要当你的眼睛啦！”当我的指尖轻轻触到那朵花儿时，心里的温暖竟是不能言喻的。那样小、那样软的花儿，却在寒风里孤傲地挺立。乔树说，“浩天，你摸，花儿是这样的。它是紫色的。”

我笑笑。

他又将我们的手掌带向地面，“浩天，你摸，草儿是这样的。阳光下，它是金色的。”

我又笑笑。

乔树让我站起来，他牵着我的手狂奔，比刚刚跑步的速度更快。他大声喊道：“浩天！你摸，风是这样的！不过你画不出来！哈哈。”

我们跑得呼哧带喘。蓦然间，他刹住脚步，风的歌唱却仍在耳边萦绕。他慢慢走向我，什么都不说，只是将我的手抬起。然后，他将我的手，放在他的脸上。他说，“两年不见，我变了很多哦。”我一愣，他的手领着我的手，顺着五官的轮廓，慢慢地一点点地摸，将他的整个五官都摸遍了。他说，“浩天，你摸，现在的我是这样的，以后即使我不见了，你也能把我画出来吧？”

我点点头，艰难地吐出一个字：“能……”

他高兴得手舞足蹈，我感到眼前的风，正一道道地飞着奇诡的线路。他说：“你能说话了！浩天，你能说话了！”

我又艰难地吐出两个字：“乔树……”

“我就知道，你可以的！”

我微微笑。

“让那些不高兴的事都滚吧！”他的声音在风里翻涌。

我低着头，不想再说话。那些不高兴的事，真的可以忘掉吗？

谢阿姨不再背着雷叔叔揍我，是在她知道了自己怀孕以后。

一年前的某天早上，我醒来时已经九点。我惊慌地撩开布帘，走进主屋。往常我如果晚起一分钟，谢阿姨尖长的指甲，肯定就掐进了我的肉里。抱着窃喜的心态，我想偷偷把迟买的早餐买回家。但是我发现家里空无一人，谢阿姨破天荒地没有掐醒我。一直等到十一点半，他们才回家。我正在拖地，雷叔叔搀着谢阿姨进门了，本来脸上是很开心的笑容，但一见到我，他们的神情就复杂起来。雷叔叔说："浩天真勤快，叔叔去买菜了噢。"他出门后，家里的气氛又变得僵冷了。我反反复复拖着地，隔了好久，谢阿姨说："杜浩天，你来。"

我战战兢兢，站到她面前。她皱起眉毛，一脸嫌恶地看着我："杜浩天，以后你可别气我啊。"

我说："阿姨，你就像我妈妈一样，我不会气你的……"

她"呵"地喷出一口冷笑，说："阿姨怀孕了。"

我如遭晴天霹雳，愣在原地。

"喏，你看。"她将桌子上的病历推给我，"你知道阿姨一直想要个亲儿子。"她将重音放在"亲"字上面，狠狠地。

"我把家里再拖一拖……"我捡起砸在地上的拖把，用余光偷瞄此刻正沉醉在日后幸福家庭生活中的谢阿姨。我忙安慰自己，也许谢阿姨的话，并没有更深一层的意思。即便有那个意思，雷叔叔也不会答应的。因为他当初承诺了我，一定会对我好，一定不会又把我扔回孤儿院。

谢阿姨怀孕后，脾气变得越来越古怪。只要有任何事不顺她心意，就会用扫帚抽打我的背，一次比一次狠毒。我不能反抗，因为她孕育着一条小生命的肚囊，就是她任性的襁褓。

我也想过，要不要去雷叔叔那里告状，但如果我去了，谢阿姨一定不会放过我。她一定会将那个没说出口的念想，付诸行动。

而她心中的那个念想，终于是破土了……

那一天，雷叔叔下班回家，正好撞见我被谢阿姨虐打。以前她会算好雷叔叔下班的时间，会在他踏进家门的十分钟前停手，下手也知轻重，尽量不在我身体裸露的地方打出伤痕。但那一天，她一定是故意揍给雷叔叔看的。我被她揍得满地奔逃，她却因为怀孕不便，勒令我趴在地上，任由她下手。雷叔叔冲过来，抓住那把笤帚说："不要打了！"

"放开！"谢阿姨咆哮道。

"到底怎么了？"

"怎么了？他把我习惯喝茶的杯子打碎了！"

"至于发这么大的火吗？"

"一开始你说要领养他，我就不同意！平时你不在家的时候，你知道他是怎么气我的吗？！"

"我没有……"我哭着说。

"你还犟嘴！"她手中的笤帚，眼看又要俯冲下来。

雷叔叔又一把抓住，吼道："闹够了吧！我相信浩天不是这样的孩子。"

"那我就是个毒妇咯？"笤帚重重地砸在地上，谢阿姨捂着嘴，边哭边喊，"我干吗要给你生儿子啊！还没生你就这样了！要是生了……我多命苦啊！我去做掉算了！"

"好了好了，我错了……"雷叔叔一个劲地道歉，谢阿姨一个劲地撒泼。我逮着空子，赶快溜回了储物室。

屋外传来被压抑的吵骂声，我捂在被子里，委屈地哭了出来。哭声和骂声一样，都是被压抑着的。哭着哭着，我睡了过去，不知过了多久，雷叔叔将我推醒了。我瞪着眼望他。他拍拍我的背，说："去给阿姨道个歉吧。"

"雷叔叔，对不起，我真是不小心的。"我说。

"叔叔知道……"

"我可以不去吗……"

"为什么？"

“我怕她……”

“没事，有叔叔在。”

谢阿姨正坐在沙发上看报，见我出来，瞅了我一眼，随即又将注意力集中到报纸上。我挪着步子，走到她面前。

“阿姨，对不起……”

她白我一眼，侧过身子不理我。我哭着说：“阿姨，我知错了……”

她把报纸“啪”地拍在桌上，恶狠狠地指控我：“我看你就是想要我滑胎，这样你就可以安心待在家里了！”

“我没有……”

“你这种小变态在想什么，我会不清楚吗？”

“我真的没有……”

“好了，既然浩天给你道歉了，你就原谅他吧。”雷叔叔帮我打圆场。

“哦，你也知道他在这里会气我啊？那你快把他送走啊！从我看见他第一眼起，我就讨厌他。我真的不懂，我都已经怀孕了，你为什么还要把他留在家里！”

“行了！孩子在这儿听着呢。”雷叔叔说。

我低着头，眼泪滴在面前的水泥地上。

雷叔叔还在安慰谢阿姨，但我一句都听不清了。我的脑中一片空白。我想，也许我的到来，真的是一个错误，因为它揭示了谢阿姨最难启齿的生理缺憾。有一个孩子，是她的美梦，也是她的噩梦。就像我一样，希望有一对爱我的父母，是我的希冀，更是我从此难以抹去的绝望。

27

过年了。

除夕这天，寒流突然来袭，在黄昏即将消退的时候，温度越降越低，空气寒恻恻的阴冷。我们理想国的孤儿们，在杨妈妈的安排下，布置过年的场地。她买来许多红纸和竹篾，让我们动手做灯笼。乔树个子最高，他站在凳子上，把做好的灯笼挂在教室四周。火红的灯笼仿佛一个个小太阳，用微弱的红光对抗寒夜的冷寂。远处传来梦城的嬉闹：孩子的欢呼，大人的吆喝，鞭炮声不绝于耳……乔树拉着我的手，兴奋地喊："浩天，你听到没？梦城好久没这么热闹了！"

魏老师在厨房里忙碌年夜饭，她从英国回来过年，除夕夜特意来和我们一起过。她带了很多礼物回来，送给我的礼物是一套崭新的画笔。她捧住我的脸，哀伤地说："浩天，你的眼睛怎么了？"紧接着，她擦擦泪又说，"浩天啊，你别气馁，我在英国留学的时候，看见过一个盲人画家，一点都不比别人画得差。"魏老师的话让我感到温暖。这一段时间，在乔树的鼓励下，我又拿起了画笔，虽然我并不知道自己到底画得怎么样。

到了晚上八点，教室布置好了，年夜饭也准备好了。我们把教室里的课桌拼在一起，团团围坐着。大收录机里播放着喜气洋洋的春晚新闻，我们吃着香喷喷的饭菜。到了兴头上，水滴演唱了一首歌。水滴现在是我们理想国最时髦的女孩，她唱的歌，我们多数人都没听过。不过她的歌声真是很甜很动听。我记得她以前对我说过，她的梦想是要当一个像邓丽君那样的歌手。

今晚，倩倩也和我们坐在了一起。自从丑鬼死后，她常常一个人，形单影只，像孤儿院里游荡的幽魂，比我还要沉默。吃年夜饭时，她等到所有人动筷子之后，才颤颤巍巍、小心翼翼地拿起筷子去夹碗里的菜。听说她把丑鬼送的那件蓝色蕾丝裙撕个粉碎，用一把火烧成了灰烬。渐渐地，理想国的孤儿们都习惯了倩倩的寡言。现在，我已经忘记了倩倩的长相。但后来乔树对我说，丑鬼的眼光果然是不差

的，倩倩现在变得特别漂亮，特别是那一双眼睛，像森林里的小鹿，永远闪着怯怯的泪光。

年夜饭吃到一半，杨妈妈举着酒杯站起来。她说了一些十分伤感的话，大意是她老了，不知道我们这群孩子，以后该怎么办。我有点想哭。我相信我们理想国的孤儿们都想哭，但大家都把眼泪忍了下来。我们的理想国，存在了十多年，如今我们都变成大孩子了。孤独成了我们的铠甲，如冰雪埋藏枯萎，像洞穴隐匿伤兽。我们早已习惯将孤独深深掩埋。

阿春和刘源买了鞭炮，吃完饭，男孩们都吵着要去操场放鞭炮。乔树拉起我说："浩天，我们一起玩吧。"我摇摇头。他又说，"去嘛。"我更坚定地摇摇头。于是他只好陪我一起坐着。在这样欢快的除夕夜，窗外传来噼里啪啦的鞭炮声，间歇还有天空中绽放的烟花。但他们不知道，对于他们而言喜庆的春节、快乐的鞭炮，对我却是炸响噩梦的雷音。

两年前的鞭炮声，依旧声声炸在我耳里。

雷叔叔和谢阿姨的孩子，在除夕夜这天降生了。当那个浑身沾着黄汤，裹在襁褓里的小婴儿，从产房抱到雷叔叔手中的那一刻，我仿佛看见了雷叔叔对我投来的嫌恶的一眼。也许他根本顾不上看我，他眼中的嫌恶也许只是我臆想出来的，是我心底深埋的阴暗。雷叔叔和谢阿姨的父母，都围在婴儿两边，不住地夸赞他有多漂亮。雷叔叔喜极而泣，问护士："是男孩还是女孩？"我的注意力一下子就被吸引了。我想，如果是女孩，我就还有机会待在家里；如果是男孩，那么距我离开的日子，就真的不远了。突然间，梦城响起热闹的鞭炮声，护士的答案和一声声巨响的爆炸，混在一起。她说："男孩。"然后，一家人的欢呼声，便成了炸响在产房门口的鞭炮。

我从来不去看婴儿的样子，更不会在雷叔叔和谢阿姨欣赏他们的胜利果实时出现在他们面前，败他们的兴。我学会了在这个家里当一个隐形人。每当他们高兴地照顾婴儿时，我便躲在那间狭小的房中流泪。我头一回这样羡慕一个不谙世事的婴

儿，他有一对爱他的父母，还有这样幸福的家庭。为什么老天爷这么不公平，我梦寐以求的期许，在一个婴儿那里却是最寻常的实现……

我不止一次想要掐死他。那个霸占了我的位置的婴儿。深夜，他哭个没完，我在心里一次次地扼住他的脖子，看见在那张单纯而懵懂的脸上，慢慢现出青紫的窒息。他的哭声被我狠狠掐断，在想象中。从此之后，他便再也不能哭了，他也再不能让我哭了。

有一次，谢阿姨不在家，雷叔叔将他抱进我的房间。那是我头一回看见他：眼睛遗传了雷叔叔，鼻子是谢阿姨的，嘴唇还不知道是他们俩谁的复刻……他就用那一副来自父母的五官，木讷地望着我，咬着肥嘟嘟的手指，冲我傻笑。雷叔叔说："浩天，你看，弟弟很喜欢你呢。"

我夸张地惊叹："弟弟好漂亮啊。"

雷叔叔说："以后要照顾好弟弟哦。"

我说："放心吧，爸爸。"

他很惊讶，因为这是我第一次叫他"爸爸"，叫得如此生猛、猝不及防。他点点头，脸上出现一抹诧异的微笑。我故意去逗小婴儿，以回避这猛不迭脱口而出的一声"爸爸"所带来的尴尬气氛。他说："好了好了，弟弟要去睡了，和哥哥说晚安。"雷叔叔握住婴儿的手，冲我挥一挥。我也冲他挥挥手。雷叔叔模仿着婴儿的话腔，让我感到难受又恶心。他越是想拉进我和婴儿之间的联系，我就越是反感、排斥、憎恨。刚才所经历的短暂时刻，让我心里那个早已埋伏的决心，突然间明朗了。我想，我一定要找个机会，将那个抢走原本属于我的位置的婴儿彻底掐死。

机会晚来了三个月。那年春天，警察宿舍的竹林里，开满了橙色的小花。那是外面的炮仗花，沿着围墙攀藤到了竹子上。阳光很好，在家里的地板上照出一片亮汪汪的波湾。谢阿姨出门打牌了，雷叔叔在家带孩子。我跑前跑后地给孩子洗尿布、冲奶粉，一整早都没有停。这原本是个宁静的上午，屋外却忽然响起小卖部大爷的呐喊："106 的老雷同志，来接电话！紧急紧急！"声音像戏文里的唱腔。雷叔

叔将婴儿放在木摇床里，急忙跑出去接电话。两分钟后，雷叔叔又跑回来，从衣架上掀起警服，匆匆对我说：“浩天，爸爸要出去一趟，你先照顾弟弟，到了十一点的时候，记得给他热奶喝。”

我仰起脸，微笑着答应：“好。”

雷叔叔走后，太阳仿佛暗淡下去，房中的一切都萧条了。

我慢慢走近那张咯吱摇晃的小木床。晴好的阳光将婴儿的小脸晒得绯红欲滴，如一颗即将成精的水蜜桃。婴儿两只水汪汪的眼睛冲着我笑，那一刻，我心底的邪念，突然像放了闸的洪水猛兽，无论我怎样使劲都无法遏制。那婴儿的笑，包含了受难与宽恕，还有对于自身毁灭的情愿。他仿佛什么都懂，尽情敞开自己，让我去掠夺和伤害。而我迷瞪地望着他，不知所措，但很快我就清醒了过来，我奋命冲过去，冲过阻隔在我们之间的那一寸阳光。我死死掐住他的喉咙，看见青筋在手背上暴起，一根根脉络如同崩裂的山丘。我的双手在他的脖子间，经历着一次次巨大的地震。我看见婴儿脸上的笑渐渐没了，手脚微微战栗、抖动，脸上被阳光晒成的红润，渐成青紫。多么心甘情愿的孩子啊，像脚下一抔土，任你踏，任你在上面做坏。很好，让手的地震更猛烈一些，这样我就能将他的生命永远埋在心底的阴暗邪念里……

也许是我过于紧张的缘故，我竟没听到墙上的挂钟，当当当……响着十一点整的报时。我更没有听见门开的声音。当谢阿姨冲过来，用尽全力推开我的时候，我的手居然还在下着死劲。婴儿的脖子被抽空了，我的双手交握在一起，变成了左右手的相扑比赛。我颤抖着身体，在一丈远的距离以外，面对着同样颤抖身体的谢阿姨。我们之间第一次有了一种和平，是被战争激发到极致的一种无言的和平。挂钟还在叮叮地响着，每一声“当”，都将我们往震惊过头的现实中拉回。当挂钟响完十一声，婴儿哇地哭了起来。那样弱小的哭泣，却证明了我的行动的失败。谢阿姨大喝一声，说：“你干什么！”她披着如火一般的红外衫，向我冲来，尖长的指甲在我的脸上乱抓。那一刻，她是一只浴火焚身的凤凰，护佑着她年幼的赤子。

我惊呆了，任她对我拳打脚踢，任她突然变成巨人，浑身的力量被恐惧激发。

她抓住我的头发，将我的额头往墙上砸去。我瘫软在地上，并不躲。那一刻我只有一个信念：打死我！总比我被赶回孤儿院好……仰视的角度中，我看见她的高跟鞋，一下一下踩踏着我。

婴儿在哭，血从我的额上一股股流下来，像瀑布盖住我的脸庞。不一会儿，泪水又将干涸的血迹稀释。她似乎有无穷的力量，要替年幼的孩子讨回公道。她抓起疲软的我，将我重重地往茶几上扔去。

我眼睁睁看着，自己的脸与茶几的边缘，越靠越近。在巨大的推力下，地心引力把我的身体变成了某个没有生命的物体，砸向茶几锋利的边缘。我只记得我尖叫了一声，眼里顿时只有黑暗。茶几锋利的边缘，像一把利剑，直直割在我的眼睛上……紧接着，我尖叫了一声，谢阿姨也尖叫了一声。屋外看热闹的群众，都尖叫了一声。

28

一整夜，屋檐上的冰棱滴响着细微的声音，像秒针在表盘里走动，嘀嗒嘀嗒——时间一晃而过。我在化雪的初春晨日里醒来，凛冽的雪气和初生的暖阳糅在一起，在面庞上画着一路蜗牛爬过的湿凉。

“浩天浩天，快起来。”乔树唤我，“我们出去。”

他帮我穿好衣服，又将送我的那副手套帮我戴上。我们翻墙出了理想国，乔树带着我走到梦城公园，又弯过一个拐角，停在商店门口。他让我在门口等他，说是要给我一个惊喜。

“这么神秘啊？”我捂着嘴笑。

他说：“明天就立春了，是我十八岁的生日。”

“呀！你从来没告诉我，你的生日是哪一天。”

“我爸妈消失之后，我就不过生日了……”接着他又说，“浩天，你不是一直想有自己的生日吗，那我们就一起过好不好？”

我点点头。

“那我们就是同月同日生的兄弟。”他笑着跑进商店，把我留在外面。就在这时，很多声音此起彼伏地钻进我的耳朵里。这几年，梦城的变化特别大：小时候我要躲着听的邓丽君，现在商店的喇叭堂而皇之地播放着。放完邓丽君，又放张国荣和谭咏麟。店里衣服的款式也一换再换，时髦的喇叭牛仔裤落伍了。男人都开始烫发了，有几个模仿古惑仔电影的青年，正讨论着哪家发廊的技术最好。街面上，自行车的叮铃声不多了，小汽车的喇叭声越来越响。买东西再也不用票了，收录机里播报着房地产的广告，还有沿海口岸开放之后，造就的一批批富豪的新闻……

乔树和老板讨价还价的声音，在梦城这些变化的声音里，让我感到怀旧而安心。我慢慢踱到他身边，正听见他说：“老板，拜托了！明天就是我弟弟的生日，求求你了……”

“乔树，你在买什么呀？”

乔树没空搭理我，还在为五块钱和老板磨嘴皮子。老板被他磨得没办法了，只好说：“好吧好吧。”

我听见乔树在兜里掏啊掏，掏出一把钱，又掏出一把钱，全搁在柜台上。

“你真行！全是一毛一毛的。”老板说。

乔树把那些毛票一张张捋平，笑嘻嘻地对老板说：“谢谢老板。”

捋着捋着，乔树又发现少了两块，只能觍着脸说：“老板，二十三行吗？”

“不能再少了。”我想老板一定烦透了乔树。

“求你了，这是我上街扮乞丐要的，大不了我给你打工嘛。”

“你还没满十八岁吧。”

“明天就满了。”

“我们这里不缺人。”

乔树将我拉到他身边，在老板面前演苦情戏：“我弟弟看不见……但他的梦想是当一个画家……”乔树苦哈哈的语气，让我忍不住笑了出来。

“唉！好吧。”老板将乔树买的东西给了他，我们走出商店，来到梦城公园。在一棵很高的香樟树下，乔树拿起我的手，将那双手套轻轻剥掉，仿佛要我感受礼物放在手心的温度。他豪气地说：“送你了。”

我们隔着树丫上冒出的新芽，面对面地站在树下。地面上流着脏雪，脏雪里飘着枯叶，小麻雀和小虫子在天上地下，闹哄哄地叫着——一整个冬天的残像都堆在那里。虽然我早已猜到他送给我的礼物是什么，但我还是感动地哭了，泪水和“骆驼牌”颜料一起，在我手上堆出春天的温暖。他说我听，他嘱咐我一定要好好画下去，天大的不开心都会像化雪一样过去。

“你看！”他笑嘻嘻地从屁兜儿里又变出五块钱，说，“我本来还想给你买套画笔的，但你不是想吃一次属于自己的生日蛋糕嘛。走，我们买蛋糕去。”

他买了一块三角形的小蛋糕，说：“明晚我们悄悄在寝室里过生日，只有我们两个人过。”

回家的路上，又成了我说他听。我突然想起很多过去的事。

我说，小时候我好害怕井里的黑鱼，总觉得它要吃掉我。

他说，你是被丑鬼唬了。

我说，我还真有点想丑鬼，他那张丑脸我永远忘不掉。

他说，现在想想，丑鬼其实挺好的，至少他对倩倩是真心的。

我说，你以前有没有在背地里嘲笑我尿裤子？

他说，我只在水滴面前，帮你说过好话呀。

我说，其实以前我很怕你。

他说，现在你也是个胆小鬼。

…………

一时间，我真的很快乐。不是快乐，是温暖。温暖是孤独的天敌。那种生而为孤的挫败感，在前后不搭的哑谜般的谈论里消失了。我们都在挖苦着过去的糗事，却恰是这些没有弦外之音的简单语言，让温暖显得如此真实。

我们本不应该走到一起，成为亲密的朋友。但在我们都尚年幼之日，他却在理想国的众多子民中选中了我。或许说，是命运让我们彼此选中。我们恰恰走到一起，成为亲密的朋友。

我能看见，在黄昏的映照下，他坐在窗前组装玩具坦克车的样子；我能看见，在他早熟的皮肉里幼稚的骨骼；我能看见，我们的友情，从我十岁、他十二岁的晚空中升起，多星的晚空，星光连接着窗外坟山上的美丽鬼火；我能看见，我们一起长大后的样子……

那天晚上，我们在寝室的黑暗中，等待生日到来。当摆在桌上的小兔子钟的时针终于爬到十二点，乔树拿出早准备好的生日蛋糕，用火柴划亮了蜡烛。蜡烛的微光，突然在寒恻恻的冷空气里，破出一个又一个温暖的小洞。我们轻声唱起生日歌，完后，他对我说：“浩天，祝你生日快乐！”

我努力克制着心里的激动，也对他说：“乔树，谢谢你。祝你天天快乐！”

他说：“我们许愿吧。”

我们双手合十，默默许着愿望。之后，我们分吃着那一小块生日蛋糕，生怕吃得太快，这快乐的生日便要过早结束。

乔树说：“你许了什么愿？”

“第一个愿望，希望我的眼睛以后能看见。”

“第二个呢？”

“希望我和你做一辈子的好兄弟。”

“第三个呢？”

“希望第一个愿望和第二个愿望，都能实现！”

乔树哈哈笑着，将贴在我嘴边的奶油星子抹掉。我问他：“你的愿望呢？”

他说：“希望你的愿望能实现……”而后，他又重重地补上一句，“一定可以实现的！”

虽然立春了，窗外仍旧刮着寒风，但我却感到温暖。我们躲在被子里，有一搭没一搭地说着话。在我迷迷瞪瞪快要睡着时，我听见乔树忽然叹了口气，语气惆怅地说道：“浩天，再见……”

我没有细想这句话里隐藏的深意，便睡了过去。立春了，所有故事都被去年的大雪埋进大地，所有未来都在朝着好的方向行进。这一夜，我睡得非常香甜，竟丝毫没有察觉，离别的序曲已在我与乔树之间奏响。

29

后来，水滴给我读了报纸上写的我们生日那一夜，乔树所经历的震荡。

原来早在我们过生日的三天前，他就把准备实施的那一件“大事”计划好了。他将早就买好的汽油桶藏在家属区河岸边的垃圾坡上，只等着生日那夜到来，便可实施复仇计划。那一晚，乔树将我哄睡之后，便踏着月光溜出了我们的理想国。他站在家属区楼下，向装着摧毁他幸福之家的那扇窗口望去。平静的夜空，只有乌云在深邃的墨色里诡谲。然后，他转身来到河岸边，徒手挖开被垃圾掩藏的汽油桶。很好，一个人都没有，甚至连往常凄厉的狗吠也消失了。他走进漆黑的楼道，在爸爸给张叔叔安排的房子门口站住。敲敲门，没人应答。他将一根细小的铁丝插进钥匙孔，开始沉着地开锁。这是他从小就会的本领，儿时爸妈怕他乱跑，就在上班之后将他反锁在家。这种锁在家属区太常见了，挨家挨户都是标准配置。轻轻一转，生锈的狮子嘴门扣中，便吐出一声轻微的“咔嗒”。铁锁开了，他蹑脚走进房中。他仔细观摩着这个由爸爸亲手打造的仇人之家。他钻进厨房，沿着厨灶倒了厚厚一层汽油。那时家家户户都用煤气罐，他扭开煤气阀，确保煤气能助他的复仇一臂之力。煤气的味道真浓，呛得他直流泪。也许他的眼泪，并不是二氧化碳的作用，而是即将完成报仇的狂喜，让他越发憋不住哭泣。

黑暗的卧室，响着两个男人的呼吸。原来张叔叔早已把张小泉从精神病院接出来，现在，他们又山不转水转地落进乔树手里。乔树在这个家的家具上倒满汽油。他的手狂抖，根本停不下来。汽油桶的重量渐渐轻了，很奇怪，在那个刹那，他甚至放弃了复仇的想法，可他的手却仍旧在不受控制地掂着油桶，动作落在了思绪后面，不肯浪费桶里的每一滴汽油。汽油拉着丝，在油桶与地面之间牵扯着，如同乔树此刻纠结的心。然后，他轻轻地走回门口，将铁门反锁。

哧!

划亮火柴的声音，很轻微、很细弱，可在他听来，却如同暴雷巨响。一根火柴

在他狂抖的手指间熄灭，他深深呼吸一口，又划亮一根火柴，小心掩护着火苗，慢慢蹲下，在汽油的源流上点燃。

火顺着汽油河，一路顺畅地往屋里烧。他狂奔下楼，眼睁睁地看着火舌将仇家舔噬个干净。没过多久，所有家属区的人都跑了出来，有些人甚至只穿了一条内裤。乔树并不急着离开，而是和他们一起围在楼下，观摩复仇的烟火表演。煤气罐轰地爆炸，在玻璃窗上爆出巨大的旋流。滚着火的玻璃碴漫天飞散，发出萤火虫般灿烂的光芒。

有人惊呼："老张和他儿子还在屋里呢！"四楼的窗户上，印着张叔叔和张小泉张牙舞爪的魅影。所有人都仰起头，呆呆地看着两个绝望的人影在大火中倒下。

天亮后，火实在没什么可烧了，就熄下来。家属楼的外墙被烧得漆黑，破窗里涌出浓密的青烟。云团在天上滚着鱼肚白，天空之蓝浅淡了。立春的梦城流云飞花，是个极美、极明媚的四季伊始。警察和消防员在房间里扒出两具人形焦炭，不用再送急救室了，直接拉去太平间。

警车响着"呜呜"的警笛，如婴儿哭声。人流渐散。乔树忍不住了，他趔趄着脚步，在向理想国走回的路上，哭了一路。

我正是被那一阵阵短促而持久的警笛吵醒的。

乔树坐在床上，大口地喘着粗气。我看不见他，却能感到他呼吸里的紧张。我问他："你怎么了？"

他笑笑说："我们到栏杆上去吧。"

自从我的眼睛瞎了以后，乔树怕我摔着，就再也不肯带我爬栏杆。我在栏杆下面踌躇，迟迟不敢攀爬。乔树托住我的腰，让我一点点摸索栏杆的位置。他温柔地说："别怕……"

越往上爬，我越发感到阳光洒在身上的暖意，过去的片段忽然在脑中像放电影一样，一幕幕唰唰掠过。当我终于又坐到栏杆顶上，我仿佛变回了十岁的自己，与初见时的乔树说着话。很快，乔树也爬上来。他握住我的手，搓一搓，放在嘴边哈

气。他问我："冷吧？"我摇摇头，笑笑。

警笛的最后一个音符，终于落在太阳升起后的孤儿院。陆陆续续，我听到我们理想国的孤儿们都从熟睡中醒来，纷纷跑向操场。乔树温热的大手，依旧将我的双手合在掌中。我说："怎么了？"他没有回答我。然后，杨妈妈远远地跑来了，边跑边喊："小树，快下来……"

乔树的手猛地抽走了，我的双手却反握过去，将他的双手拢进掌心。他说："杨妈妈叫我。"

我说："你别去……"

他笑笑，说："没事，一会儿我就来救你下去！"

"别走！"我破口喊道。

但乔树还是跳下了栏杆。

我被孤零零地架在栏杆顶上，立春的暖风吹起我的发丝，操场上野草萌芽的味道从风中渗入，手铐的金属声亦随着风声钻入耳朵。还有杨妈妈与警察之间的拉扯、争吵，理想国的女孩们放声大哭……我的心里升起一阵恐惧。我恐惧在那些细微的声音里，有我不能看见的震荡。我反转身体，想慢慢爬下来。杨妈妈在不远处冲我大喊："浩天，小心！"又转向另一方，更大声地喊道，"你们不能带走他！"

警察亮出警官证，冷静地对杨妈妈说："他涉嫌故意纵火杀人，我们要带他回去调查。"

"你们有什么证据！？"杨妈妈哭着说。

警察一副不想和杨妈妈继续争论的态度，他说："我也希望不是他。"

但乔树恬淡地说了句："是我。"

"你为什么要这么做啊？"杨妈妈哭着说。

我重重地摔在地上。在我们的理想国，只有我知道为什么……

我心里的恐惧越放越大。冰凉的栏杆让乔树方才暖过的双手，变得更冰凉。

我头一回理解了黑暗的恐惧。我找不到乔树离开的方向。我只追上了手铐那"咔嚓"一声，拷在乔树手上的，我们的离别。

警车发动了，我沿着黑暗，奋力地追着它。

“乔树，乔树！你别走！让我再看你一眼，让我再看你一眼！”

警车慢慢与我拉开距离。我嘶哑的吼声在风中支离破碎。

那一刻，我倒不害怕了。因为，我们永远只会害怕我们所向往的。好比我们远离刀刃，并不是怕它割伤我们，而是怕我们心底以刀去自杀的毁灭倾向。我们怕高，并不是害怕这段高度，而是怕我们天生具有却从不被识破的坠落欲望。我们恐惧离别，并不是害怕独自生活，而是害怕离别之后注定的孤独。

我们本是孤独鸟，生而为孤。

我甚至没来得及和他说一声再见。警车又一路拉着笛音，开远了。

30

他仿佛一场残梦，静幽幽地来了又走，但留下的梦的碎片，却依旧无处不在。我好像也染上了他的梦游症，在凄迷漫长的黑夜里，像一只孤独的猫头鹰，聆听万物沉睡，唯我独醒。

自从瞎了以后，我没有一刻不想重见光明。可现在，黑暗竟这样好，可以让我安心地躺在被窝营造的棺木里，做一具活的木乃伊。外面的世界早已与我无关，只有水滴每天两次给我送饭，又送来一些外界的新闻。听她说，很多“专家”一夜间从地里冒了出来，他们分析着我们这群孤独鸟的心理，在报纸上唇枪舌剑，讨论这间“非政府行为”的慈善孤儿福利院到底该不该关门；听她说，杨妈妈被这些专家的言论，闹得几个月没睡过安生觉，每天在梦城大街上摇旗呐喊，为我们哭诉命运的不公，结果还是没能挽留大众对我们的同情；听她说，理想国真的要被查封了。

阿春和刘源闻到风声，集结了一帮孤儿，准备在盛夏来临前的某个晚上，悄悄离开孤儿院。

此刻，水滴坐在我床边，问我她该不该走。她叽里呱啦说了很多，见我没搭话，于是把饭菜放到桌上准备离开。她刚走到寝室门口，我却喊住了她。那是乔树离开三个月之后，我第一次开口说话，声音听上去生硬极了。我说：“水滴，你等等……”她喜出望外地跑到床边，见我满脸泪水。

我感到她的气息渐渐向我拢来，如一个巨大的彩色泡泡，将我裹在其中。她的头发长长了，干干糙糙揪在一起，枯燥的发梢拂过我脸上被泪水浸裂的皮肤。她说：“浩天，你吓死我了！”

我感到她周身散发的温暖，仿佛宇宙黑洞，将我情不自禁地往里吸。我死死地抱住了她。她的脸猛地砸在我的胸脯上，我在她发烫的耳边，低声却坚决地乞求道：“别走，你别走……乔树已经走了，你不能走，求求你水滴……”

她的手轻轻拍着我的背，说：“好，我不走。我陪你。”

太阳下山后，水滴陪我去操场散步，迎面吹来的风带着夏日的热气。我心中关于乔树的记忆，是从十岁的夏日开始的，如今一晃过去了六年。我听见杨妈妈脚步匆匆地朝我们跑来，像理想国所有孤儿那样，见我走出寝室，先是诧异一下，然后说：“浩天，你终于好了。”我微笑着去找杨妈妈的手心，摸到上面一摊泪水的潮湿。我想，我又没有变坏，何来“好了”一说？我只是不想说话，就像几年前我的眼睛突然瞎了，我把自己关在黑暗的王国里。只是不想说话。

是乔树。用温暖暴力地砸开黑暗王国里一丝丝光明的罅隙，让阳光得以照耀进来。我早就说过，他是猎人，我是落在他脚边的一只松鼠。

水滴和杨妈妈说着话。她问杨妈妈，今天出去有什么收获吗？杨妈妈摇摇头，说也许要上法院打官司。那保住孤儿院的机会有多少？很少，微乎其微。

水滴一下泄了气，当我们的理想国在乔树的纵火事件发酵之后，那些“专家”就建议取缔孤儿院。几个月来，杨妈妈单枪匹马地和一群藏在报纸后面的“专家”打拉锯战。理想国的子民，除了为数不多的几个人支持杨妈妈以外，其余人都悄悄上街找“后路”了。以前，理想国的四堵围墙，将“生存”严防死守地护在里面。可现在，护住“生存”的围墙，被乔树一把火烧得干净，这些严酷的问题，终于赤裸裸地摆在了我们面前。

阿春和刘源接任了大统领的位置，他们在立夏那天晚上，把大家悄悄纠集到操场的升旗台下开会。

理想国剩下的孤儿全去了，三十几个脑袋瓜蹲成三排。阿春和刘源站在台子上，给每个抽烟的孩子发一根烟。火柴头在微风里摆出摇曳的火苗，点着之后，挨个把火苗护着往下传。传的时候顺便问一句：你要走吗？接火的人叼着烟，口齿不清地感叹道：唉！

就在火苗把所有烟都点着以后，四野突然亮了起来，我们一开始以为是杨妈妈举着电筒找来了。后来才发现，原是天空中一抹乌云散开来，露出一大片五光十色的星辰和皎洁光白的月亮。都说没见过这么亮的黑夜，简直能把人心里的鬼祟都照

透。我们还在感慨，阿春和刘源就压着嗓子说话了。“喂喂喂！你们专心点。”台下没人理他们，都抬头望天。天上的星星忽然动了，一颗颗从天的另一头，刹那间划到了天的这一头，不计其数的流星像雪花一样扬洒，又像雪花一样融化进黑天里。大家感到一种从来没有过的震慑，纷纷张开大嘴，向流星们行注目礼。空气里有了一种告别的味道，非喜非悲。接着，老鼠突然站起身，在操场上狂奔呐喊：“下星星雨了！世界要毁灭了！我们要死了！”

老鼠的呐喊很快被几个男生捂在了臭烘烘的巴掌里。阿春和刘源从渐渐淡去的流星群里回过神来，又不解地朝天空望去，太深奥了，超出了所有十多岁孩子的智力和理解范围。大家都不知道，流星在黑天里划过的行旅，对即将出走的我们来说是吉还是凶。

当我也抬起头，假装看了一回流星雨时，渐渐听到身边的子民议论纷纷。

“……今晚？”

“是啊，阿春说就今晚。”

“杨妈妈不是说官司一定能赢吗？”

“赢了又怎样？她还不是一样要卖了我们。”

“啊？！你听谁说的？”

“阿春偷偷听到杨妈妈和别人说话了。”

“你呢，准备走吗？”

“你不知道现在全城人怎么看我们！我今天出去的时候，差点被打了！”

“嘻嘻，看来‘老鼠’的外号要给你了。”

“为什么？”

“过街老鼠，人人喊打啊。”

“你不是也一样？”

“那我们走吧。”

“……”

我的注意力全回来了，只听身边的人都站起来，向升旗台上走去。然后，起身的脚步像瘟疫一样，传染给了更多人。阿春和刘源压着嗓子点数：“一,二,三……

二十八，二十九。”理想国剩余的三十六个孤儿，最终愿意留下的只有七人。

除了我和水滴愿意留下，还有倩倩、老鼠……原本要走的老鼠，说流星雨来得太诡异，他死也得死在理想国。倩倩不说话，但我们心里都清楚，她留下是想陪着丑鬼的魂魄。我和水滴一样，留下是为了等待乔树回来。

四周彻底暗下来了，紧接着，准备离开理想国的孤儿们，踏着鬼子进村一样的步伐，悄悄向后操场的狗洞和围墙边埋伏前进。身形矫健的人蹿上围墙，拉起笨拙的同伴。女生们不敢爬围墙，便顺着狗洞钻出去。降落在外面世界的他们，甚至都没往回看一眼，便匆匆跑进夜色里，像刚才突然闪现的流星雨，落在远方的漆黑里，无痕无着。他们勾着肩、搭着背，一齐飞向未知的天空中。

第二天，杨妈妈起床后，做了七份早餐。她挨个儿摸了摸我们的头，轻轻说道：“孩子们，吃饭吧。”

后来我们才知道，阿春和刘源领着二十七个孤儿离开的那一天，正是杨妈妈输掉官司的那一天。

半个月后，我们的理想国冲进几位叔叔，他们耐心地向我们自我介绍：法院的、公安局的……这些叔叔里，有认识乔树的人吗？有没有一个人曾经审讯过乔树，或正在处理他纵火的案子呢？我想问问，但后来又罢了。因为他们根本不给我们说话的机会，只是冷漠地从包里拿出封条，交叉成一把大大的“×”，贴在理想国的大门之上。

我们把早就打包好的行李背在身上，躬着背，站一排，走在杨妈妈身后。

“没人了吗？”有个叔叔问。

“没了。”杨妈妈答道。

“其他人呢？”

“早走了。”

然后，我听到理想国的铁门在身后徐徐关上，响出一阵刺耳的发锈的噪声。我们在大门前站住，仿佛一群被迫撤离的奴隶，看青春岁月被一纸查封令永远烙住、尘封。昔日所有相互排斥又相互助长的希望，终于沉寂下来。我们在理想国的断壁残垣上，印下了最后一瞥目光——微笑，无望，却充满疼爱。

【慢板】

——流星纷纷陨落

1

直到这一年夏天过尽，杨妈妈才在郊区找到一个土房子。

房子在半山腰，阳光被茂密的树木遮挡，屋里又没灯，所以一天到晚特别昏暗。我们用蜡烛照明。这些蜡烛是以前孤儿院的伙伴们过生日余下的，因为不多，所以每天只能点一根。瘦小的烛光在屋里摇曳，将我们的寒酸照得一览无余。后来我们连蜡烛都点不起了，让屋里一径黑着，或早早睡觉。我们发现早睡有很多好处，首先是黑夜不会来了，其次可以麻痹我们空荡荡的肚子。搬出理想国的第一个月，我们就把带走的粮食吃完了。在七个孩子瓜分完杨妈妈的口粮之后，终于有一个从小身体就弱的伙伴，在某天夜里被饥饿带走，再也没有醒来。

他叫小武，死在梦里。那时他已经连续发烧七天，死的时候，双手交叉抱在怀里，嘴角一抹淡然的微笑，像一个受难者正在接受耶稣的洗礼。那样子满是希望，我们都怀疑他是做着美梦死掉的。我们将小武拖到后山上草草埋了，黄土砸在小武身上，一点点埋葬了他的希望，也埋葬了我们的希望。

屋漏偏逢连夜雨。房东大娘见我们这样子，开始有意赶我们走。杨妈妈把拖欠的房租从一天拖到一个月，再从一个月拖到一个季。我们不得不上街乞讨，学着那些从小就当乞丐的小坏蛋们那样，死皮赖脸地蹲在早餐铺跟前，等着去抢食客没吃完的残渣。如果蹲了一早上都没收获，就只好用食物香气所营造的美好想象来喂饱肚子。

有一天，水滴和我从梦城公园画完画回家——我们俩还是做着老本行，在梦城公园帮人画肖像——撞见房东大娘举着扫帚像清扫落叶那样，将泪流满面的杨妈妈往院子外面赶。扬起的灰尘沾在杨妈妈脸上，灰尘又和进泪水，以至于她皱纹横生的脸，就像被泥摊平了路面上所有的坑洼。

咒骂和乞求声交织在一起。两个同样尖厉的音频，惊飞了屋旁树上落着的一群

乌鸦。于是乌鸦“嘎，嘎——”的叫声，也加入了这场声音的大混战：

“你现在就给我滚！”

“求求你了，再宽限我们几天吧！”

“嘎——嘎——”

“都给你几个几天了，啊？！”

“如果您收回房子，他们这群可怜的孩子，就没地方去了！”

“嘎——嘎——”

我拽紧水滴的手，像落水的人拽紧最后一根救命稻草。别无选择。我怕极了，我怕离开这里，真的就要露宿街头。水滴抬起另一只手，在我颤抖的手上轻拍两下。她将我安置在离家几米远的地方，独自朝杨妈妈和房东大娘走去。

这时，孩子们陆续回来了。有些是从菜市场捡菜回来了；有些是从梦城大街乞讨回来了；大一点的男孩，则是从一座座拔地而起的石头森林里回来了，他们在建筑工地做了一天苦力，赚下的钱甚至不够养好脊背上的伤。还好我们从小就皮惯了，这几个月，我们遁入“社会”这一残酷的熔炉，各自为生，却又紧密不分，残酷的现实让我们比在理想国时更团结。

水滴走向杨妈妈和房东大娘。十月的金色阳光洒在她身上，轻而软的头发被风向后吹起。我、倩倩、老鼠，以及所有理想国剩余的子民，都在几米远的距离外，听着、看着，水滴如何为保住我们最后的巢穴，而做了第一只张开翅膀、拥抱残酷的雏鸟。

杨妈妈和房东大娘的厮打，突然静止在水滴逼近的脚步里，方才那一句又一句深水炸弹般的咒骂和乞求，都闷进了更深的水底。乌鸦也像嗅到了某种庄严气息，叫声逐渐稀落下来。水滴，一颗视死如归的、脆弱的小水滴，就那样滴入这片残酷的汪洋——还差两步她就走到她们面前了。气氛绝对静寂。她此刻的模样像极了神话里拯救凡人的太阳女神。

杨妈妈穿着破了洞的棉裤，污黄的絮子也从棉裤里探出头来瞧热闹。杨妈妈坐在地上，眼睁睁地看水滴走来，扶起自己，拍拍身上的灰土。水滴格外甜美地对她

说："妈妈，别这样……"杨妈妈捂住嘴，满腔哭泣被巴掌牢牢堵死，哭声就成了一种如同乌鸦叫的呜咽。水滴又将视线转向房东大娘，她翘起嘴角，一个迷人而纯真的微笑在脸上绽放开来，但我们都看见了水滴眼中，那一抹被笑容装点的憎恨。她就带着这张既讨好又仇视的面孔，"扑通"一声，跪在了房东大娘的面前。

她哐哐哐地磕了几个响头，一边磕一边哭，一边哭一边说："大娘，求求你，让我们再缓一缓吧。我们从小就没有家，好不容易找到这个地方，我们把这里当作了家。求求你，以后我们一定会报答你的……"

房东大娘尴尬地扭过脸去，以为这样就能回避心里突然涌起的不忍，她的语气缓和了："不是我不想留你们，可你们都欠了多久的房租了？你们可怜，难道我就不可怜吗？"

水滴动情地哭起来，惹得我们都哭了。

房东大娘站着不动，现实与道德还在心里打仗。然后倩倩也跪在了水滴的身边，和她一起磕头。渐渐地，越来越多的孩子自觉跪成一排，哭声震天动地、不绝于耳。乌鸦们绕成一圈，在他们头顶上盘旋不止。

这一刻，我们装满忧愁却又无忧无虑的青春年少，终于宣告落幕了。

只有我和老鼠站在原地，没有加入这一场声势浩大的跪求。我是因为眼睛看不见，又没人扶我，所以只好站着不动。这时，我听见老鼠小声嘟囔了一句："我想杀了她！"

我赶紧抓住老鼠的手，他手上的关节一根根支了出来，像蓄势待发的矛刺，只消一股推助的力量，根根矛刺的杀伤力便将是致命的。他用力甩开我，脚步铿锵地走向他们。他没有下跪，而是走到杨妈妈身边，将兜里的五十块钱狠狠拍进了她的手心。

我们从没想过，喜欢偷鸡摸狗，又懦弱无能的老鼠，竟有一天会变成我们的英雄。

"你哪来的钱？！"杨妈妈惶惑地问。

"先缴房租吧。"老鼠说。

房东大娘见拖了半年的房租终于有了着落，几步并作一步，从杨妈妈手里抢过钱去，对着阳光抖抖，辨辨真假，而后高兴地说："小伙子有本事。"老鼠将脸一转，鼻子里发出一串奇怪的咕噜，像一头没有人性的野兽，对前来讨好的人类发出的一种恶意警告。老鼠走到水滴和同伴们中间，将他们挨个提溜起来，骂道："起来！都给我起来！还嫌不够丢人吗？！"

那一晚，杨妈妈在屋外审讯老鼠，我们则在屋里叽叽喳喳，讨论着老鼠那张来路不明的新版五十元钞票。都说老鼠的样子没怎么变，我们一个个被饥饿弄得面黄肌瘦，可老鼠不但没瘦，气色反倒更好了。很快我们就知道了原因，原来老鼠在一家餐馆里端盘子，不要工资，只要每天两顿饱饭。老鼠的老板是一个笨拙的厨师，营业款全部放在前台抽屉，老鼠常趁他出门买菜时，拉开抽屉偷钱。起先偷几张一块的，后来是两块的，再后来是十块的……老鼠的胆子越来越肥，今天这张五十元，就是他偷的第一张大钞。

不管这个钱是怎么来的，好在眼下的困境暂时解除了。当所有人都在庆祝的时候，水滴却坐在通铺最靠里的墙角边，头抵着墙，默默流泪。倩倩走过去问她怎么了，水滴只是摇头，什么话都不肯说。很快，孩子们又都沉浸在了喜悦的狂欢里，我蹭到水滴旁边，捏一捏她的肩膀。她转过头对我说："浩天，我不想再过这样的生活了。"

我听她静静地抱怨。

"我们都十五岁了，可还睡在一张床上。屋子里一天到晚都没有光，我怕极了……我总觉得，我们有朝一日都会像小武一样，一个一个，在这间可怕的屋子里死掉……"

我说："可是怎么办呢？"又摇摇头暗自补充一句，"没有办法。"

她抓住我的手，急切地说："浩天，我们跑吧。"

"跑去哪里？"

"管他哪里！只要能离开这间发霉、发臭的屋子！"

“可是老鼠——”

还没等我说完，她就打断我：“我知道你想说什么……我一点都高兴不起来，我反而觉得恶心！什么时候轮到他来逞英雄了？”

她的泪水滴在我的手背上，潮乎乎一摊。

“别哭了，留点力气睡觉吧。”我用一双瞎了的眼睛，努力去找她此刻惊慌失措的面孔。

她点点头，抹掉泪痕，无奈地接受现实。半晌，我安慰她说：“别急，再等等吧。不管老鼠偷钱有多可耻，至少我们在他身上，看到了活下去的希望。”

2

有了老鼠，我们的生活一下子松泛不少。杨妈妈甚至去买了几匹布，给我们缝制了过年的新衣服。

除夕这天，我们满怀期待地等着老鼠回家。去饭馆前，他骄傲地对我们说，今天他会想办法弄一些好菜回来。老鼠现在可是我们的“粮仓”，我们每天最高兴的事，就是看他把偷来的几块钱交给妈妈，这样我们明天的伙食就有了着落。

但一直到晚上九点，我们的肚子都饿得息了鼓，老鼠却还没回来。屋外的天被夜色蒙住，薄雪诡秘地发着蓝光。到十点多钟，我们终于等来了噩耗。从门外进来的是两名警察，他们的脸被冻得通红，皮鞋底下沾满黏乎乎的湿泥，一脚一个泥印子。我听见其中一个警察对另一个警察小声嘟囔说：“这地方是人住的吗？”

大致情况是这样的：今天早上，老鼠等厨师出门买菜，像往常一样摸着前台抽屉。哪知厨师想起今天是除夕，街上卖菜的少了，饭馆客人也少了，便想放两天过年假。他转个身刚回来，正撞见老鼠偷钱。他扭住老鼠的脖颈，将他往派出所拖了去。被拷在审讯座上的老鼠，又变回了昔日理想国最胆小的喽啰，他一五一十全招了。警察算了一下，这几个月他偷来救济我们的钱，足够让他进少管所。

警察走后，杨妈妈在屋外背着手，踱来踱去。她穿了一件破烂的红棉袄，看上去荒诞讽刺。满头白发如雪，在风里显得凄凉。她紧紧皱着一双不过四十岁就已爬满皱纹的寿眉。思考半天，她决定碰碰运气，硬闯派出所看一眼老鼠。她把倩倩也带上了，我们其余人便坐在漆黑的屋里，等她们回来。

杨妈妈和倩倩一直到半夜三点才回家，不知是不是杨妈妈刚才哭过，双眼通红。倩倩说起他们在派出所的情景：除夕夜，只有一个警察值班，庄严的警察局因为屋外的烟花阵阵，所以显得格外肃杀。倩倩搀着杨妈妈进去，还没等她们说完情况，警察就温柔地回绝了她们，“不好意思，这位大娘，现在您是不可以看他的。”

“就让我看一眼吧。”杨妈妈说。

警察摇摇头，自顾自抖开了《梦城日报》。杨妈妈和倩倩坐在凳子上，等待警察从乏味的新闻里抬起头来。警察把脸捂在报纸里，说道："大娘，快走吧。一会儿要下大雪，路不好走。"杨妈妈倔强地昂着头，说："你今天要是不让我见儿子，我就不走！"于是杨妈妈和警察形成了僵持的局面，任警察如何劝她，可她红彤彤的破棉裤就像贴了胶似的，粘在了派出所的凳子上。等到十二点多，见冷战没用，杨妈妈突然跪在地上，无师自通地学会了乡下女人撒泼那一套。她哭天喊地，求警察"开恩"，说让她替儿子蹲监吧！你们放过他吧！警察嫌恶地说："大娘，没用的，快走吧。"

一直闹腾到凌晨两点，杨妈妈和倩倩见所有办法都没效果，才离开派出所。见我们都像夜猫子一样守着门，等待她们凯旋的消息，杨妈妈哭了。她爬到通铺上，搂着我们的脑袋说："你们放心啊，我一定会把老鼠救出来的……"

第二天，当新年的鞭炮此起彼伏地炸响在梦城的各个角落，魏老师带着她的新男朋友走了进来。她去国外留学这几年，我们昔日的理想国已经化成一片废墟——我们心中的废墟。她进门时，大多数人都没认出她来。魏老师把头发染黄了，穿一件带毛领的羽绒服，看上去特别"摩登"。她身边站着个戴毛线帽的外国男人，金发碧眼，身量魁梧。那是我们第一次看见外国人，都莫名其妙地望着他。魏老师张开挂满礼物的手臂，欢呼着说："孩子们！"我认出了魏老师的声音，兴奋地答应她："魏老师！"大家才纷纷看清，眼前这个浑然变了模样的女人是魏老师。

她向我们介绍外国男朋友。他是她的研究生老师。我们都吓得张大嘴。魏老师笑眯眯地在我们脸蛋上挨个抓一把，说："看把你们新鲜的！在国外啊，老师和学生谈恋爱一点都不新鲜！"

有人小声问："魏老师，段哥呢？"

魏老师说："分手了！"她向我们比了个"嘘"的手势，眼神往外国人那里狡黠地瞟去。我们哈哈笑，外国人也跟着哈哈笑。这时，杨妈妈端着饺子进门来。在这个新年里，魏老师的出现，终于让她有了一丝笑容。

杨妈妈拉着她的手说："魏静，你回来也不说一声。"

魏老师说："杨阿姨，怎么只有这些孩子了？"

杨妈妈把事情经过都跟魏老师说了。魏老师无奈地说道："杨阿姨，你也别难过，孩子大了，会照顾好自己的。"

"我不难过。这些年，我把什么都放弃了……他们要走，我也没办法。"杨妈妈说。

魏老师开始给我们发礼物。我们站成一排，兴奋地排着长龙。魏老师送给我的礼物依旧与画画有关。她说："浩天，你现在还画画吧？这可是美国的颜料和画笔噢。"

我趔趄着摸到桌子旁边，拿起一摞厚厚的画稿："魏老师，我还在画，就是不知道画得好不好。"

魏老师一张一张翻着我的画，忽然很轻地咳了一下。她对杨妈妈说："这孩子，真是有天赋，可惜……"我知道那个"可惜"后面，跟着一串怎样的句子：可惜浩天眼睛瞎了；可惜浩天命太苦了；可惜浩天读不了书啊……她摸摸我的脑袋，说："浩天，你一定要加油，不能荒废美术，机会一定会来的。"

魏老师发完礼物，说要和我们一起吃年夜饭。杨妈妈寒着脸说："还有什么心情过年啊。"

魏老师问怎么了。

"老鼠为了我们，被抓进了派出所，还不知道往后怎么办呢。"杨妈妈把事情的来龙去脉讲给魏老师听。魏老师说："我来想办法。"她想了想又说，"杨阿姨，这样，你下午和我回家一趟。也许我爸爸有办法。"

杨妈妈点点头，魏老师又将我揽过去，说："浩天也一起去，我爸爸肯定愿意教你画画。"

我想起来了，魏老师的爸爸以前是梦城美术学院的院长。

好歹中饭在一片充满希望的氛围里吃完了。吃过饭后，魏老师把本来准备送给其他孩子的礼物，一件件分给我们。她说下午我要随她一起去见魏爷爷，所以得穿漂亮一些。她翻出一件新衣服，套在我身上，语气惋惜地说："本来是给乔树的，我记得你和他关系最好了。"

我的心突然被什么蜇了一下，狠狠地痛。乔树，乔树……有多久没听过这个名字了？自从他离开之后，大家像约定好一样，绝不在我面前提起他。我亦只将他放在心里，放在无数个睡不着的黑夜里，放在想象里……我终于懂得，我不提他的原因，并不是我怪他绝情地离开，而是我根本不愿接受他离开的事实。我想，只要我不在现实生活里想起他，他就不会在我的现实生活里消失。我可以当他一直在身边。

但此刻魏老师的话，让我想象中的乔树，猛地在现实生活里变成一道回忆。他真的已经是我的回忆了……借着套衣服的空当，我把脸紧贴在柔软的布料上，将慢慢溢出的泪花一把擦掉。

3

从前在理想国上美术课的时候，魏老师总是向我们提起她爸爸。据说魏崇兮魏爷爷，在二十世纪六十年代是梦城最有名的画家，他解放前就出国留学了，毕业后本来可以在国外留校任教，可他却像当时所有的知识分子一样，拒绝了外国学校的丰资，回到祖国创办梦城第一所美术学院。不负众望，梦城美院在魏爷爷的坚持之下变成了全国有名的画院，以油画系为代表。以前我们常听魏老师讲，魏爷爷的画有多么了不起，连首都人民大会堂里都挂了他的画作。还说魏爷爷这个人也是很了不起的——多年前，梦城有个叫“阿伟”的流氓，在街上和另一个流氓杀了起来，被砍断了右手。阿伟小时候的梦想是画画，可家里穷，父母得病卧床，根本没能力培养他当画家。被砍去右手的阿伟，觉得人生全部的希望破灭了，一心找那个人报仇，被警察抓了起来。魏爷爷听说这件事，不但将阿伟保释出来，还将他收为徒弟，教他画画。“文革”时，造反派把留过学的魏爷爷打成“特务”，阿伟在魏爷爷的批斗会上，当着数万人冲上台，捅了造反派头头一刀，被判了死刑。魏爷爷在劳改农场好不容易活下来，可铲了六年煤的画家的手却废了。魏爷爷平反后，从美术学院退休，一心栽培自己的女儿，再不收任何徒弟。

魏老师还说，魏爷爷比她还爱臭美。归根结底，是魏爷爷受了上海妻子的影响。每晚临睡前，魏爷爷要把第二天穿的衣服搭配好，熨烫整齐，挂上衣架。每天起床的第一件事，不是漱口洗脸，而是用“摩丝”喷在卷梳上，将一头银白的发丝梳理整齐。等弄好头脸，他吩咐保姆去买菜，自己则去鲜花市场，买一束正艳的玫瑰花。黑胶片唱机是魏爷爷的宝贝，从花市回家后，他便放一首优美的交响曲，一边迈着舞步，一边把玫瑰插进花瓶，用小喷壶给花瓣洒水。

除了“文革”在农场改造，只能用口琴吹吹“苏联小调”之外，魏爷爷的这些习惯，保持了几十年。邻居们都笑话他。以往魏爷爷的妻子还在世时，他们是一双“小克腊”，如今魏爷爷的妻子故去了，他独自成了“老克腊”。走在去魏老师家的

路上，我一边听魏老师说着她爸爸的这些事，一边想魏爷爷到底是个多让人惊讶的“老克腊”啊！直到我和水滴还有杨妈妈敲开魏爷爷的家门，我才觉得，魏爷爷真是活得太潇洒了。

不用眼睛看，扑面而来的一股香水味，就让我觉出了我们和魏爷爷的生存环境的差异。他的家在美术学院家属区里，是个独栋的院子。几年后，擅长夸大其词的房产开发商们，会将这种带有中式建筑风味的房子称为“别墅”。我问水滴是什么景象。水滴惊讶地说：“这里就是小型的梦城公园呀！”院子里养着许多花草，房子外墙上贴着青砖，又有许多留白，屋顶铺上青瓦。魏老师说，魏爷爷喜欢徽式建筑，所以把房子装修成这样。我们只觉得厉害，其实连什么是“徽式建筑”都不清楚。

魏爷爷不久前摔伤了腰，拄着拐杖来开门。虽然拐杖杵在地上的声音闷重，但魏爷爷的嗓音却格外洪亮，他说：“欢迎你们！”魏老师环顾四周，问道：“爸爸，保姆呢？”魏爷爷说：“昨天她偷了我一块手表，跑掉了。”

“怎么可以这样！”魏老师生气地说。

“不碍事。”魏爷爷说。

听水滴说，房子里的陈设也很美。阳光从窗外落进来，将玫瑰花的影子投在地上。虽然魏爷爷的腰不方便，今天没有去买新鲜玫瑰，但他依然在昨天的花朵上喷了水珠，使玫瑰看上去鲜艳欲滴。花香充盈整个屋子，加上魏爷爷身上的香水味，我们仿佛置身于一片芳香的花田。家具是老木头茬子改做的，闻上去有老木幽香。水滴在房子里吃惊地观赏着，直到杨妈妈低低呵斥一声：“水滴，别乱动！”水滴才从甜香里回过神。魏爷爷笑着说：“不碍事的，让孩子们参观参观吧。”

水滴看见墙上挂着一张全家福。魏爷爷坐在正中间，后面站着穿粉裙的魏老师。坐在魏爷爷身边的女人，简直与魏老师是一个模子刻出来的，想必她就是魏老师的妈妈了。另外还有一个男人，比魏老师高一个头，穿着西装，头发梳得油光水滑，眼睛深邃，唇边凝着一抹冷酷的凛冽。水滴指着这个男人，打断正在说话的魏

爷爷和魏老师，问道："他是谁呀？好帅气噢。"

魏老师笑着说："他是我哥哥。"

这时，我听见魏爷爷愤愤地说："帅有什么用？空有其表！"

杨妈妈见魏爷爷生气了，赶紧说："水滴，赶快过来坐好！"

我们向魏爷爷表明来意。魏爷爷听完老鼠的事，立刻打了一个电话，说他找到一位在警察局里的老朋友，只要老鼠将所偷的二百三十元悉数奉还，就可以出来了。杨妈妈听完，面露难色。魏爷爷问怎么了，她也支支吾吾开不了口。还是魏老师清楚，她说："杨阿姨之前独自抚养几十个孩子，如今被迫搬出小学校，他们的生存都成问题，哪里还出得起钱？"

杨妈妈低下头，她说："魏老爷子，不瞒你说，被抓的这孩子，他偷钱也是为了我们……"

魏爷爷笑着说："原来是这样。"他从皮带上取下钥匙串，捏着其中一把，对魏老师说："静静，你从我床头的抽屉里拿三百元出来。"

杨妈妈赶紧说："不行，魏老爷子，不行的！"

魏爷爷笑笑说："杨婶，你听我说，你是个好人。这三百元钱，权当我捐给孤儿院的。"

百般推辞，杨妈妈只好收下钱。她先行离开，去办老鼠的事了。

我和水滴留在魏爷爷家，吃着水果，喝着茶。魏老师向魏爷爷介绍我："爸爸，这就是我常跟你提起的杜浩天同学。"

魏爷爷拍拍我的肩膀，说："好！小伙子有出息。"

魏老师说："爸爸，我还有件事拜托你。"

"说吧。"

"你知道，以前我每周都要去孤儿院义教。现在我常年在国外，这次回来，他们那里发生了很大的变故。浩天的眼睛看不见了，但是他画画很有天赋，我不想让他荒废。所以，爸爸，请你收他做徒弟吧。"

魏爷爷久久未说话。

魏老师又说："我想，就让浩天住在家里。反正我在国外，哥哥又搬出去住了，我们都不在家。浩天可以一边学美术，一边照顾你。"

魏爷爷说："静静，你把画板抬出来。先让浩天画一幅。"

我感到下午五点的阳光，从窗台上斜斜地落在脸上，将我右脸的茸毛照得微微发烫。很多年前，当我陷入黑暗的泥沼，我就慢慢学会如何用光的温度判断季节、时间，再借着光明的记忆，在脑海里构建阳光照在物体上，所呈现的阴影和角度。再然后，手就派上了用场。我永远不会忘记，那一个微风荡漾的秋日午后，乔树抓住我的手，让我抚摩一朵花、一棵草、一阵风……还有，他的脸。我的手掌变成了一把精确的标尺，通过触摸，物体的线条便在手心的空气里，搭建出这个物体的虚拟模型。再再然后，虚拟模型就通过画笔，在此刻阳光的角度下，完美无缺地映在画纸上。我的大脑变得出奇发达，竟然能将虚拟物体所画在纸上的位置，记得一清二楚。最后我就可以调色了，我将颜料深一脚浅一脚地涂在纸上，阴影出来了，层次出来了，角度出来了，真实的物体于是在画纸上呈现出来了。

我画了窗台上那一捧玫瑰花。每一朵花的盛放、含苞待放，它们的千姿百态，都被我牢牢地抚摩进手心的触觉。当我画完，我知道魏老师、魏爷爷、水滴，全都惊住了。他们一定不会知道，一个瞎子是怎么把每朵花所呈现的不同姿态和角度，都画得完美无误的。魏爷爷的语气甚至都有一些飘忽，他对魏老师说："静静，浩天他……真的、真的，完全看不见吗？"魏老师点点头说："我听医生说，浩天的角膜出事故时损坏了……"魏老师用了一个温和的词：损坏——仿佛我的角膜只是一件器皿，被人无意间打碎。其实，这么多年过去，我早就接受了现实。只是，有时我还是会不能抑制心中那一股憧憬光明的希望。

魏爷爷说："浩天，我愿意教你画画。我做你师父。不，你干脆当我的干孙儿吧。"

我摇摇头。

"为什么？"魏爷爷问。

“因为我不想有亲人了。”从雷叔叔和谢阿姨家里出来后，我就发誓，我再也不要所谓的“亲人”。

“好，好。”魏爷爷说，“不过，浩天，你要记住我说的话。不管你之前受过什么伤害，你一定要做个好人。——想要画好画，首先得做好人。明白吗？”

“嗯。我明白。”

“过来给我敬茶吧。”

我被魏老师搀着，走到魏爷爷跟前跪下。魏老师把沏好的茶端给我，水滴突然从沙发上坐下来，也跪在了魏爷爷面前。她流着泪说：“魏爷爷，请你也留下我吧！我可以当您的保姆，照顾、伺候您！我还可以照顾浩天，他眼睛看不见，离不开我的。我不要一分钱，我只想吃饱饭！求求您了！”

水滴的话让我感动，又让我揪心。只有我听出了她的苦衷。“可以吃饱饭”只是生物最低等的本能需求，可在我们却难于上青天。半年前是我让水滴留下的。如果她不曾留下，也就不用当我们的先头兵，跪在房东大娘面前，求缓我们迟交几个月房租，将颜面丢尽。这件事，我一直觉得对不起她。

我也求魏爷爷将水滴留下，额头磕在冰凉的青砖地上。魏爷爷说：“孩子们，起来。你们尽管住在家里，我一定不会让你们饿肚子的。”

水滴住在魏老师以前的房间里，我则住在魏老师哥哥的房间。我们终于都有了属于自己的房间。那天晚上，水滴做什么都特别带劲，纯棉的床单被她高高甩起，抖出一股皂角水的清香。水滴将身体猛地砸在床上，硬邦邦的木床响出断裂的危险。她一点不觉得痛，反而笑着对我说：“浩天，我觉得特别幸福。”然后，她就裹进散发着皂角水气味的被窝里，睡着了。

4

烟斗里喷出青烟，徐徐地。敞开的窗外吹进微风，带一股田野的荤腥。我坐在窗前，正在画阿里阿德涅的画像。根据阳光照在身上的角度和热气，我判断现在应该是下午两点左右，果然墙上的挂钟里，蓦地伸出一只小鸟，清脆地啼了两声。魏爷爷咂咂烟斗，说："浩天，睡会儿午觉去吧。"

"可是我还没画完。"

魏爷爷从沙发上站起，走到我身边，看了看画纸上的"阿里阿德涅"："线条太硬了，可以试着柔一些。"

"好。"我点头应道。

"你怎么把石膏上的裂痕都画出来了？你怎么记得住这些裂痕的位置和长度呢？"魏爷爷惊奇地问我。

我将握着画笔和调色盘的双手举起来，在魏爷爷的面前摆了摆："靠我的手啊。我可以摸到它们。"

魏爷爷摩挲我的脑袋，又将我的右手包进他的手掌心。他的手带动着我的手，在画纸上游走。"你看，线条这样撇过来更好。"魏爷爷像是才意识到，我是看不见的，又补一句，"你感觉一下。是不是？"

这时，水滴端着一盘苹果出来了，"魏爷爷、浩天，快来吃水果！"她细心地将苹果皮和核都去掉，果肉汁多甜脆。午后的世界格外寂静，我们一老二小坐在沙发上吃苹果，只有嘴巴咀嚼的沙沙声充盈在宁静中，像曾经在理想国，我和乔树夏天捉油蝉所听到的动静。乔树的脸猛地来到我面前，仿佛一幅虚拟的蒙太奇——阳光劈头盖下来，在飞舞的尘埃里，他就那样欢喜地望着我。

我鼓起勇气，终于对魏爷爷说出埋伏在心中长达一个月之久的奢望。

我尽量将声音放到最轻、最轻，因为我害怕魏爷爷给予我否定的答案。我说："魏爷爷，您，能不能……？"

“怎么了浩天？”

我憋足气，一连串说道：“魏爷爷，您能不能托人找找监狱的关系？我想给乔树写信。”

他似乎不知该怎样回答我，顿了半晌才说：“我试试看吧。”

那几天，我一直等待着魏爷爷的消息，以至于都没什么心思上美术课。过了七天，魏爷爷将我叫去书房，他缓缓开口说道：“浩天，魏爷爷已经想了办法，但我听说……”

我的心里漫起一层不祥的预感，可我依旧把稳步子，努力保持镇定，不让黑暗和噩耗将我击垮。

“我听说乔树被判了死刑。”

嗡！

我的大脑一片空白。书房里特别安静，安静得过分了。黑暗和突至的噩耗仿佛一记重拳，将我狠狠打垮在地上。

魏爷爷拄着拐杖，从书桌后面急切地走出来，扶起我。我能感到他慌了手脚，手心冰冷，反而是我在听到乔树被枪毙的噩耗之后，头脸发热，滚烫的火蛇爬进每寸皮肤、肌肉、血管……咬噬着，让我快要窒息。

魏爷爷慌忙说道：“浩天你别急，我听我朋友说，乔树被抓的时候，还没满十八岁。所以又改判了无期！”

“可是，他被抓的那天，正好是十八岁的生日。”我听到我的声音在颤抖。

“是吗？”魏爷爷说，“乔树应该还在监狱里。你给他的信，写好了吗？”

我点点头说：“写好了……”

“那你把信给我吧。我争取给你送到他手里。”

“爷爷，您没骗我吗？乔树真的还活着吗？”

“爷爷不骗人。”

我跌跌撞撞地跑进卧室，将写给乔树的信从床褥下面掏出来。我知道，我的字

迹肯定很难看。不过乔树呀，你就将就看吧，为了给你写信，我努力了很长时间。你不知道我写残了多少张草稿，才写出这张我认为字迹还算漂亮的信。每天夜里，当我们理想国剩余的孩子们和杨妈妈都躺在床上睡着后，失眠的我就开始练习写字。我知道总有一天，你一定会看到它；总有一天，我也一定会收到你的回信。

我颤巍巍地将信交给魏爷爷。这是一张薄得会发出脆裂声响的信纸，我生怕一用力，这上面充斥着的思念的话语就会被撕得粉碎。如果信被撕碎，那么，等待乔树出狱的我的希望，也就随之被撕碎了。

魏爷爷笑笑说："等乔树回了信，我念给你听。"

信投了出去。我从春天等到夏天，等到我以为再没有希望的时候，却终于等来了乔树的回信。

5

给乔树的信（一）

乔树：

你好吗？收到这封信，你一定很惊讶吧？今天是你离开的第四百二十天，还有两天就是元宵节了。有时我不敢相信你走了，以为自己是做梦。尤其好几次半夜醒来，我都觉得，我和你还一起睡在理想国的寝室里，说着悄悄话，争论最漂亮的姑娘到底是水滴还是倩倩。直到我听见老鼠的磨牙声，还有屋外风吹着杨柳树的窣窣声，才松了一口气，原来刚刚出现的，只是我的幻觉。

你离开以后，警察把理想国封锁了，二十多个曾经的伙伴，都悄悄离开了孤儿院，再没有回来。我们剩下的七人，跟杨妈妈搬到了郊区的土房里。在最困难的时候，小武饿死了，但我们并没有觉得多么伤心，反而在心里窃喜，因为这样，我们其余的六个人便能分到更多的食物。

你一定想不到，是老鼠这个胆小鬼，将我们救出了水深火热。他在一家餐馆做小弟。那餐馆的老板是个笨蛋，老鼠偷了他三百二十元，他都没有发现。不过，今年除夕的时候，餐馆老板还是逮着老鼠了。老鼠因此进了派出所。是魏老师的爸爸魏爷爷把老鼠救出来的。现在，老鼠在街上当痞子，整天无所事事，不过杨妈妈因为好不容易把他救出来，所以对他格外宠爱。

乔树，你在监狱里要好好的，我想告诉你，我从来没有怪过你。如果说真的怪过，那就是怪你在烧他们家之前，没有和我说。这样显得你太不把我当朋友！不过，我也能理解你缄默的原因，你一定是害怕牵连我。可是你不知道，你走后我有多么伤心，每一晚都失眠。但你别担心我，我和水滴现在都很好。我们住在魏爷爷家里，他以前是梦城美术学院的院长，我现在可是他的徒弟呢！魏爷爷的腰腿不

好，需要有人照顾，所以水滴也留下了。魏爷爷和魏老师真是好人，为我们解决了不少事情，就连这一次给你写信，都是魏爷爷托人找到的关系。

乔树，你一定要在监狱里好好努力，争取早日出来，我永远等着你。

另外呢，你认为最漂亮的姑娘倩倩，她现在找到了一份工作，可以自己养活自己了。倩倩比我大两岁，已经满十八了，可她没过十八岁生日，也许是又想起丑鬼了吧。听倩倩说，她在一个酒楼洗碗，每个月五十元工资。那天她下班来魏爷爷家里看望我和水滴，给我们买了一大兜橘子。水滴说，倩倩消瘦的脸又重新变回了我们小时候看到的那种白净。原来她经常在酒楼里偷吃！有一次，厨师刚炒好一盘油炸大虾，叫倩倩端给客人，她居然偷吃了其中最大的一只虾子！那虾子是从海南运来的。乔树，你知道吗，现在的人越来越有钱了，海南成了最著名的旅游景点。倩倩眉飞色舞地对我们说起她吃虾的情景，将我和水滴馋坏了！等你出狱，我也带你去吃海南大虾！

乔树，你一定要好好努力，争取早点出来。因为这是我最大的愿望，你一定不可以让我失望呢。

杜浩天

乔树的回信（一）

浩天：

收到你的信，真让我又惊又喜。这几天，在监狱高耸的围墙边，我常常想起你。哪知这天早上，我正在干活，管教把我叫了去，说是你来信了。我还以为是假的！直到看见信上歪歪扭扭的字，我才相信原来你真的给我写信了，因为只有你才写得出这么丑的字，哈哈！

我把你的信端在手里，反复读了好几遍。听你讲了这么多，我终于可以放心了。自从进了监狱服刑，我最担心的人就是你，我怕你胡思乱想，不然我辛辛苦苦帮你从伤害中解脱，岂不是白费了？

浩天，你也要放心我，我一定会好好改造，争取减刑，早日出狱和你相见。我向管教说起你，他们都鄙夷地说：“眼瞎了还会画画吗？”我说：“当然！我兄弟画得可好了！”他们都说你了不起，瞎了眼睛还能画画，甚至比正常人画得还好。下一次，你给我寄一张画来，让狱友们都开开眼界，让他们相信，我在外面真的有一个如此厉害的画家兄弟！

我在监狱里的生活很简单，每天早上六点起床，然后做早操，就像以前我们常常赶在太阳升起之前，爬到理想国的栏杆上等日出。平日里，我们什么活儿都干，有时候很累，但也有轻松的时候。我和狱友们的关系很不错。上次监狱搞春节晚会，我唱了一首歌。唱歌的时候，我不争气地哭了，因为我想起了妈妈，还想起了你。其实我特别后悔，后悔因为自己一时意气用事，让自己陷入万劫不复的境地。我知道你也一定会埋怨我，走上了犯罪的道路。如果给我重新一次选择的机会，我一定会放下仇恨。我不仅带给自己灾难，还带给你们和杨妈妈灾难。我诚挚地向你们说一声：对不起！

好好保重身体，等着我回来。

乔树

6

魏宣进门的时候，水滴正在给我读乔树的回信。她边读边笑，说：“真没想到，那么不听话的乔树，在监狱待了一年，倒变成乖孩子了。”后来我想，在水滴给我读信的时候，我们都在乔树的字迹里，发现了奇怪的端倪。难道监狱的生活，真能如此彻底地改变一个人吗？可那时，我们的兴奋盖住了失落，因此不再深究这份端倪。至少这封信证明，石沉大海、杳无音信一年多之久的乔树，终于浮出了水面。

门铃就在水滴哈哈大笑的间隙里，像个生气的婴儿一样闹个不止。今天是星期天，我不用上美术课，魏爷爷出门下棋了。这几日，秋风染了霜，越来越冷，魏爷爷的腰腿又开始不利索了。趁着魏爷爷不在家，我和水滴决定去外面逛逛，听说友谊商场装修好了，如今的梦城哪里都能买到外国货。

可就在我和水滴放下乔树的信，准备出门时，听见门铃不耐烦地响起。水滴赶忙跑下楼，绕过蛇形蜿蜒的木楼梯，跑到客厅。门铃还在持续响，间或掺杂着几击拳头打在防盗门上的闷捶声。我扶着楼梯把手，慢慢蹭下楼，问水滴：“谁呀？”屋外的人便直接绕过水滴的回答，质问我们说：“你们又是谁啊？”

这是一个清澈的男声。这是魏宣留给我的第一印象。听魏爷爷说过，他的大儿子魏宣没有沿袭美术祖业，而是从小梦想当歌星。他十六岁的时候，正好赶上“文革”知青下乡，歌唱梦想就被断送在遥远的东北乡下。几十秒后，从魏宣身后钻出一个女人，她的步子像农田插秧，沉滞地踩在臭泥里，慢成节奏。很快，我和水滴就猜到了这个女人的身份，她就是魏爷爷常在说起儿子魏宣时，表达出捶胸顿足、失望透顶神态的罪魁祸首。下乡知青陆续返家时，魏宣不是一个人回梦城的。他还带回一个乡下女人。就是此刻水滴面前，这个一头枯发扎成麻辫儿，穿一身碎花窗帘改成裙子的女人，王花花。

王花花少有东北女人撒泼卖狠的彪悍劲，她总是低着头，微微笑着，双手端在怀里，一副安静女仆的形象。后来和宣哥哥相熟之后，听他说起，当初从一大堆农

村女人中拣中花花姐，就是因为她的安静和纯朴。现在，宣哥哥将脚上的皮鞋一蹬，两只沾满泥灰的皮鞋便左飞一只，右飞一只。花花姐跟在宣哥哥屁股后面，替他把鞋子摆方正，手里一兜冬枣很自然地递给水滴："小妹，这是我妈妈从东北寄来的，麻烦你洗一下，好吗？"声音怯怯的，仿佛只有对家里的这个小保姆，她才有与之说话的地位和权限。水滴从愣怔中回过神来，支支吾吾答应着，可眼神却仍旧落在宣哥哥身上。她在看见宣哥哥的第一秒时，就认出了他。她说："你是宣哥哥吗？"魏宣笑了，说："按辈分，你该叫我叔叔。"水滴说："那样把你叫老了。"魏宣似乎特别吝啬他的好脸色，虽然逗着水滴，可语气还是严肃的："你这小丫头，滑头！"

宣哥哥最迷人的地方，是他的多情和专情。他既多情，又专情。他的故事，我和水滴总是听魏爷爷讲得最多。

"文革"知青下乡。在荒草不生的东北农村待了四年，宣哥哥从一个毛头小子，变成一脸胡茬风霜的沧桑老男孩。他最心爱的宝贝，是魏爷爷在宣哥哥十五岁生日时，送给他的一把口琴。去下乡时，宣哥哥什么都没带，只带走这个口琴。想家的时候，宣哥哥便躲到山尖尖上，吹魏爷爷最爱听的苏联小调。有一回，宣哥哥正在吹《莫斯科郊外的夜晚》，正巧被上山割草的两个知青听见了。那时中国和老大哥苏联的关系崩了，事情被揭发到场部，决定开知青大会，公开批斗魏宣。知青大会上，那把代表"反动特务"的口琴，在魏宣的眼前被踏得粉碎。十八岁的魏宣在批斗台上气血冲头，像一只蒸锅里的蟹，举起年轻的爪子，将锁住他双手的两名男知青暴打了一顿。台下的当地人和知青们都挥舞拳头，用骤然掀起的声浪，逼迫红眼的魏宣就范。被群众制伏的魏宣，被关进村口的茅厕，他的双手被一捆尼龙细绳反绑。看来场部是真的下了狠心，要好好治治这个胆大包天的"反动特务"的儿子魏宣。绑人不用粗草绳，专挑绑犯人的尼龙细绳。这种绳子捆在身上，能将身体里流淌的血液全部拦腰堵死。这样，魏宣就真成了蟹，被五花大绑地扔进茅厕。秋日夜里，东北农村早早熄了灯，一片昏蒙中，只有魏宣身下的白蛆在冷风里垂死挣扎。

冷风加速了血液的麻痹，魏宣不一会儿就觉得四肢僵冷，头脑发沉。

大概到了夜里十点多，皎洁的北方月光，在魏宣眼里一点点沉昏下去。等到他分不清脑袋里的昏涨是因为细绳捆绑后的供血不足，还是因为真的入夜想睡觉，一个胖乎乎的、将一头枯发郑重其事地扎成麻辫儿的女孩，出现在昏涨里。她低着头，将脸往左边的月光里偏移四十五度，羞涩在她脸颊上的两团高原红上泛滥开来。魏宣从前从没注意过这个女孩。眊矇中，他竟觉出女孩身上一种被月光赋予的古典之美。十六岁的王花花帮魏宣松绳子。等到麻痹的知觉顺着略微松泛的尼龙绳钻回身体，魏宣又感到一勺勺热烘烘的米粥，温暖了味蕾。他的视觉渐渐恢复了，焦点先聚在眼皮往下九十度输送米粥的勺子上。然后焦点又慢慢升起，聚在与眼皮平行的，正操控着输送米粥勺子的女孩身上。他的嘴在一种神秘的力量里，不受控制地张开，任由女孩将米粥喂进。

他问她："你为什么要救我？"

她更羞涩了，半天才说："因为你勇敢呀！"

听她那样说，他扑哧笑了。他眼前这个"人民群众"与其他"人民群众"都不同。他们眼中的"胆大包天"，倒成了她眼中的勇敢。有一种特别的感觉在魏宣心里升起，不是感动，也不是温暖，而是一种急迫的占有欲，像一把烈火，在这个秋天的冷夜，烧旺他的醉生梦死。对爱情刚有萌动的魏宣，在那一刻知道，他是喜欢上了这个农村女孩。

魏宣和王花花偷偷走到了一起。那是来年春天的一个晚上，星星在天上开着花儿，花儿在地上闪着星。魏宣在山顶的灌木林里，解开了花花新做的衣裳。就在花花滚热的身体，贴着他滚热的身体时，魏宣决定要娶这个女孩。他把一个破碎的誓言吹进花花的耳鬓间、发丝里。承诺里装着情欲的洪水猛兽。两个阴阳交合的身体，凹处拼对凸处。他说："花花，跟我回去好吗？跟我回梦城……"她咬着唇点点头，在痛觉将她淹没之前的最后一丝清醒里，她只觉到一种幸福过头的虚幻和不祥。

转眼四年，场部通知魏宣，可以回城了。花花匆匆收拾包袱，准备和魏宣一齐

跳上私奔的卡车。她的爸爸截住了他们。男人什么也不说，拉起女儿就往回走。魏宣在另一边拽住花花的手，情急之下，他又要被逼成举爪的蟹了。他一点没把花花的爸爸放在眼里，朝他吼道：“放开她！”男人说：“她是我女儿！”魏宣说：“她是我妻子！”男人说：“她不是！我给她许了人的。”魏宣说：“那你就是封建地主，该被打倒！”男人一下子偃旗息鼓了，在那个年代，人们见惯了生死，不怕了，却仍旧害怕被扣上高帽。“戴高帽”是凌驾在生死之上的生不如死，死不如赖生。魏宣见花花的爸爸不说话了，也松开花花的手。他看一眼泪流满面的花花，为了那份秋日夜晚的米粥恩情，跪在她爸爸面前说：“叔叔，请你把花花交给我，我会好好待她的。”

可他们熬过了花花父亲这一关，却始终未能熬过魏爷爷这一关。当魏宣把羞涩的王花花领到魏爷爷面前时，魏爷爷做出了一个比花花爸爸更绝情的动作。当着一家人的面，魏爷爷直接将花花关在门外。一屋子为魏宣接风洗尘的家人都冷着脸孔，你一言我一语，指责魏宣的先斩后奏。魏宣一言不发，他的注意力全在门外嘤嘤哭泣的花花身上。他打开门，牵着花花消失了。屋里，魏宣最爱吃的清汤鱼肉，已结成冷冻。

在魏宣极力的抗争中，他的妹妹魏静接受了花花，可父亲仍旧不同意他们结婚。所以十多年过去了，魏宣和花花还是没有结婚生子。后来，妹妹魏静出国留学，魏爷爷摔伤了腰，魏宣回家的频率才勤一些，由往先的三年一回，变成了一年一回，再有就是半年一回。他是不服父亲的。为了王花花，他与父亲斗了快二十年，谁都不肯投降。“反对与反抗”，成了父子俩的日常，成了他们没有交流实质的交流内容。这个王花花就像拔河的绳子，一旦被抽走，父子俩都要摔个趔趄。索性把花花架在中间吧，这个花花倒成了维系父子俩关系的桥梁。

这个家里，对王花花没有好脸色的，还有一个人，水滴。

这是我发现的。当王花花把脱下的鞋在软垫上摆好，水滴故意端着茶，绕过门口，又将她的鞋踢乱，然后夸张地喊道：“花花姐，你怎么进门也不知道把鞋子摆

好哟？”她的言下之意只有我听得出来：花花姐，你还是改不掉农村人的习性！花花姐说：“我摆好了呀。”于是水滴又夸张地笑笑说：“我的眼睛又不像杜浩天那样是瞎的，你来看嘛。”她其实在说：花花姐，你的眼睛比杜浩天的还要瞎！

花花姐好脾气地摆正鞋子，这二十年，她早已习惯魏家对她的冷嘲热讽，再明显的嘲笑，在她听来都是不痛不痒的蚊子叮。我们坐在沙发上等魏爷爷回来，水滴将花花姐带来的冬枣咬得嘎嘣脆，却蹭到魏宣身边说：“宣哥哥，谢谢你的枣子哦！”魏宣腼腆地笑笑，摸了一把三天未刮的青胡茬。

时间过得很慢，魏爷爷还没回来，等着等着，宣哥哥靠在沙发上睡着了。几分钟后，他的头慢慢往下垂，将水滴的肩膀当成了枕头。然后迷瞪中又醒了一刹。水滴笑着问他：“宣哥哥，这几天没睡好啊？”花花姐说：“他连上了三天夜班，听说爸爸的腰伤又不好了，睡都没睡就赶来了。”这二十年，花花姐在魏家还学会了一个本领，就是一眼可以找到能缓和魏爷爷和魏宣关系的空子。但此刻，水滴却不给她钻空子。她说：“宣哥哥这么辛苦，花花姐的气色倒很好呢！”

就在宣哥哥靠着水滴肩膀睡得正香时，魏爷爷回家了。见到魏宣，他脸上骤然掀起一个微笑的小浪头，这笑的浪头却很快被讨厌王花花的大浪头给盖下去。水滴在魏爷爷和魏宣又要打嘴仗的千钧一发之际，猛地插嘴道：“魏爷爷，家里没菜了，您给我钱，我出去买吧。”王花花从兜里掏出二十元给水滴，魏爷爷说：“不要你的钱。”水滴因此更加理直气壮地无视王花花，她笑眯眯地接过魏爷爷递来的五十元，问：“爷爷，您想吃点什么？”

“都可以。”

“我听隔壁张姨说，今天菜市场的鱼可鲜呢！”

“那就买条鱼吧。”

水滴转头又问魏宣：“宣哥哥，你喜欢吃鱼吗？”

魏爷爷说：“他最爱吃鱼。”

那一顿午餐，水滴做得很起劲。客厅里，宣哥哥和魏爷爷又因为什么，马上要拌起嘴来，水滴在厨房大喊：“宣哥哥，你来帮我杀鱼嘛！”很快，厨房里就传出轻

松的笑声。魏爷爷问我："浩天，水滴和魏宣玩得蛮好。怎么不见你和魏宣说话？"

我说："我也很喜欢宣哥哥。"

魏爷爷说："要是他能像你一样懂事就好了。他都三十多岁的人了，还整天跑到舞厅去，不务正业！"

我没有说话。因为我可怜花花姐。不用看见我也知道，此刻魏爷爷把对宣哥哥所有的不满和失望，都发泄在了向花花姐瞪去的那一眼仇视中。花花姐耐心地给魏爷爷剥着橘子，又耐心地将皮丝儿撕下，将柔软金黄的果肉摆入碗碟。魏爷爷捶胸顿足地说："你也是，一个三十几岁的女人，连十六岁的水滴都不如！"

就是在魏爷爷说完这句话之后，花花姐对水滴也开始卑躬屈膝。午饭桌上，水滴不断往宣哥哥碗里夹鱼肉，宣哥哥也不断往水滴碗里回敬着鱼肉。花花姐端着碗，一声不吭地吃着。虽然她努力将自己埋伏起来，可仍旧当了水滴的话靶子，连我都听不过去，小声劝着水滴说："当心鱼刺。"

饭后，宣哥哥没坐几分钟，就说他要回去睡觉。水滴自告奋勇，说要送送他们。

那天晚上，水滴潜进我的房间，掀开被窝躺进来。我问她："你怎么也不喜欢花花姐呢？"

水滴没有回答我的话，只是沉浸在莫名的喜悦里。她小声问我："浩天，你知道'金太阳'吗？"

我问："那是什么地方？"

"这你都不知道！梦城最有名的迪斯科舞厅呀！"

我"哦"了一声。随即水滴又说："宣哥哥说了，下个星期天带我去金太阳玩。你也一起去吧。"

我说我不去。

她说："那可不行，你得给我在魏爷爷面前打掩护！"

7

星期天的晚上，我和水滴悄悄溜出魏爷爷家，在梦城公园和宣哥哥碰面。他穿了一件棕色西装，黄衬衫上系着红领带，头发上涂着摩丝。虽然太阳已经落下，可宣哥哥还是不肯摘下眼睛上那一副茶色太阳镜，纯粹为了装酷。

刚过八点，“金太阳”舞厅便在梦城最繁华的大街上亮了起来。那是一栋模仿欧式的建筑，看上去格外气派。听水滴说，金太阳门口摆了两个巨大的丘比特石膏像，像极了电视里介绍的皇家宫殿。但围绕在宫殿边角上的劣质彩灯，却将恢宏建筑变得俗不可耐。大门口站着两个穿红西服的服务生，每有奔驰轿车泊在门口，便上前恭恭敬敬地拉开车门，领着“先富起来的”一批暴发户进入舞厅。这类人是不需门票的，头脸就是最金贵的门票。但一般人想进舞厅，就得买门票。这里的门票顶贵，一人二十块，售票口就在大门左侧，开个小窗户，一个肥胖女人正坐在里头数钞票。

宣哥哥替我们买了票，推开舞厅镀金的沉重铁门，暴烈的音乐向我们兜头扑来。舞厅里现在还很空荡，正放着粤语摇滚，几个恐怖的男高音握着话筒和原声拼唱，巨大的音箱发出嗡嗡震颤。我们在舞池前方找个沙发落座，宣哥哥给我点了一瓶可乐，又转头问水滴：“你喝可乐吗？”

水滴想了想，问：“宣哥哥，你喝什么？”

他说：“我喝啤酒。”

水滴说：“那我也喝啤酒。”

两瓶啤酒加一瓶可乐，总共花掉宣哥哥三十元钱。我小声在宣哥哥耳边说：“一瓶可乐要十块钱！早知道我们在外面买了带进来。”

他说：“浩天啊，这里不让带外头的饮料。”

我们没坐几分钟，宣哥哥便走向小舞台。看来他的确是这里的常客，在觥筹交错的金太阳里丝毫不局促。等舞台上唱歌的人下了台，宣哥哥接过话筒，当着全舞

厅人的面，说：“接下来这首歌，送给水滴妹妹。”

我们以为他会像其他人那样，要不是唱吵闹的摇滚，要不是唱蹩脚的粤语歌，但宣哥哥来了个出其不意，他点了一首时下最流行的《我们的故事》。宣哥哥不愧是声乐系出身，他的歌声特别好听，配合歌曲柔缓的调子，喧闹的舞厅刹那间就被他变成了深情的大海。

…………
谁说我们的故事留在年少
你爱哭他爱笑都保存得那么好
曾经我们都活得那么骄傲
你固执她怕老谁和谁永远在争吵
……

虽然我看不见，可我能在一片黑暗中，感到宣哥哥如暖阳般的深情。歌唱完，舞台下有好几个戴金戒指、操浓重口音的暴发户大喊：“唱得好！再来一首！”但宣哥哥兀自放下话筒，冲着台下模糊的人头，抱歉笑笑。下台后，他问水滴：“唱得怎么样？”水滴泪眼婆娑地望着他，却不说话。我想，这一刻，水滴一定是被宣哥哥的深情所打动，而忘了说话。

九点过后，金太阳里的人明显多起来。方才给客人自由演唱的投影布冉冉升起，炫彩的水晶球顶灯，在舞池上方旋转起来，落一地缤纷的碎彩虹。迪斯科将舞厅变得更热闹了，男男女女像撒网的鱼，汹涌地扑向舞池。宣哥哥说：“水滴，我教你跳舞。”他们把我单独留在座位上，在舞池里前后抖肩、跳脚。等到三首劲歌放完，才大汗淋漓地回到座位上。水滴在我耳边喘着气，说：“浩天，要是你不瞎就好了，你都不知道多好玩！”

可我却煞风景地说：“水滴，都九点多了，我们回家吧。”

“怕什么？再玩一会。宣哥哥说之后还有‘节目’呢。”

我很惊讶，水滴第一次进金太阳，就能把属于舞厅世界的词汇，运用得如此自然。她所指的“节目”，是一群穿大摆裙、戴花羽毛的女人的热舞。底下的男人兴奋起来，吹着口哨欢呼。没过多久，宣哥哥又领着水滴加入了热舞的人群。时间在舞厅里过得特别快，他们还没玩够，眨眼就到了十一点。我说：“水滴，真的要走了。晚回家魏爷爷会骂的。”

“真扫兴！”水滴嘟着嘴，不高兴了。

宣哥哥说：“浩天，要不我先送你回去。”

我说：“那怎么可以？”

水滴说：“有什么不可以？我都满十七了，难道还是小女孩呀。”

我只好不作声。宣哥哥把他的西服一搂，推着我出门去。我说我走回去吧，但宣哥哥坚持要打出租车。这是我头一回坐轿车，桑塔纳出租在夜色的梦城里飞驰，果然很快，还没等我过足瘾，出租车便停在了魏爷爷的家门口。宣哥哥嘱咐我不要在魏爷爷面前暴露行踪，然后立马溜进了远街。我摸黑敲门，魏爷爷趿着拖鞋打开门。他正在泡脚，见我自己回来，语气很严肃地问道：“水滴呢？”

“我们回杨妈妈那里了。水滴大约不回来了，她在那边睡着了。”

“浩天，你怎么自己回来的？”

我赶忙扯了个谎，说是老鼠送我的。自从和水滴混久了，我扯谎的技术也更高超了。

水滴是第二天早上十点回家的，顺便给我和魏爷爷带了油条、豆浆。她哈欠连连地吃完早饭，便跟魏爷爷告假，说她中饭做不得了。魏爷爷问她是不是昨天在家里和小伙伴们聊晚了？水滴高兴地应道：“是啊。”手从饭桌底下伸过来，在我腿上轻轻掐了一把，意思是：杜浩天，你真行啊！

她一直睡到黄昏才起床。魏爷爷出门买晚餐要做的食材。水滴趿着塑料拖鞋走出卧室，脚步却还沉在美梦里。她大声叫我：“浩天！”我从画板后面探出脑袋回应她。她的脚步也醒了，噔噔噔跑下木楼梯，坐在我身边。她说：“你画什么呢？”

我说："大卫像。"

她没来由地说："他可真美。不是吗？"

我觉出水滴语气里的神往，等待她把藏在感叹背后的一连串昨夜故事说出口。她问我："浩天，你喜欢过别人吗？"

我说："你啊。"

她扑哧笑出声，用小手嗔怪地打我："我跟你说正经的。"

我说："你知道的呀。"

"那是我们小时候不懂事，不作数的。我的意思是，喜欢。"她又狠狠地重复道，"你懂吗？喜欢。"

我问她："你怎么了？"

她的语气放轻了，害羞地说："昨天，宣哥哥也没回去……"

我等她往下说。

"我们昨天去散步了。散完步，我们去宾馆了……"

我的手猛地抖一下，大卫的脸部线条在我深藏的震惊里，忽地飞向画纸外面。我大概从水滴的话里，摸清了昨夜我离开后，她和宣哥哥的后续"节目"。他们一直玩到舞厅关门，两个人在梦城大桥上散步。灰扑扑的城市街景，在水滴和宣哥哥眼中，成了一组暧昧的电影镜头。他们从桥东走到桥西，又从桥西走回桥东，两个人之间的距离，在步伐的移动中越靠越近，一开始隔着几十厘米，后来就缩成十几厘米。再后来，他们之间的距离，因暧昧的夜色，化整为零。

秋日的风真冷呵。水滴将手掌拢成个半圆，护在嘴边哈气。宣哥哥温柔地问她："水滴，你冷吗？"水滴点点头。宣哥哥脱下西服，借着手臂的推力，把衣服在头顶画个圈，潇洒地为水滴披上。这一刻，水滴眼中的宣哥哥，就是从电影里走进现实的男主角。像她第一眼看见的宣哥哥，那个帅而冷酷的照片中的男子，就这样猝不及防地进入她真实的视野。她周身散发的温暖，绝不是这件薄西服给予的，而是来自西服主人的体温。

她在桥中央停下，宽敞的大桥此刻变成了岌岌可危的悬崖。他们在万丈悬崖

边，听河流发出一股愤怒的、超越世俗界限的狂吼。他们是悬崖边两只苦命的鸳鸯，绝境将他们往一处推搡。她静静地站在原地，他转过身来面对她。

我能看见，少女和中年男人，在这个子夜面对着面，喷出的白色呼吸先一步进入对方的生物感知。他和她，此刻只有性别，没有其他。没有辈分、背景，没有年龄的鸿沟，没有世俗的眼色。然后，他的吻轻轻落在面前无助的少女唇上。她所要的就是这个动作——代表记号的动作，唯一的物证。少女所有对温暖的需求，都浓缩在这个物证里了。他却猛地醒悟过来，看见除性别之外，横亘在他们之间的世俗的万丈悬崖。他充满热爱感觉的双臂，垂死在那儿。眉梢上、眼角边，又浮现出二十年前面对王花花时，那种奇异的专情和纯洁。

他抖着嗓子说："我们不能这样……"

她懵懂地看着他，眼梢处蕴着一颗光洁的泪珠。她只觉着泪珠飞快地滴落，打散了少女的初恋。

他替她揩掉眼泪。无意中，他发现她正复杂地期许什么。期许后来居上的吻。他把拳头停在裤缝边，惊讶和羞怯。他是那样地看着这个比自己小二十岁的少女。他全看见了。她的期许和胆怯，她的迎合与退缩。他的专情再也敌不过他的多情，剥离出来，形成了一个暴烈的拥吻。他将她死死箍进怀中，感到因为她喜悦的流泪而鼻子不通，肺叶伸展和收缩。呼吸声变得不匀了，潮湿起来。他使劲吻着她冰冷的唇，使劲拥抱她冰冷的身体。妄图以这份暴烈，给予她些微温暖。秋风呼啸，寒冷竟可以是美丽的。

她问我："浩天，你觉得我和宣哥哥之间是错的吗？"

其实，我们都知道标准答案。正因为我们知道，所以水滴才一次又一次地问我。我知道，她不逼出她想要的答案，是不会善罢甘休的。

我只好说："你觉得高兴就好。"

她又问我："浩天，你会怪我吗？"

我想，该来的总会来。我早就在那些奇怪的端倪里，预见了这一天一定会来的。

不过，水滴瞒了我一件事。我是在这事发生之后，才知道水滴的预谋的。那天晚上，我离开金太阳之后，宣哥哥把水滴介绍给了龙哥认识。龙哥是金太阳里“看场子的人”。当所有客人都离开了舞厅，水滴上台唱了一首歌。这首歌自然是邓丽君的《甜蜜蜜》。龙哥当场决定录用水滴当歌女，为每晚八点到九点这段冷场时间来暖场。

但水滴要的可不止这些，她心里还揣着一个密谋。她想自己赚钱，以此维系宣哥哥和她在外头组成的小家庭。她要自立门户。她要丰满羽翼，扑向尚不明朗的爱情苍穹。

8

今年的雪下早了。还没立冬，洁白的小雪便在夜里下起来，给路面铺上一层粗糙的雪粒子。水滴回家的时间越来越晚，后来，她索性彻夜都不回来了。好在魏爷爷的腰伤已经恢复得差不多，可以自己照顾自己。在初雪降临的第二天早晨，水滴带着一夜浓抹的残妆打开家门，魏爷爷将她堵在客厅，问她怎么又是一夜未归？水滴裹着一件白色羽绒服，疲倦地陷进沙发里。

羽绒服像两片翅翼，露出里面一条缀满金片的连衣裙。水滴的胸脯在连衣裙上绽放，呼吸带动起伏，如水藻在水里飘摇。魏爷爷坐在她面前，嘴里叼着烟斗，低声而严肃地说："水滴，你坐好，女孩子要有坐姿。"水滴乜一眼魏爷爷，不情愿地将身子拖出沙发，撩拨着头发问："怎么了？"

魏爷爷说："水滴，杨妈妈既然将你拜托给我，我就有责任管束你。"

水滴的不耐烦已经很明显了。她说："爷爷，我想休息了。有什么事等我睡醒再说，好吗？"

"不行！你现在就得给我说清楚。你才十七岁，天天夜不归宿，像什么样子！"魏爷爷将烟斗拍在茶几上，沾着火星的烟丝迸溅出来，在桌上立即变成一条条细碎的黑色尸骨。

水滴纠正道："我十八岁了。"

"十八岁就可以夜不归宿吗？你还当不当这里是你家？"

"这里本来就不是我家。"水滴满不在乎地说。

"你是什么态度，爷爷是为了你好！"魏爷爷像所有面对处在青春叛逆期的孩子的长辈，拿孩子的顶撞毫无办法。

"我现在就收拾东西走。"

"你去哪里？"

水滴站起身，将羽绒服里的亮片裙子，抖得哗啦作响："我在外面找到工作了，

我要搬出去。”

“你的工作，就是在舞厅当歌女？”

水滴被噎得一句话也说不出。我心里一惊，纵使这两个月我辛辛苦苦替水滴扯谎，但魏爷爷还是知道了。

水滴小声嘟囔一句：“不用你管。”

“像什么话！”魏爷爷站起来，精心梳理的发型随着身体抖动，落下一缕僵硬的头发在额间，“如果我不把你当成自己的孩子，我用得着管你吗？”

水滴噙着泪，放弃了争辩。我知道，此刻她一定在用她那画着烟熏妆的恐怖眼睛瞪着魏爷爷。我也知道，魏爷爷这句痛心疾首的话，并没有将他们之间的关系拉近，反而推远了。这句话是在向水滴提醒：别忘了，你现在是寄人篱下！

——对于像我和水滴这样的孤儿来说，任何关切的话语，只是美化了藏在关切之下的恶毒提醒。

果然，水滴气呼呼地跑回卧室，把门砰地一关。十分钟后，她将不多的行李打包在塑料袋里，跑出卧室，将魏爷爷家的钥匙拍在茶几上。

魏爷爷说：“你做什么？”

水滴冷冷地说：“我走，可以吗？”

“爷爷不是这个意思，我是为你好呀！”

魏爷爷，你怎么就不懂呢？对于像我和水滴这样的孤儿，从来就不知道来自长辈的“为你好”是什么。我们野惯了，如果有长辈要禁锢我们的自由，那我们宁可不要这个“为你好”。

“用不着！”水滴跑出了家门。

雪慢慢下大了，才三天，我卧室窗口外的那棵大树的枝丫就被大雪压折了，噼里啪啦落向地面。这天黄昏，我上完魏爷爷的美术课，回到卧室，就听见雪团砸在玻璃窗上的声响。我又听见水滴和倩倩在卧室窗下小声叫我：“浩天，杜浩天！……”

我踱到窗边，拉开窗户，十二月末的冷风将屋里存储的温暖稀释干净。我仔细摸着窗沿，冲窗外探出头："你们怎么来了？"

水滴说："杜浩天，你今天别在家里吃饭了。倩倩过生日，我们出去吃。"

我说："可是我怎么给魏爷爷说？"

"你就说倩倩过生日，今天去杨妈妈那边吃晚饭。"

"好吧。"我拉上窗户，拄着导盲杖来到客厅。电视里正放着《晚间新闻》，魏爷爷在厨房里弄晚饭，见我出来，他说："浩天，洗手，我们准备吃饭。"

我说："爷爷，今天我不在家里吃饭了。倩倩过生日，我去那边吃。"

"下着雪呢，你一个人怎么去？"

我说："倩倩正在门外等我。"

魏爷爷打开窗户，往外看了一眼。我生怕他看见水滴，心里忐忑地打鼓。只听见魏爷爷冲窗外喊："来，你进屋坐一会儿，喝杯热茶。"

倩倩的声音从窗外远远飘进："不了爷爷，伙伴们还在等我们。"

魏爷爷拉上窗户，对我说："浩天，晚上要我去接你回来吗？"

"不用，爷爷，你的腿不好，吃完饭我让老鼠送我回来。"

"那你早点回来啊。"魏爷爷语气担忧。自从水滴赌气离家，魏爷爷对我便设了门禁，如果不是特别重要的事，他是怎么都不肯给我放行的。

刚走出魏爷爷家的可视范围，水滴就从路边蹿了出来。她没好气地讽刺我："你现在可真乖呀。"我冲她笑笑，问今天到底什么日子。她说："就是倩倩的生日。倩倩今天二十岁啦！"

我问她："去哪里庆祝？"

"金太阳咯。"水滴说，"今晚龙哥请客。"

我听水滴说过龙哥，但没和他打过照面，只知道龙哥是给金太阳看场子的，如果有人来闹场，龙哥一定让他吃不了兜着走，黑道、白道就没有他搞不定的事。倩倩生日会的地点，在金太阳舞厅的隔壁，一家装修豪华的饭店。水滴当歌女两个月

来存了一些钱，今天来喊我之前，特意在商场给倩倩买了一条裙子。但我不明白，为什么倩倩的生日会由龙哥做东。我问水滴："不是龙哥看上倩倩了吧？"水滴说："想什么呢，龙哥是看我的面子。他和倩倩还没见过面呢。"

我们走进饭店，水滴娴熟地问前台，龙哥订的包厢是哪间。服务生带我们七拐八拐地来到三楼尽头的隐秘包厢。屋里的东南角呼呼吹着热风，我问水滴："什么东西能吹热风？"水滴说："你真土，连空调都不知道。"

宣哥哥早已等在里面，水滴笑盈盈地走过去，向宣哥哥介绍倩倩。我躲在水滴身后，给宣哥哥打了个招呼。宣哥哥说："浩天，你好像又长高了嘛。"我被水滴扶着坐下，服务生上了一瓶可乐。我们等了十多分钟，安静的走廊突然传出浩浩荡荡的脚步声。水滴兴奋地从座位上站起，拉拉裙子，打开包厢门。

龙哥的声音先于他的人飘进包厢。他对水滴说："丫头，今天多漂亮嘛！"他的声音粗声粗气的，话尾自动落个感叹号。

水滴笑眯眯地回说："我哪天不漂亮？"

"哪天都漂亮！"龙哥说。

"龙哥今天也很帅啊！"水滴夸张地说。

龙哥在水滴脸上轻轻掐一把，说："小丫头又拿我打趣，龙哥我都是老头子了，还帅呢！"

水滴巧妙地躲开龙哥的毛手毛脚，替他拉开座椅。倩倩站起来，对龙哥毕恭毕敬地说："龙哥好。"我也急忙站起，撞得实木椅子哗啦响。只有宣哥哥无视龙哥的到场，坐在椅子上理也不理。龙哥说："都坐下吧。"

龙哥的跟班们，很识相地站在包厢里，并不落座。所以偌大的包厢，其实只坐了我们五个人。这时我听见了老鼠的声音，吓一大跳。他说："龙哥，菜已经点好了。"

龙哥满意地"嗯"了一嘴，随即对水滴说："丫头，你介绍的这个人不赖，比我之前那个不中用的强多了！"

老鼠麻溜地将一瓶白酒倒进分酒器，又将分酒器里的酒倒进我们每个人面前的

小盅里。水滴说：“我们都是一起长大的，所以龙哥你放心吧。”

我低着头，听水滴在饭桌上熟练地八面玲珑。她端着酒对我们说：“我们一起敬龙哥一杯。”我们纷纷站起，举着白酒一饮而尽。这还是我头一回喝白酒，火辣辣地从食道一路烧进胃里，呛得直咳嗽。水滴笑笑说：“龙哥，这是我在孤儿院里最好的弟弟，叫杜浩天，我跟你提过的，你还记得吧？”

“就是那个瞎了还能画画的人？”

“龙哥记性真好。”接着，水滴又翩跹到倩倩身后，将她微微拽起，说：“这就是今晚的主角倩倩。龙哥，你看是我比较好看，还是倩倩好看？”

龙哥被水滴逗得哈哈大笑：“我看啊，倩倩好看！”

“讨厌！”水滴娇嗔道。

“你这个丫头，嘴巴厉害死了。”

水滴又转脸向我和倩倩介绍龙哥：“这是龙哥。龙哥的名字霸气得很：龙、十、子。”

倩倩说：“龙哥为什么叫这个名字？”

“传说龙有九子，龙哥是第十子嘛！上天下地，无所不能。对不对，龙哥？”

龙哥又被逗笑了，举着酒盅说：“来来来，大家喝一杯。”

一瞬间，椅子哗啦响成乱码，但唯独宣哥哥没有起身敬酒。他闷闷不乐地坐着，一连喝下三杯。

酒过三巡，我的头有些昏涨。但水滴好像什么事都没有，清脆的笑声依旧回荡在包厢里，在我发昏的耳中成了遥远的铃音。迷糊中，我听见水滴对龙哥说：“龙哥，以后倩倩在金太阳上班，你可不能欺负她哦。”

“有你在，我敢欺负她吗？”龙哥摸了摸水滴的脸。

我听见身边的宣哥哥，一边呷着酒，一边将嘴里的鸡骨咬得咯噔响。

“说好只让倩倩陪客人喝酒，不陪上床哦！哈哈哈——”水滴的笑声尖锐而刺耳。

我又听见宣哥哥呷一口酒，咬牙切齿的啃骨声。

醉酒状态的我，反而比清醒时更能听清酒桌上的你来我往。我强迫自己醒醒瞌睡，走到水滴身边。我说：“水滴，你来一下。”龙哥正和倩倩碰杯，水滴扶着我走到包厢外面。我劈头就是一句：“水滴，你在做什么？你怎么能让倩倩去舞厅陪酒呢？”

她说：“浩天，你喝多了，我让老鼠送你回去。”

我说：“你怎么变成这样了？”

水滴却不回答我，只从包里掏出两百元钱，拍在我手上：“拿回去，给魏爷爷买点东西，当我报答他的。”

这时宣哥哥冲出门来，一把抓过水滴手上的两百元钱，撕了个粉碎：“贱人！”他突然扬起手，在水滴脸上落下一个响亮的巴掌。

突至的寂静加上酒精在体内发酵，使我昏昏欲睡。

我听见水滴叹息一声，随后推开包厢门，冲老鼠说：“你送浩天回家吧……”

然后我就断片了。醒来后已是第二天下午。家里空荡荡的，魏爷爷不知去了哪里。我随便吃了些剩菜，坐在沙发上等魏爷爷回家。时间分秒过去，一直等到天黑，魏爷爷还是没回来。直到晚上十点，杨妈妈匆匆敲开家门，我才知道，出大事了。

9

十七岁的水滴撩撩头发，拽拽身上破脏的蓝布连衣裙，走上舞台。这条裙子，是她最能拿出手的衣服。裙子陪伴水滴走过她最后两年的童年时代，而自己却老了，老得那样脏污破旧，边缘被磨出了布料的爆花。水滴还记得，第一次穿上这条裙子，是她参加"梦城杯"少年歌唱比赛的时候，因为她太紧张了，裙子蓬起的两边被她抓起轻微褶皱。她画着大浓妆，额心用口红点了一颗怪诞的美人痣。她只觉得渴，嗓子里像有一簇火在烧。她不明白自己为什么紧张，但她知道，这个紧张绝不是自己第一次登台唱歌的紧张。这紧张隐藏在她心里许多年，她都以为自己早把这股恐怖的情绪忘却了，但此刻，当十七岁的水滴走上金太阳舞厅的舞台，为台下的宣哥哥和龙哥演唱《甜蜜蜜》的时候，她终于找到了紧张的由头。就是身上这件破脏的蓝布连衣裙。这条裙子，完全就是她作为孤儿身份，代表贫穷的象征。她将头深埋下来。她想起自己是如何跪在房东大娘面前，像一条可怜的小狗，向人讨活路。然后水滴的嘴角快速一弯，一个灿烂而大方的微笑便在抬头的间隙里，向宣哥哥和龙哥飞去了。舞台上美丽的灯光，将这个夸张的微笑变得如此迷人。这一刻，水滴终于接受了贫穷，终于不再因害怕被人看出孤儿身份而紧张。贫穷孕育了她的紧张。贫穷也使她的紧张彻底涅槃。她要让那个代表孤儿的、贫穷的水滴，彻彻底底死去。

这就是水滴初见龙哥的情景。当时，她和宣哥哥正准备离开金太阳，正巧在大门口碰见来巡场的龙十子。水滴见宣哥哥脸上马上浮起一个笑，像极了曾经她向房东大娘下跪讨饶时的贱笑。这笑连带着使宣哥哥说话的语气都贱起来："龙哥，好久没见你啊，又在哪里发财呀？"

这个满头青茬的龙十子，脸皮上皱起无数波澜："魏宣，你如今大发了！带个这么嫩的小囡来舞厅。"龙哥将视线转到水滴身上。他又说，"也不知道给人家小妹买条新裙子，看那裙子破的！"

水滴想找个地洞钻进去。

“不过，破衣服也掩不住小妹的漂亮。”龙哥又说。

水滴抬起头，感恩似的看向龙十子。他穿着件黝黑的皮大衣，绷紧的皮料将龙哥挺起的肚子裹成一个充满气的篮球。他嘴里吐着雪茄青烟，一下子将两个阶层划分出来。在那个年代，梦城见过雪茄烟的人都屈指可数，更别提能抽得起雪茄了。龙哥的眼睛果真像龙眼，睁得老大，像一眼能望穿别人的心思。水滴看呆了。龙哥是那样高昂地立在她的面前，一条巨大的青龙文身从胸膛里甩出来，龙尾蜿蜒在布满胡茬的脖子上。水滴急促地冲龙哥打招呼：“龙哥好。”

“别急着走，再喝几杯！”龙哥攀着魏宣的肩膀，重新走进金太阳。

是水滴的幻觉吗？才不过短短几分钟，金太阳舞厅竟在她眼中，比方才变得更气派。两点过了，舞厅里的人渐少下来，喧闹的迪斯科被龙哥下令掐掉，放起舒缓情歌。他们三个人坐在贵宾座上，水滴忘了自己喝了多少酒，一股放肆夹着酒意冲上头顶，水滴突然说：“我要唱歌！”

龙哥说：“好啊。你要唱什么？”

“《甜蜜蜜》。”

她冲龙哥撩撩头发，拽拽身上破脏的蓝布连衣裙，走上舞台。

十分钟后，水滴成了金太阳的歌女。

龙哥说：“我给你一个月五百块的工资，明天去友谊商城买几件新衣服吧。”

那一刻，水滴觉得自己终于长大了，终于可以成为一个抛弃历史的成年人了。她张开自己柔软的胸脯，扑向自由。

后来水滴想过，她之所以在那一晚如此急迫地和宣哥哥去宾馆，正是她扑向自由的决心。是解放自我的第一步。但她绝不要止步在第一步。自从水滴当上金太阳的歌女，龙哥每晚都去听她唱歌。到她唱完歌要下班，龙哥不让她走，两个人便坐在沙发上喝酒直到黎明微漾。久而久之，整个金太阳都在传说，水滴是龙十子龙哥的秘密情人。

倩倩二十岁生日那一晚，老鼠拽着酒醉的我，刚刚跨出饭店大门，宣哥哥就扬手给了水滴一耳光。水滴被那一记耳光打得愣在原地，宣哥哥似乎也不知道自己为什么伸出巴掌，水滴又不是他名义上的妻子，甚至连情人都算不上。他本没有资格管束她，但他反反复复地骂她："贱女人、贱女人、贱女人……"声音很小，仿佛呢喃。水滴张着泪汪汪的大眼，直勾勾地瞅着宣哥哥。他捏住她的肩膀，垂下头，眼泪攻占了男人的脸。他说："水滴，对不起。我不是故意的。我，我爱上你了……"他眼中的女人，出奇地冷静。她给了他一个蔑视的笑。这笑的意思是：你说得对，我就是贱女人，我就是和龙哥在一起了！所有宣哥哥不想确定的答案，都装在这个笑里了。他往后退一步，嘴巴微张，像看一个自己深爱的背叛者那样，不可置信地说："你为什么要这么对我？！"女人拗开他掐在肩上的手爪，头也不回地走进了饭厅包厢。

一屋子的觥筹交错向水滴涌来。那些龙哥的小弟，一个个醉得七倒八歪，说话声音也高亢起来，满屋鬼哭狼嚎。地上时不时碎个啤酒瓶，人的背压上去，吸磁般碾着酒瓶碎碴。

水滴跨过地上横七竖八的肉体，笑着坐到龙哥身边，满上一杯。这时有个小弟从地上诈尸挺起，尖声尖气地说："嫂子，你跟我们龙哥喝个交杯酒嘛！"

水滴的脸唰的一下红了。包厢的门嘎吱一声，被魏宣推开来。水滴的心一惊，转头看了魏宣一眼，又转过头端起酒杯冲那位小弟说："来嘛，谁怕谁呀。"

魏宣心碎地走到他们身后，夹在椅子之间的空隙里。现在，他们三个人之间的空间关系变得非常怪异。魏宣见水滴和龙哥都端起酒杯，手臂挽着手臂，将酒一饮而尽。

"贱女人，你不得好死！"骤然响起的叫好声中，水滴听到了魏宣恶毒的诅咒。

魏宣深呼吸一口，他的两肩开始颤抖，战栗。羞耻和委屈冲昏头脑。水滴身上那件不干不净的深红裙子刺痛他一般，他感到整个知觉流动了一下。那一晚，属于少女皮肤的柔和，还在他的手心卷着丝。在宾馆床上，他忍着冲天的情欲对她说："水滴，我不能对不起你。"他是真的心疼她。可水滴却在他的胸脯里摇摇头，将脸

埋进那一块毛发的黝黑。她说："宣哥哥，我喜欢你。我是自愿的。"他看着她，觉得她那样单纯。他几乎像亲吻女儿一般，在她唇上落下轻轻一吻。连这吻也是温柔，怕将她吻疼似的。魏宣回忆到此，整个知觉仍有那样一股流动，迅疾地流遍周身。此刻，他如第一次见到这个女孩一样，面对她单纯的浪荡，目瞪口呆。

酒意使那透不过气的回忆红了一片。红血丝晕开在平板的白眼仁中，晕出一张红色蛛网。

他看见她的手举在一侧，正修正耳垂上晃荡的耳环。手静止了，耳环却不肯静止。那晃动的耳环惹得他心烦意乱。他突然抓起圆桌上的啤酒瓶，把酒瓶屁股对着桌上一敲，汹涌的啤酒浪花从缺口处涌出，渐渐流出酒瓶上锋利的破缺。魏宣大叫一声，冲着龙哥飞跑过去。

站在龙哥身后的小弟，及时扼住了魏宣的手腕，一屋子鬼哭狼嚎静止了，水滴耳垂上的耳环也静止了，大家呆呆地看着疯狂的魏宣。一个小弟带头冲向他，继而越来越多的小弟从微醺里醒来，冲向魏宣。水滴尖叫着，但很快被暴揍的声浪遮盖下去。两个小弟架着龙哥匆匆离开包厢，混乱中，水滴亦被迫往屋外逃跑。

她忽而停在包厢门口，见魏宣蜷在地上，脸被打得青紫。一屋子喝醉的小弟，个个都是发了狂的小豹子，有人从裤带上抽出砍刀，对着魏宣的肚子猛扎去，一刀又一刀。他白眼仁里的红血丝正在慢慢消退，白衬衫上却汩汩冒出一摊又一摊殷红。魏宣捂着肚子，痛苦地望向停留在门口的水滴。他想站起来，离她近些，但鲜血稀释了他的力气，所以他只能朝她爬。他一步步朝那少女爬去，像那个美好的夜，他们在桥上，他一步一步朝她逼近——他明显感觉到，多近都不能满足内心的爱慕，每一步都接着一个下一步，当他与她最后没了距离，也还有个下一步。

她的眉头在惶遽中抖了一下，那么细碎的动作也被他捕捉到了。他视野里的一切开始慢放，每个画面都被流失的血放慢十倍不止。如此一来，密布在她周边的一切都开始虚焦，他见少女朝他奔来，没有声音了，只有嘴唇开合形成的三个字音轮廓：宣、哥、哥……

他满足极了。他微笑着闭上了眼。

等我和杨妈妈赶到医院，宣哥哥已被推进停尸房的冰柜。魏爷爷听到宣哥哥的事，心脏病发，刚刚抢救过来。只有王花花——宣哥哥的妻子，像魏爷爷画室里的“沉思者”石膏像一样，坐在停尸房门口，手杵着下巴，不流泪也不说话。

魏爷爷是第二天下午醒来的。我们理想国的五个孩子（除水滴外），都在殡仪馆帮弄着宣哥哥的丧事。晚上九点，锣鼓在殡仪馆里敲个没完，魏爷爷拄着拐杖来了。王花花跑上去搀住他，将魏爷爷带到宣哥哥的棺材边。魏爷爷往里看一眼，对着宣哥哥恨铁不成钢地说道：“你爱混嘛。你看看，现在混出事了吧？”

王花花跪在魏爷爷身边，还是什么都不说，也像死去一般。只有那双喷射着仇恨的目光，还是活的。还没有随死去的魏宣一道进棺，当一份逝去爱情的陪葬。

宣哥哥在殡仪馆摆了三天，魏爷爷就在那里守了三天，一直没有合眼。有时他会嘱咐说：“三娃呀，你要看好长明灯，可别叫它灭了，不然你宣哥哥要迷路的。”有时他又会招呼大家：“还要买点什么吗？大家午饭都吃了吧？”大家都说吃了，魏爷爷你也去吃点吧。魏爷爷惊乍着说：“糟了，魏宣的午饭还没换呢，小静啊，你给你哥哥盛饭呀，小时候他只要你给他盛饭的！”

宣哥哥下葬后的那一晚，王花花提着菜刀去金太阳堵水滴，可她刚到舞厅门口，就被保安拦了下来。她隐隐约约听到水滴的歌声，从大门缝隙里飘出来：

甜蜜蜜——你笑得甜蜜蜜——好像花儿开在春风里，开在春风里——

王花花在保安的控制下，冲里面的水滴破口大骂。但音箱的共鸣实在太过强烈，她的咒骂就像大海里的一个小浪头，无声无息地被吞吃了下去。

10

给乔树的信（二）

乔树：

很久没写信给你了。最近发生了很多事。你还好吗？

自从宣哥哥被杀之后，魏爷爷一直躺在床上，身体不见好，所以我也就不敢麻烦他，帮我送信给你。虽然我的眼睛看不见，但是我能理解魏爷爷的心痛。那种思念是很可怕的，就像当初你突然离开，我很长一段时间都不能缓过神来。沉浸在回忆里。我觉得你还在。

死是一种什么感觉？是不是比孤独地活着好受些？好几次，我悄悄溜出魏爷爷的家，去金太阳看望水滴。我觉得自宣哥哥死后，水滴并没有大变化，虽然宣哥哥的死与她没有直接关系，但间接关系她是躲不掉的。那天，她从舞台上下来，和我聊天时，她甚至连一句有关宣哥哥的话都没说，只是一个劲儿地炫耀她托人从法国带回来的香水，还有龙哥送她的 BP 机。还没过几个月，她的 BP 机又被龙哥换成了“大哥大”，时时刻刻都要掂在手里。我觉得水滴就像这个“大哥大”一样孤单，又没人与她通话，但为了显得自己合群，还是得时刻炫耀。

我不知道该不该原谅水滴。其实，我没有讨厌她的理由，我又没和宣哥哥打过几次交道。但我不知该怎么说，水滴现在身上的气味，让我特别难受。她喷再多呛鼻的香水，也掩盖不了身上的——怎么说呢——那股臭味。她现在是金太阳舞厅最红的歌女。乔树，你离开两年了，时代天天巨变。按现在的话说，水滴是“偶像”，很多人都慕名来听她唱歌，甚至宣哥哥被杀的案子，也不知是被谁炒热了，变成了水滴的一段传奇故事。我真是越来越不懂这个社会，想起我们小时候听邓丽君的“靡靡之音”，还得半夜躲到后操场的厕所里。可现在呀，男男女女牵手走在大街

上，一点都不害臊。写到这，我又想起在理想国的时候，丑鬼最喜欢躲在梦城公园偷看情侣接吻。不知为何，最近我总是想起我们的小时候。是水滴身上的变化，让我控制不住回忆吗？她曾是那么单纯正直的“女班长”，现在怎会变成这样。

好了，说一点开心的事。魏爷爷生病后，怕我荒废画业，特意拜托他的徒弟教我美术。司马老师是梦城美术学院的主任，连他都表扬我的油画要比他的学生画得好。他说等我再练半年，就帮我在美术学院开画展。司马老师让我画一组系列油画，你说我画什么好呢？我决定要画我们的理想国！画我们在理想国共同经历的悲喜时光！我希望我的画可以一直挂在美术学院的展厅，等你出狱了，我便带你去看！

乔树，你要多久才能出来啊？我听魏爷爷说，你被判了二十年。我问他，怎么那么久？魏爷爷说，你在监狱表现很好，减刑了。可是，我还是觉得时间太长，你等不到看我的画展。不过我又觉得，只要你有朝一日能出来，那就是好事，再长时间我都能等。你看，时间过得多快，梦城转眼又冬天了。

你一定看见了梦城今年的大雪吧。监狱里的雪下了多厚呢？我刚刚把几张凭记忆画出来的“理想国”系列油画送到了司马老师家。街上的雪有一尺厚！行走起来非常不便，鞋子里渗进雪水，冻得两只脚僵硬作痛。不过值得高兴的是，司马老师同意了我将“理想国”当作主题，画系列油画，再大的苦都变甜了。

你要好好的。别怪我不去看你，是魏爷爷不让我去。他说我现在要专心画画，不能被其他事情扰了心绪。不过你放心，我一定会说服魏爷爷，让他带我去看你。

你就等着我的好消息吧！

杜浩天

乔树的回信（二）

浩天：

收到你的来信，冬雪化了，春风夹着暖意姗姗来迟。今天早上，我见监狱高墙的铁网外面那一棵桃树开了花朵。

听你说了水滴的事，我很心痛。其实她是一个好女孩，只是承受了太多东西，所以我们不能责怪她，我希望你能帮助她走回正路。

你的“理想国”系列油画要办画展，我特别开心。你要把这些画好好保存起来，等我出狱了，我一个人慢慢欣赏，岂不快哉！

至于你说要来监狱看我，千万别！我在这里过得很好，天天都要念书。自从我辍学去了孤儿院，就再没有认真读过一本书。我们每天都受着高等教育呢！日子好过得很！不过总是睡不够觉，每天早上六点半就得起床，读半天书，干半天活儿。累个半死，回到监舍就是晚上十一点了。上课的时候，我常犯困，怕管教骂我，就只好猛掐大腿，让自己清醒。

最近我的事情也很多。不久前，我跟管教吵了嘴，好不容易才求他帮我把信转交给魏爷爷，所以我的回信隔了这么久。我知道你一直在等我的信，真是对不起。

浩天，你一个人在外面，要照顾好自己，一定要听魏爷爷的话。

不说了，我要干活去了，只能写到这里。好好保重身体。

悄悄告诉你哦，魏爷爷捎话给我了。说等你画展举办，就拍些相片送来给我。你一定要好好画，期待你的杰作。

乔树

11

如果不是乔树让我劝劝水滴，我一定不会再走进金太阳舞厅的大门。奇怪的是，今天老鼠在窗外叫我出去，向魏爷爷告假时，他居然问都不问就批准了。我和老鼠刚走到金太阳门口就听见了水滴的歌声。

宣哥哥死后，半年多过去了。梦城的春天姗姗来迟，只有短短一个月，闷热的夏季便紧跟着暖春的脚后跟，侵占了梦城的日与夜。兴起的重工业和川流不息的汽车大军，将污气齐齐轰上中天，也许百花受不得污染，所以很快凋敝了。现在，水滴在舞台上唱歌，倩倩辗转在各个包厢卡座，此起彼伏的碰杯声、尖厉突兀的调笑声，让我仿佛身在另一个世界。

我想等水滴唱完歌，和她说说，希望她能去家里看看宣哥哥。至少他是为她死的。但水滴好像在有意躲我，在台上一首接一首地唱。旋转着的彩色宇宙球灯，将舞池里的男女照得楚楚动人。突然，老鼠一惊一乍地冲我跑来，说："倩倩和一个男人亲上了！"

老鼠之所以这样惊乍，是有原因的。

二十岁的倩倩又长高了不少，窈窕婀娜，胸是胸，屁股是屁股，身材高山流水。为了变成金太阳的头牌陪酒女，她现在每天只吃一顿饭。据说倩倩从来没像别的陪酒女那样，为了赚更多钱，会悄悄在舞厅打烊以后，陪酒客去宾馆共度良宵。我问老鼠什么意思。老鼠嘿嘿笑着说："卖呗！"

"卖！"这是个铿锵而不耻的重音字。刹那间便将嘲笑和蔑视装进了这个字的意思里。可倩倩从来不"卖"，也许所有曾经理想国的子民都知道，倩倩不卖，是为着丑鬼。不论丑鬼在心理或生理上有再多缺憾，但他对倩倩是真心的。刚满十六岁的倩倩，第一次感到来自十八岁男孩的跨越生死的真情。从那时起，情窦初开的倩倩就将情窦闭合了。我们都以为倩倩要为丑鬼守一辈子活寡。但，这一晚……

这一晚，随着柔情的音乐，她与他在舞池里翩跹，一只手臂在上，伸在她自己

左边太阳穴的斜上方，一只手臂在下，松松地在他腰上环一个半圈，四条腿汇总成两只圆规，一条支撑，另一条伸出去画圈，另一条接着补上，再一条后撤。两只划动的圆规，将舞池上的干冰白气，荡出一个又一个蜜意的旋涡。七彩宇宙球灯扫过来，荡过去，明追着暗，暗赶着明，将明未明之间，他们之间的距离突然被手臂回拽的力道拉近得只剩一口呼吸的间距。他们闻到从对方嘴里喷出的酒意。刚才喝了酒，两人都微醉了，在这样的气氛里，他们忘了舞厅以外的世界。或者说，在他们心中，此刻舞厅里的世界与外界融为了一体，让他们产生错乱的幻觉。

她轻轻伏在他肩上，问道："你叫什么名字？"

他摇摇头，没有回答她。她也不再追问。在这个迷醉的世界，名字只是代号，不问也罢。有时名字甚至会破坏迷醉氛围里的好感。所以，她宁愿在心里唤他：杨柳哥。

被倩倩叫作杨柳哥的男人刚刚跨进舞厅，倩倩就从化妆室走了出来。在金太阳做了半年陪酒女，倩倩的化妆手艺越发长进了，她的桃红色眼影在上眼皮处涂着浓墨重彩。那时天还早，舞厅里静静的，甚至连灯光都还是用日光灯打出的刺眼黄色。杨柳哥在还没醉意的金太阳里，看见倩倩朝自己走来。正是她眼皮上的桃红吸引了他。他冲她招招手。她走动的时候，短过大腿的黑色蕾丝裙摆在肉色丝袜上不断拍打。不一会儿，着肉色丝袜的大腿就架在了他的大腿上。她说："大哥，喝点什么？"

"你能不能对我说点别的？"他说。

倩倩一愣。她招待了无数男人喝酒，开场白都是同一个。可他却让她说点别的。

她想了半天，憋出一句："大哥，你一个人吗？"

他点点头，目光呆滞地盯住桌面不放。

倩倩冲服务生打了个无声的响指。服务生端着酒水单上来了。倩倩又说："大哥，喝点什么？"

“你们这里，什么酒最容易醉？我想醉。”

“那就伏特加吧，好吗？”

他又点点头。很快，兑了水的洋酒摆上桌面，他一气连干了三杯，突然气汹汹地将杯子拍在桌上，说：“我还没醉！我要醉！”

倩倩向服务生递了个眼色，让他把调酒师叫来。调酒师将各种颜色的酒倒进一个瓶子里，猛烈摇晃过后，倒进高脚杯里的酒呈现一种透明的红色。

他端起酒杯，看了看，红色的液体在锃亮的高脚杯里晃荡，他转过头问她：“这酒叫什么？”

“迷梦烈焰。”倩倩说。

他忽然哈哈大笑，在这个俗透顶的舞厅里，居然有一杯酒，起了个与俗套格格不入的名字。他望着它，一饮而尽。

负责盯场的小弟皱紧眉头，让倩倩好生看紧，别叫他闹事。倩倩只得坐在他身边，看他将一杯又一杯“迷梦烈焰”喝光。他幽幽地说：“这个名字好，这个名字好……梦，是梦……”说完这话，他垂下头，半天没动静。几分钟后，倩倩突然看见，他的眼泪滴进了“梦”里。

她慌了神，拍着他渐渐汹涌的后脊梁。他的泪越来越多，胸腔里的哭泣越来越不受控制，脊背大幅度颤抖起来，呼吸变得粗重，仿佛一个濒死的人，瞳孔睁大，吸气急促。倩倩往他身边蹭近一些，这时舞厅里的光突然灭了，彩灯在地上画出一条彩色的银河，无比炫美。他终于憋不住，放声大哭，一边哭一边模糊不清地说：“我的心好痛，我的心好痛……”

不用倩倩猜测了。这世上所有痛哭的人，无论男女，都是为了一段宛如“迷梦”的爱情。

美丽的银河里，他借着她的手臂，将头靠托上去。眼泪冰凉，在倩倩光白的手臂上淌出一片惊厥感知。这一刻，手臂上的惊厥一瞬间导入倩倩的心。她想起十六岁的那个黄昏，她也是这样光着手臂，让崩溃的丑鬼躺进她寒霜的臂弯。他头上仅剩两缕白毛，其余代表“丑陋”的白毛，都被他自己狠狠拽掉了。他脸上代表“丑

陋”的扭曲五官，被他用锋利的碎玻璃划得面目全非。他如此自戕，只是因为她曾恶狠狠地向他指控：“你就是个丑八怪！我怎么可能喜欢你？！”但她一定是喜欢过他的，不然她不会在理想国后操场的厕所里与他接那一枚沾满夕阳温情的吻。丑鬼疯了以后，她不敢去看他，只能在心里看他，回忆他。回忆里的丑鬼好像没有那么丑了，甚至越来越英俊。终于有一天，她也疯了，她将回忆里的丑鬼和现实里的丑鬼幻作了一个人。幻作一段宛如“迷梦”的爱情。她来到他的寝室，在所有小伙伴的注视下，像围墙上的野猫那样，与他结了婚……

那时，丑鬼就像此刻的杨柳哥，埋进她惊厥的臂弯痛哭。她心中升起一股久违的怜悯。她说：“我们去跳舞吧。”

舞池里。她靠在他疲软的肩上，问他：“大哥，你是梦城人吗？”

他却答非所问，说：“她喜欢杨柳，我就在家门口种了一排杨柳树……”

她问他：“她为什么喜欢杨柳？”

他又答非所问，说：“我现在才知道，原来她早就决定离开我了。杨柳，杨柳……就是一场杨柳迷梦啊！”

他捧起她的脸，泪眼婆娑地问：“我们结婚好吗？”

她吓了一跳。她以为此刻他被丑鬼的魂魄附了身。在那天夕阳里，她与丑鬼就像围墙上的野猫那样结婚了。

她说：“杨柳哥，我去找你。我去找那个种了一排杨柳树的家。”

“傻瓜，杨柳是一场梦啊。你找不到我的。你怎么可能找得到一场梦呢？”他笑了。

他们亲吻在美丽的银河。

12

宣哥哥被杀的案子宣判之后，我从他的卧室搬去了魏老师的卧室。魏爷爷把宣哥哥装进一个梨木骨灰盒，在卧室柜子上摆了一处灵位。檀香整日充盈，一屋子鬼魅气息。

似乎只有缭绕的檀香，还在费力提醒众人宣哥哥的死。现在的人，忘记往事的速度这样快，连与自己有关的命案也不过是一场昨夜噩梦，天亮了，梦的内容就可以忘了。只是可怜王花花，她为宣哥哥的命案奔走半年多，一次次要求法院重审，治水滴和龙十子的罪。可法律说，他们与魏宣的死并没有直接关系。

法庭终审宣判杀人者获有期徒刑二十年的那一刻，坐在原告席的王花花突然站起身来，将法官都吓了一哆嗦。她穿着单薄的白衣，如同丧服，头发像一张破损的旧报纸垂覆在额头。没人能看见她的眼睛，但大家都感觉到了她眼中的恨意，她直勾勾地扫过法庭里的每一张脸，法官的脸，陪审员的脸，杀人犯父母的脸，魏爷爷的脸，我的脸……唯独掠过杀人犯的脸。

杀人犯未满十八岁，是个愣头愣脑的大块头，他的头发全剃光了，身体被围困在四面铁栅栏里，沉默不语。

听众席间，杀人犯的父母和魏爷爷坐在一排，在陪审员用冷静直叙的口吻朗读整个犯罪过程时，两边家长都用手帕抹着泪，哭丧一桩命案毁灭的两个家庭。就在杀人犯父母的哭腔随着终审判决的命令下达愈演愈烈之际，王花花从座椅上兀地站起，鬼魅一样飘着音调说："我不服！"

律师拽拽她的白色丧服，耐心给她解释："这是终审判决……"但王花花仍旧说："把我的魏宣还来……"她样子像极一只待烹的狗的垂死挣扎，声音怯怯的，任凭宰割，倒显出无所畏惧。法官瞟她一眼，随即说："退庭。"

三三两两的人开始往外走，法官走进侧门，杀人犯被武警押着，向他的牢狱生涯步进……只有王花花还傻傻地站在原地，不动，不哭，也不闹。杀人犯身上的镣

铐摩擦着地面，发出一连串尖锐的嘶鸣。是这嘶鸣惊动了她。她倏尔抬起头颅，一张憔悴的、过度白皙的脸，被向后甩去的枯发和盘托出。

她终于将视线落在了杀人犯的脸上。他们有一秒的对视。杀人犯看见王花花的眼中并没有对他的仇恨，而是一种理解，一种原谅。他甚至看见这个丧夫的寡妇，唇边出现一撇辛酸笑靥。但她眼里装了那么多泪，他看见了。

忽然，她用双掌撑住桌面，整个身子向前倾倒，双臂上乍起两团起伏的山岭，她的脑门被即将脱口而出的呐喊撑大了，两颊现出绝望寡妇独有的冷酷。她满是理解又满是忧郁地冲徐徐走过面前的杀人凶手喊："我不怪你！我清楚谁才是真正的杀人凶手！"

王花花的呐喊在空旷的法庭荡起回声，大家回头看了她一眼，都觉得这女人傻了，看她一眼又摇摇头。如果被判二十年有期徒刑的人不是杀人凶手，那谁才是呢？

是水滴！是龙十子！他们才是真正的杀人凶手！她在心里狂喊。

当王花花穿上魏宣买给她的漂亮裙子，抹上魏宣买给她的化妆品，把自己由农村妇女彻底脱胎成城市风情女人，站在金太阳舞厅门口的刹那，王花花在心里鼓起了最后的勇气。就像半年多来，每一次在深夜告诫自己的那样，她再次提醒自己，凶手不是别人，正是水滴和龙十子。如果法庭无法治他们的罪，那就由她这个丧夫的寡妇，亲手来治其罪吧。

她想起半年前提着菜刀，想硬闯金太阳舞厅杀掉水滴的自己。那是个多傻的女人啊，一点计谋都没有，像一只送入虎口的母羊。这半年来，她在心里排演过无数种水滴和龙十子的死法。用刀杀？不行，刀子根本过不了舞厅的安检。埋伏在街口伺机行动？不行，水滴和龙十子都有保镖，她的魏宣就是被这些愣头愣脑的、被当成杀人凶器的小走狗们害死的。思来想去，只剩一个办法了，她可以乔装成中年富婆，在舞厅里毒死他们！反正龙十子没有见过她的样子。她简直为心中的密谋欢欣雀跃了。她按捺不住激动，为保计划成功，她买了许多不同品牌的杀虫药、杀鼠

药、农药……再用食物勾引家里的老鼠，扑进捕鼠器，用它们做实验。——每一只被她杀死的老鼠，都是水滴和龙十子的化身。以至于最后老鼠根本不敢光顾这个寡妇的家。于是她又将捕鼠器埋伏在家属区的老式铁皮垃圾箱边。捕到鼠后，她恶狠狠地握住它们的腰，用蘸满毒药的棉签，使劲涂在它们的嘴上。

看着老鼠奄奄一息，直到最后咽气，她心里升腾起一股说不出的快感。她哈哈大笑，像电影里变态的科学家。她终于决定用一种最强杀伤力的杀鼠药。这一晚，她将毒药揣进皮包，顺利走进了金太阳舞厅。

还不到九点，人不多，稀疏彩光里，她一眼将龙十子锁定。他穿着白色衣服，脖子上的龙尾刺青松垮垮地挂着。半年来，他胖了，比她日日埋伏在路边盯他梢的时候胖多了。她见过他每一个若无其事的表情，好像魏宣的死，于他而言不过是踩死一只渺小的蟑螂。他每晚八点准时到金太阳，坐的位置也是每日固定的。

此刻，王花花坐在离龙哥两个沙发的间距之外。陆陆续续，金太阳里的酒客多起来，气氛嘈杂不堪。刺眼的黄色灯光灭了，只剩七彩宇宙球灯在天花板上吱吱地旋转。她显得漫不经心，视线却又对他紧抓不放。下手的机会终于在十点零三分时到来，龙十子从沙发上站起，向厕所走去。一帮跟随的小弟追在身后，为他把守厕所大门。王花花迅速起身，快步走向龙十子的专座。桌上凌乱铺着一些椒盐花生壳，啤酒杯上浮着啤酒浪花，她冷静地从包里掏出杀鼠药，倒进啤酒杯，又从啤酒瓶里倒一些酒进去。毒药逐渐溶解，整个过程不到两分钟。昏暗的舞厅里，没人会注意这个复仇的寡妇。她重新坐回座位，丝毫没有退缩之意。

三分钟后，她见龙十子从厕所出来了。五分钟后，她见龙十子端起了酒杯。七分钟后，她见龙十子在喝光杯中酒时，因味道微微改变而皱起眉头……他的生命在倒计时，然后，她就不再往那边看了。她的心终于放松下来。他死定了，这包老鼠药害死他一个人的性命，绰绰有余。

王花花的嘴边浮出微笑，因为她听到了从龙十子那边传来的骚动。那些被龙十子当成凶器、害死她丈夫的小走狗们，顿时乱作一团，扶起跌倒在沙发底下、口吐白沫的龙十子。有人喊："快来人啊，龙哥出事了！"有人喊："快叫救护车！"有

人喊：“关紧大门，别让凶手跑了！”王花花冷笑一下，她根本没想跑。

没过一会儿，整个金太阳舞厅的人都被这股骚动惊扰，纷纷跑出舞厅。只有她，倔强地站在原地，如当初魏宣当知青蒙难时，像个从天而降的仙女，救他于水深火热。现在，她慢慢走到害死自己丈夫的凶手跟前，居高临下地望着一群热锅上蚂蚁。她冷冷地对他们说：“是我干的。”

众人的眼睛齐齐瞄准她，连将死的龙十子，也用尽最后一点力气，睁开眼认她。他的眼神迷离，脖子上的龙尾刺青彻底疲软下去，失去了威严，露出一层层死肉的原始形骸。他那样子像是在问：你是谁？你为什么要害我？但很快他就弄清了她的身份。他死气的眼中，突然点亮生命最后的明亮，像是在说：噢，我知道你是谁了，我也知道这一天是躲不过的。

和魏宣当初死的时候一样，龙哥的小走狗们层层将她围困。但他们没有动手，只是逼住她的步子，不让她逃跑。可她真的没想逃。半小时后，透过人墙的肉体缝隙，她见龙十子终于咽了气。

当她试图回身去找水滴，才发现少女早跑了。她想：也好，她没死成更好！她要让那个自己恨极的少女，如她一般，背负着两个男人的命案，在世上永久地、痛苦地活下去。

蹲在监狱里的王花花，正跟自己做一个游戏：铁窗外渗进光线，她闭一会儿眼，再睁开。就在她反反复复闭眼睁眼的时刻，铁窗边一定会落个什么，落一只鸟、落一束月光、落一片叶子……每当这时，就是她对魏宣最猛的一阵想念。她总是期望，当她再度闭眼睁眼后，铁窗上能落下魏宣终于安宁的魂魄。因此，一只鸟、一束月光、一片叶子，都是通向她与丈夫悄然夜话的路径。她终日孤独而愉快地望向铁窗，肉体逃不出去，但灵魂可以出逃。她捡起飘进狱室的一片叶子，在嘴上吹，吹出鸟叫、虫叫、自己的叫。吹出魏宣爱听的苏联小调。那样，她就以为魏宣来了。他与她的魂魄都可以安宁了。

13

魏爷爷并不知道，水滴临走前曾去家里看过宣哥哥。那是龙哥被王花花毒死半个月后的一天，魏爷爷如往常一样，早起打扮，放一张黑胶唱片，然后去花鸟市场买束新鲜的玫瑰。水滴特意选在魏爷爷出门的时间回家，这天阳光极好，像给世界镀上一层黄金。她敲敲门。我问："谁？"

"是我，水滴。"语气幽幽。

我打开门，外面的闷热一下涌进屋里。我说："你来啦？"

她冷静地脱掉高跟鞋，擦过我，往二楼径直走去，忽而又停在楼梯上，回身问道："魏宣在哪儿？"

"卧室。"

然后她就进去，卧室门轰的一声关上。过了几分钟，水滴走出来，身上的香水味和卧室里的檀香交织成一股奇异的气味，让我忍不住恶心。她把我拉到沙发上坐下，将黑色皮包打开，金属锁扣"啪嗒"一响。她将一个不厚不薄的信封交与我："这里有两千块钱，你自己留五百，买点吃的和画画的工具。反正别委屈自己。其余的钱你给魏爷爷，我是没脸再见他了，就由你转交吧。"

我郑重地将信封退回："不用。"

"这是我的一点补偿。我要去深圳了，以后我们怕是再也不能见面。收下吧浩天，求求你……"她的声音突然开始发抖。我知道她要哭了，可我不能原谅她。

但她的手那样温柔，虽然我们的手心与手心之间，隔着一个信封，但她手中的温柔还是猝不及防地攻陷了我的童年回忆。她再次恳求道，"求你了，浩天……"

我只好将她的"补偿"接过来。

其实我心里装满了不舍。我的不舍与我的恨意相互矛盾，就像两个打架的小人，一会儿你败，一会儿他胜。我问她："你以后真的不回梦城了吗？"她点点头。我又问，"但深圳那么远，你人生地不熟，怎么办呢？"她打定主意不向我撒谎，

虽然她知道真相会令我失望，可她还是说："我认识了一个男人。他在深圳做房地产，很有钱，我跟着他不会不好过。"

"又是男人！你就不能靠自己一回吗？"我果然急了。

"浩天，你何尝不知道，我靠过自己！在我们最困难的时候，我跪在地上恳求房东给我们一条活路。但我的力量那么小。我把尊严全放弃了。可，能给我们活路的依旧是钱。当老鼠把他偷来的钱拿给房东时，我就告诉自己，无论如何，我都不要再过那样的生活。你以为我真的喜欢魏宣吗？你以为我真的喜欢龙哥吗？你以为我真的愿意去金太阳当歌女吗？……你们每个人都指责我，看扁我，恨毒了我……可是我是身不由己，你们知道吗？"

我愣住了，我从没想过，原来水滴心里装了那么多苦。原来在我们的理想国，不止我有说不出的苦，她亦有。因此我无话可说。

"什么时候走？"

"明天晚上九点的火车。"

"我送你。"

"好。"

挂钟敲响十一下，魏爷爷要回来了。水滴推开门，走入镀金的新世界。很奇怪，她身上的香水味忽而变得好闻极了。她在门口与我告别，离别的痛苦再次涌来，仿佛当初乔树离开的时候，我的心脏微妙地跳了一下，久违的尿胀感再次攻上膀胱，继而，我身上每一寸感知都随着离别临近而微妙地跳一下、又跳一下，此起彼伏，应接不暇，按捺不住。如果我恳求她别走，她会听我的吗？如今我们都长大了，不再是理想国里相依为命的孤儿。候鸟总要远飞。

我轻轻对她说："别为难自己，待不下去就回来，我永远等着你。像我们小时候一样，我不会抛弃你的……"

她冲我笑笑，右手慢慢抬起，顺着我的发梢一直抚过脸颊，下巴……"浩天，你变成大男人了。你瞧，你的胡子硬扎扎的。"她那股从指间疯涌的温柔，真让我心醉又心碎。

水滴走后没几分钟，魏爷爷就回家了。我走进厨房，帮他宰鱼。自从宣哥哥死后，我们每天都吃鱼。

我说："魏爷爷，我有话对你说。"

"嗯？"

"水滴刚刚来过。"

"噢。你怎么不留她吃午饭呢？"

"她要走了，去深圳。她跟我说了很多……我明晚想去送她。"

"去吧孩子，爷爷没事的。"

"爷爷，我知道你心里难过……"

"啊，"魏爷爷长长地感叹一声，"浩天长大了，知道体恤爷爷了。"

"爷爷，我替水滴跟您说声对不起……"

"我心里清楚，不是水滴的错。"

我忽然不知该怎么接话。魏爷爷把一条死去的鲤鱼，在案板上翻来覆去弄着。无话也好，话说多了，难免控制不住心里的难过。我走出厨房。那一顿午餐，我没有食欲，魏爷爷也没动几口，也许他是想把鱼留给宣哥哥吃。

第二天晚上，我和倩倩早早到了火车站，站台里挤满人，火车鸣着响笛，一班班驶向远方。水滴的行李不多，带不走的东西全部留给倩倩。我们三人在火车站旁边的小餐馆里吃了一顿简单的散伙饭。直到广播声声催促着远行客登车，倩倩才依依不舍地松开水滴的手。漆黑的月台像一张大网，将人群网在其中，无数攒动的人脑袋，在水里浮沉。登上火车远行的人是幸运的，他们逃离了梦城这张巨大的渔网，而我们依旧被困网中，等待命运的鱼肉刀俎。人群渐散，可我还想多留一会儿，听听火车笛音，遥遥飘往远方。年少时，我想逃，想逃出孤儿院，想逃出孤独。可我苦心等到长大成人，我的小伙伴们一个个都逃了，最想逃的我却只能旧守回忆，当命运的陪葬。所以，让我听听火车的笛音吧，笛音插上翅膀，带着我在想象中奔逃。

离开火车站，倩倩让我去她家，帮忙收拾水滴留下的物件。龙哥死后，这桩命案在梦城引起轩然大波，盛极一时的金太阳以倒闭落幕。倩倩丢了工作，在沿江路的巷子里找到一处小房子。房子藏在幽深之地，没有路灯，漆黑一片，如同地图上靠近边陲的不毛之地。沿江路这一带，也是梦城荒漠的边陲，大多住着一些独居的老人。两排红砖平房，一栋栋旧得发黑，砖墙上霉斑点点，门窗屋瓦通通破烂了，像一群拱肩缩背的乞丐，挤作一堆。倩倩的家在巷子尽头，一扇木窗被风吹垮，咿咿呀呀地倒挂着，好像秃了嘴巴，缺一颗门牙似的。步履蹒跚的老头在巷道边缓缓走动，大风患了重伤风一般，呼呼吹刮。隔壁两个老太的骂声在风里支离破碎，两个独居老太为着一个独居老头，从倩倩搬来的两个月前就开始吵，配着尖厉的诅咒，听得人毛骨悚然。这条巷子似乎从来没有清静过，大概每户人家的生活都很困难，所以传出的都是怨怼。然而沿江路这个巷子，却是一条教人得过且过的死巷，这边哭声刚歇，那边的吆喝怒骂又熊熊扬了起来。正因为这起伏的喧嚣，才叫人忘怀生命的穷途末路——连老人都可以在此得以永日，那还有什么是不能的？阴沟里常年滞涩着腐烂的菜头、泡沫盒子、塑料袋，一沟污黑的脏水被太阳一晒，郁郁蒸蒸，强烈的晦气便冲了上来，在巷子里流转回荡。我和倩倩走在路上，突然，我踩中了一团软乎乎的东西，原是一只肚子肿胀、暴眼龇牙、惨死的野猫。绿头苍蝇聚集在猫尸上，人走过，嗡的一下都飞起来，让出被白蛆掏空的腐烂肉体。路是泥土路，许久未曾下雨，风吹飞沙走石，我们的鞋面上沾满灰土。于是，从一家家破烂窗口撑出的铁杆上，那些碎成一丝一缕的尿布、短裤、丝袜、枕巾，在灰蒙蒙的风沙中，便异常热闹地招翻起来，发出裂帛的撕扯声。

我和倩倩终于走到了巷子尽头，垮损的窗户用一张黑色雨布盖住，小盆栽将雨布四角压在窗台上。房子特别矮，阳光照不进来，屋里的水泥地上坑坑洼洼、分外潮湿，好像一个满身痘痘的背脊正湿漉漉地冒汗。整栋房子终日都在静默地生着霉，黄绿黑灰的霉斑，从墙脚毛茸茸地爬上墙面。青苔滋生，屋子里老是一股酸腐的呛鼻味。西墙上贴着许多明星海报，靠墙摆了一张单人床，被褥烂掉了，臭气熏天。靠近床边的空地上，架着一张低矮的木桌，上面搁了几个吃剩的菜，苍蝇在防

蚊罩笼上孜孜不倦地寻找破漏。水滴留给倩倩的东西搁在地上，有漂亮的衣服，还有些瓶瓶罐罐的化妆品。我们把衣服叠好，用报纸铺在地上，将衣服放上去，又盖一层报纸挡灰。化妆品一码堆在枕边，腮红粉扑大多过期，但倩倩说化妆品过期都是唬人的，能将就着用。

收拾完东西，才坐下不到五分钟，黑暗里便响起急促的敲门声。一个老头沙哑的声音从门外传进来："小倩，在不在？"

倩倩说："今晚休息！我朋友来了。"语气自然而然。

"可是爷爷憋不住呢！你朋友多久走啊？"

倩倩讪讪地笑了一下，冲屋外喊道："憋不住不会自己解决啊？明天再来嘛！"

我吓了一跳。我忽然想起，以前在理想国的时候，丑鬼总要在半夜一边放着邓丽君的歌，一边"解决"。

门外没动静了。老头走后，我和倩倩久久无话。我想，我亲爱的小伙伴们，你们一个个都是怎么了？……

我想说些什么，但我真的什么都说不出来。

是倩倩率先打破了寂静的尴尬。她说："浩天，你走吧，我要睡了。"

"倩倩……"

"我知道你要说什么！"她打断我，"可我需要钱，我真的需要钱。"

为什么这两天每个人都对我说"需要钱"？先是水滴，然后是倩倩。

"我有了杨柳哥的孩子……"倩倩抚着肚子，温柔地说，"我要在这段时间，把孩子的奶粉钱、教育费，都赚出来。"

"可是你和他只见过一面！"

"他说他要和我结婚的。我会等他。"我听到了倩倩的叹息。

"别蠢了！你都不知道那个男人叫什么。你只知道他家门口有一排杨柳树！所以你才叫他杨柳哥！他自己都说了，杨柳就是一场梦！"

"你滚！你给我滚出去！"倩倩突然发怒，"我不需要你在这儿给我装好人！你有魏爷爷供你吃、供你穿、供你学！我们有什么？你马上给我滚！"倩倩恶狠狠地

将我推出家门，我眼中的黑暗正剧烈地摇晃着。

她将木门“砰”地砸上，灰尘夹着霉斑扑簌簌地落下来。隔着木门，我听见倩倩惶然的喘息，她顺着门背瘫软下去。听到骂声，巷子里越来越多的老人朝这房子靠近，只有他们，不会放过一点热闹；只有他们，习惯用别人的灾难安慰自己的灾难。他们对我这个盲人指指点点，对屋里的“黑脚杆”指指点点——站街的女人很容易分辨，因为她们清一色都穿着黑色丝袜。黑色最耐脏。仿佛她们身上的脏，也能被黑丝袜完美掩盖。

我敲敲门。屋里的电灯灭了，一下子将倩倩拉进黑色世界。

我说：“倩倩，对不起……”

她说：“你走吧。我再也不想看见你，我也不想再让你看见我的落魄。我们这群孤儿，能有一个过好日子的，就算一个吧。”

“倩倩，我不是故意的……”

“你放心，我一定会找到他。等我找到他，过上了好日子，我们就又可以一起玩了。”

“倩倩！你为什么要执迷不悟呢？！按时间推算，这孩子根本不是那个男人的！”

“我的杨柳哥不是死人！他不是像丑鬼那样的死人！他是个实实在在的大活人！我会找到他的……你别说了……戳破别人会让你快乐吗？……”她哭了。

我没再说话，只是将水滴留给我的五百元钱，从门缝里悄悄塞了进去。

14

乔树二十一岁的生日到了，我十九岁的生日便也到了。不知怎的，这两年我总觉得时间飞快，也许是每天都在心里算着乔树出狱的倒计时，所以才觉得时间快了。在我十九岁生日的前一周，我完成了以“理想国”为主题的系列美术作品。

我书画记忆中的青春校园，书画记忆里的孤独同类：丑鬼，杨妈妈，乔树，水滴，倩倩，三娃，刘源，阿春……我惊奇地发现，他们儿时的样子，居然在我的记忆中丝毫未褪色。我描画他们脸上的欢笑、忧郁、幸福、泪水……我又惊奇地发现，我居然丝毫未曾遗忘儿时一起度过的旧时光。那是一段泪水与汗水尽情挥洒的青春岁月，我们就像一只只鸟儿，被关在同一个巨大的牢笼，每天都想飞越围墙，去看看外面的世界。可当我们终有一日远飞，才理解孤儿院长辈所说的那番话：

“……等到你们飞出去的那一天，你们就会知道，外面是待不下去的。总有一天，你们还是会乖乖地飞回我们的理想国。因为，我们是一群无依无靠的孤独鸟，孤独就是我们最大的依靠。”

我们生而为孤。

所以，我将这本画集命名为《孤鸟》。

我将《孤鸟》画集忐忑地交给司马老师。他一张张翻来覆去地看，半天没有讲话。我站在司马老师的办公室里，冬日的阳光温吞吞地舔着我的身体。我不自在地动了一下，他似乎才意识到我的存在，从画集里抬起头来，说：“浩天，快坐吧。”

见他说话了，我才贸然问：“老师，画得怎么样？”

他没搭理我，翻阅画纸的沙沙声还在冬日缓长的光里响着。他看得很慢很慢，以至于我心里紧张的鼓点越敲越密。过了许久，我听见司马老师将画集轻轻地搁在办公桌上，郑重地吸一口气，说道：“浩天，这……真是你的画吗？”

我点点头。什么意思？为什么司马老师会以为不是我画的？

“你读过波德莱尔的《恶之花》吗？”

我说：“没有。我的眼睛看不见，不能读书……”

“噢，对对对，我忘了你是看不见的……你怎么能看不见呢？如果你能看见，那还得了？”司马老师兀自说着，“《恶之花》是一本诗集，我在法国留学的时候读过。那一首首诗歌，就像天上厚厚的乌云一样，压着你，让你不能呼吸。但如果读到最后，你就会发现，天空逐渐拨云散雾。因为经历过窒息的黑暗，所以此刻看见的光明才更加强烈……”

我疑惑地朝向司马老师，等待他给出这段不明就里的自说自话的解答。

“我的意思是，看你的画，我有这样的感觉。你知道吗，创作《恶之花》的诗人波德莱尔也是孤儿，他幼年丧父，母亲改嫁……痛苦给了你们艺术的养分。”

我傻傻地问：“老师，画需要改吗？”

“不用！为什么要改？！这就是你心中最真实的孤独啊！”司马老师突然提高了声音分贝，把我吓一大跳。

他说，“浩天，我知道，在你这个年纪，还很难理解老师现在的话。老师就问你一句，你想重见光明吗？”

我吞吐了半天，说：“想。”

“可我有时候想，也许看不见世界，对你来说是好事。”他拍拍我的手，用长辈式的爱怜口吻说，“当然，老师这么说，对你是不公平的。但你作品中的情感，是黑暗赋予你的！”

不管司马老师的这番话是什么意思，只要他满意我的作品，对我就是值得高兴的事。

“浩天，我决定把‘孤鸟画集’展定在七天之后，你的生日那天。我会请来市里、省里甚至全国的媒体来报道。你回去好好准备，买一身漂亮的西装，司马老师给你出钱。”

第二天，魏爷爷陪我去友谊商场买了一套燕尾服。我扭捏地站在试衣镜前，虽然看不见自己穿上西装的样子，但我想，毕竟这是我人生中的第一次画展，一定得

穿得够酷才行。

在乔树二十一岁、我十九岁生日的这一天，我画在纸张上的孤鸟们，被展览在梦城美院的展厅。画纸上一副副面孔，就是我整个青春岁月的浓缩。听说，画被高级的木框仔细框好，顶灯从上照下来，将画上的他们打照得分外好看。展厅里充满静静的、密集的脚步声，虽然人很多，但却没人说话。我躲在门口，魏爷爷牵着我，接受看完画展的离去者的祝福："小伙子，不错啊！""前途无量！""加油，好好画！虽然上帝关闭了你的眼睛，却打开了你的心灵之窗。"

…………

画展要办一个月，我每天都在担忧，来看展的人会不会很少。但出乎意料的是，看展的人越来越多，到最后甚至惊动了美院的现任院长。电视台的记者架着摄像机，举着话筒，将躲在魏爷爷身后的我拽出来，迫使我接受采访。他们问我："你的灵感来自哪里？"我说："孤儿院。"他们又问："你的眼睛看不见，怎么能画画呢？"我说："我的手又没残废。"记者们哈哈大笑，一拨拨来了又走，"孤鸟画展"占据在报纸版面上的尺寸越来越宽。其实我并不喜欢接受采访，只要大家喜欢我的画就好，可我之所以愿意被采访，只是想将画展的消息通过媒体送给监狱里的乔树。我知道，他一定会为我高兴的。

画展造成的轰动，远远比我想象的要大。媒体们肆意宣扬我这个瞎了眼的"少年画家"，新闻标题都很惊悚。好像我就是个离经叛道的人，在循规蹈矩的社会，突然出乎了大众的意料。有电视台为我做了一个特辑，丑鬼的溺亡案，我被雷叔叔收养的往事，乔树的纵火案，宣哥哥被杀，王花花复仇……都被媒体们报道出来，他们夸大其词、声泪俱下地揭开我不愿再提及的往事，一次又一次狠狠戳中我的心伤。大众同情我的经历，超过了欣赏我的作品，以至于最后大家都忘了"孤鸟画展"，只记得这个莫名其妙横空出世的盲人少年郎怎样在绝境中逢生。梦城电视台几次三番地邀我做专访，但都被我拒绝，他们觉得如此轰动全城的新闻不容放过，

值得反复回锅，所以在挖出我的往事之后，又将能够找齐的故人全聚齐在录制现场：魏爷爷，杨妈妈，老鼠，房东大娘，甚至还有当初我被亲生母亲扔在医院、收养了我三年的护士杜阿姨……

世界一下子变得很吵。我不敢上街，因为只要一出门，就有媒体在魏爷爷家门口拦截我。行人们对我指指点点，却根本不在乎那些评论我的话是不是会戳痛我。我缩着头，靠着马路边缘走，感觉自己像个赤身裸体的人，被扔在千夫所指的陷阱中央，身上隐匿的疮疤，亮堂堂地供人品评，变成他们的同情、不屑，甚至嘲笑……我不再出门，把自己关在卧室里，沉默了三天。

魏爷爷推门进来，发现我在哭，他却笑了，以为我的眼泪是因为太过高兴的缘故。他兴高采烈地对我说："浩天，明天晚上的《梦城明星》，就要播你的那一期了。你可是年纪最小的'梦城明星'呢！而且还是第一个本人拒绝参与录制的'梦城明星'！"

我抬起沾满泪水的脸庞，冲魏爷爷说："爷爷，您能不能……叫电视台别播……我真的受不了了。"

"为什么？"

"我不习惯……"其实我想说，我以我被亲生父母抛弃为耻，我以我孤儿的身份为耻，我以我盲人少年画家的身份为耻……我就是个可耻的人，只想安安静静地画画。仅此而已。因为只有画画，才能让我沉进孤独，接受孤独，享受孤独，最后习惯孤独。

"傻孩子，别怕。大家都喜欢你的画，这是好事呀。"

呵，我还能说什么呢？算了吧，没人会懂的。

伤疤不是勋章，它永远只是伤疤。袒露得越彻底，我就越痛。

我还是应了魏爷爷的要求，坐在电视机前，收听了报道我的那期《梦城明星》节目。我第一次听见杜阿姨的声音，她谈起我被亲生母亲抛弃的场景，她说那是很多很多年前的夏天——原来我的生日是夏天——一个女人在产房里生下了一个六斤

八两重的婴儿。她说她之所以把这些细节记得清楚，是因为我的妈妈，在我出生不到十个小时后，便踏着夜色消失了。她声泪俱下地控诉我从未谋面的亲生母亲，她说她只能将那个可怜的婴儿抱回家去。当时的杜阿姨二十一岁，三年后，她恋爱了，男朋友说如果要结婚，必须把婴儿送走。三岁的我便被送到杨妈妈的私人孤儿院。接着，杨妈妈开始讲述。老鼠开始讲述。房东大娘也抹去了当初将我们扫地出门时的恶毒面孔，可怜巴巴地讲述当时我们这群孤儿的可怜状况。观众席有人开始哭。主持人听到最后，也忍不住抹起眼泪。声音清澈的女主持，最后用一种童话式的欢快口吻结束了节目："不过，我们梦城的天才小画家，现在终于有了一个爱他的爷爷。杜浩天，现在过着快乐幸福的生活……"全场鼓掌。

仿佛我这个满身伤疤、万劫不复，又无比痛苦的人，终于被他们用同情赐予了死亡的解脱。全场鼓掌。

听完节目，我默默地走回卧室，将自己关在闷重的被窝里。

半个月后，当关于"盲人小画家"的新闻热度渐渐退烧，我以为自己终于可以安静度日时，才发现，命运的玩笑还远没有结束。我们永远不知道明天会发生什么，就像我从没想到，有朝一日，我的亲生母亲，会敲开魏爷爷的家门。

15

给乔树的信（三）

乔树：

一别三年了。

外面的世界正以奇快的速度变化着，不知你在狱中是否也有这样的感觉。

我很孤独。理想国曾经的子民们，如今都长大了，我们各奔东西，就连最后守在杨妈妈身边的几个小伙伴，也都一个个相继离开。前不久，杨妈妈把房子退了，因为我的“孤鸟画展”在梦城有不错的反响，大家特别捧场，还有电视台专门为我做了一期节目。不过，我并没有上电视，因为实在不知该说些什么。正因为这样，我们曾经许多的往事，都被电视台翻了出来，杨妈妈被梦城市政府授予荣誉称号。二十多年了，当杨妈妈在大雪漫天的冬季，收养了她的第一个孩子“丑鬼”之后，这荣誉就应该得到，却晚得了二十年。

只是，孩子们如今一个个都离开了她。现在，杨妈妈过得很清苦，她将半山腰租的破土屋退了，还落了一身慢性疾病，深受糖尿病和甲亢的困扰。许多好心人得知她的现状，纷纷慷慨解囊，捐给她一些钱。杨妈妈在城郊找了个单间，小是小了些，十多平方米，只够放下一张床，但的确比之前不见光的土房子暖和得多。有次我去看她，发现单间连多容纳我一个人的空间都没有，杨妈妈却说：“以前有那么多孩子需要照顾，所以要大房子，现在我一个人，只要头顶有一片瓦遮雨，房里有一口锅饱肚，就可以了……”我听后很伤心。

水滴去了深圳。上个月她给我打了一通电话，当然还是卡在魏爷爷出门买花的时候。在电话里，她一边咯咯笑，一边说：“浩天啊，这样联系你太不方便了。我们像两只偷情的野鸳鸯！”她现在真可谓是“出口风月”，男女之事真有那样使人

沉沦吗？反正我是不准备和女孩谈恋爱的。一来我没钱没房，不会有女孩看上我。二来哪有女孩愿意照顾我这个瞎了眼的孤儿呢？你都不知道，现在梦城的房价就像高烧不退的病人，连连飙升。这样我就更没有和女孩谈恋爱的资格啦！

（此刻读信的你，千万别笑话我。你不是也一样，不能和女孩谈恋爱吗？呵呵。你要笑我，我也要笑你的。）

给你说句悄悄话，我还喜欢着水滴。当然，我现在已经不会像小时候那样，为了获得水滴的喜欢，不惜和你闹掰。长大以后，我仿佛懂得了更高一层的“喜欢”，就是希望她过得好，过得幸福。她临上火车前，不知倩倩说了个什么笑话，逗得水滴哈哈直笑。我听见她的笑声，由衷地高兴，因为她已经很久没有这样放肆地笑过了。时光仿佛被她的笑拉回过去，我们小时候坐在理想国操场的栏杆上，她不正是那样甜美而干净地笑着吗？

水滴离开后，我就真的成了一个人。虽然我的“孤鸟画展”取得了不错的成绩，很多人认识了我。无论是找我录节目，还是邀我加入青年画家协会，或是吃饭应酬……种种琐碎，我丝毫提不起兴趣。你们一个个先后离开我，而我心里的孤独再也找不到人倾诉。于是我只好每日读你的回信，虽然眼睛看不见，可自魏爷爷将你的信给我读过一遍之后，我竟能一字不差地记在心里。你的上一封回信实在太短了！也许你在狱中真的很忙吧，但愿你不要忘了我这个日日期盼你出狱的好朋友。

乔树，我还要给你说一件事。我的妈妈——我指的是，亲生母亲。她来找我了。当她敲开魏爷爷的家门，与我面对面的那一刻，我发现自己其实挺恨她的，我一点没有儿时想要获得母亲疼爱的感觉。反而是尴尬。这原来是最真实的“人性”吗？当你日日期盼的事，终于实现后，你反倒不会欣喜，只会怪它、仇恨它：为什么你不早点儿来呢？为什么你让我苦苦等待了这么久？你知道我是怎样度过每一天的吗？……

我恨！如果二十年前她不将我抛弃，是否今天的我会是一个过着幸福生活的人？我不会从小被骂作孤儿，被人瞧不起。也许我不会瞎，不会像个变态的幽灵，

只能在人世间孤独地游离。

我不会认她当“妈”的。我用了二十年，好不容易才接受烙印在身上的“孤儿”身份。如果我就这么轻易放弃它，便意味着我原谅了这个缺席了二十年的“妈妈”对我的无情抛弃和放逐。

我恨！我永远不会原谅她！

等你出狱后，变成中年人的我们就相依为命吧。像我们童年时那样，在理想国里相互扶持。在这个世上，我唯一能依靠的人，只有你了。你的出狱就是我今后所有的希望。

真想去监狱看你。可你上封信说，不让我去。我真搞不懂你的意思，难道你见了我，还要害怕吗？你是不是怕我见到你剃成光头的样子呀？呵呵，好吧，那就听你的，不看就不看吧。说不定哪天，我会去监狱突袭你呢！

杜浩天

乔树的回信（三）

浩天：

读完你的信，我很痛心！我恨不得马上冲出监狱，打醒你，让你快快振作。快乐是一天，难过也是一天，我们为什么不选择快乐地活着呢？

别再这么悲观地生活了，至少你现在是个实现了梦想的人。你可以画画。有一个爱你的爷爷，为你提供一处遮风避雨的家。你还有我这个好兄弟。难道这些还不值得你快乐吗？

魏爷爷将报道你的画展的报纸随信捎进了监狱。看见你的画展举办得如此成功，你都不知道我有多为你骄傲！我将报纸拿给管教看，拿给狱友们看，我得意地

对他们说："你们看！我没骗你们吧！"他们都夸你厉害，对我能拥有像你这样出色的兄弟，表示羡慕。你要努力在追梦的途中，走出一条更宽广、更光明的大道。

你别担心我，还是那句话，我在狱中很好，无论管教还是狱友都对我非常照顾。告诉你噢，上回我们拼装打火机的时候（这是我们用以谋生的工作，拼装一组打火机，会有五分钱的回报），有个狱友一不小心把工作间弄得起火，是我有条不紊地组织大家灭火，才避免了火势蔓延。监狱长在全体大会上，着重表扬了我一番，还让我在各监狱分部做报告。现在，我的减刑申请正在上报待批，过不了多久，我就可以少坐几年牢啦！你就等着我的好消息吧！

至于你怪我上封信写得很短，其原因，确实是狱中琐事不断，我们有严格的纪律，写信到外面也是有数量限制的。具体原因我就不细表了。我保证往后给你写信时，争取用最短的时间，给你写最多的话。不过，我真是没时间写得更长更多，此刻你读到这里，这封信也要收尾了。但我会努力表现，争取早日减刑出狱，那样的话，我们就能整宿整宿说话了呀！

希望你快快乐乐地生活，不要想太多。关于你的"妈妈"，我还是想劝劝你，试着给她一次机会，也许她已经认识到自己当初的错误了，回来找你也是想要弥补。——原谅别人的过错，其实就是消解自己的伤痛。心中有恨的人，最终害人害己。我不就是个活生生的例子吗？

想对你说的话太多，来不及写进信里的叮咛，已叫魏爷爷口头转告你。

你要听魏爷爷的话。

祝你天天快乐。

乔树

16

入秋的阳光被煮进了茶水咕咕作响的沸腾里，连带着使房中所有的光束都带一股熏晕的茶香。我看不见她的脸，只闻到她身上的气味。她笔直地坐在沙发上，双层大房子很静、很静，只有她微微挪动身子时，沙发弹簧偶尔咯咯地喘息，会在诡异的宁静里，猛不丁地冒个调儿。

现在，你该知道我们在哪儿了：魏爷爷的家。在这里住了三年，我已快将这栋空旷的房子当作自己梦寐以求的“家”了。但这里终究无法变成我的家——家的概念是什么？袅袅的炊烟、香香的饭菜、不大不小的屋檐下，住着一双疼你的父母。如果再幸运一些，也许还有一群相亲相爱的弟兄姊妹……可在这个“家”里，只有魏爷爷一个人，还有就是空气和阳光里无休止飘浮的尘埃。

原本我对面这个女人，可以给我一个家的。

她在茶炊咕咕响的沸腾里，咳嗽一下。只有咳嗽才能将堵在她喉咙里的憋胀发泄出来。原来是哭泣。她要好好流一会儿泪。流泪对她来说不是件新奇事，她只觉着让眼泪流成另一个容颜的自己：一个忏悔的母亲形象；一个擤红了鼻子，哭腔由缓而急的苦命形象。一时间，我居然为她全新的形象，差点原谅了长达二十年的抛弃。为了那一串串苦涩的泪水，我就要将心里全部的怨恨，堕落成谅解与放下。她的突然出现，让我从一个男孩终于堕落成男人。

我倒给她一杯茶，姿态冷漠极了，红茶从壶嘴边细细撑出一根弧线，颜色太重，仿若陈血。一如我在思念“妈妈”的时候，从我心里滴下的血。

她一声不响地瞄瞄我，喘息在安宁中屏住，直到她把茶杯端起，放到唇边去吹，然后再伸出干涩的舌尖，轻轻蘸一下杯沿。东边的太阳顺着窗户照进来，将初秋清晨的薄霜一并吹入，进来的光使一切东西都带淡淡一层霜冷。包括我对面这个忏悔的母亲形象。

她说了句什么，我没听清，声音像蚊子叫，小得可怜。我说：“什么？”听

见我开口说话，她这才大着胆子，喉咙里重重咳了一声，说：“我看了你的那期节目……”

…………

我想骂她无耻，但恶毒的指控及时悬崖勒马。还好没有骂出来，不然我真不知该如何收场。指控一旦信马由缰，后面的话就刹不住了，她的一连串苦命形象、悲情求告，马上便会奔涌而至。我不想给她任何解释的机会。

但她还是说：“见到妈妈，你不高兴吗？”

难道她不知道吗，我根本没法看见，我是个瞎子啊。我之所以看不见，还不是拜她所赐？曾经我那么想要一个“家”，所以才义无反顾地插足雷叔叔和谢阿姨的生活。是因为那个“家”的梦，才让我万劫不复。忽然，一片黑暗的晕眩攫住我，真想狠狠扇她一耳光，但我仍旧不给她进一步与我亲近的余地——有时“打人”也是一种亲近方式，特别是此刻，处在我与她如此尴尬的境地。我怕一旦伸手碰触她，便会将我对她长达二十年的仇恨，经由肢体碰触而瞬间摧毁瓦解。我绝不要这样不明不白的和解。

可她是怎么进门的？我怎么会这样不明不白地，将她放进我的生活呢？二十分钟之前，当门口响起谨慎的敲门声，我就在心里预感到，外面的人不会是个善茬。果不其然，当我打开门，面对初秋阳光里的她，心里那股可怕的预感成真了。当她又用极缓慢的口吻，对我说“我是你妈妈”的时候，我浑身任何一个部位，都像发生了一连串物理爆炸：先是脑袋一热，再是毛孔、细胞、感知……统统发热。我体内的热压不断升高，压力终于超过了辨知所能承受的范围。潜藏在灵魂里的介质，瞬间释放出来——“轰！”——我失去了知觉，麻木地将她请进屋里，放进我的生活。

我居然还给她泡茶！这个动作，不正给了她让我原谅的机会和余地吗？

她居然还敢说：“见到妈妈，你不高兴吗？”我真想狠狠捶她一顿，但我脱口而出的话，却出奇地温柔。我说：“来，您请喝茶……”

她果然比我狠。她一定看出了我的心思，所以加在语气里的苦命形象更加夸张了，宛若小丑拙劣的表演。忽地，她身体往前一倾，双手避开茶几锋利的边角，握住我颤抖的手腕。她牢牢抓住我，静默许久，酝酿许久，接着，一颗泪、两颗泪、无数颗泪，吧嗒吧嗒，滴在了我的手背上，冰凉至极。她哭着说："孩子，对不起，对不起！请你原谅妈妈！妈妈这二十年来，没有一天不想你啊！"

我用微妙的躲闪，拗开她钳在我手腕上的巴掌。我想骂她：不要脸！真不要脸！但我脱口而出的话，又是温柔的、伪装的："请您冷静！请您冷静……"

沙发的弹簧突然尖叫一声，她的身体在震惊的后撤中，被弹簧拉了回去。她捋捋乱飞的头发，拉低嗓音说："我知道你恨我……"

"您误会了，我没有恨你。"真庆幸我的眼睛瞎了，不用看见这副虚伪的嘴脸。

她绕开我试图终结对话的休止符，说："可妈妈有苦衷，当初——"

"请您别说了！"我打断她。我体内的恶心就要遏制不住爆发出来。

她愣一下。接着又是一段长长的空白。

谢天谢地，我终于等到挂钟敲响十一下，魏爷爷果然踏着钟声拧开门锁，新鲜玫瑰的香气冲淡了我的恶心。

他说："浩天，这是谁？"

还没等我开口，她也像等到特赦的口令一样，从沙发上站起，冲魏爷爷自报家门："您好魏爷爷，我在电视上见过您。我叫邹洁，是浩天的……"停顿，停顿。一个节拍，两个节拍……她下定了非凡的勇气，重重说道，"我是浩天的妈妈！"

"不！不是！"我也搞不懂自己为何会突然失控，也许我能容忍她在我面前自称"妈妈"，但我不能容忍她在别人面前也自称我的"妈妈"。我突然像一只无头苍蝇在房里乱撞，茶托上一只陶瓷杯被我撞在地上，碎得惊天动地。

热气从地上升起来，让我恶心的茶香又漫开了。

魏爷爷将怀里的玫瑰放到桌子上，慢跑两步抱住我。他回身对她说："女士，我不知道你们刚刚说了什么，但请你不要刺激孩子！"

她委屈地说："我真是她的妈妈呀！"

"我不管你到底是不是他妈妈，但孩子现在一时接受不了！请你不要再说了。"

"他刚刚还好好的……"她的每个字，都让我像吞了一只苍蝇那样，恶心之至。

"浩天，爷爷在这儿，不怕啊。你先坐下。"

"对不起！真的对不起……可能是我太高兴了，我找了他好多年，当我知道节目上的'杜浩天'就是我的儿子时，我真的太高兴了……"她开始语无伦次。开始暴露她的狐狸尾巴。

"你怎么证明浩天是你的儿子呢？"

"这是他的出生证明。"她从衣兜里揉出一张皱巴巴的黄纸来，魏爷爷接过去一看，不说话了。纸上的信息，都与杜护士在节目上说的吻合，而且右下角的章戳，也是梦城医院在二十年前盖下的。所有信息都表明，我是她的儿子，无疑。

"浩天的爸爸姓杨……"

魏爷爷不理她，捏着那张纸反复看。

"如果你还不信，我们去做个 DNA 比对吧！浩天他，真是我的孩子！"

"你说的什么话？！"魏爷爷怒了，"既然他是你的孩子，你当初为什么要扔下他！现在你又为什么要认他呢？！"

"我……"她不说话了。

我躲在魏爷爷身后，"爷爷，让她走，让她走！"

魏爷爷拍拍我的手背，对她说："这样吧女士，你先走。让我和浩天谈谈，好吗？"

"可是……我没有时间了！"

魏爷爷误会了她的意思，他以为她所说的"没有时间"，只是单纯的对我长达二十年遗弃的忏悔。所以魏爷爷说："时间还有的是。浩天是个懂事的孩子，我相信他会接受你的。不过你得给他一些时间。"

"他是我唯一的机会了……"她说。

魏爷爷这才醒悟过来，她所说的"没有时间"，原来并不单纯。

“女士，你什么意思？”

“两年前，我被查出……”她的眼睛在我和魏爷爷之间转来转去。

“怎么了？你说。”

“我被查出尿毒症……需要换肾……”

魏爷爷冷笑一声：“这就是你指的，浩天是你唯一的希望？！”

她倒不害臊，轻轻吐出个：“嗯……”

哼，看吧，狐狸尾巴终于掖不住了吧。

魏爷爷暴跳如雷：“那你想要浩天怎样呢？！”

“我已经把换肾的钱准备好了……只要浩天肯原谅我，我愿意把所有的遗产都给他！”

“你想用你的遗产，买你亲生儿子的一个肾？！”我听见魏爷爷的拳头握得绷紧，关节迸裂，发出愤怒的响声。

她突然跪在地上，哭天抢地地说：“孩子，求求你，救救妈妈吧！妈妈没有办法了！”

“你给我走！你立刻走！”一直好脾气的魏爷爷，头回在我面前发恶。

她不肯起身，膝盖跪擦在地板上，就像火柴头在砂皮纸上的擦伤，刺啦啦，响着阵阵热辣：“魏爷爷，我知道您心疼孩子。可是，天底下又有哪个母亲，把孩子生下来之后，会舍得扔下他？！我也苦啊！二十年了，我没有一天不想他的。我曾经去找过他，我跑到医院里，挨个医生问一遍……可医院每年有那么多弃婴，他们早就忘了二十年前的弃婴是哪一个！直到我看到电视台给浩天做的节目，我真的又喜又怕……这就是我的孩子啊……他就是我的孩子啊！……我终于找到他了！我终于能在死之前，见我儿子一面了！虽然我从来没有尽过母亲的责任，可您能明白我作为一个母亲的心情吗？我就是单纯想见见他，和他说说话……哪怕他不认我，哪怕他将我拒之门外，我都豁出去了！我抛下一个母亲所有的自尊，恳求我的孩子原谅我。我就要死了。我真的、真的只是想见见他啊……”

“你别给我演戏……”魏爷爷的语气变得迟疑起来。

女人不断哭着。我承认，她刚才那番话，也让我起了恻隐之心。一个女人、一个母亲，因她极端的悲苦，使我禁不住往更深层侦探她。结果，我诧然发现，我看到的竟是母爱：一种回归古老的母性，一份贯穿二十年岁月的慈爱。她那母亲式的悲苦形象里，装着受难、祈祷，和对于自身因疾病而即将死去的心甘情愿。我发现，正是她苦苦求我去做血液配型，用遗产买她亲生儿子的一个肾——这种不要脸的无耻深深打动了我。如果不是她要死了，我一定不能在有生之年，见到我的亲生母亲。那个我梦寐已久的“妈妈”。可是她马上就要死了，她把她最后的生命期限告诉了我。她就要死了啊……她才刚刚进入我的生命不到六个小时，她便要死了……她敞开自己，将一个将死之人的全部尊严，放在我和魏爷爷脚下，任凭侵害和践踏。面对如稀泥般被踩碎的尊严，她居然没有排斥，不加取舍的胸怀是无耻最优美的体现。

魏爷爷点燃一根烟，一动不动，看着她怎样敞开尊严，给我们去毁。在她的尊严被我们毁尽的一瞬间，她泪眼蒙眬的眼底，有个什么在朝我们直瞪瞪地怒放。

她的母性怒放了！

她的无耻怒放了！

她的薄情怒放了！

她的悲情怒放了！

她的无耻的尊严，倏然从整场毁灭中，涅槃成一束圣母光辉。她借助着这场不知是由我们发起，还是由她自发而起的毁灭，彻底解放了自己！她好高明！

毋庸置疑，我、魏爷爷还有她自己，都为这番忏悔所感动。魏爷爷将她扶起来，重重地叹了一口气。

“女士，你还是先走吧……”

她点点头，收起跪姿，走到门口。她忽而又说：“孩子，求你救救妈妈，好吗？好吗？……”

她一连说了好几个“好吗”。

我转过头去，将心底的五味杂陈一并转过去、藏起来。我不想让她看出此刻我的不忍。再怎么说，她都是赋予我生命的“妈妈”；再怎么说，她是我的妈妈。

17

接下来的两个月，她每一天都会出现在魏爷爷家里，每次来都买一大堆新鲜的瓜果蔬菜、牛奶麦片。她拖着虚弱的身体，在家里忙上忙下，一会儿帮魏爷爷做饭；一会儿扫地抹桌；一会儿在我画画的间歇，端来一盘削好皮的、戳着牙签的水果。

这就是来自“妈妈”的疼爱吗？我像所有处在青春期的叛逆少年，对她的关切不闻不问，任凭那盘被仔细处理过的水果氧化成枯黄的颜色。每当我画完画，发现她已累得在沙发上睡着，我悄悄走过去，凑她很近。我想摸摸她的脸，想让触感识别我的五官中有哪个部分遗传自她。可是手伸到一半，便又机警地退了回来。我从未碰触过“妈妈”，更不知道该以怎样的方式与她相处、相触。于是，我只好在她深睡之时，蹲下来闻闻她的气味，再没有更多亲近。我就像一只饥了许久的狼，太饿了，在面对突至的饕餮盛宴时，突然不知如何下口，只好掉头离开。我感到心中那一股对“母爱”的渴求，正贪婪地膨胀起来。半晌，我蹑步走开，生怕将她吵醒，突兀的相觑只会使彼此尴尬。她浑浊的轻鼾在午后阳光里唱着温柔之歌。她的存在令我心安。

一会儿，她从梦中醒来，看来她做了个好梦，语气特别欢快。她说：“浩天，快把水果吃了，不然要被小虫吃掉了呢！”我想，她一定没有扮演过母亲的角色，所以才将语气里的慈爱，特意做作地夸大。我只好从盘子里拿起一瓣苹果。她又咋呼呼地说：“哎呀！先别吃！”她冲我跑来，“你手上沾了颜料，妈妈喂给你吃。”

她穿过长长的客厅，途中因拖鞋太滑，趔趄两步。她如此夸张，只是为了给我喂一块苹果肉。她站在我旁边，心满意足地看我把一瓣苹果咬得沙沙响。她说：“再多吃两口好吗？你画画好辛苦的，人都瘦了一大圈！”她举着苹果肉，满心期许，等待我张嘴吃下，好给她亲近的机会。可我想小小报复一下她，任凭她将苹果肉举得手发酸，就是不肯从画板上转过脸，回应她的慈爱。我决心将她的慈爱当成垃

圾，置之不理，任其腐臭。

这一天晚饭时，她提议饭后带我去商场买衣服，顺便和我聊聊天。我冷酷地说：“不去。”她的欣喜凝固在脸上，不过很快就释然了，“我儿子今天累了，我们明天去逛友谊商场，好不好？”

“我不愁穿。”我说。我的意思是，没你这个狠心的“妈妈”，我一样过得很好。

“那明天妈妈陪你去公园画画。你杨妈妈在节目上说，以前魏老师总带你们去公园画画。”

真烦！

我说：“你又不是不知道，我瞎了，还怎么去写生？！”

我为我的恶毒得意扬扬，我还期待她说些什么，好让我无情地打击回去。但她半天没吭声，一串被强行压抑的哽咽从喉咙里咕噜咕噜冒上来，反倒是我不知所措了。如果在一个正常的家庭里，当儿子遇上伤心的妈妈，会有什么样的反应呢？我不知道。何况我又不承认自己是她的儿子。我只能用“瞎眼”，无视她的伤心。

她边哭边将一筷子肉夹进我碗里。我的碗里已堆满她夹的菜，要漫出来了。她强颜欢笑，说道：“儿子，快吃。你现在正长身体，要多吃的……”

我感到眼圈发热。真奇怪！我居然会被她孜孜不倦的慈爱，感动得有点想落泪。纵使我次次用无情回击她的慈爱，但她仍旧次次强忍辛酸；纵使我心里筑起的铜墙铁壁，已被她的慈爱打磨、削弱，但我讥讽的话语，仍旧不肯给她亲近的余地。我被她的忍让弄得不知所措。忽然，我说：“明天我要去看望杨妈妈。爷爷，你一起去吗？”

魏爷爷说：“爷爷腿疼，过两天再去好不好？”

“妈妈陪你去吧！”她赶忙说道。

我停了几秒，语气依旧是不屑的，但我说：“好。”

被压抑的哽咽不见了，取而代之的是一阵被压抑的喜悦。她又往我的碗里夹了许多菜：“那明天我们一起去买点水果、营养品之类的，给你杨妈妈送去。我们还可以请她到餐馆里吃顿好的。吃完饭，我们带她去买几身衣服……浩天，你看这样

安排行吗？”

“随便你。”

“那就这么定了哦。妈妈明天几点来接你呢？要不晚一点吧，妈妈想让你多睡一会儿。”

可以了。真的可以了。再装下去，我就觉得假了。

我说：“十点吧。明天早上我要把画收一下尾。”

“哎呀，”她转头对魏爷爷说，“明天您给浩天放一天假嘛。”她的语气变得像个小女孩，刺耳地娇嗔。

“不用你来规划我的时间。”我冷冷地说。

“好好好，妈妈随你的时间来。”她住了嘴，又给我夹了一口菜。

第二天，还不到八点，她就敲开了魏爷爷的家门。我还在床上睡着，迷迷糊糊听到楼下传来她一边扫地，一边哼着小曲儿的声音。她跟魏爷爷正说着什么，两个人低声在笑，我不耐烦地用被子捂着头，又陷入睡梦中。

醒来后，我发现我习惯穿的拖鞋不见了，床脚下摆了一双软乎乎的新拖鞋。梦城这几年的冬天越来越难见到雪花，阴森森的湿冷直往人的骨头里钻。我没好气地趿着新拖鞋，才发现我的旧衣服也不见了，枕头边的毛衣、毛裤是新打的，穿时会起刺啦啦的静电。不用说，这些变化一定是她的杰作，她正悄无声息地渗透我的生活。果然昨天给了她太多甜头，今天的她简直不知羞耻、为所欲为！

走到客厅，魏爷爷正在和她看电视，晨间新闻聒噪难耐。见我摸黑走来，她赶忙跑来扶住我，将我拉到餐桌边坐下。

“听魏爷爷说，你从来不吃早餐，这样可不好哦。”她将桌上的杯盘碗盏推给我，“来，先吃点粥，再把鸡蛋吃了。牛奶不能空腹喝，所以要最后再喝。如果你不喜欢喝牛奶，妈妈还给你打了一杯果汁，供你选择。反正早餐一定要喝点什么，但是不能喝咖啡哦，对身体不好——”

“你烦不烦啊！”我粗暴地打断她。

她却像什么都没听见，快乐地帮我剥着水煮蛋，蛋壳砸在碟子里，叮叮当当，十分动听。

魏爷爷看不下去了，说：“浩天，爷爷不许你对你妈妈这样说话。”

“爷爷！”我说，“她又不是我妈！何况她做这些，只是想让我给她一个肾！她在演戏！你看不出来吗？”

魏爷爷拄着拐杖，在地板上狠狠敲了一下，走到我面前说：“给你妈妈道歉！”

我愣在原地，不明白两个月前还与我站在同一阵线的爷爷，怎么会突然叛变。

“快，道歉！”爷爷威严地说。

“我不！”

她尴尬地笑了一下，说：“哎呀，不用不用……”

“你知道外面有多冷吗？！你妈妈每天顶着严寒过来，到家里陪你！”

“她在演戏……”我承认，在她生机勃勃的慈爱里，我没了气势。

“你怎么那么不懂事？你真的不知道，你妈妈每天来陪你，是为什么吗？”

我不说话。

“你妈妈有病！你妈妈有尿毒症！她快死了！她每天来家里给你做饭，给你打毛衣，就是想趁着还能走动的时候，多来陪陪你！”魏爷爷的语气缓下来，“浩天，一个人可以没有出息，但是不能不孝……”

我忽然忍不住哭起来，眼泪和水煮蛋一起滑进嘴里，她的手在我的背上不停顺抚：“好了浩天，不哭了，妈妈不知道你喜欢吃什么，妈妈错了……别哭了，好吗？……”

我们的皮肤隔着一层薄毛衣，紧紧挨在一起。时光仿佛退回二十年前，我还是个刚成人形的胚芽，在她温热的子宫里安睡。此刻，来自母体的、早被我遗忘的安全感，从遥远时光之外，轻而狠地攫获我，让我的冷漠溃不成军。原来，与母亲相触的感觉竟这样好，好到让我舍不得放手。我真想狠狠抱住她，将脸埋进她温暖的怀里，就像二十年前，做她肚子里那棵沉睡的小胚芽——如果时光可以倒流，多好！

这一刻，我心中所有关于母子之间亲疏的怀疑，都消失了。

这一刻，我知道她在期待我喊她一声“妈妈”，可是我仍旧喊不出口。

我们在友谊商场给杨妈妈买了几件衣服。之后的两小时，我们在商场的男装区一直闲逛，她好像找不到适合我的衣服，在货架前反复挑选。后来她干脆不选了，将所有她认为我穿上会好看的衣服都买下来。和杨妈妈吃完午饭后，她提着很多纸袋，陪我在冬日的梦城散步。我听见她微喘了几声，明显累到不行，可她的脚步仍旧快乐。

我说：“我帮你拿一点。”

“那怎么行？你的眼睛看不见，提东西会失去平衡的。”

“不会。”我摸着黑，去抢她手上的纸袋。

“那你提这个。”她将一个最轻的袋子递给我。

午后温暖的阳光，直直照在地上。一阵大风刮来，将地上的枫树落叶吹得弥天亘地。我们走到梦城公园，她问我：“儿子，你累吗？我们在公园里坐一会儿吧。”

我不累，但是我知道她累了，所以我说：“好。”

一时间，我们都不知该说些什么，只好聆听落叶翻涌。她抬起手，解下束在头发上的橡皮筋，又把少得可怜的头发重新扎好。药物的副作用快要把她的头发全拔光了，青头皮从碎发里袒露出来，像个苍老的奶奶。我说：“以前魏爷爷的女儿魏老师，总带我们来梦城公园写生。后来，我不常来了……大家看见一个瞎子画画，就像看怪物那样。我很不舒服。”

她想用粗糙的手抚摩我的脑瓜，可我巧妙一躲，躲过她的爱抚。“儿子，妈妈一定会想办法把你的眼睛治好。”

“没戏，我从来不指望自己还能看见……”

“别这么悲观嘛。”她说。

“你的病，会痛吗？……”我也伸出手，想摸摸她的身体，以为这样就能让她体内的疼痛减少一点。可最终，冷漠战胜了勇气，我没有那样做。我与她生分了

二十年，突然的亲密无间只会令彼此难堪。

“妈妈习惯了。”

“如果……我是说如果……我把肾给你，你的病会好吗？”其实，我想说的是：如果我治好了你，你还会像二十年前那样离开我吗？你的出现、你对我所有的好，是不是只为了获得一个肾？

可她说：“儿子，妈妈已经想开了，我不会再逼你了。现在我只想让你快快乐乐、健健康康地活着，哪怕妈妈死掉。”

我没有再接续“捐肾”的话题。我怕如果继续往下说，就要后悔此刻在心里做出的决定。

迎着冬风，我问她：“你当初为什么要扔下我？”

她没有伤感，反倒笑笑。围裹在她周身的气息，倏忽变得遥远起来。风凄厉地尖叫着，与二十年前那个风雨交加的夜一模一样，唯一的区别，只是一个在夏季，一个在冬天。

然后，她便把困扰了我二十年的身世之谜，全部解开了。

18

“孩子，叫一声妈妈吧，叫我一声妈妈——”

刚从护校毕业的杜护士，从病房外闪进来，看见病床上刚苏醒的她的脸上绽开两朵酒窝，正爱怜地抚摩着婴儿的脸庞，如此说道。

“孩子才刚出生，哪里晓得喊妈妈？孩子最早要九个月才会说话，晚一点的，起码要两岁呢！”杜护士边说边走到窗边，将敞着一条缝的窗户关严。

她从分娩的剧痛中回过神来，看见白色窗纱里透进妇产科外面的苍翠大树。闷雷在滚滚乌云里粗声喊着，她从没见过如此多雨的梦城盛夏。三天前，她住进医院，阴雨便断断续续下个没完，肮脏的褥子浸着潮气。她提不起力气答杜护士的话，只用眼睛盯住婴儿，她时而挪一挪被剧痛麻痹成朽木的下半身，每动一下，剧痛便夹着分娩的喜悦，再次攻上感官。可她真是很喜悦的。悲到极致的喜悦。

“邹姐，有什么不舒服吗？”杜护士看见她脸上的痉挛。铁质床头上，蓝色文件夹挂着一张病历单，将这位新生母亲的信息，赤白白写在上面。杜护士操着浓重的梦城乡音，将“邹”念成“周”，而她的年纪确实比她大很多，三十岁才生头胎的女人是不常见的，她该叫她一声姐。

现在，她觉得这位杜护士的聒噪，实在让人难以忍受，可无底的寂静会让她更加难以忍受。枕边的婴儿过分安静，不哭不闹，睁着水汪汪的小眼与她对视。她心底好惧怕，难道这个才从肚子里钻出来的小婴孩，是在用过分的乖巧，博取她的留恋吗？难道她心里的恶毒，全部被他洞穿了吗？

杜护士还在忙前忙后，一会儿扫扫地，一会儿掖掖产妇和新生儿的被角。她是个初来乍到的实习生，不敢有怠慢，万般谨慎。这一天是中秋节，医生们帮她接生完，都回家过节了。医院里空寂得很，杜护士干脆坐到她床边的小凳上，陪她说话。

“姐，生孩子是什么感觉啊？”

她鼻子里喷出一声不耐烦的低叹。

“姐，你看这小孩多乖巧呀！”

她干脆把被窝里的身体向右斜转，也不管转动时会引发的剧痛觉醒。

“姐，你想好给他取什么名字了吗？”

她终于忍不住要爆发了。是她的错觉吗？她怎么觉得，这个小孩以及这个像小孩一样的护士，今天都在将她心里的恶毒念头往回拽呢。护士的每句问话，都如一把尖刀，狠刺着她心里不愿承认的，对于这个新生儿的不舍与疼爱。

“姐，我从很小的时候，就想当妈妈呢。”

她知道，如果再不接受她的攀谈，护士女孩一定会锲而不舍。她疲惫的声音从被窝缝隙里传出：“你还是个小孩呢，就想当妈妈啦？”

“我觉得吧，孩子一定得早生，不然等孩子大了，你就变成老太婆咯。”

“你骂我是老太婆。”她真的被她逗乐了，竟不自知地弯起嘴角。

“杜护士，你的家庭是不是很幸福？”

“姐，为什么这么问？”

“看得出来。”

杜护士甜蜜一笑，却使用了一种既怀疑又肯定的语气，以至于护士的回答在她听来，就像是对她这个不幸之人的炫耀，“是吧。……我爸爸和我妈妈的感情很好，虽然有时候，我和爸爸会被妈妈的唠叨，弄得崩溃！”

她的嫉妒一下子掩不住，见她没有说话，杜护士又自顾自地说道，“姐，你看他多可爱。他真是我见过的最安静的小婴孩。”

她从被窝里掏出手，将贴在婴儿脸边的褥子往旁拨拨，婴儿的呼吸立刻清澈起来。“唉！”她叹一口气，自嘲般地说，“如果他现在就能叫我一声妈妈，该多好！”

“再等几个月，小孩子学语很快的。”她咯咯地逗弄着属于别人的孩子。

“干脆我把他拿给你养吧……”她说。

“姐，你说什么傻话呢！”她把她的话完全当作了玩笑。

躺在床上的女人，半天没有再说话。天色阴沉沉的，连带着使病房里的欢乐氛围也变成幻觉。婴儿依旧安宁，就连滚过的闷雷都没能惊动他哭泣。

“姐，怎么没见你的丈夫和家人？”

她笑笑说：“今天中秋节嘛，他们忙着团圆，一会儿就来看我了。”她在心里笑自己，从前她可没这么虚荣，今天倒和身边的小护士犯起别扭来。

“那我去给你端晚饭，你先喂孩子吃奶。”杜护士笑着往门口走。

刚到门口，她就把她叫住了：“杜护士，麻烦你，能帮我把窗纱拉开吗？今天是中秋节，我想看看月亮。”

杜护士返身走到窗边，将雾罩着薄薄一层白色的窗纱拉开，窗外的树影在风中摇曳。太阳早就不知所终了，但一轮圆满如盘的黄月亮，却躲过了厚实的乌云，在墨蓝如海的苍穹间高悬。杜护士不知什么时候离开了，病房里重新安静下来，也许是她将那轮完美的圆月看呆的缘故，所以才忽略了周边的图景。今天是中秋呵，连坏天气也没能破坏中秋佳节的团圆意境。此刻，圆月于她是个大写的讽刺，她马上就要在团圆里，与进入自己生命不到十二小时的儿子，永远分别。

她告诉自己，我一生都不会再过中秋节了。

当杜护士端着晚饭走回病房，她早已消失。病房的窗户洞开，漏入的风将白窗纱吹得直飘。房中还留有她温热的奶香气，婴儿孤独地躺在奶香里，放声悲哭。杜护士在走廊里大喊她的名字：“邹姐！邹姐……”每一声呼喊里都加着婴儿的悲哭，而每一声呼喊都像在替婴儿悲哭。过了几十分钟，她才意识到，女人不会回来了，她真的抛下了孩子，消失在中秋的满月中。她匆匆跑到值班室，给每一个医院领导打电话。

就在医院领导骂骂咧咧赶回医院，痛骂这个坏了他们一家团圆的女人时，女人拖着虚弱的身子，回到了那个寒酸的家。——二十年后，当她第一次敲开魏爷爷的家门，我就闻见了她身上的寒酸气味。这种气味绝不是一两天就能养成的。事实印证了我敏锐的感觉。

她穿过一些大街小巷，满城桂香里，人挤着人，暖烘烘的。人们拍着蒲扇，享受着雨停后的秋凉，观赏烘云托月。她一路走着，雨后的月是天空中温着的火炭子，呼哧呼哧，绝色朦胧的一个画面，马上要熄掉似的，又给晚夏里最后几声蛙鸣连了起来：“呱呱，咕咕……”无穷无尽。

快到家了。她家这一带，是梦城的城乡接合部，那些排列的红砖房子，一到这里便倏地矮塌一截，变成一溜破平房，七零八落，好像要被挤得摇摇欲坠，坍往旁边的污水里去。人群的喧嚣到了这里，突然消歇，变得荒芜起来。住在这里的人，大多是些地痞流氓，他们成群结队、昼伏夜出，如同一队队首尾相接的黑蚂蚁。她爱了五年的男朋友，也是蚁群里的一只。五年前，就是他从遥远的外乡将她带到这里，带到她所妄想的爱的新世界。

“新世界”是一个不足十平方米的家，蟑螂猖獗地爬着。唯一的立式衣柜，还是他早死的父亲和一年前被他气死的母亲结婚时置办的物件。如今这个新世界也沦为陈旧。她打开家门，三天没回的家，灰尘密布。摆在立式衣柜上的男人遗照，正冷酷地看着她，像是在抱怨：你都三天没给我上香啦！——就像多年前，男人对她抱怨：还不去做饭哦？我要饿死啦！

那一天晚上，她告诉男人，她已经有两个月没来例假。然后呢？我可能怀孕了。等我干完晚上这一票，明天陪你去医院。

“在家陪我，好吗？”她拉住男人的衣角。

“兄弟们约好的！不能不去。”他往裤腰上别着砍刀。

“如果你今天走了，信不信我把孩子做掉？！”她忽然暴怒起来。

“你威胁谁呢？你不去做，我明天也会拽着你去医院做掉的！”男人甩开她的手。

直到他把她带到爱的新世界，她才惊觉，原来他干的是地痞流氓的勾当。上头有个“老大”养着一批像他这样的喽啰，专替老大解决不能解决的麻烦。就在男人甩开他，决然踏入黑夜的这一刻，她心里有个强烈的预感：他今晚回不来了，他再也回不来了……

事实印证，我的绝妙灵感果然遗传自她。当两群黑蚁部落相杀，总有一方要灭了另一方。两群黑蚁浩浩荡荡地在树林里碰头，腰带上的砍刀不由分说地在夜中闪出冷凛寒光。咬到最后，他们甚至分不清对方是敌是友，乱砍一通。漫天的血腥味刺激着他们的神经，有人倒下了，有人死掉了，却没人临阵脱逃。这依旧是个满月的夜晚，不过离中秋还有八个月的长日。她抚摩着微微隆起的肚皮，站在新世界的大门口，兀自望月思忖。月光真好啊，将寒酸的“新世界”照得光彩熠熠。

男人就在这一片美丽的月色下，窜逃，进攻……

忽然，从男人臂上涌出的鲜血，染红了女人眼中的好月亮。

男人感到疼痛开始攻心。女人享受着月光洗礼。

男人失血过多，以致头晕脑涨，在他趔趔趄趄想起要跑时，头部又挨了凶猛一刀。女人抬头望月，望着望着，感到微微头晕。原来月光之美竟也能让人头晕脑涨。

男人轰然倒地。女人返身回屋。

……

月亮终于在西天里淡薄，火红的太阳由东边升起，她确定他不会再回来。果然，事实印证，她的预感是极准的。唯一有过的预感纰漏，是在他跟着父母去老家走亲戚时，她与他的再次相见。她是他的表妹，五岁时见过一次。再相见时，就是二十五岁，中间隔了整整二十年。她也不知道自己的生命里，怎么会有这么多个“二十年”。她与儿子的再次相见，也是隔着二十年。

让我们回到她的第一个二十年。

他和父母去乡下走亲戚，借住在她家里。一个午后，他在田间遇上插秧的她。她家里太穷，没人肯娶她，活活把她等成了老姑娘。她父亲嫌她啃老，她母亲嫌她没用，从此她就变得很安宁。但他在这一刻，洞察了她安宁深渊下的不安。她的薄衫子上，沾着湿扑扑的泥土，将里面肉色胸罩浮凸出来。他脱掉鞋，帮她一起插秧，老女孩吓了一跳。此后一个月，他们总在田里悄悄约会。等到他要回梦城的头

天晚上，他将她约到屋后的鸡笼边，没有使用征求的口吻，而是一种命令。他说：和我回梦城！

再让我们回到她的第二个二十年。

四十五岁的老女人、老妈妈，因为尿毒症，找到了二十年前被她遗弃在医院的亲生儿子。她想用生命最后的时光，弥补这二十年的母爱空缺。此刻，她和儿子坐在梦城公园的长椅上，聆听落叶翻涌。她预感到自己的生命，不可能再出现第三个二十年。因为她已放弃了最初的私念，不再希望儿子用肾拯救自己。她在等死。死，是她现在唯一的期望。因为她心中正在升起一个充满母爱光辉的念头。这一刻，她终于确信，命运将儿子重新推给她，便是勒令她来完成这个使命的。只有使命完成，她才能真正如愿地踏进爱的新世界。

她感到久违的温情正悄悄漫过心脏。她终于忍不住了，一定要听儿子亲口喊一声“妈妈”。如果第三个二十年注定不会来到，那么，就让遗憾终止在与儿子重遇的这个二十年吧。

她像二十年前那样，抚摩着儿子的脸庞，静幽幽地说道：

“孩子，叫一声妈妈吧，叫我一声妈妈——”

19

只剩下我和她。静下来的梦城公园。

她向我说了那么多过去的事，可我因视觉的丧失而敏锐起来的听觉，却只将二十年前发生的一切，听进些破碎。整个过程在我脑中一直是一片昏暗。一片昏暗的孤独和感触，理解和原谅。她噙着泪，脸上是被苦难雕刻后的笑容。苦笑。

冷风中，她抓起我的手使劲搓搓，又放到嘴边呵气：“儿子，冷吧？”她说。她从纸袋里拿出刚给我买的一件羽绒服，为我披上，仿佛完成一次成功的乞讨那样，可爱而可哀地笑着。

我在颤抖。不是因为天气寒冷，而是我不知该如何面对此刻心里对于她这二十年来的遗弃的原谅。我不能原谅自己对她的原谅，就如一个正在暴怒的人，突然间的自我背叛，那种屈辱是对人性致命的一击。所以我无论如何，也不能答应她的乞讨：“孩子，叫一声妈妈吧，叫我一声妈妈——”我不知如何消化自我的背叛，只得任凭她拉住我的手，放心交给她暖。在握到那个缺席了二十年的母亲之手时，我顿时体验了母爱是个甚况味。我没有把意外、惊恐甚或欢欣，呼喊出来。她看见我瞎掉的眼睛寒噤一下，像靠近一只太阳下慵懒的小猫，以为即将摸到一个温暖的躯体，没想到它竟是死的。

她用嘴护住我手上的余热，憋不住的咳嗽将几滴清痰溅进我手心。我哭起来。哭得太突然，毫无头绪。也许是她憋不住的咳嗽提醒我，使我这才有所意识，坐在身旁的竟是一具即将被病魔带走的躯体——我生怕吵醒太阳下温暖的小猫，可它却是死的。她的咳嗽激发了我所有的感动。那样的哭需要调动心里满满的不舍。

她没有干涉我哭，欣赏着，让它自生自息。带一点儿心爱的慈悲。

她没有安慰地抱住我说：“好了孩子，一切都会好的，妈妈会永远陪你……”她不知道如何靠近生疏了二十年的亲生儿子。她不知道。

我们之间隔着“黑”，也许不是彻底的黑，因为我的瞎眼能看见一种雾蒙蒙的

“灰”。那就是“灰”吧。至少我们之间的距离，不是像“黑”那样一味地决绝——弱化的灰色意味着我们还有靠近的余地。她突然将我的羽绒服领子往颈子里掖掖，我一下就记起了二十年前，和她躺在病床上时，她替我掖襁褓的画面：她身上喷着妊娠时的血腥和妊娠后的奶香。所有母爱都堆在气味里。

刹那间，我很快乐。不，不是简单的快乐，而是幸福。我幸福极了，那种母子之间没有疏离、没有隔阂，最贴心的感受。重遇母亲后的所有不适，没有了。我们都说着最体己、最知心的话，那些没有夹杂任何乞怜与恨意的简单言语。二十年前，扮演狠心母亲的那一段，在她对儿子的乞怜和儿子对她的恨意中，兜了那么大一个弯子，又回来了。那兜出去的二十年，居然变成了必要的过程，否则此刻的母与子，怎么会有新妈妈和新生儿之间那般毫无隔阂的默契呢？

我感到冬阳映照下的中年女人，她青头皮上的枯发、骨骼的阴影……一切遥想中的她，都在我黑暗的幻想中显现出来。我幻想中的她比她本人美得多，我看见二十五岁的女人母爱充盈，被中秋之月染上凄冷光色的睫毛和眉毛，都给月光上了一层淡妆。

我能够看见，母亲和孩子开始在一起生活的画面。从这个黄昏开始，一路穿回二十年前的中秋夜。美丽的月亮，连接二十年岁月快乐而幸福的家庭团圆。她与我，一同生活下去，活下去。忘记了曾经的遗弃，不记得过去的交恶，只憧憬未来。

我必须承认，我开始爱你了，我的妈妈。

三天后，我让魏爷爷把她约去医院。前一晚，我在她留下的“器官移植同意书”上签了字。第二天，温暖的冬阳爬过树梢，我们在医院碰头。可我感觉，她一点都不高兴，在陪我走向抽血室的途中沉默不语，甚至故意拖慢步子。我调侃她：“怎么？你不是一直想要我这么做吗？”她笑笑。魏爷爷也说：“小洁，这是高兴的事啊，如果浩天和你的配型成功了，以后你们母子就可以好好生活在一起了。”她又笑。我知道她在担心什么，不就是怕配型不成功，反而落得一场空欢喜？我说：

“我问过医生，配型成功率高达百分之六十！”

在针管扎进手臂的前一刻，她制止了医生。她轻轻对我说：“儿子，谢谢你。”我用右手去握她伏在肩膀上的左手，我们的五指在肩头上交错，像一对落难的盟友，彼此给对方加油。我听见她嘤嘤哭起来。我说：“哎哟，哭什么，不就是扎一针？”

突然，我们交错在肩头的五指，感到一股凶猛的拽力。她在把我往外拽。她说：“儿子，走，我们走！”

魏爷爷慌忙问道：“怎么了？”

“没怎么，我就是不想做移植手术了。”

“为什么？”我问。

“妈妈只要你健康地活着。”

“少一个肾，死不了人！”

“走！我们走！”她的力气惊人得大，一把将我拽出抽血室。

踉踉跄跄地走到医院外面，她这才像泄了气的皮球，瘫坐在广场树荫下的石凳上。她捂着脸痛哭，以至于我和魏爷爷都不敢说话。本来我一腔怒火，好不容易我才被她感动，同意割掉一个肾，救活她的命。可临到头，我所有的决心都打了水漂。

等她稍微平复心情，我才坐到她身边，重新用五指去找她的五指。原来，亲疏之间，真的只是一步之遥。我才不过主动了一次，第二次的手手相握，就能做到如此滴水不漏、宠辱不惊。我握着她的手，问道：“你怎么了？”她凶猛地摇头，嘴里迭声说：“没什么，孩子，没什么，妈妈只是很感动……”

我说：“等我把肾给了你，你再好好感动吧！”

魏爷爷把她送走后，我又偷偷回到了抽血室。半个月之后，医院打电话给魏爷爷，说配型结果出来了，可以做肾脏移植，但受体人拒绝在文件上签字。我这才知道，她的拒绝不是演戏。

那一天，我和魏爷爷怒气冲冲地来到她家。这还是我第一次走进她的生活，并没有想象中破落。三年前，她开了一间按摩店，赚到一些钱。如今她住着一间七十平方米大的房子，房中的一切都是新的，可依然掩不住她独居的寂寞气息。桌子上摆着一碗剩饭，还有几根没吃完的蒜茸青菜。看见我们到来，她慌忙说："怎么不提前打招呼？我去买点水果和菜，中午就在家吃吧？"

我真把自己当成了她的亲儿子，毫无陌生感地坐在沙发上，对她命令道："不急，你先坐下。"

她像天底下所有对于儿子有愧疚的母亲一样，听话地坐上沙发。她对我和魏爷爷嘿嘿一笑，知道我们此行的目的，是来讨伐她的"拒绝"。

我呷一口热茶，说："为什么不签字？"

"浩天，你想不想吃巧克力？妈妈这里有进口的巧克力哦！"

"别动！"她刚要起身去拿，又被我呵令坐下。

"我问你，为什么不签字？"

"你这孩子……"她笑笑，"对别人说话都轻言细语，怎么对你妈妈这么凶呀？"

我们都没有过共同的母子生活，自然不知道，天底下所有亲密的母子关系，都是儿子幼时，妈妈训儿子。妈妈老后，儿子训妈妈。

"只差你签字，医生就可以定下做手术的时间，你却一拖再拖！难道你不了解自己的身体状况吗，你以为你还能拖得起？！"

"浩天！"她半是撒娇半是嗔怒地说，"妈妈不是要拖……"

"那你等什么呢？快签字啊！"

"不签。"

"你！"我气急地说，"你怎么不懂我的苦心！"

魏爷爷哈哈笑："小洁，你就听浩天的。我们问过医生，都说摘一个肾不会影响身体。浩天今天急着来找你，就是担心你，你别气他不懂礼貌。"

"我知道……可是，"她叹息一声，"我得病三年了……怎么不了解肾对于一个人的身体有多大影响？他是我的亲儿子，我宁愿自己死，也不要他受到伤害。"她

将这串话说得轻描淡写，却很坚定，“反正我下定了决心，无论如何我都不会签字的，你和浩天不用劝我了。还有，正好你们今天来，我就把早想交代给浩天的事，一并交代了。我去拿点东西，请等一下。”

她走进卧室，拿出一个信封袋：“这里面是我这套房子的房产证，还有一笔六万元的存款，我已经给律师说了，等我死后，这些东西全部留给浩天。”

说完，她笑一笑，可我的心却在痛。我说：“我不要！”

“浩天，听妈妈的话，就这一次……好吗？”她说完，将信封交给魏爷爷。

我最终听了她的话，不再逼她接受移植手术。在我二十岁的这年春天，我暂时搬去她家里，和她共同生活，陪她走完最后的人生。每一个白天，我们都很快乐。早起去市场买菜，回来就窝进厨房。厨房成了我们的秘密花园。她说她从来不吃黄瓜和西红柿，她说她最爱吃苦瓜和香菜……她告诉我，这二十年来，梦见过很多次与我一起在厨房做饭的样子。她说她之所以买两室一厅的房子，就是为了给我留一间卧室。可我不愿自己睡一间，我吵着要和她睡，她笑笑说：“你都要满二十一岁了，还和妈妈睡一起？”我却直接扑到她床上，把自己卷进被子。

可一到晚上，当我听见身旁传来她轻微的鼾声，我就怕了。我不敢睡，我怕这温柔的鼾声，会在睡着之后突然断掉。每当第二天，床边传来她轻轻的叫醒，我就很快乐。于是又重复每一夜的担惊受怕。后来，我就一定要捧住她的脸才能入睡。她的脸已瘦得厉害，两腮往里深深凹陷，日复一日，她的脸越发消瘦，我就知道，无论再怎样担心，该来的那天不会远了……

可我只是希望，她能陪我过一次生日。在我二十一岁的中秋节，母子团圆。

暑热过了，秋凉一日日烈起来，月亮一日日圆起来。在月亮还差五天就能变成满月的时候，她被送进了急救室。

那一晚，她把我喊到阳台上。她打开窗户，对着月亮感叹：“孩子，二十年前的月亮真是太漂亮了。决心把你扔下的时候，我就想，这辈子怕是要辜负这么美的

月亮了。从那一天之后，我就不再过中秋节，甚至不敢抬头看天空。但妈妈很高兴，你能陪妈妈过一次中秋。妈妈一定要挨到五天以后……”

可是，才过了五个小时，躺在我身旁的她，呼吸就开始急促。我匆忙拨打魏爷爷的电话，将她送进医院。很奇怪，站在急救室外面的我，出乎意料地冷静。甚至当医生告诉我，她已经断气的时候，我也没有一点悲恸。

我慢慢走进急救室，一屋子药水气味。我慢慢走近她，那只阳光下慵懒的死猫。

不是说好要陪我过生日吗？她再一次遗弃了我，就像二十年前，无情地消失在我的世界。我在她身旁蹲下。如今，我的双手已能快而准地找到她的脸。我捧起她的脸，温暖已冰凉。

开始有点想哭了。滚烫的泪滚下来，滴在她渐渐冷却的身上。你醒醒呀妈妈，你醒一醒好吗？我还从没见过你的样子，你等我能看见之后再死好吗？如果你等不了我那么久，就请再等五天。等我在团圆的月亮下，喊你一声“妈妈”，你再死好吗？……“妈妈！妈妈！你醒一醒啊！”完了，我怎么把心里话给喊出口了呢？

静下来的急救室，响彻着我的呼喊。

“妈妈！”

你不是让我喊你一声“妈妈”吗？

妈妈你看，月亮圆了。我们终于团圆了。

中秋那日，月亮圆了，我捧着妈妈的骨灰上山。第二天，她的律师找到我，我这才知道妈妈坚持等死的原因。除了那一套房子和六万元的遗产之外，她还留给我一样东西。

20

给乔树的信（四）

乔树：

听魏爷爷说，因为你在狱中表现良好，又减刑了，这是半年来我听到的唯一的好消息。

随信给你寄去五千元。你一定很好奇，我怎么会有这么多钱。首先，司马老师帮我联系了一个台湾的收藏家，他买走了“孤鸟画集”中的其中两幅，赚得一千五百元。我终于可以自己养活自己。其中一千元寄给你，五百元给魏爷爷，他照顾我这么久，这些钱不足以表达心意。另有四千元，是我的妈妈留给我的遗产。

是的，她已经不在了。

半年前，我还在仇恨她。我以为她的突然出现，是要实现那个不堪的目的。所以我恨她！我恨她没有尽到母亲的责任，却让我承担儿子的义务。

可不知道从什么时候开始，她不再提“捐肾”的事，一门心思地照顾我，每日来魏爷爷家，风雪无阻。我得以感受来自妈妈的爱。以前在理想国，听你说起你家的事，那时我多羡慕你，你的爸爸妈妈像一对护仔的豹子，替犯下大错的你挡住一切磨难。因为你的故事，我没有一刻不想见到自己的父母。我背负了整整二十年的孤儿身份。太孤单了，以至于当我的妈妈真的出现，却不敢接受她的爱。我怕自己一旦开始爱她，她便又要离我而去。

因为懦弱，我错过太多，甚至错过了最后的母子时光。不过还好，在她生命的倒计时，我虽然未曾对她亲口承认，但心里却实实在在地接受了这位妈妈。只是，我有一个太深的遗憾，永远不能弥补了。她生前希望我喊她一声“妈妈”，我却一直喊不出口，直至她闭上眼睛，我才觉出悔恨。

我不知道，现在的自己是一种什么感受。她死的时候，我没有哭。我以为我会睡不着，但我每晚的睡眠都强悍。我以为我会梦见她，但我在梦中寻找许久，她始终没有出现。前两日，魏爷爷请来他的一位朋友，他是梦城资历最老的心理医生。给我看完病后，我无意中听到他对魏爷爷表达了担忧。他说我病得不轻！怎么可能？！一个人的心，怎么会得病？

前日，魏爷爷让我给你写信，将埋在心里的话说给你听。除了你，我又能跟谁说心里话呢？

乔树，我的眼睛就快好了。说到这，眼泪突然涌上鼻头，酸酸涩涩的。如果泪水弄花了我的字迹，请你仔细些看信吧，我也没有办法。

如果我的心真的得病了，也许是我第一次想到死的时候。活着真没意思！我怎么没有想到，我的妈妈一直在等死，只是为了将她的眼角膜捐给我呢？活人是不能捐角膜的呀！我居然还误会，她的出现是带着无耻的目的！原来最无耻的人，竟是我！是我，亲手杀死了我的妈妈！

我好想死！我特别想死！

有一天晚上，我真的要用刀割开动脉了。你不要怪我，如果换作是你，在亲手杀掉妈妈之后，你也不会苟活的。不过，魏爷爷将我看得很紧，以至于当我正举起刀，准备割腕时，他就冲了出来。他冲我咆哮：“浩天！难道你忘了吗？你还在等乔树啊！”我的心一颤。是啊，我怎么能在这么关键的时候忘了你呢？我一下就没了赴死的勇气，因为我还要等你出来。

可是，你到底要什么时候才能出来？！我真怕自己等不到了，就像我的妈妈没有等到陪我过完生命中的第一个生日，还有我与她都期许的，第一个团圆中秋节。

杜浩天

乔树的回信（四）

浩天：

你这个傻瓜！你怎么可以不爱惜自己的生命！逝者如斯，你应当好好活下去，不仅要为自己活，还要为逝者而活！如果你的妈妈在天之灵，看到你如此残害自己，一定会痛心不已的。答应我，以后无论遇到什么事，都别轻易放弃自己的生命，好吗？

其实魏爷爷在送来你的信之前，就跟我说了你的妈妈将眼角膜捐给你的事。一方面，我很难过，难过于一位母亲的伟大！她用自己的死去，交换了你的新生，所以你更得坚强；另一方面，我又为你高兴，虽然你的妈妈走了，但她会永远活在你的眼睛里、你的心里、你的爱里……

我整日眺望着监狱围墙外的世界，就像我们曾在理想国的栏杆上，眺望梦城的景色那般。空中，鸟儿飞过，白云飘过，它们那样自由自在。每当这时，我就特别感伤。高压电网将我们分隔，厚厚的铁门挡住我们的友情。我心里也存着快快见到你的愿望。每到夜晚，我在我的梦中，就变成了那只鸟、那片云，飞进你的梦里，给你送去安慰。

所以，我也答应你，一定会好好改造、服刑，争取早日与你相见。

浩天，你要快乐起来！别让我和魏爷爷担心。要知道，这个世界上还有许多疼爱你、关心你的人。

乔树

21

簌簌的雪花是半夜开始下的，伴着微风，将病房外的梧桐枯叶吹得白晃晃颤抖，一枚一枚仿佛婴儿般，被松软的雪泡子，镀上一层雪白肌肤。老鼠在旁边的病床上打鼾，规律的吸吐将夜的静谧打碎。又一年冬天了。

麻醉退去，痛感爬上眼梢。昨天下午三点，我被推进手术室。我记得，当麻醉在身上逐渐发生作用，意识似乎跌进一片幻境，妈妈终于走入了我的梦。她悄悄站在我身边，脸庞模糊。很奇怪，按说我夜夜捧着她的脸入睡，早应将她的样子摸出，可妈妈仍旧在梦中模糊不清。不过，我能感到她的微笑。她将那张模糊的脸伏下来，凑近我，“儿子，别怕啊，手术很快就做完了……”我记得我哭了。我想努力捧住她的脸，就像每个睡在妈妈身边的夜。她一直微笑，被摘掉角膜的眼睛，如两个黑森森的洞穴。

雪的窸窣将最后一丝麻醉的昏沉抽离，我才知道，不过梦一场。雪让一切恍若隔世。我抬起手，摸了摸蒙在眼睛上的纱布。我眼中最后一点“灰色”也被纱布夺去，变成了彻底的黑暗。不过再有几个月，我就能够看见光明——要想见到光明，必先历经黑暗。

黑夜虽漫长，还好曙光一定会来。阳光透过玻璃，将温暖洒到床铺上，雪终于停落，风也不吹了，只有远处几声狗叫在日与夜的交替间，为世事的入梦，唱一首安眠曲。魏爷爷踏着寂静打开病房门，见我靠在床头，原本轻微的步子亮起来：“浩天，你什么时候醒的？”

“半夜吧。”

“来，喝一点粥，我昨晚就把粥温在暖气片上了。”

老鼠揉眼醒了，说道：“魏爷爷，有我的份儿没？我昨晚没吃饭，快饿死了。”

“等浩天吃完，你再吃剩下的。”魏爷爷打开保温桶，一股清淡的米香呼之欲出。他一边喂我喝粥，一边问我，“怎么样，眼睛痛吗？”我说有一点。魏爷爷说：

“正常的。医生说手术很成功，过完这几个月的恢复期，你的眼睛就会好了。”

我们不再说话，病房里的寂静又远远来了。魏爷爷像要藏起这寂静，补充道：“你妈妈保佑你呢……”

我一下没了胃口，头往窗外扭去。雪不知什么时候又开始下，簌簌的声音像毛毛虫爬过皮肤。魏爷爷在床边兀自剪着玫瑰花茎，将花朵一枝枝插进装满清水的吊瓶里。

没多久，杨妈妈也来看我了，病房里迅速消散的热闹，又迅速回过温来。“浩天，感觉怎么样？”她的声音风风火火，听上去很高兴，又不断嘱咐老鼠，叫他晚上别睡死，一定好生照顾我。我说：“又不是绝症，只是小手术而已，你们别让老鼠陪了，我自己可以的。”

“那可不行，”杨妈妈拍拍我的脸，“妈妈怕你……”

“咳！”魏爷爷咳嗽一声，打断杨妈妈的话，我忽然明白他们为何要让老鼠来病房看夜，原来是盯梢的。难怪做角膜移植手术前，魏爷爷说什么也不肯让我单独睡。也许是那晚把他吓得够呛。如果不是他及时发现我要去死的决心，也许我就永远没有重见光明的一天了。

我决定去死的那天早上，妈妈的律师找到我。

他坐在对面，开门见山地对我说：“我来办一下你母亲的遗产过户手续。”我说请坐。

他有条不紊地从包里拿出一沓文件，挨个让我签字。办完手续，他说：“好了，我走了。”我说慢走。

他却又坐着不动，叹一口气问：“浩天，你还恨你母亲吗？”

我一愣，摇摇头。

他说：“别恨她。”他忽然卸下律师严肃的包装，变得语重心长，然后又像例行公事那样，必须向我事先声明，“该办的事办完了，现在我不是你母亲聘请的律师。我可以和你聊聊天吗？”

我说可以。

“你母亲留下一句话。”他嘬一口冷掉的茶。

我问他是什么话。他停顿一下，像要用尽浑身力气，才能把妈妈的遗言转述于我。

他说：“你母亲要你别恨她。”

我笑了。我说我怎会恨她？现在我只恨自己，我恨我没有好好爱她一场，如今悔恨也晚了。

茶香在屋子里沸腾。我想起她走进魏爷爷家的那一天，也是这样，我为她泡一壶茶。我们说话的声音就像飘摇的茶香，清清浅浅，热望与沸腾都煮进清浅里。

律师又说：“你母亲本来希望你救她。她来找你之前和我说了很多，她怕你不理解，怪她狠心……”

我说：“现在说这些还有什么用？我是愿意救她的，是她后来不肯在手术同意书上签字。”

“你知道她为什么不肯吗？”

“她不要让我受到伤害……”突来的悲戚使我快要窒息。

“不是这样。”律师冷静地说道。

热水咕咕冒着泡，将茶叶碎末翻腾上来。他停了很久都没把后面的话接上，等适应寂静的耳朵，能将挂钟里的秒针走动听进心里，他才幽幽地对我说：“浩天，你想知道真实原因吗？”

“您说。”

“本来我是要遵照她的意思，等摘取手术做完，才能告诉你……可早些告诉你，也好让你有个心理准备……”

“怎么了？”是什么样的原因，让一个严肃的律师变得吞吞吐吐。

“你妈妈要将她的眼角膜捐给你。”很奇怪，吞吐之后，他的语气竟是这样冷静。

“什么？”我仿佛没听清。但内心巨大的震动，却证明了我一字一句听得清清

楚楚。

“活人是不能捐献眼角膜的，所以你的母亲才放弃治疗尿毒症。”

一直等到他离开魏爷爷家，我的思绪还停在这句话上。“活人是不能捐献眼角膜的，所以她才去死。”原来，这才是她坚持等死的原因。

送走律师，我独自上楼，将自己关进卧室。我坐在窗边，中秋节薄凉的空气徐徐吹来，轻柔的窗纱不一会儿扫过我的脸，就像很多个熟睡的夜，妈妈从病痛中爬起，用一只手撑着脑袋，侧卧在我身边，用另一只手轻轻抚摩我的脸。那样温柔的体贴。我捧着窗纱，仿如拽住妈妈离去的灵魂，让那股轻柔在脸上缱绻。魏爷爷在门外喊我，我不应答。敲门声越发急躁，到最后，他不得不破门而入。他将洞开的窗户迅速关严，抱住我颤抖的身体。我感到眼泪控制不住地落下，将整张被妈妈抚过的脸弄湿。我说：“爷爷，我对不起她……她是为了把眼角膜给我，才会死的……我还骂她无耻……原来我才是最无耻的人……”

到了下午，我的情绪才慢慢稳定。我反侧在床上。枕头湿了又干，干了又湿。我听见魏爷爷将心理医生叫到家里，声音浑厚的老医生问了我几个问题，我懒得答他。我的心被孤独侵占了。医生只好作罢，他对魏爷爷说：“这几天我都会来，你给他喂两片安定，让他先睡一觉……小心他别做伤害自己的事。”

安眠药真是个好东西，让我昏昏沉沉睡到半夜。几天前，妈妈的体温还在身旁温暖我，我捧着她的脸，做过一个又一个香甜美梦。可如今身旁已清冷，妈妈死了……

我突然明白过来，律师那一番冷静的话，其实是在指控我的无情。我仿佛看见躲在冷静后面的他，那一脸凶恶的表情，如无数次站在庭审现场，为当事人辩护：“是你杀了你妈妈！你这个残忍的杀人凶手！你该去死！你去死吧！”

我被他声嘶力竭的辩护弄得心烦意乱，头剧烈疼痛。我翻开被子，让滚热的身体遁入中秋的夜凉。我冲进厨房。我将菜刀举起。我感到刀刃割过皮肤的触觉。我知道血在流。可我感觉不到痛，而是一种快意，我以为随着血的流失，体内的罪恶也会一并流失。正当我终于可以一命抵一命时，魏爷爷冲了出来，将菜刀一把打在

地上，“乓！”一声尖锐声响。

他吓得声音发抖：“浩天，你在做什么？！”

我说：“爷爷，我不想活了。”

他说：“你这样对得起你母亲吗？！”

我说：“我没有希望了……”妈妈死了，我一辈子都没有希望摆脱孤独的命运了。

他说：“你不是还在等乔树出狱吗？！难道他不是你的希望吗？”

我愣在原地。是啊，我怎么会在这么关键的时候，忘记乔树呢？也许是他离开了太久，久到像是死去一般。

“你这么做，小树会多伤心啊……”

这一刻，我放弃了死。

魏爷爷将我拖进客厅，用纱布包扎好我手腕上的伤口。他说：“幸亏割得不深。你这傻孩子……疼吗？”

我摇摇头，说：“爷爷，月亮还是圆的吗？”

包扎的动作停了一瞬。魏爷爷没有回答我，只是悄悄吐出一声叹息：“哎……”

月亮永远不会圆了。

22

滴滴答答的化雪声，引来了叽叽喳喳的小鸟叫。阳光起得越来越早，还不到八点，我就随着阳光一起醒来。当我下意识地想睁眼，才发觉，缠在纱布里的眼睛，不再是彻底的黑暗。轻薄的纱布过滤层层阳光，最后落在眼底的是一片橘色的朦胧，仿佛一束光忽然照向深井里的孤独者。微眇的希望。我的双眼试图在纱布的绑架里抖动，一股钻心的刺痛传来，又让眼睛放弃逃亡。前不久，它们还安心被困深井，但此刻刺穿黑暗的光亮，又使它们开始蠢动。九点整，医生进来治疗，我拉住他的手说："医生，我好像能看见一点光了……"

"你可以试着动动眼皮，等拆纱布的时候，就不会那么费劲。"

三个星期后，是纱布为眼睛松绑的日子。我能感觉它们对光明的渴望，越发强烈。可我又发现，渴望越强烈，恐惧也就越强烈。我都算不清自己在深井里活了多少年，如今"光明"终于想起了我这个被抛入黑暗的孤儿。世界正在重新拥抱我。

拆纱布那天，很多人都来了，他们团团围在床边，我听到护士将窗帘拉上，每个人都不敢说话，静寂中，只有春天的鸟儿为光明欢呼。然后，我听见医生问我："感觉怎么样？"

我紧张得不知怎么回答。

他又问："眼睛还痛吗？"

"还要多久？"我答非所问。我真的太想拥抱世界了。

"准备好了吗？"

"好了……"

我感到护士的手，正在靠近我的眼。四个多月，我的眼睛早已识得这双为它日日换药的手。它们带着渴望，扑向这手，仿佛鸟巢里嗷嗷待哺的雏鸟，叽喳个没完。

拴在后脑勺上的活结被打开了。绑架眼睛的铁锁打开了。

纱布绕过一圈，又一圈。

铁链解开一圈，又一圈。

…………

当纱布从眼睛上彻底剥离，眼周死去的土壤又被初春的空气救活，每一个毛孔都在绽放活力。我觉得自己跌进了一幅画里，或一首诗中。那些弯曲的线条、优美的字间，充斥着我无尽的幻想……

“好了，动一动。”医生在说话。

魏爷爷紧张地说：“浩天，怎么样？”

杨妈妈的声音在颤抖：“什么感觉？”

老鼠见我不说话，将嘴巴凑近我的眼睛，调皮地吹着气，被三娃弹了一脑崩。“嘴里全是细菌！别乱吹！”三娃呵斥道。

老鼠说：“我想让浩天的眼睛放松放松嘛。”

杨妈妈急切地问道：“医生，他的眼睛怎么睁不开呢？！”

“正常，受损的眼睛需要重新适应光线。”医生说。

我感到眼角绷紧，眼皮像被强力胶粘住一般，怎么都睁不开，而且一旦试图睁眼，就会很痛。医生让护士滴了药水在眼缝上，钻心的刺痛才缓解一些。十多分钟里，我一直试图唤醒沉睡的眼皮，刺痛一番接一番。等到痛久了，疼被麻痹，我的眼皮终于抬了起来。巨大的光明潮水般涌来。同时涌来的，还有病房里他们的欢呼。魏爷爷、杨妈妈、三娃、老鼠，一连串说着什么，可他们此起彼伏的问询，我一句都没听清。当巨大的光明涌来，我的耳朵像被打通任督二脉般，“嗡——”一下，尖锐的耳鸣是主调，欢呼则成了协奏。我看见无数黑影在一片昏沉的光中浮动，耳鸣慢慢消退，欢呼的协奏攫住了我，使我感到胸腔里冒出一股难忍的激动。

我说：“我想哭……”

他们全笑了。

世界终于重新拥抱我。

我戴着一副厚眼镜，怎么也看不够这世界，拼了命地将光影收入眼底。

杨妈妈真的老了，早已不是当初在理想国时，戴着七彩发卷的中年女人。她的头发花白，白发掺在青丝里，仿佛化雪的春天被黑水染污的雪堆。

魏老师简直就是魏爷爷的翻版，父女俩长得很像，连身上“小布尔乔亚”的气质也都一模一样。魏爷爷每个月都要把白头染黑，再用铁板夹成英国绅士小卷儿，纵使脸上有老人斑，也没有破坏他的绅士气度。现在，我每天早上都会陪他一起去花鸟市场，各种各样的花草鸟兽，颜色参差，斑斓美丽。我贪婪地抚过它们皮毛上的色彩，为大自然创作的一幅幅天然水彩画感动得不知所措。

昔日理想国的伙伴们都长大了，曾经矮小的老鼠，一下子蹿到一米七。我笑他手臂上的虎头刺青画得太丑，又褪去了颜色，看上去就像一只恹恹的病猫。老鼠反倒来嘲笑我，说：“浩天，你不懂时尚！梦城有个性的男人，手臂上都是这只‘病猫’！你看看你自己，那么瘦，还不是病猫一只？”

我？……

我变成了什么样子？

我贪婪地看世界，却唯独不敢看自己。我对自己的记忆，还停留在许多年以前。那时理想国还没颓圮，那时乔树还没消失，那时我还是个爱尿床的自卑的小男孩……在黑暗的世界，我每长一岁，便对记忆里的那个男孩，更多一分怀念。我这样喜欢他，心疼他，以至于当我终于可以站在镜子前，看看现在的模样，却退缩了。我怕那个男孩的可爱，会被岁月无情夺去，变成一个满腔心事、充满阴郁的青年。我轻轻擦去镜面上的水汽，让那个一头乱发、被时间砺去清隽面庞、变得邋遢颓废的男人，在水汽里渐现。这个男人的脸上，全是青春痘留下的坑洼，胡子拉碴，眉目冷峻，穿着一件发黄的白衬衣，胸口的几粒纽扣故意松开着，肌肉波伏的胸膛上，悬着一道触目惊心的疤。他对着邋遢挫败的自己，慢慢昂起头，像一只被拔光羽毛的孔雀，撅着光秃秃的尾巴，带着可怜的自卑而骄傲。他僵木的脸上，漾着一抹茫然苦笑。

我绝不会承认，这个人就是我。

第二天，我去理发店把头发剃了。梦城的街上车水马龙，行人如织，我想买包烟来抽，交通灯上的小人由红色变成绿色，我走进马路对面的小店铺，对店主发自肺腑地笑一下，并在他找回零钱的时候，故意和他交谈几句。我想，从此刻开始，我必须从“头”建立与世间的交流。

这时，我身边走来一个女人，她的黑裙子紧紧裹着大腿，露出两条细长的黑腿。她也买了一包烟，随后走到门口，径自抽起来，丝毫不顾她怀里还抱着一个小男孩。那男孩邋里邋遢，头上、脸上全是泥土，鼻水流进嘴巴，又被他猛地吸溜回去。小男孩在女人怀里挣扭起来，随后跳到地上，费力地踮起脚尖，想去够塑料桶上插着的棒棒糖。她妈妈用力地嘬着烟，并不搭理，小男孩却很安静，耐心等妈妈抽完一支烟，才嗫嚅着说：“妈妈，糖……”

女人还是不搭理。小男孩鼓着嘴，只好无奈地望着棒棒糖，懂事极了。我心里不忍，俯下身对他说：“乖孩子，叔叔买糖给你，想要什么口味的？草莓味，还是苹果味？”男孩看看妈妈，又看看我。女人还是倚着店铺门柱安静地吸烟，对里面的事完全不感兴趣。我说：“乖孩子，没关系。叔叔把所有口味的棒棒糖都买给你，好不好？”

他低着头，将眼睛抬起，拘谨地瞪着我。我摸摸他的头顶，当我把棒棒糖一股脑儿塞进他兜里时，男孩对我笑了一下。

这微笑把我融化了。我想，如果我的妈妈当初没有抛弃我，多年前，我是不是也会像小男孩一样，为几根甜蜜的棒棒糖高兴一早上。

“去吧。”我推一把小男孩的脑勺，将他推到妈妈身边。他多么幸福啊，他有妈妈，我没有。

马路上传来车轮剐蹭地面的噪声，模糊的视线里，我看见小男孩将棒棒糖捧在妈妈面前，很认真地解释说：“是那个叔叔买给我的哦……”女人粗鲁地将孩子推出两步远，不耐烦地说：“不是叫你别吃陌生人的东西吗！你听不懂话呀？！”男孩低头喃喃哭起来，走到妈妈腿边，拽住她的裙角，讨好地扭扭身子。女人侧过脸，往店里看了一眼。更准确地说，她在看我。我想上前跟她解释：没关系的，几

颗糖而已……但她已把烟踩灭，先于我走了过来。她走到离我很近的位置，用手掌在我眼前挥一挥。我笑着说：“怎么了？”

她惊讶地说：“你能看见了？”

做完角膜移植手术后，我的近视很严重，但此刻女人与我的距离，足够我将她漂亮的脸蛋看清楚。她一头黑发，穿着件V领紧身衫，敞开的胸部中，一条蜿蜒的乳沟上，贴着鹅卵大的玛瑙坠饰。我正要开口替小男孩解释，女人退后两步，再次惊讶地说，“浩天……你真的能看见了？！”嘶哑的烟嗓，使她显得沧桑。

我一时没反应过来她是谁。

女人又举起手，在我眼前挥了挥。她抖着嗓子说，“浩天，我是倩倩！我是倩倩啊……”

我早该猜到的。黑丝袜已将她的身份暴露。

倩倩将羞怯的男孩拽过来，说道：“杨柳，快叫杜叔叔！”

23

“他叫杨柳？”我问倩倩。

“嗯。”

几年后，我又走进这条全是老人的脏巷，走进倩倩破陋的小房子。与几年前唯一的不同，是倩倩在屋外搭了一个简易灶台，锅里正炒着鸡蛋，浓浓青烟朝巷口飘去。地上的脏水洼，朝外喷着一股臭气，有点像兔子的尿臊味。名叫“杨柳”的小男孩正蹲在地上，不时将臊水兑进泥里做雕塑。

“小杨柳很有美术天赋哦！”我说。

男孩堆了一排歪歪扭扭的城墙。

倩倩看他一眼，笑眯眯说着：“就是不爱讲话，和他爸爸一样的。”不用倩倩明说，我也知道她口中的男人是谁。

“小杨柳怎么不跟你姓？”

“他得随他爸爸姓呀！”

我没有像两年前那样，用真相戳破倩倩心里的梦魇，无论怎么算，这个男孩都不该是她口中“杨柳哥”的孩子。且让她继续做梦吧，至少，做着“杨柳梦”的倩倩很快乐。

一个从巷口走来的老头，很快打破了倩倩的“杨柳梦”，他穿着脏兮兮的汗衫，老远就冲倩倩打口哨。我看见倩倩仓促地瞪我一眼，说：“浩天，你帮我去买包盐。”随后，小男孩也仓促地瞪我一眼，表情里装满恳求，像是在说：带我一起去吧，我不愿看见接下来的事……我忽地感到一阵心酸，小杨柳才三岁，却已懂得将母亲的肮脏事情，藏在无言与沉默的背后，做一个冷漠的旁观者。我向他伸出手，他笑一下，将泥手放心交给我。

我们牵着手，绕街巷走了一圈又一圈，阳光热辣地照下来，地上铺着一层热浪，几个与小杨柳年纪相仿的孩子从巷尾跑出来，围在我和小杨柳身边。小杨柳紧

紧抓住我的手，身体往臂弯里躲去。孩子们停在我们面前，上下打量我，冲在最前面的孩子王问道：“你是谁？”

我不说话。跟在孩子王身后的男孩们拉拉他，小声嘀咕道：“走吧，有大人在……”孩子王看上去六七岁的样子，正是初生牛犊不怕虎的年纪，甩开拉扯说：“怕什么！我们说好了，见他一次要唱一次的！”

小杨柳把头埋进我的臂弯，眼泪落在手背上。我说：“你们要唱什么？”

孩子王叉着腰，声音嘹亮地唱道：“黑脚杆，黑脚杆，生出一个白面团……”

小杨柳的哭声再也憋不住了，身体抖起来。孩子王咯咯地笑骂道：“贱女人生出来的小贱娃，还要哭哩！像你妈一样不害臊！”

小杨柳娇嫩的指甲狠狠掐进我的手心。

我说：“你们胡说什么！小心我揍你们！”

孩子们呼啦一下全跑了，边跑边喊：“我奶奶说你妈就是贱女人，不害臊的黑脚杆，就会勾引老爷爷！”

孩子们跑远了，小杨柳放开我的手，向巷口走去。我追着他寥落的背影，又不敢追得太近。我深知这种羞辱的感觉。痛苦的迷宫只能由自己寻找出口。小杨柳拖着悲伤的步子，停坐在马路边，双手叠放在膝盖上，将脸埋进手臂和膝盖围拢的阴影里。我安静地坐在他身边，陪他一起聆听城市的车水人流，让世间的喧嚣逼走心里恐怖的静谧。不知过了多久，小杨柳把脸从腿里放出来，对着天空吐了一口气，我见他脸上的泪痕已干涸，盐白的泪花在泥脸上开出两条白路。一辆汽车飞速擦过我与他，马达暴躁的声响里，他弱弱地问我：“叔叔，你是我的爸爸吗？”

他的双眼仿佛空中的星辰。只有充满渴望的孩子，才能拥有一双如此闪光的眼睛。

他又说：“妈妈一直在找爸爸……我也一直在找爸爸……”

无论如何，我都无法对他说“不”。所以，我点了点头。

一瞬间，他仿佛很快乐，将屁股蛋儿往我这边蹭近些，我们之间的距离忽然缩短成一步之隔，却又因这善意的谎言而远成一步之遥。他对我苦笑一下，说：“我

知道你不是我爸爸。”我问他为什么。他又笑笑，趴在我的耳边悄悄说，“如果你是我爸爸，妈妈一定不会让老爷爷进屋的……”

我说：“你这个小屁精。”

他得意地望着我，破涕为笑，眼角爬上一丝感伤，不过他还是很坚强地对我说：“叔叔，我希望你是我的爸爸。”

我说：“小杨柳，叔叔也是个没有爸爸的人呢。”

“叔叔的爸爸也消失了吗？”

我点点头：“叔叔和你一样，都很可怜。”

小杨柳站起来，用脏兮兮的小手，摸了摸我的头发。他像小大人那样叹口气，“叔叔，不怕哦。”

我笑了：“小杨柳，你怎么那么懂事呀？”

他垂下头，噘起嘴，扭玩着破烂的衣角。所有孤儿都是这一副心事重重的表情。我在他身上看见了自己的小时候。像我们这样的孤儿，注定不能拥有天真的童年。

回到倩倩家，我闻到房中那股兔子的臊味似乎更重了，虽然她将所有门窗都打开通风。倩倩疲沓地收拾着碗筷，说：“浩天、杨柳，吃饭。”

小杨柳小跑两步，对倩倩说：“妈妈，我们已经吃了麦当劳！”

倩倩在小杨柳脸上扇了一巴掌，将他打得发愣：“不是叫你别到外面乱吃东西！”

小杨柳脸上的笑容骤然消失，泪眼汪汪地说：“妈妈，对不起……”

我赶忙上前拉住倩倩：“他才三岁！你怎么回事！”

倩倩瘫坐在床上，塌陷的木床发出惊心动魄的咯吱声。她捂着脸痛哭，眼泪仿佛珠串一般，在正午的阳光里，发出晶莹的反光。

她说：“浩天，我们不需要你的怜悯……”

我坐到她身边，搂住她的肩膀：“倩倩……别住在这里了，好吗？”

“可我能去哪里呢？”

“去我妈妈的房子里住吧，反正我要照顾魏爷爷，你帮我看家。”

倩倩摇摇头：“我不想要任何人可怜我。”

我说：“我不是可怜你。我是可怜小杨柳。你不知道，他是怎么被同龄孩子羞辱的！”

倩倩无奈地说：“可是我有什么办法？”她看向小杨柳，用手轻揉方才打上脸颊的巴掌，让那五道血印融散成一摊代表羞耻的红色阴影。

“痛吗？”她问。

孩子弯弯嘴角，奋力摇摇头：“妈妈，我不痛的。”他哭着，而又笑着说。

这几年，倩倩过得很苦，她的行李不多，当初水滴远走深圳留给她的东西，大多被变卖了。当天下午，我就带倩倩搬进了妈妈留给我的房子，简单买了些东西，算是住下了。

离开那条肮脏的巷子，倩倩头都没回，脸上挂着一抹放松的笑容。这是我重遇她之后，第一次看见她笑。我想起当初我们在理想国的情景，倩倩是个爱笑的姑娘，是所有男孩的梦中情人。

给小杨柳洗完澡，我才发现他是天生的“白化病”，水珠湿漉漉地顺着发梢滴到白肤上，就像化雪的初春尘世，无比干净、洁白。难怪巷子里的男孩都叫他“白面团”，难怪倩倩会在他雪白的皮肤上，故意抹一层泥土。

我让小杨柳坐在腿上，递给他一颗棒棒糖。小杨柳用眼神征询倩倩的意见，接也不是，不接也不是。我对倩倩说：“干脆我当杨柳的干爸吧，省得我对他好，还得看你脸色。”

倩倩说：“好嘛，也省得我住在你家，总觉得受之有愧。”

“小杨柳，叫我一声爸爸。”我刮刮他的鼻子，他咯咯笑，嘴里含着棒棒糖，口齿不清地喊：“爸爸，爸爸……”

此刻，我们三个人组成了最寻常的世俗人家，在一处可以避风遮雨的屋檐下，笑着，闹着。我们都珍惜这来之不易的幸福，哪怕这幸福，只是短短几个瞬间。

倩倩把小杨柳哄睡后，陪我去医院拿药。这几年，我每天必须依靠安眠药才能入睡。失眠的症状，在我重见光明之后彻底爆发，心理医生将每日一片的剂量，调整到一日两片。我曾听魏爷爷向心理医生表达过担忧，毕竟是药物，吃多了会伤害健康。那时我的失眠已经非常严重，最可怕的时候，整整二十八天没有睡觉，整个人的精神都快崩溃了，耳朵里像住着一只海豚，整天对我高频尖叫。心理医生对魏爷爷说："失眠的伤害可比药物伤害大多了，只能等病人的情绪慢慢平复，再逐渐减少药物剂量。"

等待医生取药的间歇，路过的护士都冲我打招呼，在医院住了很久，护士们大多和我相熟了，我可以一次性领取一个月的安眠药剂量。

拿到药，魏爷爷的医生朋友照例会嘱咐我两句，让我能不吃药就不吃。看来他将倩倩认作了我的女朋友，这回还叮嘱倩倩，让她照顾好我。倩倩连忙解释，说她已经结婚了，和我只是好朋友。从医院回家的路上，我问她："你还在等你的杨柳哥？"

看得出来，她不大愿意交流这个话题。我知道，她是觉得没人能懂她的痴心。但我懂。也只有像我这样的孤儿才懂，我们之所以固守着心里的执念，不为别的，而是为了让这执念能像一束生生不息的火焰，一直燃烧。哪怕将希望烧成灰烬。就像童话故事里，卖火柴的小女孩擦亮一束微眇的火焰，便能看见大大的希望一样——只要火焰不灭，希望就不会灭；只要火焰不灭，心底的孤独就能依靠虚幻的希望取暖。如童话女孩之于温暖幻想。如倩倩之于杨柳。如我之于乔树。

又一年后。

时间终于为倩倩心中的执念正名。她只用了一秒，就认出了男人的背影。可她并不快乐。

当火柴全部用完，黑暗重新笼罩了童话里的小女孩。女孩终于看见，黑暗才是现实，温暖不过是黑暗中的海市蜃楼。

24

星期六的晚上大雨滂沱，雨水下了一整天，八九点钟时，倩倩浑身浇湿走进KTV上夜班。这一年，梦城的街上忽然冒出许多“KTV”。据说这个称呼是从台湾传过来的，就是二十世纪八十年代的卡拉OK，被划分成一小间一小间包厢。KTV地处最繁华的城市中心，有三层楼高，门口立着一块璀璨的灯牌。积水很快便升到三寸高，淹到灯牌底部，里面噼里啪啦闪着火星子。倩倩在KVT当服务员。这一晚，人不多，她正伏在吧台上和姐妹们聊天。一群男人吆五喝六地朝这走来，领班让她们赶紧做好接待准备。倩倩将斜在身上的飘带挂好，在男人们进门的时候，低下头，热情地喊一声：“欢迎光临。”随后，男人们的脚步走过倩倩眼底，她刚一抬头，就看见了那个熟悉的背影。

她吓了一跳。她以为自己早把这个背影忘掉了。但回忆就像早晨没有被翻开的被子，你以为它早已凉了，布料里却依旧存着一夜的温热。迎接客人的服务员散了，倩倩整个人还怔在原地，她看着他：对，就是这样，脑袋的角度再转一转。好，很好，保持这个角度，让灯光的阴影将我们拉回五年前，一模一样的昏沉光线把你的眼梢吊起，使你的鼻翼挺拔，你失恋的感伤被我们五年前的一夜情事稍稍冲淡……她静悄悄地跟在男人身后，激动的泪水在扑了腮红的脸上开出一朵粉红杨柳花。男人似乎也感到身后有人跟踪，回过头看她一眼，冲她点点头。她仓促一笑，弄弄鬓角碎发，笑得特别漂亮。她的笑容也像一朵粉红杨柳花。

“小姐，有事吗？”她跟着他的脚步前进。他走，她也走；他停，她也停。她的眼睛追随他，所以没发现他早已故意放慢步子，将兄弟们甩下，独自站在了包厢门口。

她紧张得说不出话，他又问她一句：“我们认识吗？”

KTV的灯光好美啊，淡淡的，像极了爱情电影里，男女主人公重逢的景象。

“啊。”她猛地抬头不由惊叫了一声。五年了，数不清多少岁月翻篇。她见他穿

了件白色衬衣，肩头雨滴点点，颗颗圆润如珠。在琥珀色的灯光下，他那消瘦的脸颊是淡青色的。

“杨柳哥。”她叫道。

“你认错人了。”他说。

他刚要返身进包厢，却见她依旧杵在那儿，脸上湿漉漉的。她忽地想起五年前的晚上，他大概也是穿了一件白衣服，在金太阳舞厅绚烂的灯光下，给风吹得飘飘一团白影。

“我是倩倩啊。”她激动地说。说完才意识到，他可能根本不知道她的名字，就像她也不知道他的名字一样。

“五年前，在金太阳舞厅。你喝醉了，抱着我哭……”她努力帮他回忆。

“我是去过金太阳。可你真的认错了人。”他努力不愿回忆。

“不会的，不会的！你忘了那一天，你对我说，你在家门口种了一排杨柳树。然后我们还……”她低着头，羞涩地笑，随后又怕他赖账似的，说，“我有了你的孩子！”

“你有病吧！”他不耐烦地骂道。

倩倩却沉进梦里，那双碧光灼灼的眼睛始终凝视他：“杨柳哥，我一直在找你！”

“服务员！服务员！”他大声喊道。很快，领班带着一帮人赶了过来，屋里的兄弟们也都出来了。他问领班：“你们这儿的服务员，上班还能喝酒吗？！”领班莫名其妙。他的兄弟问他怎么了？他气愤又惊慌地说：“这疯女人说她给我生了个孩子！”

他的兄弟们哈哈大笑，都揶揄道：“你留下多少情哟！”

“去你的，我认都不认识她！”

领班揪住倩倩欲往前扑的身体，却又被她疯猛的力量挣脱，她冲他喊：“杨柳哥，你怎么不认识我呢！我是你的妻子啊！”她朝他冲过去，却被他的兄弟一把挡住，“喂！我哥们儿姓李，不姓杨！而且他还没结婚呢！”

倩倩不知道怎么解释，有太多话憋在心里，像一团打了结的毛线，理不出头绪。她很想说：是你亲口对我说，你家门前种了杨柳树的！是你说，你就像一场杨柳梦……所以你就是我的“杨柳哥”啊！——可结婚是怎么回事？——对！你像当年的丑鬼一样，哭着趴在我怀里，说我们就像围墙上的野猫那样结婚吧！不，不对，是你说的还是丑鬼说的？不管是你还是丑鬼，反正我答应嫁给你了！……

倩倩抱着头，痛苦地蹲下来，啊啊大叫。无数回忆片段结在一起，让她头痛欲裂。然后，汹涌的寂静潮水般淹没回忆。寂静里，她听到他说：“快把她弄走！快弄走她啊！”寂静里，她又听见五年前的他说：“杨柳，就是一场杨柳迷梦啊！你怎么能找得到一场梦……”倩倩被领班拖着向后走，她却忘了挣扎，狭窄的通道里灯光闪烁，现在，她视线里的他，就成了卖火柴的小女孩在划亮火柴时，温暖折射的黑暗，出现一座恢宏壮美的海市蜃楼。她眼睁睁看着自己离他越来越远。

越来越远……

远到消失。

倩倩是在小杨柳过生日的前一天消失的。

将满五岁的小杨柳，从来没有过过生日，就像我小时候那样，想要过一回生日，便是生日里最大的愿望。我不想让小杨柳像我一样，留下一个孤寂的童年，所以我提议给小杨柳庆祝生日。

那一天，我和魏爷爷去市场买了许多菜，把家里大扫除，换上鲜花，挂满彩色气球，还买了一个特别大的奶油蛋糕。小杨柳很开心，一直问我送给他的生日礼物是什么。我摸摸他的脑袋说：“保密。”于是他咯咯笑着，跑向倩倩，张开双手，想扑进妈妈的怀抱。倩倩也很开心，蹲下身迎接小杨柳稚嫩的羽翼，抱起他，又立即投入生日会的准备工作。小杨柳却不肯放开倩倩的怀抱，蹭着她，嘴里发出一种类似小兽撒娇的哼唧。倩倩没恼，还出乎意料地安慰小杨柳说：“乖儿子，妈妈要帮杜叔叔和魏爷爷干活呢，一会儿再抱你好吗？”我们都没发现倩倩的异样。后来，当我抱着哭到睡着的小杨柳，暗暗期待倩倩打开家门时，才想到这一天的倩倩对小

杨柳是太好了，好到过了头，就成了坏的预兆。

当清晨的钟声敲响六下，天空泛着浅蓝色，我和魏爷爷在迷蒙中都听到了门被拉开。女人故意放轻脚步，高跟鞋踏在地板上，声音瞬间被寂静的水流所淹没。当我披上外衣，打开卧室想看个究竟，却只看见敞开的家门，风呼呼刮进来。我拉上门，干净的路上连个鬼影都没有。早上七点，小杨柳哭着喊妈妈，我和魏爷爷才发现，小杨柳身畔的被褥上，只剩一个空荡荡的人形轮廓。轮廓还是温热的，证明倩倩刚走不久。我安慰小杨柳，说妈妈是去给你买礼物了。然后魏爷爷就发现茶几上放着五百元钱，上面压着我家的房门钥匙，最下面是一张信纸，边缘被撕得龇牙咧嘴，倩倩工整的字迹映在纸上，只有一句简简单单的道别：

“浩天，魏爷爷：我去找杨柳哥了，请将小杨柳送到孤儿院吧。”

我给倩倩打了电话，听筒里直截了当地传来播报员冰冷的声音：“您拨打的电话已关机。”一整天，这句冰冷的话语，一直在我的心里循环播放。我牵着小杨柳，找遍梦城所有的大街小巷，直到我意识到，在我心里循环播放的那句“关机，关机！关机……”它只是在提醒我倩倩的绝决。她不会回来了。她决心把自己也变成一场迷梦，从现实世界抽身而退，只留下被褥上那一条空白的人形轮廓。

我一句话都不想说，虽然小杨柳每隔五分钟就会拉拉我的手，问道：“叔叔，妈妈去哪儿了？”又或是：“叔叔，妈妈不要我了吗？”我只得在极度的疲乏里，打起精神回答他：“不会的，我们小杨柳这么乖，妈妈怎么会不要你呢？”可是，我又在心里对他说：小杨柳啊小杨柳，别害怕，总有一天，时间会让你忘记“妈妈”的存在……到那时，你就会以为，自出生伊始，你就是没有妈妈的，而你也就不会再伤心，不会再因孤独而痛苦。你要信叔叔的话，因为叔叔像你一样。我们生而为孤。

当我和小杨柳回到家，一桌子饭菜早已冷了，摆在圆桌中央的生日蛋糕，还插着五根稽诞的彩色蜡烛。很明显，我们都没了过生日的兴致，可小杨柳坚持要我关上灯、点蜡烛。我只好照做。他郑重其事地交握双手，对着微光许愿。这个愿望好

长啊，长到烛泪在奶油上铺了一层淡淡的红绿。我侧过头，看见小杨柳哭了，泪水从他紧闭的眼里滚下来，像蜡烛滚下泪水一样。于是，他的双眼就成了蜡烛，里面盛着烛光般微小的火苗。火苗虽弱小，却是黑暗里唯一的希望。

我问他：“小杨柳，你许了什么愿望？”

他紧张地看着我，什么话都没有说。

我又问，“小杨柳，叔叔和爷爷陪你过生日，你开心吗？”

他还是不说话。也许是那个愿望太长了，长到让他忘记了怎么说话。

忽然，在那一束微弱的烛光前，小杨柳张开眼睛，深邃的睫毛像小鸟抖开翅膀。他翕动一下嘴唇，用一种类似哑语的声音问我：“妈妈还会回来吗？……”这是他短暂的生命里所说的最后一句话。

听了这话，我有点伤心，可我依旧笑着对他说：“会的。”

万能的神父啊，请原谅我对一个刚满四岁的孩子撒谎。就像我知道，当这孩子长大后，回忆起这一幕，他也会原谅我这善意的谎言。

25

给乔树的信（五）

乔树：

最近我总有一个感觉，我觉得自己活不长了，因为我把别人的黑夜活成了自己的白天。当大家在夜里熟睡，我却怎样都睡不着，闭上眼，能听到很多声音，这些抖动的音频仿佛一颗颗小型原子弹，在太阳穴里炸裂。可失眠的痛苦绝不止此，完全的清醒并不可怕，最可怕的是我一直处在清醒与迷糊的中间带，整个人浑浑噩噩，像夜里飘荡的鬼魂。

想必魏爷爷已经和你说过倩倩的事。倩倩消失后，我收留了她的儿子“小杨柳”。有一天早上，当我从浅淡而惊悚的梦境里醒来，我发现小杨柳支着脑袋，踮着脚尖，站在窗边凝视着外面。我一下就想起，当初我们爬上理想国的栏杆，瞭望围墙外的情景。我问他：“你在看什么呢？”他沉默老半天，缓缓转过脑袋。他的脸上爬满泪水。

这孩子太可怜了。我从他身上看见了我们的童年：每一个身在理想国的孩子的童年。我们的童年被孤独侵蚀着，只能依靠在一起，用集体的孤独温暖各自的孤独，好像一群被扔在雪山上的小兽，太冷了，只得瑟缩在一起，用寒冷取暖，结果只能越来越冷。

于是，我让小杨柳留在我的身边。我常常想，为了他，也许我一生不会娶妻。我将他视作亲生儿子，因为他在这世上已经没有可以依靠的人，我不能让他重走我们儿时的老路。他小小年纪，已然经历那么多：出生在那条肮脏的老人巷，目睹母亲的肮脏情事，没有得到过母亲一分钟的爱，还要被同龄孩子取笑天生的皮肤缺陷。如今，他最后一点希望也被命运抽空。我决心哪怕付出全部，也要让他一生快

乐无忧。

乔树，等你从监狱出来，请你也把小杨柳视为亲生，与我一起爱他。

在那个漫长的生日愿望之后，他就不说话了，哪怕魏爷爷和我百般劝慰，也无济于事。就像当初你突然消失，我将自己关在房中，闭门不出。现在的小杨柳也是这样。替我看心理病的医生说，这种失语症发生在五岁的孩子身上，是极为少见的，极难治愈，只能靠我们慢慢帮他走出阴霾。

心理医生给我提了一个建议，他让我每天夜里，给小杨柳讲些温暖人心的童话故事，帮助他安睡，也是帮我自己入眠。可我翻了很多童话书，觉得故事都太老套，况且按照小杨柳的内心，他是绝不接受的，所以效果甚微。

我开始用水彩颜料创作一组童画故事集。我还没想好将这个水彩故事集，取一个什么名字。晚上睡觉之前，我便把今天所画的故事，翻给小杨柳看，讲给他听。故事讲述了一只浑身雪白的小鸟，找妈妈的故事。有一天，小白鸟发现自己原来是一只有“妈妈”的小鸟，它和一只松鼠一起踏上了寻找妈妈的旅程。它们遇到了很多人，很多事……

有一晚，我正讲着故事，发现小杨柳对我笑了一下。我能感到他在期待每一天的睡前故事，我已经讲了很久、很久，却还没有想好故事的结局。

也许，小白鸟最终找到了妈妈，也许没有找到。无论有没有妈妈的陪伴，我都希望，小白鸟能坚强地、快乐地活下去。

乔树，我真想快快见到你。梦城已经不是我当初记忆里的样子。我真害怕有一天，当你重新站在我面前，也不再是我记忆里熟悉的模样。这样的想法是不是很悲观呢？想一想，我又何尝不是像小杨柳一样，再无可依靠的人，心中亦无半点希望了。

我很想你，可我越想你，就越怕再见你。说实话，曾经我特别想去监狱看望你，可随着时间过去越久，我就越怕再见你，因时光会把人情之间的罅隙越拉越

宽，有时候真是“相见不如怀念”。

但我还是想请魏爷爷帮忙，让我带上小杨柳，去监狱见你一面，这几年纷至沓来的不幸遭遇，让我快撑不住了。

只有你，是我心里唯一的希望和依靠。

杜浩天

乔树的回信（五）

浩天：

看了你的信，我想对你说，每个人都会遇到很多事，有开心的事、难过的事、幸福的事、悲伤的事……这种种事，使我们置身的世界，变成一个斑斓的万花筒，有代表开心的红色，代表难过的灰色，代表幸福的黄色，还有代表悲伤的蓝色……这些彩色的碎块，最终却拼凑成了一个整体，使我们的人生丰富多彩。

所以答应我，无论以后遇到什么事，都不要消极地面对生活。我也希望你能像故事里的小白鸟那样，无论能否找到妈妈，都要坚强快乐地活下去。

如果我不能重新陪伴你，请你也要好好生活下去。

我最放心不下的，是你的身体。常年的失眠最伤身，能少吃安眠药，就尽量不要吃了。这类精神类药物，如同毒品，让人上瘾。况且随着身体耐药性增强，药效也会大打折扣。该看心理医生，还要定期去看，千万不要耽误治疗。

至于小杨柳，我相信你会用自己全部的爱，陪伴他长大。我也相信，他有朝一日会好起来的。他会变成一只开朗活泼的小白鸟。

浩天，也许往后我就不能再给你写信了。具体原因很复杂。不过也许有一天，我会突然出现也不一定哦！

永远不要忘记那些被生命翻过的回忆。回忆里有笑有泪，是我们最宝贵的纪念。回忆太痛，是因当初的相遇太美……

愿你好好的。

乔树

26

“愿你好好的。乔树……”魏爷爷将纸页折好，递给我，随后看向窗边沉默的小杨柳。

是乔树在监狱里发生了什么事吗？为什么他说以后不能再写信给我？我急于从魏爷爷口中套出原委，却发现他在故意躲避我的眼神，使那些满满的疑问滞留心口。窗外的冬天又来了，雪片积在乌云里，天空变成铅灰色，暮色却是暖的。玫瑰花在窗台上开得鲜艳，暖气管冒着热气，咕噜咕噜的声音好像猫咪的呻唤。魏爷爷说：“浩天，我累了，要去睡一会儿，有什么事等明天再说吧。”

厚重的玻璃窗将梦城的热闹阻隔在外，玻璃上倒映着屋外的夜空，仿佛一片平静的墨色湖泊。小杨柳的脸离窗很近，双手搭在上面，呵出的雾气立刻消融，如湖泊里的鱼儿浮出水面吐泡泡，随即又潜入深水再也不见。此刻，我们是一样的：心中怀着一样的心事，憧憬着一样的期望。虽然我知道他不会应我，但我还是喊住他：“小杨柳……”声音虚弱得吓到了自己，像是一个正在噩梦中的人的梦呓。

他自然没有回头，双眼紧紧盯住窗外的车水马龙，和几年前他的母亲一样。倩倩消失后，小杨柳便一句话都没再说过，但有时他会在梦里尖声大叫，满头大汗醒来，满屋子乱跑。后来我发现，只要小杨柳站在窗边凝视悠长的街巷，便能安静下来。好几次，我轻轻搭住他的肩，感到从他身上传来的微颤，顺着手心导入我心里，使我的心同样跟着颤抖。

哪怕是带小杨柳去心理医生处，他也像在家一样，望着窗外一语不发。我准备带他到更大的城市看看更有名的儿童专家，可我自己都是一个有心病的人，又有什么资格在他面前扮演正常人的角色？我只好默默陪他站在窗边，陪他一起期望着妈妈的身影。可我只能看到窗面上的他的面容。他的睫毛真长呀，可完全是静止的，就像沉睡的白色蝴蝶。

白蝶沉睡在落空的期望里。我无法拯救他的失落。我想，也许让倩倩去死更

好，这样她就永远不会回来了。只要她不回来，小杨柳就能永远这样期望下去，他的期望便永远不会落空。

我想起乔树，或许他有办法救救小杨柳，就像他当初将我救出失语的沉默沼泽。我安抚小杨柳睡下，急忙走出卧室，想求魏爷爷想办法，让我和乔树见上一面。已是深更半夜，梦城入了冬，空气潮乎乎的阴冷，我摸黑走向魏爷爷的卧室。平常魏爷爷早睡，但他会在二楼的走廊上留一盏小灯照路，哪怕是我当初眼瞎的时候，这习惯也一直保留。今天在客厅里给我读了乔树的回信，魏爷爷进了卧室便再没出来，我不禁有些担心。我悄悄趴在房门上，凝神屏息聆听了半刻，我似乎听到魏爷爷房中传出微弱的呻吟。

“魏爷爷。”我低声叫道，里面仍旧是哼哼的声音。我打开门，走进去，房中也没有开灯，只有月光从拉闭的丝绵窗帘里渗进来，落一地被过滤的皎洁。黑暗中，从魏爷爷床上传来的呻吟更加清楚了，喘息很困难似的。我把他床头的旧式琉璃台灯捻亮，魏爷爷躺在床上，脸色苍白，额头上冒出涔涔的汗珠，两道铁灰的剑眉紧蹙在一起，往常他要把头发梳得水光溜滑才肯上床入睡，现在，他的头发如鸡窝般挤作一堆，喉咙里一直发出嘶哑的呢喃，样子异常痛苦。

“魏爷爷，你怎么了？”我赶紧蹲下身，凑近他问道。

“魏宣……你来了？”魏爷爷吃力地说，“帮爸爸倒杯水来。”

“爷爷，我不是魏宣，我是浩天呀。”我知道他是出现了幻觉，倒了一杯温水，一口一口喂他喝下。

“哦，你不是魏宣呀。对，你是浩天，乖孩子……”他使劲瞪大眼睛，借着台灯微弱的光芒将我看清，“浩天，帮爷爷把药拿来。”他伸出枯老的手，指指靠墙的五斗柜，上面摆着一串药瓶，每个药瓶上都贴着一张便笺纸，上面写着药的名字和功效。

“哪一瓶？”我问。

魏爷爷将手按在心口上，我便知道他是要那一瓶绿色的胶囊药。曾经听魏爷爷

说过，这是特效药，心实在痛得厉害时，用来救急的。我倒出一颗药丸，用手架起魏爷爷的脖子，喂他吞吃下去。魏爷爷的头发都让汗水浸湿了，而且全是冷汗，我抽出枕巾，替他揩去额上、脸上的汗水。

魏爷爷这次的病来得很突然，又很凶，我不禁心慌起来，慌忙拨打了医院的急救电话。救护车五分钟后来了，魏爷爷已在床上不省人事，嘴唇微微张开，每呼吸一次都特别吃劲。我从抽屉里拿了一千元，拍在医生手中，让他赶紧先送魏爷爷去医院，我随后就到。救护车响着笛音跑远了，我冲进卧室，抱起酣睡的小杨柳，将家里所有的现金带在身上，又收拾了几件衣服。等我匆忙赶到医院，魏爷爷已经被抢救过来，住进了 ICU 病房。第二天晚上，魏爷爷的情况稍稍稳定下来，我给他定了一间单人病房，虽然贵，但很安静，一来我可以在夜里陪护他；二来我也不怕小杨柳突然发狂，会吓到病房里的其他病人。

魏爷爷昏迷了三天才醒。我在医院食堂打了一碗清粥，给他吃下。他还是很虚弱，鼻子上插着的塑料管让他十分难受。魏爷爷嘴唇抖动一下，想说什么，却只唔了一声，脸色很厌烦。我知道他讨厌插进鼻孔的塑料管，可医生嘱咐暂时还不能拔。

我说："爷爷，再忍两天，等情况稳定稳定，我们就能出院了！"

苍哑的声音从塑料管里挤出来，他摇摇头说："浩天，辛苦你了。"

我说："哪会！"

他伸出手，抓抓头，发上的摩丝变成了一点一点的白色颗粒，油乎乎的。我从来没见过这么邋遢的魏爷爷，一边笑着，一边替他抓挠发间的瘙痒。他说："浩天，你一会回家帮我拿几身换洗衣服，病号服穿着太难受。"

我委托护士帮我照看小杨柳，嘱咐她，只要将小杨柳放在窗边，就不会有事。过后我赶回魏爷爷家，家里静悄悄的，整栋房子好像空掉了一般。我整理了几套换洗衣物，又将魏爷爷的护肤品全部带上，不禁笑了笑，这个"老克腊"呀！刚刚经历了惊险的一幕，还不忘把自己捯饬干净。我又从我的房中找到一个绿色帆布袋，

把画板和颜料装了进去，魏爷爷一时半会儿肯定出不了院，所以我必须在医院陪护，把每晚睡觉前讲给小杨柳的故事画完。

整理好这些，我开门准备去医院。就在我返身锁门时，一个女人闪到了背后。我被她吓了一跳，她也被我吓了一跳。她抱着一束玫瑰花，惊讶而兴奋地喊了一句："杜浩天！"

我是通过她的声音，认出了她的。

是水滴。她回来了。

她的样子变了许多，早已褪去当初在理想国时的青涩，皮肤像过了季的玫瑰，花瓣边缘已开始泛黄，看上去老了不少。她抱着一束花，在冬日的艳阳下凝视我，似要将我们看回过去的年岁。她在笑，但从眼中流出的神情，却不知是快乐还是辛酸。花香就在我们不足一尺的距离间弥漫，她一半的脸颊藏在花朵中，伸手轻轻抚过我的脸，说："浩天，我想你。"

我在心里幻想过无数次和水滴重逢的场景。她刚走那年，我几乎日日想她。后来，时间使我模糊了她的容貌，我以为我们从此就要咫尺天涯，像理想国的那些伙伴们，如水珠洒入大海，随命运推波逐流，再也不复相见。但如今，她是那样真切地站在我面前，我却感受不到一点快乐。我只感到寒冷的孤独又开始攻打我们，像儿时那样，一个人的孤独实在太苦了，所以只好拥在一起。我们粗暴地、冰冷地相互取暖，是一群无依无靠的孤独鸟，孤独就是我们最大的依靠。

回医院之前，我与水滴去了一趟杨妈妈家，想把魏爷爷生病住院的消息告诉给她。杨妈妈不在，倒是老鼠、三娃和小青围坐在餐桌旁，一边吃饭一边吵吵嚷嚷不知争什么。看见我们进来，三个人目瞪口呆地望着水滴，噤声了，隔了好长时间才支支吾吾地问："水滴，你回来啦？"水滴粲然一笑，说："对啊，怎么？不欢迎我啊。"

忙活半天，才觉得肚子饿了，干脆也坐下来和他们吃点东西。三娃见我替水滴抹掉凳子上的灰，咯咯笑道："浩天从小就喜欢水滴，现在还是这么贴心！"水滴

嗔怒地打了三娃一筷子，说："妈妈的饺子都堵不住你的臭嘴！"

见水滴和大家逗笑，所有人都放松下来。老鼠押口白酒，故意打趣说："咋啦水滴，深圳待不下去啦？"

水滴将长发拨到耳后，豪气地回答："是嘛，又被男人甩了。"

小青说："没事，回来就好了。"

水滴说："那我以后可赖着你们啦。"

老鼠说："赖着我们这帮穷人算什么！赖着浩天去！他现在可是梦城鼎鼎有名的大画家，一张画可值好几万呢！"

水滴拍拍我的肩，说："我们这帮人，数你混得最有出息。"

我极别扭地推开她的手，想转变话题："你们总来蹭杨妈妈的饭吃，我就没这么好的口福。"杨妈妈包了白菜馅饺子，我吃了一个，还是小时候的味道。

水滴感伤地说："小的时候，我们只有在过年时才能吃到妈妈包的饺子。为了饺子，我也要一辈子扎在梦城！"她将话题又拉了回来。

老鼠问道："水滴，你现在住哪里？"

"我前几天才回来，暂时住在宾馆。"

"那也不是长久之计，你买套房子吧，现在的梦城，房价两个月涨一倍，早出手早划算！"

三娃打趣老鼠说："水滴，你别理他，他的职业病又犯了，整天跟别人推销房子。"

"老鼠现在做什么呢？"水滴问道。

"房产中介，自己赚钱养活自己嘛。"老鼠搔搔头发，不好意思地说。

"难怪你一身西装，看上去是精神不少，不过我买不了房子。"

"为什么？你那深圳男人不是挺有钱的？"

"哼，"水滴冷笑道，"有钱个屁，破产啦！"

小青问："那你以后准备怎么办？"

"先混着吧。"

气氛顿时冷到冰点，我们几个人惊讶地发现，水滴的眼眶里居然蓄上了泪花。我们很少见她流泪，唯有的一次，是当初房东大娘要赶我们走，水滴跪在房东面前，声泪俱下地向她求一条活路。也是在这件事之后，水滴便彻底褪去了青涩，变成了现在这个她。

我们沉默许久，不再说话，遥想着曾经安全而温暖的少年岁月。可在当年，我们却想尽方法要逃离孤儿院，如今我们才觉出理想国的好，原来自由和快乐是不易得的。

“来，碰一杯！”老鼠率先举起酒杯，用长满老茧的手，在眼皮上狠狠一擦。

很快，两瓶白酒就被我们喝空了，劣质酒的劲儿大，我们纷纷醉倒在杨妈妈的小窝里，欢歌笑语，鬼哭狼嚎，仿佛回到比理想国还早的那段岁月。那时我们都才四五岁，一帮孩子在贫瘠的小窝里打闹。已是太遥远的快乐。

水滴靠在我肩上，涂着红指甲的手挽住我的胳膊，歌声回荡在静下来的小窝里。她哼着邓丽君的《甜蜜蜜》：“甜蜜蜜，你笑得甜蜜蜜，好像花儿开在春风里……”那曾是她最喜欢的一支歌。

我把脑袋也靠在她头上，两个人像围困在宿命沼泽里的鸳鸯，偎在一起，默默地沉沦、等死。我的手跨过手臂，搭在她手上，我摸到她冰冷的皮肤，闻到她头发上淡淡的洗发水香味。借着酒劲生发的恣意，我在水滴的头上落下一枚吻。突然，她伏在我的胸脯上哭了起来。只是哭着，一句话也没有。这几年她在异乡所受的苦，被她轻描淡写地两三句一笔带过。我很心疼。

我在她耳边轻轻说着：“水滴，搬去我那里吧……往后我们相依为命，好吗？”

她点点头，起身喝光杯中酒。

27

我没有让水滴跟着去医院，因为我担心魏爷爷的心脏还不能承受见到间接害死魏宣的凶手。在路上，杨妈妈一直问我魏爷爷的病情，我支吾不敢言，怕她听后，太过担忧魏爷爷的病情。老鼠看出我的紧张，小声问我："不乐观吗？"

我点点头："昨天下了病危通知书，医生说随时会有休克的危险。"

杨妈妈在医院门口买了一篮水果，我领着他们蹑手蹑脚地来到魏爷爷床边。魏爷爷身上盖着一张白床褥，可他的脸色比床褥还白。他正平躺着睡觉，看不清脸，只听得他浊重的呼吸声很不均匀地从喉咙里发出来。我们屏息候立着。小杨柳坐在窗边睡过去了，我给他搭了条毛毯。差不多等了一刻钟，魏爷爷才翻身醒来。

"啊，你们都来了。"魏爷爷虚弱地说。

我赶紧凑到跟前，弯下身说："爷爷，杨妈妈、老鼠、小青，还有三娃，他们都来看你了。"

"难为你们来替我这个孤寡老人送终。"

杨妈妈哭着说："老爷子，您说什么胡话呢！"

魏爷爷挤出一个笑，摆摆手说："老了，我老了。我和你们一样，都变成孤儿了……不过有大家陪在身边，我很高兴。"

老鼠说："爷爷，你快点好！我们带你去玩，我们孝敬你……"

魏爷爷摸摸他的头说："好孩子。你们都是我的好孩子。"

小青哽咽着说："爷爷，您想吃苹果吗？我给您削。"她从提篮里掏出一颗又红又大的苹果，魏爷爷望一眼苹果，嘴角浮起一丝笑容："又让你们破费了。"

魏爷爷撑着床沿，想坐起来，杨妈妈吩咐我把枕头垫高，扶魏爷爷坐起。他歇了一会儿，眼睛巡了我们一周，第一个把杨妈妈召了过去。

"妹子，你前半生过得辛苦，后半生一定要好好养着，多注意自己的身体。等我去了，你让浩天把我的折子拿给你，上面有一点钱。我只剩魏静一个女儿了，她

用不着我操心，所以这笔钱你务必拿着……”

杨妈妈哭着说：“老爷子，您会好起来的！”

魏爷爷拍拍她的手，微笑着安抚：“但愿如此吧。”

又把老鼠召过去。

“乖孩子，爷爷见你终于走上正途，很高兴。你比浩天大一些，他这个人心事多，麻烦你以后帮我多劝劝他……”

老鼠咧着嘴，挤眉弄眼地瞅了我一眼。

“小青，三娃，爷爷知道你们走到了一起，但爷爷参加不了你们的婚礼了。祝你们幸福……”

三娃牵着小青的手，说：“谢谢爷爷。”

最后，魏爷爷冲我招招手。我坐到床边，魏爷爷嘱咐我再坐近一些，他说：“浩天，这群孩子里数你跟着我的时间最长，爷爷把你当亲孙子一样看。我的后事也就交给你了，等爷爷变成一把灰，你就把爷爷撒到江里去，把你魏宣哥哥的骨灰也撒进江里，听见了吗？”

我早已泪流满面，什么话都说不出来，只是一个劲儿呢喃：“爷爷，你别灰心，别灰心……”

说了许多话，魏爷爷累得一身汗，他往枕头里陷了陷，闭上眼说道：“辛苦大家了。”

杨妈妈他们在医院一直陪到晚上十点，等探病的时间截止才走。病房里静了下来，魏爷爷临睡前突然叫住我，说：“你明天到梦城基督会去一趟，告诉那里的李牧师，请他把我的房子卖了，换些钱给教会。”

我替他掖好被角，扯灭灯，答应道：“好的。”

“梦城基督会”在城郊偏僻的一角，我按照地址过了梦城大桥一直下去，穿过几条暗巷拐进路底，才看到一片平整开阔的空地上，立着年久失修的一栋青砖房子。屋顶上架着一个斑驳的红色十字架，大门上一块乌黑的木牌，“梦城基督教会”

的字样已经模糊了。我推开吱呀作响的铁门，走到里面。正是周日，教堂里传出一群老人唱诗的歌声，荒腔走调，却唱得卖力、虔诚。唱完诗，一位穿大黑袍的牧师在讲台上传道，时而念出《圣经》里的段落，让我觉得既神圣又优美。我在院子里逛了逛，等待散会，左侧的小楼是食堂，几位老奶奶正在准备葡萄酒和糕点，另一栋楼是牧师的宿舍，打扫得干净整洁。想必教堂有些岁数了，砖墙缝里起了绿苔。

"你好，请问你找谁？"一个身材高大的牧师向我走来，身着黑袍，头戴方帽，他的年纪也许和这间教堂一样老，蜡黄的脸上全是皱纹。

"是魏崇兮魏爷爷叫我来的。"我赶忙迎上去，"我是他的学生，他生病住院了，有些事情要交代给你们这里一位姓李的牧师。"

"嗯——"老牧师苍老的脸上绽露出和蔼的笑容，"我就是李牧师。魏老爷子不常来这里，却给予过我们不少帮助，他还资助了三个困难儿童上学。"李牧师领着我走进教堂，里面不大，木椅子在屋里挤得满满当当，窗户是五彩琉璃的，破碎的地方用胶布打了补丁，实木讲台上摆了一套银器皿，耶稣受难的十字架雕塑，摆在讲台正中央。年迈的信士们安静地吃着圣餐，葡萄酒和烤面包的香气令人昏昏欲醉。

"一路走来很辛苦吧？吃午饭了吗？"

我摇摇头，李牧师给我也拿了一份圣餐。我一口气喝完葡萄酒，不禁感叹道："好甜呀。"

他微笑着问我："小伙子，你是基督徒吗？"

"不是。"

他说："有时间多来听听布道，有好处呢。"

我看了一眼讲台上的耶稣雕像，说："好的。"

吃罢午饭，我从背包里掏出魏爷爷的房产证明，并对李牧师说明情况："魏爷爷这回的心脏病来势汹汹，医生说怕是凶多吉少。昨天晚上，他让我把家里的房产证找出来。另外，这是他手写的遗嘱，让我一并转交给您。"我越说越觉得伤感，"他说等到他过世，房子由您支配，卖得的钱全部捐给基督会。"

李牧师长叹了一声，那张布满皱纹的脸上，泛起一片怅然的神情："每个人都

会公平地站在上帝面前。魏老爷子是个大好人，主会让他进天堂的，阿门。”

我和李牧师绕着院子走了一圈又一圈，他向我絮絮地说起很多魏爷爷的事。起先魏爷爷是不信教的，是魏宣意外死亡的半年后，老无所依的魏爷爷才被邻居带到教会。他来得不勤，可基督会里的开支，几乎都是由魏爷爷提供的。他曾在李牧师面前痛哭流涕，倾诉失去儿子的痛心。又常常跪在耶稣塑像前，一跪就是一下午，为儿子魏宣祈祷，祈祷他的灵魂能得主的保佑，获得安宁。后来，魏爷爷还成立了一个慈善基金，将一辈子的积蓄放在里面，资助三个困难儿童读书。他对李牧师说，这是他替儿子魏宣赎罪做出的一点努力。

说到这里，李牧师哀伤起来，连连叹道：“魏老爷子真是个好人啊。”可他对魏爷爷的病却没有多问，或许他早已见惯了生死。

临别前，我问他：“李牧师，人死了会去哪里？”

他说：“或者地狱，或者天堂。”

我问：“真的有地狱吗？”

他拍拍我的肩，说道：“当然，犯下大罪的人会进地狱。”他兀自念起《圣经》里的话，“若有人拜兽和兽像，在额上或在手上受了印记，这人必喝上帝大怒的酒，要在圣天使和羔羊面前，在火与硫黄之中受痛苦，直到永永远远……”

“那一个人怎么才可以进天堂？”

“赎罪，信神。神会擦去他们一切的眼泪。不再有死亡，不再有悲哀、哭号、疼痛，不再有黑夜。因为以前的事都过去了，主神会光照他们，直到永永远远……”

我看见李牧师庄严而神往的表情，内心受到极大的触动，我说：“李牧师，我还会来的。我可以带我的儿子一起来吗？”

他说：“当然可以，‘主’爱一切世人。”

回去的路上，我一直在想李牧师口中的天堂和地狱，我仿佛看到了被救的希望，就像当初魏爷爷在痛失儿子后一样，在“主”这里，找到了庇护的伊乐园。

我想，也许“主”，也能拯救我那可怜的儿子小杨柳。

28

从基督会回到医院，已经过了晚上八点，杨妈妈、老鼠、小青和三娃齐齐围在魏爷爷床边。暗淡的台灯下，我看见魏爷爷苍瘢密布的脸上，突然增添了两道湿润的泪痕。我说：“爷爷，我回来了。”

他抬起沉重的眼皮，冲我说道：“我刚才梦见魏宣了，他进了天堂，很开心的样子……谢谢你浩天。”

医院的夜特别漫长，一分一秒仿佛一生一世，因这里是人间最后的收容站，“死亡”使人归于平静，连医生、护士路过的脚步都是轻悄悄的。我们守在魏爷爷身边，都没有走。大概到了后半夜，魏爷爷的呼吸突然开始急促，一下一下显得特别费力，过了一会儿，喉咙里竟发出嘎嘎的呜咽来。我急忙起身，按响床头的报警器，魏爷爷的身体在床上鲤鱼打挺，嘴巴张得老大，潮状呼吸从嘴里一波接一波拱出来，口涎直往外淌，口角冒起泡沫。他的眼睛惊恐地看着我，却说不出话来，只梗着舌头“啊、嗯”地喊了两声。

我啪啪按着报警器！老鼠飞奔着去找医生。几十秒后，医生带着四名护士，急匆匆跑进病房，一面上呼吸器，一面拉闭围在病床边的帐帘，开始实施抢救。我听到心脏检测仪不断发出尖厉音频，看到屏幕上的曲线慢慢变成直线，医生满头大汗地替魏爷爷按摩心脏，并吩咐护士打肾上腺素。也许是病房里的响动吓到了小杨柳，他突然从窗边转过脸来，“啊！啊！”地尖叫，我急忙用手捂住他的嘴，让他不要添乱。小杨柳哭了起来，豆大的泪珠淌进我的手心，不过总算安静了，只有粗重的、受到惊吓的呼吸，在我手上腾起一层热雾，又迅速变为一摊潮湿。

漫长的二十分钟过去了，魏爷爷拖得十分辛苦，没有再醒来。帐帘拉开，我们看见魏爷爷的表情很安详，双眼紧闭，晶莹的泪珠凝在他白色的睫毛上。病房里一片哭号，护士将氧气瓶关上，又把白被单拉上去盖到魏爷爷头上，宣告他的死亡。

白被单上映出魏爷爷笔挺成直线的遗体。黎明的微光洒进房间，杨妈妈吩咐我

们给魏爷爷办理后事，老鼠去殡仪馆定祭奠厅，三娃和小青负责发讣告，我则去买寿衣、冥纸，请来道士做法事，护送魏爷爷一路走好。

我和老鼠给魏爷爷净身，换上寿衣。我倒了一盆温水，用干净的毛巾擦在魏爷爷身上。他的身体已经冰冷，开始僵硬，我们好不容易才脱去他的病服。这几天魏爷爷没有洗澡，衣服上全是斑斑的污迹，我连擦了好几遍，才把魏爷爷的身体擦干净，让他像活着时一样精神。

魏爷爷的遗体被送进殡仪馆，干瘪的身体躺在透明冰棺里，身上盖了一块黑布，黑布上撒满魏爷爷生前最喜欢的玫瑰花瓣。陆陆续续来了很多悼念的人，多是些老头老太，他们用手帕擦着泪，唏嘘自己年老的生命，总有一天也会躺进棺材。魏爷爷遗像上的面容很慈祥，微微含着笑，遗像前摆了香烛、饭食，还有长明灯。

魏老师是第二天早上从国外回来的。魏爷爷病危的时候，我们通知了魏老师。她流着泪，给魏爷爷磕了几个头，而后披麻戴孝。等到了中午，她让我们回家去睡一下，我这才感到疲惫，连忙回身去找小杨柳，想带着他一起回家休息。

可是，小杨柳不见了。

我找遍了殡仪馆的每个角落，问遍了所有人，都没有小杨柳的踪影。只有个男人说，天色微亮的时候，守夜的人齐齐睡着了，他是看见有一个穿灰衣服的小男孩跑出了殡仪馆。

我赶紧打上了一辆出租车，让司机带着我沿路寻找。殡仪馆坐落在梦城的郊区，此处都是高速路，烈日下连个鬼影都没有。我慌忙赶回家，找遍了家里每一个房间，甚至连我平时搁放画作的、上了锁的库房也找过了。但家里空落落的，没有小杨柳的身影，而且，我惊讶地看见，我放置画作的库房被翻得乱七八糟，成品全搬空了，只有几张还没完成的半成品静静地躺在地上，画纸上布满脏乱的脚印。

来不及细想，我便又跑进派出所报案。警察叫我不要急，可是我怎么能不急！我崩溃地瘫软在派出所的椅子上，痛哭失声。我握住警察的手，边哭边说：“他是个精神不正常的孩子，他找不到回家的路！警察同志，求求你们，一定要找到我的

孩子啊！”警察告诉我，他们马上就会出警，让我回去等待消息。我失魂落魄地走在路上，脑子里全是和小杨柳共同生活的画面，虽然他不与我说话，虽然他是一个有自闭症的孩子，可他却给过我实实在在的幸福。因为有他，我才彻底撇去了一个人的孤独感，第一次有了“家”的感觉。不知不觉，我早已将他看作自己的亲生孩子，我就像全天下所有的父亲一样，纵使要把天涯海角翻遍，也要把儿子找回家。

我印刷了几百份“寻人启事”，如果有人找到小杨柳，我愿意支付十万元酬谢！我将“寻人启事”贴在每一条街巷的墙面，眼看天色将晚，心里更慌。我想，如果小杨柳被人贩子拐走，那人看到“寻人启事”上的酬谢金额，定会和我联系的。又或者已经有人找到了小杨柳，所以我现在必须得去银行取钱以备用。我将银行卡插进自动取款机，点击余额查询，却发现银行卡里也空了，妈妈留给我的六万元遗产和这几年靠卖画所赚的钱，全部不翼而飞。

一天之内，我的存款和画作全部丢失了！这一定不是巧合！我将所有可疑的人，在脑中过滤了一遍，最后筛选出唯一的目标。是她！一定是她……她不是回来避难的，她不是回来找我的。只有她有我的库房钥匙，而且在魏爷爷住院的期间，我曾让她帮我取了一次钱，用以支付魏爷爷的住院费。

我赶紧掏出手机，给水滴拨去电话。她的电话已经关机。

我颓然坐在街边，望着城市次第亮起的万家灯火和唰唰掠过的车水马龙，心中万分疲惫。我没有力气再去追查任何人的对与错了。我想，原来这世上是没有对错之分的。任何人所犯的“错”，根本原因都是你给予了对方“对”的希望，从而让“错”钻了“对”的空子。我以为水滴不会那样对我，可时光在悄悄悄流逝中，已改变了所有的人。

两天后，当我送走魏爷爷最后一程，我接到了派出所的电话。天空下着小雨，坟山上阴冷至极，苍天大树拢出死寂的阴影。警察在电话里问我：“是杜浩天吗？”

我沙哑地说：“是。”

“我是张警官……”他的语气有些迟疑。

我说："有什么消息就直说吧。"

他说："我们在河边找到了一具男孩的尸体……"

我的心猛地一沉，却又强装镇定："我马上过去。"

老鼠扶着我，走向派出所的认尸间。一个男孩湿漉漉地躺在床上，灰色的衣服裹满泥浆。警察说："今天早上接到一个船夫报案，是在河的下游找到的。初步认定，孩子是失足落水……"

空白的音频在耳中嗡嗡唱歌，我什么都听不清了：警察的讲述，老鼠的安慰，杨妈妈的惋惜……统统听不见。我慢慢走向那个孩子，他卷曲的头发贴在脸上，嘴唇乌紫，身子被河水浸泡后肿胀着。我蹲在他身旁，连本能的伤心都忘却了，扯着衣袖在他痛苦的脸庞上擦抹一道。厚重的泥浆在孩子的脸上，开出一条白色轨迹。不用细看了，小白鸟天生是"白化病"。白色皮肤就是铁的证据。他是小杨柳。这个死去的孩子，就是我的儿子。

我请求警察允许我抱走小杨柳的尸体。我就那样抱着他，走在梦城的大街小巷，吓得行人惊声尖叫。忽而，雨下大了，天边滚过几声闷雷，倾盆大雨浇在小杨柳的身上，洗去了那些脏污的泥浆，使他重新变得光洁如新，宛如一个洁白的、安宁的小天使。杨妈妈和老鼠他们都跟在我的身后，寸步不离。我抬起头，对他们说："你们回去吧，我没事……我真的没事，我就是想和他单独待一会儿。"

我抱着小杨柳，绕过梦城每一条大街小巷。他冰冷的身体躺在我的怀中，有好几次，我觉得小杨柳重新活了过来，又恍然意识到，他身上短暂的温暖，只不过是因为我挨他太近的缘故。

温暖只有一瞬，我的小杨柳真的不在了……

走着走着，我发现自己走到了梦城基督会。夜幕下，基督会静静地伫立，大门紧锁。我抱着小杨柳，坐在门口，期望新一天的太阳能够早点来临，期望光明能够早点来临……我的小杨柳，让"主"带你入天堂吧。神会擦去你的眼泪，天堂里不再有死亡，不再有悲哀、哭号、疼痛。不再有黑夜。因为以前的事都过去了，主神会光照你，直到永远。

那天晚上，我做了一个梦。我梦见一只白色的小鸟，落在窗台上。它转着水汪汪的小眼睛，一身钢丝般花白的毛发根根倒竖，血丝满布的眼仁中喷出蓝火。我想上前捉住它，可是脚下一软摔了下去。小白鸟瞪着我，咯咯地笑，扇动羽翼要飞走了。我急忙喊道：“小杨柳，你不要听爸爸讲故事了吗？”它还是不说话，羽翼的扇动却停止了。我又喊，“你等爸爸讲完故事再走，好吗？”它咕咕叫了两声，停落在身畔，用尖细的小嘴啄了啄我的脸。而后，它向窗外皎洁的月亮飞去了，羽翼的扇动幻似风声。我尖叫一声醒来，睁开眼睛，出了一身冷汗。横在我面前的，是一个空落落的、孤独的窗台。

29

“在天上的父，愿世人都尊你的名为圣，愿你的国降临，愿你的旨意行在地上如同行在天上。我们日用的饮食，今日赐给我们，免我们的债，如同我们免了人的债，不叫我们遇到试探，救我们脱离凶恶。因国度、权柄、荣耀全是父的，直到永远。阿门……”

我跪在教堂里，跪在耶稣受难十字架前，如同跪在逝去的所有人的坟墓上。教堂里很静，只有寥寥的二三人，听讲台上李牧师庄严地布道。小杨柳溺亡后，我就彻底变成了孤身一人。梦城基督会是我最常来的地方，我恳求李牧师收留我，让我在教会里做杂工。因为我发现，一旦脱离了耶稣之父的视线，我便特别不安与恐惧。

初夏清晨来得早，还不到六点，雨露便在阳光的照耀下醒来，就像曾经在理想国的时候，我和乔树踩着微薄的光亮，爬上操场的栏杆，凝望梦城逐渐苏醒。教堂的宿舍很破陋，可喜的是屋前有一块空地，墙脚爬着一蓬野菊花。野菊开花的季节，蜜蜂到处飞舞，它们通知了远方的蜻蜓，麻雀有时也会飞来，落在泥地里啄食，叽叽喳喳的声音将土里的昆虫都吵醒来。等到太阳爬上中天，一些年迈的爷爷奶奶走进教堂，唱诗声无比优美。我为他们每个人倒上一杯清水，他们冲着我善意微笑，说一句：“好孩子，谢谢你。”在他们的脸上，我看到了久违的平和与宁静，我知道这是天上的父所赐予他们的。黄昏渐渐垂暮，我走进空寂下来的教堂，五彩琉璃窗反射暮光，在地上投出一条条炫目的彩虹。然后我跪在父的面前，为那些已逝的人忏悔，为自己赎罪。

然而在这一刻，小杨柳溺亡一个月后的夏日黄昏，我不知道自己究竟怎么了，是太过悲伤的关系吗，竟然在忏悔中坠入恍然的深渊。我的脑海里毫无动静，时间慢慢过去，光影慢慢倾斜直至最终拉成一条笔直的线，天光彻底化为黑暗。我不明

白那是一种什么悲伤，竟让我毫无征兆地想起记忆里一张张早已忘却的脸。我想起乔树，想起水滴、倩倩、丑鬼、魏宣、龙十子、小杨柳……想起母亲躺在停尸房，被医生摘下眼角膜的样子。我自然也想到自己如今什么亲人都没有了，彻彻底底又变成一个孤儿……当这些悲伤向我蜂拥而来时，我看到十字架上的耶稣，向我发出一道洁白的光。我忽然痛哭流涕，趴在地上久久不能自已。身后的木门悠悠敞开，“吱呀”一声，扰乱了光线中尘埃的游移。李牧师穿着救难的黑袍，踏着从门缝间漏进来的红色光线走向我，如同走上一条铺着红毯的光明大道。我哭着说：“我要受洗！我要成为父的孩子……”

受洗仪式三天后举行。

李牧师拿给我一套白色衣裤，让我浸在水池中，聆听牧师们安宁的唱诵。温暖的水打在身上，仿佛母亲子宫的诺亚方舟，载着我，在意识的边缘畅想。这一刻，我感到快乐漫过全身。我只想把我的快乐告诉乔树。无论现实多残酷，总还有一个“乔树”，让我盼望着、希冀着。我在远方等他，他也在远方等我。

我害怕微弱的希望再次消逝，所以受洗后的第二天，便匆匆回到魏爷爷家，将乔树写给我的信，又一封封拿出来看。这些娟秀的字迹，就是乔树存在的证据，就是我最后一抹希望残存的证据。

我太想给乔树写信了！就像这几年，每当我觉得自己撑不下去时，就给远方的乔树去一封信，吐吐苦水。可魏爷爷走得太急，他没有告诉我联系乔树的方法。我记得魏爷爷将所有电话都写在了电话簿里。走进书房，翻开摆在书桌上的电话簿，想从里面碰碰运气，找到些联络乔树的线索。可我翻遍了电话簿，都找不到魏爷爷在监狱里的“老朋友”。我又拉开书桌抽屉，将厚厚的教案、油画研究、论文……全部摆出来。终究没有任何发现。当我颓然地将那些资料，一张张摆回抽屉时，我突然看见了魏爷爷写的一封信。是写给我的。暗黄色的信封上，蝇头小楷写着：杜浩天（启）。

我感到一种不祥的征兆，匆匆启开信的封口。阳光透过窗棂，悄悄爬进来，如

一群蚂蚁爬上心头。我揣着读完的信，走到窗边。阳光是何时退去的？窗外竟已是一片漆黑。我久久凝望天空的星辰，四野突然亮了起来。起先我以为是阳光，后来才发现，原是天空中一抹乌云散开来，露出一大片五光十色的星辰和皎洁的月亮。我从没见过这么亮的夜，简直能把人心里的鬼祟都照透。天上的星星忽然动了，一颗颗从天的另一头，刹那间划到天的这一头。不计其数的流星，像雪花一样扬洒，又像雪花一样融化进黑天里。我感到一种从来没有的震慑，张开大嘴，向纷纷陨落的流星行注目礼。空气里有了一种告别的味道，非喜非悲……这不就是多年前，我们一群孩子在离开理想国的那夜，所看到的情景吗？原来一点都不深奥，流星在空中划过的行旅，早就预示了我们这群孤儿注定陨落的宿命。

我将乔树送的那一盒“骆驼牌”颜料，从皮箱深处拿出来。颜料还是新的，只是人事已旧。我走回教堂，在窗前立起画板，把颜料挤进调色盘。我惊讶于自己的冷静。再怎么说，我都该把故事的结局画给小杨柳看。故事一定要有一个结局，就像我一定要给自己的人生，画上一个不再孤独的句号。

虽然野菊花依旧开着黄色的花，蜜蜂照样成群飞舞，但这年的盛夏说来就来了。就像在我六岁那年的盛夏，我遇见了乔树。又是一个盛夏的清晨，伴随一声枪响，乔树在监狱的死刑处决室里，静悄悄地倒了下去。

30

给浩天的信

浩天：

当你看到这封信的时候，爷爷已经不在人世了。人终归会有一死，请你不要过于伤心。也请你原谅，爷爷向你隐瞒了一些事。

我的儿子魏宣死后，爷爷一直觉得心脏不好，这封信便是爷爷去医院诊查出心脏病之后，写给你的。爷爷的生命在倒计时，所以有些事，必须向你说清楚了。

当你痛哭着，让我帮你救乔树时，看见你痛苦的样子，爷爷也很心痛。我知道失去亲人是一种什么感受（在你心里，早已把乔树当作亲人了吧？所以才会不顾一切地想救他），你从小是孤儿，一个人孤苦伶仃地长大，爷爷深知你对亲情的向往，所以不忍驳你的请求，只好向你撒了一个善意的谎言。

我确实联系过监狱方面，但乔树犯下的罪过实在太重，爷爷无力回天。我从朋友处得知，乔树纵火的案子审了一年半，最终还是判处死刑。

乔树的骨灰是爷爷去拿的，因他也像你一样，是个失去了父母的可怜孩子，连尸骨都无人认取。爷爷在凤凰山墓园，给乔树买了一处坟，等你读到这封信后，便可去祭奠。坟冢所在的位置是：××× 号。

这几年，爷爷和你都经历了人生的大起大落。爷爷知道，虽然你表面看起来坚强，可实际上心灵脆弱。爷爷怕你承受不住失去乔树的打击，只好冒充他给你写了一封又一封回信。你会原谅爷爷吧？

这些年，爷爷一直试图帮你找回快乐，等到你看见这封信的时候，也许已经变得坚强，可以对命运无情的打击独当一面了。

我早已将你认作亲人，我的乖孩子，爷爷希望你快快乐乐过一生，不要再觉得

你是孤单的一个人，因爷爷将会在天上永远陪伴你。

孩子，永别了。

魏爷爷

最后的话

××银行储蓄卡一张，放在钱包里，内有存款三万八千元。××银行储蓄卡一张，同样在钱包里，内有存款三千元。两张银行卡的密码皆为：850814。是为我和乔树相识的那一天。

画板在基督会的宿舍，画板夹层中有一组历时一年完成的油画，取名为《小白鸟找妈妈》。该组画集交与梦城美术学院油画系主任司马煜老师付梓出版，所得稿费捐给美术学院，算是感谢魏崇兮爷爷的养育之恩，因“梦美”是爷爷毕生的心血所成。

宿舍抽屉里约有一万元现金，是我提前取出来的，供我身后事的处理费用。

余下的一些书籍，请捐献给梦城孤儿院。梦城终于有了一所正规的孤儿院，这是所有孤独孩子们的福音。

请代我向杨妈妈说声抱歉。本来我该赡养她，让她后半生享福。对不起了，或许我的出生就是一个错，绕了一大圈，我所爱的人都已上天堂，只好先走一步。

所幸在这个冰冷的人间，我曾体验过温暖的爱。如今已没有眷恋。

在天上的父，请赦免我的罪，让我入天堂。我自知一生没有做过错事，只想任性一次，既不能决定自己的生，所以想决定自己的死。

在天上的父，你不要责罚我，我打碎了撒旦的玩具。即便责罚，请给我勇气面对未知的一幕。你说：“生命在他里头，这生命就是人的光。光照在黑暗里，黑暗

却不接受光。”我除了忏悔和赎罪，还能做什么呢？

在天上的父，愿你开启希望之门。

愿世人与我都入窄门。

阿门。

杜浩天

【终曲】——归去来兮

事到如今，只有梦城还留在我的记忆里，亦只剩梦城还留在我的记忆里。

一片混沌中，我听到各种细微声响纷至沓来。这些听上去异常遥远的声音，证实了我还活着，却不是以“人”的生命体征而活——肉体是摆在病床上的祭品，任人割宰、处置。我非常想冲破这片黑暗，对那些正在和死神抢夺我的生命的医生们吼一句：“停止吧，我不要你们救我！”

可我无能为力。屋里绝决的黑暗与窗外模糊的光亮，就像棋盘上走动的黑白棋子，此刻争分夺秒，相互牵制吃死，直至落子无悔。我处在睡眠最深的谷底，这条巨兽正慢慢噬掉我的手，我的脚，我的肺腑、心脏，噬掉我的痛觉和绝望。原来沉睡竟这样好，让我畅想在意识的边界。我已太久没有好好睡上一觉，整整存了半年的安眠药的剂量，终于可以使我摆脱失眠的折磨，投入神主的怀抱。

你们别救我了，让我飞吧。

其实我也说不准，此刻算不算是做梦。我想，一个人不可能一边做梦，一边感到自己的肉身正在瓦解，灵魂正在放飞。慢慢地，我就被这股出奇的安宁拽了下去。慢慢地，我把自己也变为一个梦。

是你吗，乔树？是你回来了吗？我能感觉到，你来了。你牵着小杨柳的手，走进我的梦。这孩子依旧沉默寡言的，凝望的双眼仿佛太阳一样发出光芒。他妈妈刚走那阵，他就是带着这样一双火红的眼，凝望窗外的街巷。望着望着，他就睡着了。醒来时，他怔怔地问我说：“爸爸，你不是说，等我睡醒，妈妈就会回家吗？”他讲话的时候，表情并不丰富，可那双眼睛还是出卖了心底的渴望，亦掩不住他心底的失望。他将头抬起来，对着天空深沉地叹了口气。他从小就是个懂事的好孩子，苦巴巴妄想得到来自妈妈的爱。就像我和你一样，乔树。我在这孩子身上，看到了我们孤独的童年。黑暗中的街巷依旧空空荡荡，却装满了深切的孤独。难道我们小时候常爬到理想国的栏杆上凝望太阳，不正是不愿接受被戳破的现实，像此刻的小杨柳，还残存了一丝对温暖的幻想吗？

在这一望无际的沉睡里，我看不到你们的脸，可我知道，你和他就在那儿。我

感谢你们能来，像一万个天使只掉下一片羽毛，幸好它没有被风吹走，而是一瞬间飞到了我的生命中。

我们似乎身在过去的年月，重回了记忆中美好的往昔。我感到自己正坐在午后和煦的阳光中，认真地为小杨柳画那个童话故事，小杨柳安安静静地坐在我身边，很乖地打着盹儿，懒洋洋像只小奶猫，嫩稚的小手不时抓我一下，生怕我跑掉似的，在他美满的梦境中也不肯放下警惕。

乔树，我一点都不恐惧，因为你和小杨柳都在这里。你们等待我的灵魂最终从肉身里放飞出去，就可以牵着我走向身后的那团光明。我从小就习惯跟在你的身后，踩着你的步子，追赶阳光，慢慢爬上理想国的栏杆。我早说过，我是落在你脚边的松鼠，你猎捕了我，便将我整个的青春岁月一并收入网中。有时，我真恨自己认识你，如果没有你，也许我会是个很坚强、很坚强的孩子，再也不怕孤独，因为习惯孤独；再也不怕黑暗，因为不再憧憬光明。可你就像小杨柳一样，鲁莽地冲进我的生命，将我死死套牢在你织就的温暖大网里，从此变成了孤独和黑暗世界里，那一缕飘着尘埃的光。后来啊——尽管我早就忘了“后来”的前面是什么，但是现在，我已经无所谓了，反正所有“后来”都是“从前”的组合，每一个“后来”都有前序。在那些遥远的“后来”里，我们所能记住的回忆，都将剔尽失望，空留一地希望的断壁残垣。

好在人生就要结束了。所有失望和希望都要结束了。应该说，生命还没结束，可人生已经结束。现在，我终于理解你了。我恨过你十八岁的那把罪孽之火，将我们的友情烧成灰烬。可现在，我终于理解了你。你的那把火，不过是想更快速地将余下的“生命”，带入“人生”的坟冢。其实在那把火之前，你的人生已然死了，再没有什么可以拯救你，连我的出现也不能够。就像我兜兜转转一大圈，才明白“生命”和“人生”，不是同一个东西。没有灵魂的人生，只是生命空洞的行尸走肉。在空洞的生命面前，人生显得多没意思——我想，这就是所有准备自杀的人，在生命的终极时刻所顿悟的人生吧。

当你变成一个梦；当你的人生像被丢进一具钉死的棺材，并在其中渐渐风化；当你意识到心底的希望只是幻觉……你必须承认，这所有的一切，都在渐渐掏空生命。世界灯火通明，我们是一群独自徘徊在黑夜里的猫头鹰，光明与我们擦肩而过，注定无缘。

我亲爱的儿子，我的小杨柳，爸爸该如何安慰你？你的妈妈不会回家了。你就把她当成一个梦吧，就像你也是由一个梦孕育的。梦到一半，正是最美之时，你发现自己不知被谁吵醒了，梦就断了。其实就这么简单。你当然会期待梦的结尾是什么，可人生无非两种结局：一是美梦，二是噩梦。再也别无选项。你若太过执着，就不大值得。

“小杨柳，爸爸给你讲一个故事好吗？这个故事的名字叫作‘小白鸟找妈妈’。这可是爸爸专门为你画的童话故事哦。来，转过头来，等你听爸爸讲完这个故事，妈妈就会回家了。

“很久很久以前，有一只白色的小鸟，睁开了迷蒙的眼睛，从树梢上醒来。它第一眼看见的世界，是一片碧蓝的晴空。白云阿姨在空中拂袖，太阳爷爷在冲它微笑。不过它身处的家园，是一片空荡荡的荒野，没有花，没有草，没有水，也没有声音。它探出脑袋，跑到树梢上。它饿极了，却没人教它该如何捕食，更没人教它该如何面对绝望的死寂。它很孤独，等啊等，终于有一天，顺着天与地的交汇线上，跑来一只小松鼠。它停在树下，抬头问小白鸟：你怎么一个人在这里呀？小白鸟说：不知道，我从出生开始就是一个人。你的妈妈呢？松鼠问。我有妈妈吗？小白鸟显得很惊讶，然后它就开始恐惧了：我没有见过妈妈，松鼠松鼠，请问你见过我的妈妈吗？松鼠说：我见过你的妈妈，你的妈妈是一只和你一样的白鸟，白色的羽毛像从天而降的天使。不过前不久，这里发生了火山喷发，岩浆将这里夷为荒原。这里以前可美啦！花儿姹紫嫣红，土地肥沃滋润，也许你的妈妈在火山喷发的时候逃命去了！小白鸟生气地说：我的妈妈一定不会抛下我的，它可能只是暂时找不到回家的路，因为这里变了样子……小白鸟喃喃地哭起来，泪水打湿了白色的羽

毛。松鼠见它哭了，赶忙安慰道：小白鸟，你别哭呀，我带着你一起去找妈妈，好不好？

“小白鸟跑下树枝，兴高采烈地牵起松鼠的手，一起去找妈妈了。因为小白鸟没有妈妈教它飞翔，所以只能跟着松鼠蹦蹦跳跳地前行。然后它们来到了被火山岩浆覆盖的边缘。小白鸟突然刹住脚步，有点胆怯，它从来没有踏出过自己熟悉的家园。尽管这个家从记事起就一直满目荒凉，可真要离开这里，小白鸟还是有些不舍。它蹲在地上，噘起嘴，失落地望着松鼠，呜呜哭道：我的妈妈会不会被岩浆烧死了？松鼠说：不会的，你的妈妈能飞，她一定躲过了火山喷发。小白鸟又变得高兴起来，它觉得松鼠真厉害，什么都懂。强大的希望像一股水流，漫进了小白鸟的心田，它又有勇气踏上找妈妈的旅程了。它跨过凝固的岩浆，跨过冰冷的家园，踏上一片拥有鲜花和绿草的新世界。新世界的土壤真软呀，它的爪子踩在上面，窝成一个又一个细小的爪印。小白鸟兴奋地叫起来，心中充满勇气。它愉快地问鲜花：鲜花姐姐，你说我能找到妈妈吗？鲜花快乐地回答道：只要你坚持，一定可以哦！小白鸟又问绿草：绿草哥哥，风儿弟弟每天都把你吹得抬起头，那你在天上看见了我的妈妈吗？绿草哥哥说：每天有无数的鸟儿飞在天上，我想那里面一定有你的妈妈！小白鸟更加快乐了，向着远方，义无反顾地走去。

“小白鸟和松鼠来到了高原，看到了山羊爷爷。原来山羊爷爷的儿子被人捉走了，它也在等待儿子回家呢。山羊爷爷的身体不好，可它每日都站在山顶上，遥望着远方的地平线。一夜过去了，温暖的金光洒在高原与天空的临界点。忽然，在那一道毛茸茸的弧度背后，慢悠悠走来一只青年山羊。山羊爷爷拄着拐杖，慌忙跑了过去，真的是它儿子呢！重逢的喜悦在父子间蔓延，小白鸟和松鼠都为这感动的一幕落下了眼泪。临行前，山羊爷爷给小白鸟指了一条路。它说在那次火山喷发后的一天，它看见一群鸟儿朝西面飞走了。它们是向着落日飞去的，场面壮美极了，一群鸟儿仿佛要飞到太阳里去，如一只只照亮黑夜的萤火虫，全身发出灿烂的光。小白鸟赶紧问山羊爷爷：您看见一只白色的鸟儿了吗？山羊爷爷捋捋花白的胡子，遥想片刻，而后缓缓摇头说道：没看见……不过，我的眼睛不好，也许没看清楚吧！

“于是，小白鸟和松鼠朝着西方走了。它们一直走了三天。就在第四天晚上，狼群无声无息地将它们包围起来，凶恶的绿眼睛在黑夜里飘着鬼火。松鼠害怕地躲在小白鸟身后，小白鸟瑟瑟发抖地啜泣着。正当狼张开嘴准备把它们吃掉的时候，小白鸟哭着说：狼叔叔，如果你吃掉我，我就再也见不到妈妈了……狼不好意思地收起血盆大口，抬起粗壮的爪子，摸摸小白鸟的头说：小朋友，你别哭呀！你一哭狼就不忍心吃你了。小白鸟睁着水汪汪的大眼睛，乞求狼。狼在地上打了个滚儿，说：好啦好啦，小可怜，我不吃你们了，你们快去找妈妈吧！一群狼为小白鸟和松鼠开路，将它们一路护送到安全的平原地带。

“小杨柳，你还在听爸爸讲故事吗？你是不是也觉得，小白鸟一定没有希望找到妈妈了？先别急，听爸爸继续往下讲……小白鸟和松鼠来到平原后，又遇到了猎人伯伯。猎人伯伯可是平原里见识最广的人，小白鸟和松鼠蹦到猎人的脚边，扯了扯他的鞋带，叽叽喳喳地问道：猎人伯伯，猎人伯伯，您看见我的妈妈了吗？它是一只长着白色羽毛的鸟儿。可猎人听不懂小白鸟说话，只听见一句句叽喳的鸟叫。他微笑着蹲下来，先是将小松鼠托进手心。松鼠毛茸茸的大尾巴拂着猎人的脸颊，长着一嘴大胡子的猎人哈哈笑起来，将小松鼠揣进衣兜里。松鼠扒着猎人的兜缝，愉快地对小白鸟说：小白鸟，火山喷发也将我的家园摧毁了，其实我也在找一个家。猎人的口袋好温暖啊，我不想走了……小白鸟在猎人脚边着急地跳脚，冲他喊道：快放它下来！快放它下来！松鼠要陪我去找妈妈的！可猎人还是听不懂小白鸟在说什么，只觉得这只小鸟也很可爱，随即将它托进手心。猎人勾起手指，摸了摸小白鸟的头，亲昵地自言自语道：这么大的鸟儿还不会飞……然后猎人伸长手臂，小白鸟便像坐在云霄飞车里一样，看到疾速掠过的蓝天，第一次有了飞翔的感觉。飞吧，小白鸟，勇敢地飞吧！猎人说道。松鼠在猎人的口袋里，也冲小白鸟喊道：飞吧！你是属于天空的。接着，猎人的手往下一落，小白鸟便紧张地扇动翅膀，飞上了蓝天。

“飞在空中的小白鸟糊涂起来，到底它的妈妈，是不是它所做的一个梦呢？可是它一点都没有放弃，而是更快乐地朝更高的天空飞去了。它翱翔在蓝天里，像山

羊爷爷口中的群鸟那般，飞入天边红色的阳光，身影化作一抹剪影。它独自踏上了旅程。而它的旅程永远不会结束，它也永远不会放弃心中的希望……”

窗外洒进来的，是初晨的阳光吗？如此温暖的阳光，慢慢铺上病床，铺在地上，洒落一地光明。白色床单浸透了阳光，渐渐盖住了我的手，我的脚，我的肺腑、心脏，自然也盖住了我的痛觉和绝望。温暖最后盖住了我的头。我微笑着闭上眼睛。

这就是故事的结局。故事的结局是：没有结局。所以希望一直都在，所以永远没有失望。

在小杨柳和乔树离开前的最后一瞬，我短暂地清醒过来，随即跌入永恒的沉睡。在医生宣布我已死亡、床单轻轻盖上头顶的最后一刻，我看到屋外的天空碧蓝，万里无云，一只小鸟落在树梢上。我想，这真是一幅好美好美的春日图景啊。

蓦然间，小鸟飞向蓝天，仿佛尖刀割破一匹蓝色织锦，羽翼扑扇扑扇，发出震天颤响，逐渐向远飞去。

孤独鸟飞翔的颤声，就像平仄与韵脚，将生命吟唱成一首远方的诗。

「终」

谨以此书，送给所有孤独的孩子，
愿他们最终去往光明那处。

2015 年 10 月 06 日　起笔湖南
2016 年 02 月 24 日　落笔大理

图书在版编目（CIP）数据

孤鸟 / 麦洛洛著 . —成都 : 四川文艺出版社 ,
2016.12
ISBN 978-7-5411-4438-7

Ⅰ . ①孤… Ⅱ . ①麦… Ⅲ . ①长篇小说–中国–当代
Ⅳ . ① I247.5

中国版本图书馆 CIP 数据核字（2016）第 225899 号

GU NIAO

孤 鸟

麦洛洛 著

策划出品 磨铁图书
责任编辑 卢亚兵
特约监制 魏 玲 韩沐晓
产品经理 杨 阳
特约编辑 孙悦久
营销支持 花 卷 金 颖
封面设计 TEAYA

出版发行 四川文艺出版社（成都市槐树街 2 号）
网 址 www.scwys.com
电 话 028-86259287（发行部） 028-86259303（编辑部）
传 真 028-86259306

邮购地址 成都市槐树街 2 号四川文艺出版社邮购部 610031
印 刷 河北鹏润印刷有限公司
成品尺寸 150mm × 230mm 1/16
印 张 21 字 数 323 千
版 次 2016 年 12 月第一版 印 次 2016 年 12 月第一次印刷
书 号 ISBN 978-7-5411-4438-7
定 价 39.80 元